诗学教育丛书

桐城诗学教育

潘务正◎丛书主编
程　维◎本册主编

安徽师范大学出版社
ANHUI NORMAL UNIVERSITY PRESS
·芜湖·

图书在版编目(CIP)数据

桐城诗学教育 / 程维主编. —芜湖:安徽师范大学出版社,2023.6
(诗学教育丛书 / 潘务正主编)
ISBN 978-7-5676-6097-7

Ⅰ.①桐… Ⅱ.①程… Ⅲ.①诗学—研究—桐城—明清时代-近代 Ⅳ.①I207.2

中国国家版本馆CIP数据核字(2023)第050284号

桐城诗学教育 程 维◎主编
TONGCHENG SHIXUE JIAOYU

责任编辑:胡志恒 责任校对:房国贵
装帧设计:王晴晴 冯君君 责任印制:桑国磊
出版发行:安徽师范大学出版社
芜湖市北京东路1号安徽师范大学赭山校区 邮政编码:241000
网 址:http://www.ahnupress.com/
发 行 部:0553-3883578 5910327 5910310(传真)
印 刷:江苏凤凰数码印务有限公司
版 次:2023年6月第1版
印 次:2023年6月第1次印刷
规 格:700 mm × 1000 mm 1/16
印 张:18.5
字 数:294千字
书 号:ISBN 978-7-5676-6097-7
定 价:58.00元

凡发现图书有质量问题,请与我社联系(联系电话:0553-5910315)

安徽师范大学中国诗学研究中心资助项目

安徽省高校优秀科研创新团队“诗学教育”研究团队成果
（2022AH010014）

总 序

潘务正

中国是诗的国度。诗在古代社会的功能极为强大，《诗大序》说诗可以“正得失，动天地，感鬼神”，在政教体系中发挥重要的作用。正因如此，古代贵族自孩提时代就开始接受诗歌教育。

宋代叶适在《黄文叔诗说序》中说：“自文字以来，诗最先立教。”先秦两汉时期，诗学教育主要围绕《诗经》展开，尽管周代的太学中春秋教以《礼》《乐》，冬夏教以《诗》《书》，不过只有“诗教”最为通行。“诗教”一词最早见于《礼记·经解》：“孔子曰：入其国，其教可知也。其为人也温柔敦厚，《诗》教也。”此语是否为孔子所说虽然存疑，但孔子重视以《诗经》为中心的教育却是不争的事实。孔子的“诗教”观主要集中在三个方面：一是性情教育，所谓“《诗》可以兴，可以观，可以群，可以怨”是也；二是伦理教育，所谓“迩之事父，远之事君”是也；三是知识教育，所谓“多识于鸟兽草木之名”是也。（《论语·阳货》）孔子以《诗》为教材对当时的贵族子弟进行全面的教育，并扩大到平民阶层，以便为他们将来的进一步发展打下良好的基础。

孔子说《诗经》的主旨“一言以蔽之，曰思无邪”（《论语·为政》），汉儒从政教层面加以阐发，诗教重在培养“温柔敦厚”的性情，有此性情，方能“主文而谲谏，言之者无罪，闻之者足以戒”，不仅能够保全自身，还能有效地实现讽谏的意图。以“温柔敦厚”的诗作教化人，培养读诗者“温柔敦厚”的性情，如此，诗歌就能实现“经夫妇，成孝敬，厚人伦，美教化，移风俗”（《毛诗序》）的功用，社会经由文治走向太平。

后世诗歌创作逐渐兴盛，面对种种感荡心灵的自然风景和社会事件，

“非陈诗何以展其义，非长歌何以骋其情”（钟嵘《诗品序》），作诗成为士人风雅的标志；唐宋科举考试诗赋，诗歌是入仕的敲门砖。在这种情况下，诗学教育愈发变得必要，内容已不局限于《诗经》，举凡前人的经典诗作，都被纳入学习的范围。为在科考中获隽，诗学教育从性情教育扩展到艺术教育、审美教育等方面。

“诗言志”“诗缘情”，言志抒情是中国诗歌的传统，古人衡量一首诗成就的高低，最终落在诗人胸襟的大小，清代诗论家沈德潜在《说诗晬语》中说：“有第一等襟抱，第一等学识，斯有第一等真诗。”宋代以后，杜甫被推至“千古诗人之宗”的地位，正在于其“一饭不忘君”的品格，尽管他身处艰难困苦之中，过着朝不保夕的日子，却时刻关心国家安危，挂念百姓疾苦。屈原、陶渊明、李白、苏轼、陆游等一流的诗人，虽艺术造诣有异，但高尚的情怀、爱国的情感与杜甫并无二致，这也是他们被后世推崇的重要原因。以这类诗歌作为教育的载体，无疑会提升受教育者的道德情操、精神境界。

古代开展诗学教育的场合众多，诸如家族、书院、诗社等，都有诗学教育的活动。清代自乾隆二十二年之后恢复乡会试考试帖诗的制度，诗学教育更为普及，家塾中有童蒙诗学教育，学政亦对一省士子负有诗学教育之责，士人相聚谈诗是生活的常态。除了男性，闺阁中女子也受到熏陶，著名的女诗人虽只有李清照、朱淑真等不多的几位，但实际上明清两代女诗人极多。历代的诗格、诗话以及诗学选本等记录了诗学教育的情景和内容，这类文献或分析诗歌的艺术技巧，或谈论创作的本事，终极目标还是追求对诗和诗人的理解，以便更好地读诗和作诗。在多重诗学教育之下，受教者诗歌创作、艺术鉴赏能力不断提高，并经此完善人格，陶冶情操。

诗学教育在当下仍有其必要性。目前，立德树人是我国教育的根本任务，是深入贯彻落实党的教育方针、教育规划纲要的必然要求。经典诗作以其感人的力量、美妙的意境、高超的技巧和精当的用语，入人最深。众多学者认识到诗歌是中华民族原创性智慧的结晶，诗学教育是一项弘扬与培育民族精神的战略措施。当代中小学、大学课堂均注重诗歌教学，培养学生诗词的审美感受能力和艺术鉴赏能力，并力求在耳濡目染中实现理想情操的升华。

为适应当今社会发展的需要，安徽师范大学中国诗学研究中心策划编纂了这套诗学教育丛书。本丛书按专题编选，包括《〈诗经〉与诗学教育》《女性诗学教育》《桐城诗学教育》《理学诗学教育》《童蒙诗学教育》《中学诗学教育》《大学诗学教育》及《现当代诗学教育》等八种。丛书每册设有前言、选文两个部分。前言由各册的主编撰写，概括介绍本专题的研究状况；选文为有代表性的论文或专著中的章节。为了保持丛书大致协调，每册所选篇幅控制在30万字左右。

相对于诗学教育丰富的文献资料和丰硕的研究成果，本丛书所选文章只是冰山一角，然由此亦可以见微知著。我们希望这套丛书的出版，能够进一步推动中国诗学教育的研究，为弘扬优秀传统文化贡献绵薄之力。

因各种原因，截至发稿时我们未能与本套丛书的全部著作权人取得联系。敬请作品的著作权人或著作权有关的权利人与出版社联系，以便奉上稿酬和样书。

前　言

桐城有着非常好的教育传统，不但表现在经学、古文上，也表现在诗学上。桐城诗学教育主要体现在几个方面：一是家族的诗学教育，如桐城方氏、姚氏家族的诗学传统。二是书院的诗学教育。桐城私学发达，且文士在外坐馆、执教者也为数众多，使得桐城诗学教育不局限于桐城域内。三是师徒的诗学传承，如姚门弟子对于姚鼐诗学的推崇和传衍。诗学教育的发达，使得桐城的诗歌创作也颇为兴盛，从方拱乾、钱澄之、方文，到姚范、刘大櫆、姚鼐，再到范当世、姚永概、姚永朴，代有其人。是以钱基博提出了"桐城诗派"的概念，略云："姚氏自（姚）范以诗古文授从子鼐，嗣是海内言古文者，必曰桐城姚氏，而鼐之诗则独为其文所掩。……而张裕钊、吴汝纶益复张其师说，以为天下之言诗者，莫姚氏若也，于是桐城诗派始称于世。"钱锺书、吴孟复、刘世南等人亦皆绍述此说。

本书选辑了论文十九篇，从家族教育、书院教育、师事私淑、刊刻批点等角度探讨桐城诗学教育的相关问题。每一类的论文，我们按照论述话题"从总到分"、论述对象"从先到后"的次序排列，分述如下。

第一，家族教育与诗学传承。桐城有很多大族，如方氏、张氏、姚氏、左氏、马氏、吴氏、何氏、钱氏等，代有显宦、门第望隆，绵延数百年而未艾。各家族又都尚学重教，"城中皆世族列居，惟东南两街有市尘，子弟无贫富皆教之读，通衢曲巷书声夜半不绝"①，造成了学术、文化包括诗学上的累积和传承。

曾光光《桐城派的传承与传统教育》一文总括了桐城派传统教育与文学传承之间的关系，认为家学传授、书院讲学、私人授徒等传统教育方式使桐城派在人员构成上迅速扩展，成为一个超地域关系的文学派别。其中家学传授不仅在组织上不断为文派输送人员，还在文派成员之间建立起异常紧密的关系，形成牢固的关系网络。在桐城派无人应和、后继乏人的时

① 《（道光）续修桐城县志》，江苏古籍出版社1998年版，第11页。

刻，师生、血缘、联姻的关系成为维系桐城派的重要因素。该文是首篇系统性讨论桐城派与教育关系的论文，具有很强的概括性和开创性。

方以智是明末清初著名文学家、科学家、思想家，百科全书式大学者。宋豪飞《方维仪对方以智的教育述论》一文认为方以智之所以有此成就，与其仲姑方维仪“俨如人师”的教育脱不开干系。方以智母亲早逝，父亲长年宦游他乡，方维仪便主动担当起抚养、教养方以智的重任。方以智视方维仪如母，其《礼记》《离骚》皆方维仪所亲授，艺术上受其姑影响颇深。前人对于桐城方氏家族文学的研究多以男性为主，女性成员的作用往往得不到重视，本文为桐城诗学教育提供了新的视角。

雍正至乾隆时期，桐城诗学的标志性人物通常被认为是姚范和刘大櫆。蒋寅《方氏诗论与桐城诗学的发展》一文指出，该时期实际成就和影响更大、更值得注意的应该是方氏家族方世举和方贞观两兄弟。该文讨论了康熙、雍正、乾隆年间方氏家族的诗学发展，指出方世举、方贞观等人代表了该时期桐城诗学创作和批评的专业水准；同时，他们的诗论中开始显露出来的桐城诗学重视承传、主于教学的独特面目，对后世桐城诗学有着深远的影响。所谓“重视承传”，主要是指家族承传和师徒承传。所谓“主于教学”，是指为指示初学门径而发，故而常着眼于体裁，先陈说作法之大要，再举可效法之诗人，以便于初学者入手。可见，偏于教育性，正是桐城诗学不同于其他地域的特点。该文不但重新评估和认定了方氏诗学的意义和地位，还在行文中精辟地指出了桐城诗学“主于教学”的地域特征，具有极强的学术启发意义。

麻溪姚氏也是典型的桐城文学世家。温世亮《由正及变：清代桐城麻溪姚氏诗歌之诗史意义》考察了姚氏家族诗歌的发展史。他认为，从姚文燮开始，姚氏诗风就呈现出雅正淳厚的家族特性。其后姚虞初、姚孔鋠、姚孔鈵、姚孔锩、姚范、姚兴泶、姚鼐等，诗学持守及诗歌创作上同样沿袭此风。嘉道以降，麻溪姚氏变风变雅作，姚莹、姚濬昌、姚永概等人的创作个人色彩强烈，批判力度强，是其代表。而姚氏诗歌升迁演变的根本在于时代气运之变化。该文以姚氏作为家族诗学发展的一个范例，但并不限于姚氏和桐城诗学的研究，显示作者宽阔的学术视野。

吴汝纶、吴闿生父子是晚期桐城诗派的重要人物。闵定庆《〈晚清四十家诗钞〉与桐城诗派的最后历程》一文以吴闿生《晚清四十家诗钞》三卷为核心，考察了以吴汝纶为核心的北传桐城诗派的建构。作者认为，吴闿生《晚清四十家诗钞》的每个角落，都闪烁着吴汝纶的“有形存在”与“隐性存在”，如与吴汝纶密切有关的诗作、吴汝纶诗的“本事”、吴汝纶的各类评语、从事功的角度对其父吴汝纶文化形象重塑等。吴闿生以血缘、师友两条纽带建构了一个牢不可破的文学传承谱系，又以湘军—淮军军政统绪为现实依托，支撑着桐城诗派在道统与文统上的合理性发展；在桐城诗派后期发展线索的梳理和中国古典诗学传统的总结方面，都作了一定深度的探索。作者的研究细致入微，从个案研究深入到诗派的建构等问题，颇值得借鉴。

第二，书院教育与文学传播。书院是中国古代重要的教育机构，对于各类学术的传播都有贡献。桐城本邑书院非常发达，著名者如龙眠书院、桐溪书院、桐阳书院、培文书院、天城书院、桐乡书院、白鹤峰书院。桐城不少文人还在国内一些重要的书院主持工作，如刘大櫆之于安庆敬敷书院、姚鼐之于南京钟山书院、吴汝纶之于直隶莲池书院。关于桐城派与书院教育的关系，王达敏、徐雁平等学者在其学术著作中有深入的论述。[①]以下所收四篇文章则分别从不同角度具体讨论这一话题。

程嫩生《论清代书院教育与桐城派发展》一文整体概括了桐城派的发展得益于书院的四个方面：一是姚鼐借助书院传播古文思想并培养了一批得意弟子；二是姚鼐编纂指导生徒学习古文的选本《古文辞类纂》，并在后来的书院教学中进行了反复修订，对一些书院教育产生了很大影响；三是桐城派弟子与后学通过书院教学传播古文，为桐城派的发展贡献出了力量；四是桐城派很多作家淡泊名利、顺应天命的科举观，使其潜心于古文，从而促进了桐城派的发展。该文整体性地研究书院与桐城派关系问题，所总结的四点虽不能说全面，但都是关键之处；尤其是从书院教育角度考察了《古文辞类纂》的经典化过程，这一点是前人较少论及的。

方宗诚曾先后荣登商河麦邱书院、直隶衡水书院与安徽庐江书院讲席。

---

① 王达敏《姚鼐与乾嘉学派》第八章“桐城学人群体的形成”，学苑出版社2007年；徐雁平《清代东南书院与学术及文学》第二章“书院与桐城文派的传衍”，安徽教育出版社2007年。

江小角、朱杨《方宗诚的文学教育与近代桐城派传播》一文从方宗诚编写新的文学选本作为教材的文学教育实践出发，总结了方氏注重掌握文法、重视诗歌对生徒性情养成的古文教学思路，探讨了他在文学本体论、文章功能与分类、文章风格学等方面的文学思想，论述了其文学教育行为与桐城派后期发展的关系。该文是首篇较完备地讨论方宗诚文学教育思想的论文，增强了我们对桐城派内部流播方式的认识。

吴汝纶是教育思想最为开明的晚清学者之一。他曾主持莲池书院，并在莲池书院设西文学堂，又以先进办学理念创办最具近代意义的新式学堂——桐城学堂。刘燕《西学先导：吴汝纶与桐城学堂》一文总结他创立桐城学堂的教育理念和构想，认为其办学指导思想是中西交融，办学定位是实业教育和社会需求导向，人才培养目标是“勉成国器”，课程体系架构是“合东西学问精粹陶冶而成”等。本文是首篇系统研究吴汝纶创办桐城中学的背景、理念、构想、办学目标、定位等一系列教育问题的论文。

姚永朴是桐城派晚期的重要代表成员，前后拥有传统书院、近代学堂、现代大学的教学经历。刘文龙《姚永朴〈起凤书院答问〉中的文学思想述论》一文探讨了姚永朴的文学教育思想及其在文学教育史上的双重意义。《起凤书院答问》一书是他任广东信宜县起凤书院山长时解答诸生所疑而结撰的一部文学教育著作。通过对于本书的分析，作者认为姚永朴的文学思想是在教学过程中逐渐成熟的，传统书院教学的文学思想，是其《文学研究法》的萌芽；书中关于调和汉宋、别裁伪体、正雅去邪等主张，更可以彰显民国时期新旧文学思想之间的斗争以及桐城学人预流趋新的特色。文章首次呈示出姚永朴文学思想的动态形成过程，这是前人的研究所未曾到达的，也是本文很重要的创新之处。

第三，师事私淑与诗学互生。刘声木《桐城文学渊源撰述考》将存在于桐城派成员间的师生关系区分为“师事”与“私淑”两大类。具有明确的教学、师承关系称为“师事”；无直接的教学关系，而自愿接受他人学术思想的则称为“私淑”。

王镇远《桐城派诗论初探》一文是首篇集中探讨“桐城派诗论”的文章。文章认为，桐城文人中论诗而颇有影响者首推刘大櫆，且刘大櫆以诗传授后进的诗学教育对桐城诗派的形成有筚路蓝缕之功。姚鼐“道与艺合，天与人一”的诗学主张，正与桐城古文家论文提倡“义法”相契合。整体上说，桐城派诗学继承了韩愈和宋人“以文为诗”的风气，更自觉地以文章格法来评判诗歌和指导诗歌创作。

吴孟复《论刘大櫆与桐城派》一文讨论了刘大櫆独特的诗学和文章思想，包括其“天道观”“理欲观”“伦理观”“理学观”等。文章还总结了刘大櫆的具体写作技巧，包括人物刻画、起笔峭立、迭用譬喻、插入寓言、插入韵语等，从而具体而微地分析其音节与文气的关系。他认为刘大櫆不但恢张了方苞的“义法”，还是“桐城派”与“阳湖派”之间的桥梁，甚至对谭嗣同、康有为也有影响，从而重新确立了刘大櫆在桐城派中的重要地位。

汪孔丰《沈德潜与桐城诗学》一文探讨了刘大櫆、方东树的诗学思想与沈德潜诗学之间的关系。沈德潜交游广泛，其交游圈中，桐城文士占有一定的比重和分量。沈德潜在与他们交往的过程中，对桐城诗歌有所编选和评点。文章分析认为，刘大櫆修定诗歌文本时，汲取了沈德潜评点《刘海峰小称集》的意见；方东树编撰《昭昧詹言》时，也择取了沈德潜《说诗晬语》中的一些论诗之语。但桐城诗学与沈德潜有同有异，概而言之，二者同重性情，但一重道德情感，一重自然情感；二者同重格调，但一重意法，一重义法；二者同重神韵，但一趋于风神气韵，一趋于神气妙境。本文是学界首次注意到沈德潜诗歌评点与桐城派诗歌文本修订的互动关系，对沈德潜与桐城诗学的关系的论述中也颇有洞见。

傅宇斌《王闿运与桐城派——论王闿运文学思想的另一渊源》一文通过梳理《湘绮楼日记》，比照王闿运文学观与桐城派的文论，包括王闿运“经学、辞章、人品”与桐城派“义理、考据、文章”的相融、王闿运的“摹仿论”与桐城派理论的“摹仿论”、王闿运文体论“思兼单复”与桐城派“骈散合一”论等，认为桐城派也是王闿运文学思想的一个重要来源。文章不但从学理上探讨了王闿运文学思想渊源于桐城派的可能性，还从桐城文派的地理流传情况和王闿运早期所受教育及其个人交游方面讨论这种可能性。王闿运一般被认为是魏晋文的代表人物，本文却另辟新说，认为其与桐城派脱不了干系。本文虽以推论为主，但推绎过程细密严谨，结论颇令人信服。

潘务正《姚永概宗梅诗学论》一文分析了晚清民国桐城派的重要诗人姚永概的诗学宗向，认为其继承了姚鼐“熔铸唐宋”的诗学传统，于唐宋诸家多所取法；尤其是对梅尧臣的极力推崇格外引人注目。文章分析了姚氏对宛陵诗的兴趣的缘起以及梅诗之所以受到推崇的原因，认为梅诗的“真面目”与桐城诗派提倡真性情相吻合，梅诗平淡中见枯涩老健与姚永概力图改变其时桐城派重奇崛而轻平易的倾向以及姚氏力图融阳刚与阴柔于一体的诗学观念相契合，梅尧臣主张诗应“含不尽之意见于言外”也为姚永概抵制其时诗坛上艰涩的宗黄诗风及浅露的白话诗风提供了理论依据。总体说来，姚氏诗学宗梅，既是晚清民国桐城诗派的必然选择，也与晚清诗坛发展的内在理路相一致。桐城派诗学多尊杜尊黄，本文作者抓住了姚永概极力崇梅这一奇特现象，并对其进行了深入的分析，使我们了解到桐城诗学更多的面向，对桐城诗学和晚清诗学的研究都是巨大的推进。

第四，刊刻批点与诗学流通。近年来阅读史、书籍史的研究在史学界如火如荼。预此潮流，刊刻、批点、日记的研究也将成为近年来桐城派研究的新方向。诗学文献的刊刻、批点，本就是诗学教育、传承的一部分。

史哲文《论清代桐城诗歌总集的体派意识与文学权力互动》一文以清代桐城文人所纂《龙眠风雅》《枞阳诗选》《古桐乡诗选》《桐旧集》等诗歌总集为基础，考察了在姚范、姚鼐之外，早已存在的、名实兼具的“桐城诗派”。文章还考察了桐城诗歌总集在多重权力语境下汇聚、选裁、再创作与经典化诗派、诗人、诗作等过程中体现出文学权力的行使态势，以及桐城诗歌总集先后承续、体系完整、重视渊源宗派等特点对桐城诗派流衍的意义。桐城诗派一般被认为源自姚范、姚鼐，钱锺书父子、吴孟复等学者都如是看。本文通过对桐城早期诗歌总集的分析，认为桐城诗派早已形成。这无疑是很大的推进。

徐雁平《批点本的内部流通与桐城派的发展》一文通过挖掘姚永概《慎宜轩日记》来探讨桐城派形成的机制和文学特质。文章认为姚氏对桐城乡贤、桐城派著述的偏重，是其家学意识和流派意识的显露。以姚永概等桐城文家来考察，围绕批点本存在一个“批点本书籍交流网络”，这一网络的“私密性”是家学传承秘不外传风习的一种表现；而家学的“私密性”，也是形成桐城派“地域性”的基因。桐城派中后期过录批点风气的形成，意味桐城文章学、桐城诗学开始进入家学的累积、流派之学的融汇与整合时期。本文是近期桐城派研究重要的一篇论文，无论是方法上、视野上还是材料上，都有巨大的学术创新，开创了桐城派书籍史研究、日记研究的新趋向。

曾绍皇《桐城方氏父子手批〈杜诗论文〉的文献价值及理论意义》一文通过对方拱乾批点《杜诗论文》的考述性研究，探讨了桐城方氏杜诗学的家学传统。文章提出，方拱乾因训示子女之需，曾多次批点杜诗，国图所藏方育盛过录方拱乾批《杜诗论文》是辑录方拱乾批点杜诗的诸多批本而成的。该书最先是桐城方氏家族"批以训小子者"的教科书，但其批点中所涉及的杜诗学和文学批评问题，代表了清初杜诗学研究的价值取向和文学批评的时代精神。方拱乾批点《杜诗论文》在杜诗学和文学批评史领域的重要文献价值与理论意义。本文为桐城诗学以及杜诗学的研究提供了非常重要的新材料，其对于家族内批点过录的讨论也极有启发意义。

陈式的《问斋杜意》是清初桐城派杜诗学的重要注本。童岳敏《〈问斋杜意〉与清初桐城派的杜诗批评》一文考察了该书的文本特点与阐释方式，探究批点的群体构成与乡邦诗学的关联，并认为作为基层诗学景观，批注杜诗群体化及家族化的特点，不仅展现了乡邦诗学的旨趣及其流变形态，也彰显出地域诗学中"差序混层"与"众层化批评"的文学样态。本文是首篇系统完整论述《问斋杜意》一书的论文，其对基层诗学景观的讨论具有学术创新性，结论妥帖可信。

姚鼐《今体诗钞》是桐城派影响最大，流传最广的诗歌选本。谢海林《姚鼐〈今体诗钞〉的编撰缘起及其经典化考察》一文认为《今体诗钞》是姚鼐为弟子后学所编的今体诗歌教育的选本，目的是正本清源，存雅袪俗，示人以轨则。姚鼐凭借多年书院山长的地位与威望，在门生诗友中大力倡导《今体诗钞》之典范作用，再加上其独具慧眼、精辟贴切的品评与笺注，逐渐使得《今体诗钞》成为桐城诗派经典选本。本文对于区域、流派内部经典化的研究范式，对姚鼐"熔铸"与"融通"的新观点，都对桐城诗学研究有所推进。

总体说来，这些论文在材料、方法、观点等方面都为桐城派研究和诗学教育研究作出重要贡献。若从诗学教育这个角度来揣度未来桐城诗学教育的发展，窃以为还有以下几个方向可以继续推进：（1）教育与诗学之间的互动关系的具体阐释尚处在初级阶段，还有很多具体问题等待发掘和讨论。（2）科举与桐城诗学的关系关注不足。科举也是教育的重要组成部分，大量科举文献所涉及的诗学问题值得挖掘和研究。（3）微观研究也值得尝试。微观研究在史学界如火如荼，桐城诗学教育这样的学术话题，由于时代近、资料多，具有微观研究的学术条件。若有学者在此方向用力，具体而微地描绘出种种细节，对于桐城派研究与教育学的研究一定会是很大的推进和创新。

目　录

◇ 卷一　家族教育与诗学传承

◇ 卷二　书院教育与文学传播

◇ 卷三　师事私淑与诗学互生

◇ 卷四　刊刻批点与诗学流通

卷一　家族教育与诗学传承

桐城派的传承与传统教育

曾光光

桐城派是清代最著名的一个散文流派。因其开创阶段的三位主要代表方苞、刘大櫆、姚鼐都是安徽桐城人，故而得名。桐城派所以能蔚然成派，所以能在有清一代延绵传承两百余年，相当程度上就得益于中国传统教育。书院讲学、家学传授、私人授徒等传统教育方式使桐城派在人员构成上迅速扩展，成为一个超地域关系的文学派别；师事、私淑这两种主要类型的师生关系使一代代桐城派成员之间产生了错综复杂的紧密联系。

因教育而产生种种关系往往是维系中国学术派别、传承学术思想的重要纽带。事实上，现当代中国的学术派别，抑或学术群体的形成、发展也清晰地凸显出教育的影响，若隐若现的师生关系也往往是其中的重要联系纽带。故研究桐城派的传承与传统教育的关系，其目的不仅在于从个案的角度研究传统学术派别的传承与教育之间的关系，也为理解当今学术派别的形成提供了一个历史的蓝本。

一、书院讲学与桐城派传承

书院是我国古代学者研究学问、探讨思想的相对自由的场所。书院的创办者或为官府，或为私人，由于多有名儒讲学其间，众多弟子随其求学问道，故书院往往成为区域文化的中心与学术思想派别的发源地。古代书院以自由讲学、自由研究、自主办学为主要特征，但至清代，由于政府控制的加强，书院日趋官学化，日益成为科举制度的附庸。坚守程朱理学，善“以古文为时文”的桐城派恰好与书院的这种变化相协调，书院成为适宜于桐城派讲学传道、传承学术的场所。桐城派文士通过书院讲学培育起众多弟子，迅速扩大了桐城派的影响。

（一）姚鼐书院讲学与桐城派之立派

学术界一般认为，桐城派之立派始于姚鼐。如果说方苞、刘大櫆主要是从理论上为桐城古文立派打下了基础，那么姚鼐的贡献主要在于他通过书院讲学在队伍建设上为桐城派的立派准备了条件。

姚鼐一生在书院讲学达四十年之久，培养生徒众多，名徒辈出。姚鼐四十年的书院讲学生涯对桐城派的最终立派具有重要意义。

乾隆三十九年（1774），姚鼐从四库全书馆辞官以后，即到江南四处云游讲学。在乾隆四十一年（1776）至嘉庆二十年（1815）间，姚鼐先后在扬州梅花书院、安庆敬敷书院、歙县紫阳书院、江宁钟山书院等处主讲。姚莹在《姚惜抱行状》中曾叙及此事：“（姚鼐）既还江南，辽东朱子颖为两淮运使，延先生主讲梅花书院。久之，书绂庭尚书总督两江，延主钟山书院。自是，扬州则梅花，徽州则紫阳，安庆则敬敷，主讲席者四十年。所至，士以受业先生为幸，或越千里从学。四方贤隽，自达官以至学人，过先生所在必求见焉。”[①]凭此可见姚鼐当时讲学影响之大，培养生徒之多。著名的“姚门四子”都是姚鼐书院讲学时所栽培，姚莹从姚鼐问学于敬敷书院；方东树、梅曾亮、管同从姚鼐问学于钟山书院，其中管同在钟山书院时“久亲（姚鼐）指授，最承许与”[②]。

“维盛清治迈逾前古千百，独士能为古文者未广。昔有方侍郎，今有刘先生，天下文章，其出于桐城乎？”[③]姚鼐在《海峰先生八十寿序》中的这句话，通常被研究者视为桐城派立派的宣言。这句话当从纵、横两个方面来理解：从纵向来看，道出从方苞、刘大櫆包括姚鼐本人三大古文家均为桐城人的事实，以婉转方式打出了桐城文派的招牌。从横向上看，反映出古文队伍在姚鼐所在时代已具有相当规模，如果身边没有一批脱颖而出的

① 姚莹《惜抱先生行状》，《中复堂全集·东溟文集》卷六，同治六年刊本。

② 刘声木《桐城文学渊源撰述考》，黄山书社1989年版，第158页。

③ 姚鼐《刘海峰先生八十寿序》，《惜抱轩诗文集》，上海古籍出版社1992年版，第14页。

高足弟子，姚鼐岂敢底气十足地“发布”桐城派立派的宣言。

事实上，桐城派的第二代始祖刘大櫆已经开始致力于书院讲学。从六十七岁始，刘大櫆就辗转讲学于敬敷、新安、问政书院。但刘大櫆却没有取得类似姚鼐的成功。究其原因，一是刘氏从六十七岁才开始书院讲学，书院讲学时间相对短暂；二是刘氏科场失利，终其一生的官职仅是黟县教谕，在书院与科举仕进紧紧相连的清代，刘氏头上显然缺乏吸引众多生徒的光环。刘氏一生最得意的弟子姚鼐亦非书院讲学时所授，而是刘氏通过私人授徒方式所培养。

在桐城派前期，于书院讲学中功绩卓著的桐城派人士还有黄贤宝、朱仕琇等人。

朱仕琇，字斐瞻，号梅崖。建宁人，乾隆戊辰进士（1748）。朱氏历主滩川、鳌峰等书院，“从游之士恒及千人，教授之盛几与姚鼐等相埒”。朱氏单在鳌峰书院的讲学时间就长达十一年，教授弟子甚多，“其成就弟子，在建宁则朱雍、黄凤举、金荣镐、金仕翱、何□诰、陈绩、李天炎等最有声，凡闽人治古文者，不问知为仕仕琇弟子，否则亦闻之于仕琇弟子者，盖古文之道绝续之交，得仕琇而开通之”①。

黄贤宝，字介卿，号心泉，长沙人，乾隆癸卯举人（1783）。黄氏是方苞的再传弟子，他在主讲环溪、仰高书院时，“四方执经受业者尝百十辈”②。

（二）桐城派的传承扩展与书院讲学

为有一个直观、全面的认识，现根据刘声木编撰的《桐城文学渊源撰述考》把清朝活动于全国各书院的桐城派人士列举如下。③

前期桐城派活动于书院的人士有（大致在乾隆年间）：姚鼐、朱仕琇、黄贤宝、官献瑶、沈廷芳、陈浩、成城、王昶、韩梦周、廖游章、张甄陶、张廷镐、周桐圃、刘大櫆、姚范、王灼、张敏求、方泽、秦濂、朱仕櫆、

---

①《桐城文学渊源撰述考》，第349页。

②《桐城文学渊源撰述考》，第129页。

③ 刘声木是清末民初的安徽学者。他所撰的《桐城文学渊源考》十三卷及其《补遗》十三卷、《桐城文学撰述考》四卷及其《补遗》四卷，是研究桐城派的重要著作。黄山书社现已将以上著作合为《桐城文学渊源撰述考》出版。

金荣镐、鲁兰枝。

后期桐城派活动于书院的人士有（大致年限在嘉道年间至宣统年间）：吴贤湘、吕璜、邓显鹤、蔡复午、高澍然、曾莲炬、徐敖、光聪谐、徐熊飞、钱仪吉、钱泰吉、姚莹、单为僡、刘开、宗稷辰、温葆琛、苏源生、徐子苓、赵绍祖、蒋湘南、姚椿、梅曾亮、吴嘉宾、陈溥、陈学受、杨彝珍、孙衣言、阎正衡、杨士达、方东树、文汉光、戴钧衡、张裕钊、邓瑶、邓瑔、王柏心、郭嵩焘、吴昆田、何则贤、刘存仁、秦赓彤、顾广誉、凌泗、何如璋、王瑔、龙继栋、吴汝纶、孙葆田、范当世、王先谦、王先慎、黄长森、杨澄鉴、贺涛、赵衡、马其昶、姚永朴、李谐瑔、齐令辰、崔柄炎、陶绍学、罗正钧。

有清一代，一个文派在书院中讲学的人数有案可查的几达百人，由此也可看出桐城派的成员之多与影响。由上还可看出：桐城派各阶段的代表人物都与书院讲学有联系。姚鼐、刘大櫆自不待说，嘉道年间，姚鼐高足钱仪吉、姚莹、刘开、姚椿、梅曾亮、方东树均继承乃师衣钵，从事书院讲学；同治、光绪年间的桐城派代表吴汝纶、张裕钊及他们的著名弟子范当世、贺涛、马其昶、姚永朴等均在书院讲学。需注意的是，咸丰年间至同治初年，桐城派诸人在书院的活动处于低潮。一是此阶段有案可查的在书院讲学的桐城派人士仅有顾广誉、凌泗两人。二是此阶段的桐城派领袖曾国藩无缘书院讲学。究其原因，当与爆发于此间的太平天国起义有极大关系。太平天国活动的主要领域如江苏、安徽、江西、广西、湖南、湖北等地正好是桐城派的主要活动领域。曾国藩曾说："自洪杨倡乱，东南荼毒，钟山石城，昔时姚先生撰杖都讲之所，今为犬羊窟宅，深固而不可拔。"①在这种情形下，书院讲学显然已不可能。

桐城派人士曾经讲学的书院遍布各地，如广西的榕湖书院、秀峰书院；广东的韩山书院；浙江的杭州书院；福建的厦门书院、安澜书院；湖南的岳麓书院、城南书院；安徽的亳州书院、徽州书院等；河北的莲池书院；湖北的江汉书院等。书院讲学范围的扩展，显然有利于扩大桐城派的队伍。如桐城派在河北的扩展，就与张裕钊、吴汝纶主讲莲池书院息息相关。张裕钊、吴汝纶主讲莲池书院时，教授弟子甚多，影响很大，"自武昌张濂亭

① 曾国藩《〈欧阳生文集〉序》，《曾国藩全集诗文》，岳麓书社1994年版，第247页。

先生、桐城吴挚甫先生相继主讲于此，河北风气，因以大开，于是占琭揣摩之所，一变为储才研籍之地矣”[①]。桐城派在广西的扩展，就得益于吕璜在桂林秀峰书院的讲学，据载：“当有清嘉道间，海内谈古文词者，多宗方姚，时月沧（吕璜）自浙东归桂林，讲学于秀峰十年，以古文词倡导后进，自谓得之于吴仲伦（德旋）……于是临桂龙翰臣（启瑞）、朱伯韩（琦）、马平王定甫（拯），平南彭子穆（昱尧）蔚然兴起。”[②]

二、家学传授与私人授徒

书院讲学是一种公开的、规模较大的教学方式，而家学传授与私人授徒则是小范围内的私人教育方式。

（一）私人授徒

所谓私人授徒，是指传统知识分子不借助官方抑或公开的教育机构而进行的一种个人性质的学术传承活动。关于私人授徒的具体教学形式，归纳起来主要有以下两种：

一是较正规的教学授徒方式。如管耘，“以文学教授乡里，远近从游者先后百数十人”[③]。这种教学方式一般以家庭为教学场所，如诸福坤，“即家延纳学徒教授，诸生就舍请业，随材指教，造就甚广”[④]。但这种有规模的私人教学授徒方式在桐城派中不很普遍。

二是较随意的教学授徒方式。这种教学方式往往表现为老师对学生的随机指点，没有固定的场所、时间。有的学生晨夕请教；有的定期拜访求教；有的跟随老师左右，随时得到老师指点。如潘眉，“师事郭麐，居与相

① 灊山《谈谈以往的莲池》，《河北月刊》，1936年第2期。

② 周鼒编《广西通志稿·文化篇》，1949年油印本。

③ 管耘，字美中，如皋人，诸生，师事梅曾亮、管同，受古文法。《桐城文学渊源撰述考》，第259页。

④ 诸福坤，字元简，长洲人，诸生，私淑桐城文学。《桐城文学渊源撰述考》，第331页。

近，晨夕过从，学益大进”①。又如陈经，师事秦瀛，“无岁不过瀛，亲承古文义法”②。再如张美翊，“师事薛福成，受古文法，随使数年，得以从容亲承指授”③。教学内容无外乎“讲解经义”，“批评其文”④。当然，最重要的教学内容还是“授以方、姚、梅、曾相传古文义法”⑤。

书信有时也是桐城派大家授徒的重要形式。如王国栋，“师事吴德旋，最为笃信，书问往还几四十年。渊源最深”⑥。

私人授徒的时限或长或短，有的仅仅数日，有的长达数年。短者如林树海，林氏“从高澎然学古文，曾留其别业二十余日，细为指授，从容讲论”⑦。长达数年者如吴履敬，吴氏“师事张穆，受古文法二年，穆亲自督教，清业质疑，昕夕无间，偶有所作，辄获嘉许”⑧。

在私人授徒的教学方式中，师生关系的建立一般靠学生主动问学请教于桐城派名师，从而建立起生徒关系。如杨士达，“久居京师，偕四十二人联古文会，从梅曾亮往复讨论，讲求为文义法，其文亲承指授”⑨。需要注意的是，携文求师往往是桐城派文人拜师的重要途径之一。如范当世，“尝与朱铭盘携所为古文，求张裕钊为是否”⑩，范当世以此得张裕钊赏识。张裕钊曾撰文叙及此事：“余以今年三月，因通州张生謇晤其同里范生当世邗江舟次。范生出所为文示余。余读之，深叹异以为今之世所罕见也。其辞气诚盛昌不可御。洎七月，生偕泰兴朱生铭盘来金陵，复携所为文，求余

---

① 潘眉，字稚韩，吴江人，诸生。郭麟，字详伯，吴江人。《桐城文学渊源撰述考》，第192页。

② 陈经，字景辰，荆溪人，布衣。《桐城文学渊源撰述考》，第117页。

③ 张美翊，字让三，鄞县人，官直隶候补知府。《桐城文学渊源撰述考》，第199页。

④《桐城文学渊源撰述考》，第257页。

⑤《桐城文学渊源撰述考》，第290页。

⑥ 王国栋，字守敬，歙县人，监生。《桐城文学渊源撰述考》，第228页。

⑦ 高澎然，字雨农，光泽人，其父授以从朱仕琇所受古文法，嘉庆辛酉举人，官内阁中书。林树海，字实夫，金门人，师事高澎然，官布政司经历。《桐城文学渊源撰述考》，第362页。

⑧ 吴履敬，字敬之，青阳人。张穆，字诵风，平定人，道光辛卯优贡，官候选知县。《桐城文学渊源撰述考》，第260页。

⑨ 杨士达，字希临，金溪人，道光乙未举人，官截取县知县。《桐城文学渊源撰述考》，第259页。

⑩《桐城文学渊源撰述考》，第289页。

为是正，且恳恳问为文法甚至。余既取其文，稍稍点定。”[①]此与薛福成携文拜师于曾国藩，刘大櫆携文拜师于方苞同出一辙。

（二）家学传授

家学传授当为私人授徒的一种表现形式，本文为表述得清晰，特将家学传授单列出来予以研究。

所谓家学，一般指家传之学。[②]家学具有在某一家族领域内代代相传的特性。具体到桐城派，不能将桐城派家学仅仅与桐城派始祖方苞的后辈联系起来。如姚鼐与方苞虽无血缘或亲属关系，但他师事刘大櫆“受古文法”，成为桐城派一员，其后辈如子、孙、侄、甥，包括兄弟等，若从姚鼐学习古文，就当是秉承桐城派家学了。

家庭教育是桐城派古文家学得以代代传承的重要方式之一，本文所论“家学”，侧重于论述桐城派家学传承的途径。其途径一般有以下几种：

一是通过父子、兄弟等直系血缘亲属关系传承，这是较为普遍的一种家学传承方式。其表现形式有：其一，父子传承。如姚莹子姚浚昌“幼承庭训，又习闻其乡老师宿学讲论，慨然以古作者自期”[③]；管同子管嗣复“禀承家学”[④]。其二，直系隔代相传。如方涛，为方东树孙。他“少承祖训，诗文具有家法”[⑤]。其三，兄弟相传。如薛福保，为薛福成之弟，他“尝随其兄福成习闻曾国藩论文之旨。其为文循沿途径，神蕴超迈，颇据古人藩篱”[⑥]。

二是通过各种亲属关系传承。其一，叔侄、舅甥相传。前者如姚通意，为姚鼐侄。他“师事从父姚鼐，从居钟山书院最久，得闻论诗文要旨”[⑦]；

① 张裕钊《赠范生当世序》,《廉亭文集》卷二,宣统元年五色古文山房刻本。

②《后汉书·孔昱传》曰:“昱少习家学”。孔昱七世祖孔霸为汉经师孔安国孙,世习尚书,故孔昱自称家学。(《后汉书》第一册《志一》,中华书局1979年版,第3213页。)

③《桐城文学渊源撰述考》,第167页。

④《桐城文学渊源撰述考》,第163页。

⑤《桐城文学渊源撰述考》,第273页。

⑥《桐城文学渊源撰述考》,第184页。

⑦《桐城文学渊源撰述考》,第188页。

后者如阎正衡，“师事其舅杨彝珍”[①]。其二，同族兄弟相传。如方宗诚，“师事从兄方东树十二年之久，受古文法”[②]。其三，同族隔代相传。如姚元之、姚柬之两人均“师事族祖姚鼐，受古文法”[③]。

三是通过联姻的方式传承，如端木百禄“师事宗稷辰，受古文法，稷辰妻以少女，承其家学”[④]。这种情况虽不多，但因其特殊，故作为一种类型单独枚举出来。

上面所举的几种家学传承途径有时会交织、连接起来，形成家学传承的复杂网络。

一种是家学代代相传情况。最典型的就是父传子，子再传子。如秦瀛、秦缃武、秦赓彤祖孙三代代代相传桐城古文。秦瀛师事姚鼐，其子秦缃武古文之“风格得之于父教”[⑤]。秦赓彤为秦瀛孙、秦缃武子。赓彤古文“深有得于家学”[⑥]。家学代代相传有时还表现为同族范围内的代代相传。如方东树的族弟方宗诚师事于方东树，方宗诚又将古文法传之于其子方守敦。[⑦]

另一种情况是以一人为核心的多指向家学传承方式。如吴德旋，为姚鼐著名弟子。其族弟吴瑞珍师事“族兄德旋，受古文法”[⑧]；族弟吴敬承“师事族兄吴德旋，德旋授以司马子长、韩退之之义法”[⑨]；其甥孙励“师事其舅吴德旋”；其外孙孙曾颐“深得德旋衣钵”[⑩]。

在传统社会中，家学传授与私人授徒对于文派的建立与稳固具有重要意义。它不仅在组织上不断为文派输送人员，还在文派成员之间建立起异

---

① 阎正衡，字季蓉，石门人，诸生，官候选训导；杨彝珍，字季涵，武进人，道光庚戌进士，官兵部主事，学文于梅曾亮。《桐城文学渊源撰述考》，第255页。

②《桐城文学渊源撰述考》，第266页。

③ 姚柬之，字幼琇，桐城人，道光壬午进士，官大定府知府；姚元之，字伯昂，嘉庆乙丑进士，官都察院左都御史。《桐城文学渊源撰述考》，第167页。

④ 端木百禄，字叔总，青田人，官直隶州州判；宗稷辰，字迪甫，山阴人，道光癸巳进士，官山东运河道。《桐城文学渊源撰述考》，第194页。

⑤ 秦瀛，字凌沧，乾隆甲午举人，官刑部右侍郎。秦缃武，监生，官彭泽知县。秦赓彤，咸丰丙辰进士，主讲东林书院十余年。《桐城文学渊源撰述考》，第185页。

⑥《桐城文学渊源撰述考》，第186页。

⑦ 方守敦，字常季，方宗诚子，“夙承家学”。《桐城文学渊源撰述考》，第273页。

⑧《桐城文学渊源撰述考》，第239页。

⑨《桐城文学渊源撰述考》，第228页。

⑩《桐城文学渊源撰述考》，第234页。

常紧密的关系，形成牢固的关系网络。家学传授与私人授徒中所包含的师生、血缘与联姻关系，在桐城派走向终结的最后时刻显得尤为重要。末期桐城派的主要代表是贺涛、范当世、马其昶、姚永朴、姚永概、林纾等人，其中贺涛、马其昶、姚永朴、姚永概、范当世均出自吴汝纶、张裕钊门下。姚永朴、姚永概两人为兄弟（姚浚昌之子，姚莹之孙），范当世与马其昶分娶姚浚昌女儿（永朴、永概的两姊），被称为“姚门快婿”。在桐城派无人应和、后继乏人的时刻，师生、血缘、联姻的关系成为维系桐城派的重要因素，延缓了桐城派衰亡的步伐。

三、师事与私淑：两种不同类型的师生关系

上文探讨了不同类型的具体教育方式对桐城派传承的影响，在此还需对存在于桐城派成员之间的不同类型的师生关系作一简要的探讨。

具体的教育方式使桐城派成员之间建立起具体的师生关系。除此之外，在桐城派成员间还存在着一种特殊的师生关系：私淑。这种师生关系摆脱了具体教学传授的时空限制，故刘声木在《桐城文学渊源撰述考》中将存在于桐城派成员间的师生关系区分为“师事”与“私淑”两大类。

（一）师事关系

《左传·昭公七年》曰：“故孟懿子与南宫魏叔师事仲尼。”“师事”，在此指以师礼相待。刘声木“师事”来标明桐城派成员之间亲闻謦咳的师生关系，侧重指某人师从某人学习。①从学生这一方看，学生与老师的关系是“师事”，而从老师这一方看，老师与学生的关系是“师授”。师事与师授相辅相成，构成一个完整的教学整体。桐城派弟子师事的老师不一定是唯一的，有的人一生可能师事几个老师，如贺涛，就先后师事于吴汝纶、张裕

① 如张裕钊一条：“张裕钊，字廉卿，号濂亭，武昌人，道光丙午举人，官内阁中书。师事曾国藩，受古文法，最为笃爱。”《桐城文学渊源撰述考》，第285页。

钊；又如马起升，初师世父马树华及戴钧衡，[①]受古文法，继复师事方东树。

桐城派成员间师事关系的建立，主要就是靠上文论及的家学传授、书院教学、私人授徒等教学方式，此处不再赘述。

（二）私淑关系

私淑与师事相比，则是另一种含义上的师生关系。《孟子·离娄下》曰："予未得为孔子徒也，予私淑诸人也。"后之学者对自己所敬仰而不得从学的前辈，常自称"私淑弟子"。[②]说明私淑所建立的师生关系并无直接的教与学，这种师生关系建立在自愿接受他人学术思想的基础上。

桐城派"私淑"弟子可分为三种情形：

一种是无缘求学于桐城派前辈，但又心向往之，故诡称为某前辈弟子。如孔子第七十二代孙孔宪彝，道光丁酉举人，与梅曾亮、曾国藩熟识，"其于姚鼐文学既沉渐而癖好之，自诡出桐城门下"[③]；又如赵绍祖，"得姚鼐论文义法，闻风私淑其文"[④]。刘声木把这类人直接归属到桐城派各期代表人物的弟子行列中。刘声木在撰述《桐城文学渊源撰述考》时，每卷卷首特附加按语一句，现将相关卷的按语转录如下：

> 卷二，专记师事及私淑方苞诸人；卷三，专记师事及私淑刘大櫆诸人；卷四，专记师事及私淑姚鼐诸人；卷六，专记师事及私淑吴德旋诸人；卷七，专记师事及私淑梅曾亮诸人；卷八，专记师事及私淑方东树诸人；卷十，专记师事及私淑张裕钊、吴汝纶诸人；卷十二，专记师事及私淑朱仕琇诸人；卷十三，专记师事及私淑鲁九皋诸人。

可见，私淑弟子是桐城派成员的重要部分。一种则不具体指称私淑某

---

① 马起升，字慎甫，桐城人，诸生，官议叙同知。马树华，字公实，桐城人，嘉庆丁卯副榜，官汝南府通判。戴钧衡，字存庄，桐城人，道光己酉举人，师事方东树，受古文法。

② 参见《辞海》，上海辞书出版社1980年版，第1739页。

③《桐城文学渊源撰述考》，第177页。

④ 赵绍祖，字绳伯，泾县人，诸生，道光辛巳孝廉方正，曾署理滁州州学学正。《桐城文学渊源撰述考》，第189页。

人，只称私淑于桐城派古文或桐城派，这部分人不便归属于某师的门下。故刘声木在《桐城文学渊源撰述考》中专辟一卷（卷十一），共收入110人，专门记载“私淑桐城文学诸人”。

另一种情况比较特殊，这类弟子最初称私淑于桐城派，后又得机会求教于桐城派前辈，然私淑于前，后人仍将他们视为桐城派私淑弟子。最典型者如江苏吴德旋，年轻时即仰慕姚鼐，直至四十岁才有机会亲承教诲，他曾说：“余年二十余至京师，与武进张皋文同学为文，得桐城姚惜抱先生《古文辞类纂》读之，而知为文之不可不讲于法也……年几四十，始或亲谒惜抱先生而请益焉。”[①]吴氏虽亲承过姚鼐指教，但还是被后人归入姚鼐的“私淑弟子”之列。

私淑作为传统教育体制中的一种特殊方式，对桐城派的扩展具有重要意义。私淑由于具有超时空的特性，摆脱了具体教学传授的时空限制，一个文派可以通过私淑为纽带，迅速扩展自己的影响面。从曾国藩所写的《〈欧阳生文集〉序》可以看出：姚鼐的私淑弟子遍布各地，江西有鲁仕骥、陈用光、陈学受、陈溥、吴嘉宾；江苏有吴德旋；广西有吕璜、朱琦、龙启瑞、王锡振；湖南有吴敏树、杨彝珍、孙鼎臣、郭嵩焘、舒焘。[②]可见“桐城宗派，流衍至广西”、湖南、江西、江苏，与私淑弟子有莫大关系。私淑弟子不仅在横向地域上推动了桐城派组织的扩展，也在纵向上推动了桐城派的发展。许多私淑弟子在私淑桐城派后，讲学授徒，传承桐城派古文。其中最具有代表性的就是曾国藩，他在私淑姚鼐后，通过收授弟子的方式培养了大批弟子，“曾门四子”——张裕钊、黎庶昌、薛福成、吴汝纶就是其中的佼佼者。

曾国藩在《〈欧阳生文集〉序》中将姚鼐的弟子分为“著籍”与“私淑”两种。[③]所谓著籍者实则姚鼐亲授的嫡传高足，非一般请业问学者可比。[④]“私淑”弟子就是“其不列弟子籍，同时服膺”者。这种区分法与刘声木的区分法基本一致，但曾氏显然侧重从生徒的角度进行划分。

---

① 吴德旋《七家文钞后序》，《初月楼文钞》卷五，光绪九年刻本。

② 曾国藩《〈欧阳生文集〉序》，《曾国藩全集》，《诗文》，第245—246页。

③《〈欧阳生文集〉序》，《曾国藩全集》，《诗文》，第245页。

④ 参见关爱和著《古典主义的终结》，上海文艺出版社1998年版，第45—48页。

将刘声木与曾国藩的区分法结合起来考察，可对桐城派的传承作这样的描述：以桐城创始人方苞为起点，历代成员在相邻两代之间基本上具有师承关系。下一代成员或“师事”于前一代成员，为桐城派的“著籍弟子”；或“私淑”于前代成员，为桐城派的“私淑弟子”。需要说明的是，“师事”由于是一种具体的教学关系，故成员之间代代相接，如梅曾亮师事于姚鼐，吴嘉宾师事于梅曾亮，体现出严格的时序性。而“私淑”是一种没有实际教学传授、超时空的师生关系，师生之间可能是前后辈，也可能相隔数代[①]；也可能是一种模糊的指向，只称私淑于桐城派，而不具体指称私淑于某人。

在嘉道以前，桐城派师徒传授的途径基本上呈现出单线流动的态势：刘大櫆师从于方苞，姚鼐师从于刘大櫆，姚莹、梅曾亮等人师从于姚鼐。方、刘、姚三人分别作为他们所属时代的文学巨匠与桐城派领袖，使一条明晰的师徒链接主线凸现出来：方苞—刘大櫆—姚鼐。姚鼐以后，这种单线的师承链接发生了改变，其主要因素有二：一是桐城派流布领域的进一步扩展，个别大师显然已无力单独担负学术传承的重担；二是大师级人物的缺乏，使得姚鼐的著名弟子们得以平分秋色，“各以所得，传授徒友，往往不绝”。不计私淑弟子，姚鼐的五大著籍弟子：姚莹、刘开、梅曾亮、管同、方东树的身边都围绕着不少的求学者，其中尤以方东树、梅曾亮成绩卓著，两人弟子众多，故刘声木在《桐城文学渊源撰述考》中就单独列卷介绍师事、私淑于两人的弟子。但令人惋惜的是，姚莹、刘开、梅曾亮、管同、方东树等人虽弟子众多，却少有名世者，他们的弟子无力担当起传承桐城派的重任。姚门弟子相继去世后，支撑桐城派门庭的倒是私淑于桐城派的曾国藩，他以其特有的政治地位拥有了极强的感召力。在19世纪60年代，曾氏引领桐城派大旗，众多弟子如众星拱月般追随其后，天下桐城派似乎尽出其门下。曾国藩去世后，其得意门生张裕钊、吴汝纶担当起传承桐城派古文的重任。贺涛、马其昶、姚永概、姚永朴等清末民初的桐城派主将基本上都出自二人的门下。总体上看，曾国藩以后，桐城派从此没有涌现出大师级的人物。大师级人物的缺乏与风雨欲来的新文化浪潮的冲

① 如曾国藩，他论文私淑于方苞、姚鼐。然曾氏生于1811年，姚鼐卒于1815年，曾氏显然无缘求学于姚鼐门下，曾氏与方苞更是相隔数代。

击，自然使桐城派不可避免在二十世纪初走向衰竭。

十九世纪末二十世纪初，中国传统教育制度开始向近代转型。伴随着传统书院的瓦解、近代学堂的崛起，作为传统知识分子典型代表的桐城派文士失去了讲学传道的重要场所。加之科举制度的崩溃，使时文成为时代弃履，与时文紧紧关联的桐城古文也随之失去魅力，桐城派由此失去了吸引士子的法宝。历史就是这样反复无常，曾经是“从者如云”的桐城派大门前转眼间就是“门前冷落鞍马稀”。“有师无生”的尴尬局面使桐城派培养后继者的教育链条就此中断。在新的文化背景下，失去了造血机能的桐城派自然失去了生机。

（原载《清史研究》2005年第3期）

方维仪对方以智的教育述论

宋豪飞

方以智天资聪颖，博学多才，《清史稿》本传写道："以智生有异禀，年十五，群经、子、史，略能背诵。博涉多通，自天文、舆地、礼乐、律数、声音、文字、书画、医药、技勇之属，皆能考其源流，析其旨趣。著书数十万言。"[①]侯外庐称其为"十七世纪百科全书式大学者"，当名副其实。然而无论怎样的天才人物，除了个人的天赋"异禀"之外，还须接受必要的正式的教育，且后天的教育尤为重要。方以智15岁从师以前所接受的知识当全部来自家庭教育，即源于家庭父母尊长的教导，其中包括仲姑方维仪的谆谆教诲、辛勤培养。方维仪于以智母亲去世后，抚养并教育以智兄妹，对他们此后的成长影响至深。这一点却往往不被人关注，故本文仅就其于方以智的教育与影响略加考述。

一

桐城桂林方氏是明代前中期门第渐趋兴隆的江南著名的官宦望族、诗礼世家，家学渊源深厚。方以智曾祖方学渐即是著名的学者，有志洛闽之道，融贯诸家，阐明性学，讲学四方，晚年兴办桐川会馆，布衣振风教，为桐城学风的昌盛做出了贡献，人称明善先生。但在以智五岁时去世，对以智应该没有多少直接的教育。祖父方大镇曾任万历朝大理寺左少卿，学有本源，尊父明善之教，倡性善之旨，人称文孝先生，于方以智20岁时去

① 赵尔巽《清史稿卷五百》，中华书局1977年版，第13833页。

世。其父方孔炤万历四十四年进士，崇祯朝升任湖广巡抚，终生勤学，老而弥笃，著述甚丰，作文以见心明道、经世致用为旨。母亲吴令仪亦具才华，善书、琴、字画，“师事清芬阁，诗翰甚美”①，年仅三十病逝。外祖父吴应宾学通儒释，精于西乾，“乡居四十载，惟闭户著述，深于性命之旨……从古从今，辨析不爽”②。我们有理由相信，正是世代理学的传承，家学的累世积淀，家学家风的浸染和熏陶，尊长言传身教，励志勤学等因素使得方以智自幼便耳濡目染，开始接受启蒙教育，这都必将对其人生道路及学业发展产生根本的影响。

当然，祖辈、父母的启蒙教育实为重要，但尊长之中对方以智的抚养与教育产生较大影响的还有一位人物，那就是其仲姑方维仪。

方维仪自幼受家学熏染，富有才学，工诗善画，且生性贤惠，然个人命运充满悲剧色彩。她十七岁嫁与同乡文士姚孙棨为妻，时姚孙棨已是重病缠身，不久病故；她产下一遗腹女，不幸九个月后夭折，这令其悲痛欲绝。其后婆家不便居留，她便请大归。她十八岁归家后守志清芬阁，与姊方孟式、堂妹方维则并称“方氏三节”，“或殉死于危城，或守节于陋巷，大节清风，尤裨风教”③。“方氏三节”还与方以智的母亲吴令仪及其姊吴令则结成桐城著名的“名媛诗社”④，方以智于《清芬阁集跋》就写道：“自丙午岁（1606年）与余母朝夕织纴以下俱共事，殷勤之余，时或倡咏，伯姑间归而和之，闺门之中雍雍也。”⑤她们写诗唱和，挥墨作画，皆尊方维仪为师。

方氏姊妹名节与诗画同存一身，令名远扬，于明清女性文学史上当占有一席之地。梁乙真评论道：“明之季世，妇女文学之秀出者：当推吴江叶氏，桐城方氏，午梦堂一门联吟，而方氏娣姒，亦无不能文诗，其子弟又多积学有令名者。故桐城之方，吴江之叶，自后尝为望族，不仅为有明一

---

① 马其昶《桐城耆旧传卷十二》，黄山书社1990年版，第457页。

② 胡必选《康熙桐城县志》，江苏古籍出版社1998年版，第115页。

③ 方于榖《桐城方氏诗辑》，清道光元年（1821年）饲经堂刻本，凡例。

④ 许结《明末桐城方氏与名媛诗社》，张宏生《明清文学与性别研究》，江苏古籍出版社2002年版，第349页。

⑤ 方以智《浮山文集前编》卷二，清康熙此藏轩刻本。

代妇女文学之后劲也。"[①]指出方氏女性于明季文学史上之地位，当是客观之论。其中方维仪则处于主导地位，且文学成就最高，朱彝尊曾予以高度赞赏："龙眠闺阁多才，方、吴二门称盛。夫人才尤杰出。"[②]这是对方维仪才学的充分认识和肯定。

二

明天启二年（1622年），方以智母亲吴令仪不幸病逝，父亲方孔炤又长年宦游他乡，方以智十二岁，大妹子耀（一作子跃）九岁，弟其义才两岁。方维仪是年三十八岁，于是便主动担当起教养侄儿辈的重任，她在《未亡人微生述》文中写道："弟妻吴宜人愉惋同保，不幸早世，余抚其诸英，训诲成立，完其婚嫁，必当终于一诺也。"[③]她于弟妇吴令仪去世之际就曾暗自发誓要倾心倾力抚养子侄们长大成人，直至各自成家。事实上，她也践行了诺言，方以智兄妹皆是由仲姑方维仪代为抚养成人成才成家的。

方维仪对方以智兄妹是既"抚"且"教"的，表现在这两个方面。

方以智于文中就多次提起仲姑对自己的"抚"与"教"，如他在《题清芬阁白描大士像》文中写道："清芬阁者，愚仲姑也，适姚前甫公，十七而寡，依廷尉太恭人居。愚小子智壬戌失母，仲姑抚而教之，曾定古今《宫闺诗史》。"[④]在《膝寓信笔》中亦有追忆："仲姑为姚心甫侍御之嫂，十七而寡，大归，依母居清芬阁。怜我丧母而抚教之。"[⑤]

由此可知，方维仪不但像母亲一样悉心照料子侄们的起居生活，将他们抚养成人，而且还自觉承当起教授他们学问的重任。

关于她对方以智的抚养，我们可以通过方以智所作诗文进一步加以明晓。他多年后为仲姑刊刻《清芬阁集》，于其跋语中还情不自禁回忆起仲姑数年来辛劳的情形："尔智未束发，梦梦不知所奉，暨稍长，离经小学，克

---

① 梁乙真《清代妇女文学史》，中华书局1932年版，第1页。

② 朱彝尊《静志居诗话》，人民文学出版社1990年版，第725页。

③ 马其昶《桐城耆旧传》卷十二，第456页。

④ 方以智《浮山文集前编》卷二，清康熙此藏轩刻本。

⑤ 方昌翰《桐城方氏七代遗书》，清光绪十四年（1888）刻本。

共侍命，而吾母即世。嬛嬛僮块，莫适与归。问我诸姑，仲氏任之。盖抚余若子者八历年，所无间色矣……诸子女饮食当治，衣裳当浣，俱身先操作。间命婢，必慰谕遣之，其淑慎如此。于乎自智不得逮事吾母，以不得不子于姑，敢不母事吾姑，以不敢死其亲乎？"[①]方维仪八年来无微不至的关心子侄们的生活，视之如子，故而使得方以智内心充满了对仲姑的感激，并视姑如母，其深情告白，亦是情理所然。

方以智还写有《侍姚仲姑母作》[②]一首五古长篇，极其细致生动地概述了仲姑方维仪归家守志清芬阁的生活及其内心无尽的酸楚，形象生动鲜明。她含辛茹苦操持家务，"操作浣衣裳，治食临中厨"，又如母般细心教养侄儿们。但孑然独守时却暗自泣下，"每见其泣下，孤帏起长吁。晨钟跪诵经，永昼坐操觚。所作多焚草，浩倡以自娱"，以诵经寻求精神解脱，借吟诗作画纾解内心悲伤，故而随作随焚。诗中写到仲姑对自己的谆谆教诲，"勿嗟旷代才，偃蹇游江湖。吾家世好德，终必登天衢"，劝诫以智要奋发有为，必将科名得中仕途发达。当然，诗中也抒发出自己对姑母的"感恩拜受教"之深情，且当"母事吾仲姑"，将如同生身母亲一样侍奉仲姑，以此作为报答。他还盛赞其为"凛凛烈丈夫"，这当是方以智对仲姑抚养深情的自然流露，溢于言表，倾诉于诗。

方维仪不但在尽一位母亲般的抚养子女的责任，而且还在尽一位家庭教师般的教育子女的责任。《桐城方氏诗辑》卷一方维仪小传中即记其"教其侄以智，俨如人师"[③]。而所教授之内容，方以智曾写道："智十二丧母，为姑所托，《礼记》《离骚》皆姑授也。"[④]当然，我们有理由相信，方维仪所讲授的内容，除了《礼记》《离骚》之外，应该还有更多的典籍。她还曾与弟、侄们一起谈论诗歌，她写有《秋日与弟、侄论诗》一首可为明证：

南山烟树远苍苍，雨后云开天气凉。风起寒阶吹昨夜，蝉吟衰柳动斜阳。池边野鸟从榛草，竹下溪流闻画堂。高论不随秋色尽，为留明月

① 方以智《浮山文集前编》卷二，清康熙此藏轩刻本。

② 方以智《方子流寓草》卷二《四库禁毁书丛刊》，北京出版社1997年版。

③ 方于穀《桐城方氏诗辑》卷一，清道光元年（1821）饲经堂刻本。

④ 方以智《浮山文集前编》卷二，清康熙此藏轩刻本。

发清光。[1]

上述已经提及朱彝尊论其“才尤杰出”，《康熙桐城县志》卷六就记其“淹贯经史，能诗及古文词，著有《宫闺诗史》《尼说七惑》等书及《清芬阁集》行于世。”[2]可见方维仪之才华杰出、学识渊博，于清初文坛享有较高声誉当是不争的事实。她将自己的全部知识悉心传授给方以智，这也被视作她为师的本分职责。她在教授学问时态度严肃，神情庄重，以至于“弟、侄进见，无敢不肃”[3]，教学之严，堪比“人师”。

方以智于崇祯七年（1634年）桐城民变后避居南京，卜宅“膝寓”，回忆过去，还一直念念不忘仲姑对他的教诲：“仲姑……怜我丧母而抚教之……自甲戌桐变，仲姑奉大母来南都……智性疏散，不知事事，言语过失，多不能免，赖有仲姑提撕，是小子之幸也。”（《膝寓信笔》）方以智出生于官宦世家，青少年时代曾过着贵公子的纵情狂放的生活，幸而有仲姑时时告诫，才使他醒悟，更多明了为人处世之道。其伯姑方孟式亦针对以智此种生活状况来信警示以智，“伯姑山左寄书曰：‘……吾侄读书，讲求实学，何徒苦吟痛饮耶！天分无限，正当尘务经心。’”（《膝寓信笔》）劝其精心读书，讲求实学，即以功名为念。

正是在姑母的精心教导和激励下，方以智积极参加科举。方维仪还作诗《送密之侄应试》，对以智科名高中寄予厚望：“槐花满眼望江涛，努力南征意气豪。月夜咿唔云树静，星河灿烂晓帆高。鲸飞万里乘波浪，豹隐三秋泽羽毛。我老零丁惟望尔，秦淮马上莫辞劳。”[4]方以智最终不负仲姑期待，于明崇祯十三年（1640年）考中进士，后授翰林检讨，达到人生辉煌的顶峰。只是遭遇甲申国变，命途多舛，最终被迫出家，但他是以一位著名的文学家、思想家、科学家和书画家而留名青史的，具有多方面的成就。

① 潘江《龙眠风雅》卷十六《四库禁毁书丛刊》，北京出版社1997年版。

② 胡必选《康熙桐城县志》，江苏古籍出版社1998年版，第191页。

③ 马其昶《桐城耆旧传》卷十二，第456页。

④ 潘江《龙眠风雅》卷十六。《四库禁毁书丛刊》，北京出版社1997年版。

三

正是在仲姑方维仪的抚养与教育下，方以智逐渐成长起来，他对仲姑如母般的恩情亦日渐深沉，而为之刊刻诗集，便是最好的报答。

方维仪之《清芬阁集》，见载于《明史·艺文志》。关于是书之刻集，最早当在崇祯二年（1629年）冬，时方以智19岁，尊奉伯姑方孟式的指示而付梓刊刻的。方以智于《清芬阁集跋》有记："智仲姑母适姚公前甫氏，再期不夭，乃请大归，守清芬阁中，此清芬阁之所以有集也。……今年伯姑自任中选其生平篇什，以书嘱余寿诸木以不朽。余亦因以尽所逮事北事之意，庶其妥而。崇祯己巳冬以智书。"[①]

方孟式曾为此集作序，言集中之诗文所得大抵为"吾姊弟间子墨倡和，可得而更仆数也"，叹其品性高洁，诗才书画超群，而遭际不幸，满腹悲戚，"生涯辛苦，赖有文史问难字，差足慰藉。乃吾女弟玉节冰壶，加慧益敏，而不炫其才。居恒仰天曰：'女子无仪，吾何仪哉！'离忧怨痛之词，草成多焚弃之。偶一绘施金相，竟炙庄严，即沉阁弗录，鄙为末技。窥其学不减女博士祭酒，下上古今，亹亹成章。偶示扇头，卫楷永真，咸捧如宝，常讳之为余艺。嗟乎！阿妹堕体黜聪之意，固已远矣。……半白穷愁，空悲腐草，发洪钟而挝雷鼓，何忍须臾忘。于是载其近编，用觌寤寐，其有名公钜卿流揽彤管者，当必择琳琅之一枝，存湘间之斑泪云尔。"[②]方孟式因惋惜其"堕体黜聪"，故而命以智为之刊刻以传世。

方以智为之作《跋》，叙述仲姑遭遇穷苦，仍坚守妇德，抚育子侄的优良品质，但亦揭示她虽有"丈夫志"，然不图著书扬名的思想，"姑少好诗书，善白缋古先生，不事诸娣傧笑，有丈夫志。常自恨不为男子得树事业于世，又不幸罹此穷苦，膺心居矜，又安敢以女子著书名哉？……其所著述，每从帏下纪诸箧，至今以帙积录存之，……然所为辄弃，存者十半，以为女子不以才贵，故其删《宫闺诗史》也，断断乎必以《邪》《正》别

① 方以智《浮山文集前编》卷二，清康熙此藏轩刻本。

② 胡文楷《历代妇女著作考》，商务印书馆1957年版，第68页。

之。嗟乎！女子能著书若吾姑者，岂非大丈夫哉！”[①]她以为“女子不以才贵”，这也正是封建社会所宣扬的“女子无才便是德”传统观念的反映。

这部诗集应该是方维仪中前期的作品。因为方以智出生时，方维仪已是27岁，那么由此推算，当方以智于崇祯二年为之刊刻时，方19岁，其为45岁。此时作品结集流传，而其后尚有近四十年人生历程，应当还有诗歌创作，具体情况如何，则不得而知。

胡文楷考证方维仪著作尚有多种，除《清芬阁集》七卷外，还有《楚江吟》一卷、《闺范》《宫闺诗史》《宫闺文史》《宫闺诗评》一卷、《尼说七惑》一卷、《归来叹》等书，《然脂集》著录，只可惜都“未见”。《然脂集》引用书目中还有《清芬阁集未刻稿》，惜乎不存。[②]今其诗作仅笔者所见：《龙眠风雅》卷十六录有80首，《桐旧集》卷四十一录22首，《桐城方氏诗辑》卷一录26首，《名媛诗纬初编》卷十二录20首，另外《明诗综》《御选明诗》亦有少量选录。若除去重复，则应有百余首之多。

《桐城耆旧传》卷十二其本传中存其所著《拟谥述》和《未亡人微生述》二文，得以窥视其身世之悲和内心之痛。马其昶为之感叹道：“余读《后汉·曹大家传》，叹其亮节明白，属文尔雅，推千古女师。清芬徽美，岂遽让哉！遇有荣悴，贞皭则同。《述生》《拟谥》二篇可以怨矣！”[③]赞许方氏之节孝品行与才华，将其与后汉班昭并论，视作“千古女师”，可谓推崇备至。

综上所述，方维仪作为明末清初的一位著名女诗人，在当时诗坛享有较高声誉，尤其在明清女性文学创作中占有重要地位。她于方氏“名媛诗社”五姊妹中即承“师”名，其自身所具有的才学更足以堪当教育方以智的能力。方维仪对方以智长达八年的悉心“抚教”，使得方以智终其一生难以忘怀，故而他“母事吾仲姑”，视之如母，并为之刊刻《清芬阁集》，“以尽所逮事北事之意”，这是一种深情报答。方以智所取得的众多方面的成就，与方维仪的悉心培育分不开，我们对此应给予实事求是的客观评价。

（原载《安庆师范学院学报》2012年第1期）

---

① 方以智《浮山文集前编》卷二，清康熙此藏轩刻本。

② 胡文楷《历代妇女著作考》，商务印书馆1957年版，第66—68页。

③ 马其昶《桐城耆旧传》卷十二，第457页。

方氏诗论与桐城诗学的发展

蒋　寅

桐城派既是一个文派，也是一个学派，同时又是一个诗派，这在今天已无人怀疑。自钱锺书先生提出“桐城亦有诗派”[①]以来，虽然近年有关桐城派诗学研究的学位论文络绎不绝[②]，桐城诗学与文章学及宋诗派的关系也有学者加以探讨[③]，但将桐城诗学作为一个独立的诗学体系，考察其发展过程与历史特征，明显还做得不够。事实上桐城派的一些诗学文献迄今还无人问津，这使有关研究显得笼统而缺乏历史感。桐城诗学是在特定历史时期形成的，具体说就是雍正至乾隆时期，其标志性人物通常被举出姚范和刘大櫆，但实际成就和影响更大、更值得注意的应该是方氏两兄弟——方世举和方贞观，他们与国初名诗人方文并称“方氏三诗人”[④]。姚鼐《恬庵遗稿序》提到桐城前辈为异乡学者仰重的名家，只举了方苞、胡宗绪和方世举、方贞观四人[⑤]。方苞、胡宗绪不用说是古文家的代表，而方世举和方贞观则更像是诗家的代表。二方不仅诗有盛名，且都著有诗话，其诗学造

① 钱锺书《谈艺录》订补本，中华书局1984年版，第145页。

② 孙勇《桐城派文学思想研究》，新疆大学2009年；田亚《方东树诗学的宋诗本位与桐城义法》，贵州师范大学2009年；朱天一《清代学术视域中的“姚门四杰”诗论研究》，安徽大学2012年；吕敏《桐城派与中国诗学传统》，安徽大学2012年。

③ 梅运生《古文与诗歌的会通与分野——桐城派谭艺经验之新检讨》，《安徽师大学报》1986年第1期；方任安《以文为诗以文论诗——桐城诗派的诗学观》，《安庆师院社会科学学报》1997年第1期；周明秀《论桐城派诗论的主要内容及其形成过程》，《文艺理论研究》2002年第4期；管青青《桐城派及宋诗派辨析》，《绥化学院学报》2006年第2期；鱼双燕《论桐城派的诗学观》，《文学教育》（上），2008年第12期。

④ 马其昶《方氏三诗人传》，《桐城耆旧传》卷七，黄山书社2013年版，第216—218页。

⑤ 姚鼐《惜抱轩文集》卷四，《四部丛刊初编影印本》，第27页。

诣有力地凸显了桐城诗学的专业水准。同时，在他们的诗论中，桐城诗学重视承传、主于教学的独特面目也开始显露出来。这都是很值得重视并加以研究的问题，但至今尚未被讨论桐城诗学发展的论著所注意。

一

方世举（1675—1759），字扶南，号息翁。名诗人方拱乾曾孙，与方贞观同为拱乾五子章钺之后。少从朱彝尊游，不乐仕进。“在都中以诗文驰誉，所交接皆名辈”[①]，汪份、何焯特许其语有根柢。康熙三十八年（1699）顾嗣立《笺注昌黎诗集》甫行世，世举即寓目，且与嗣立面论，谓其书虽辑宋人之说甚备，而案诸韩愈身世多不合，嗣立喜而鼓励他再加考论，于是创为《韩诗编年笺注》。后因方苞案株及没入旗籍，放归后闭门著书。到乾隆初年已六十许，在乡里称前辈，喜谈京中旧事，士人多从之受学。著有《汉书补注》《世说新语补注》《家塾恒言》《昌黎诗集编年笺注》《李长吉诗集批注》《李义山诗注》等。

方世举生平喜论诗，翰林编修舒张曾录其说诗为《梁园诗话》，舒卒后稿失传。与侄观承（宜田）论诗，也由观承笔录成帙。晚年“聊以所闻于师授及与群从所往复者，举示儿辈”[②]，次男可之编录为《兰丛诗话》一卷。时世举已届八十五高龄，亲加删订，以为晚年定论。他的论诗方式和见解，非常典型地体现了桐城诗学的特征。我们知道，桐城派的诗文评，最显著的特点就是入手平易，便于初学。方世举的诗论也不例外。既然是为指示初学门径而发，立论首先着眼于体裁，先陈说各体作法之要，再举古来适合效法的诗人，以示典范。值得注意的是，世举秉承明代格调派以来流行的文格、文心升降观念，对于诗学传统大体持一种“文格前一代高一代，文心后一代进一代”的辩证观念[③]，在树立规范、接引后学方面，决

① 程晋芳《南堂诗钞跋》，《勉行堂诗文集》，黄山书社2012年版，第797页。

② 方世举《丛兰诗话·序》，郭绍虞《清诗话续编》第二册，上海古籍出版社1983年版，第769页。

③《丛兰诗话·序》，《清诗话续编》第二册，第777页。

不盲目沿袭成说，高倡盛唐李、杜，而是主张“登高自卑，宜先求其次者”[①]，循序渐进地学习。

他首先强调：“诗屡变而至唐，变止矣，格局备，音节谐，界画定，时俗准。今日学诗，惟有学唐。唐诗亦有变，今日学唐，惟当学杜。”[②]自宋元以降，诗家无不以学杜高自标置，然而方世举的取径却有不同。考虑到杜甫规模鸿远，初学难以骤窥，他主张从易入者着手，由浅入深。具体说来，就是五古、五律宜自王、孟、韦、柳入手，七古歌行宜自元、白、张、王入手；就是七律，也不像王安石所说的那样，宜从李商隐入手，而应先学白居易、刘禹锡、温庭筠，再由李商隐上溯老杜，他称这四人为杜之四科，即杜诗的四个支脉：

> 唐之创律诗也，五言犹承齐、梁格诗而整饬其音调；七言则沈、宋新裁。其体最时，其格最下，然却最难，尺幅窄而束缚紧也。能不受其画地湿薪者，惟有老杜。法度整严而又宽舒，音容郁丽而又大雅，律之全体大用，金科玉律也。但初学不能骤得，且求唐人之次者以为导引。如白香山之疏以达，刘梦得之圜以闳，李义山之刻至，温飞卿之轻俊，此亦杜之四科也。[③]

这种登高自卑的师法路径其实是明清以来许多诗家的共识，但没有谁像方世举这样说得切实明了。至于具体师法对象的取舍，方世举也有独到见解。王渔洋指示后学，七律宜取法王维、李颀，再参以刘长卿、刘禹锡，基本上立足于盛唐格调；而方世举却明显转向了中唐。他早年与侄观承论诗，未举白居易而惟言二刘即刘长卿、刘禹锡，后来发现“长卿起结多有不逮”[④]，遂弃而转取白、温、李。这不妨理解为长年教学经验的积累，逐步修正和确立起他自己的看法。

主教学的诗学除了讲求体制，便是重视声律，古诗声调学因此而成为

①《丛兰诗话·序》,《清诗话续编》第二册,第771页。
②《丛兰诗话·序》,《清诗话续编》第二册,第771页。
③《丛兰诗话·序》,《清诗话续编》第二册,第773页。
④《丛兰诗话·序》,《清诗话续编》第二册,第774页。

神韵派宗师王渔洋诗学的重要内容。王渔洋诗学也有着浓厚的教学色彩，那些师生间的诗学问答，都围绕着写作中的具体问题。方世举同样喜欢讲论声律，关于古诗声律，他不仅逐一讨论音节、换韵、通韵、叶韵的问题，还指出唐人通韵唯行于五古，七古通韵自东坡始，举杜、韩两家诗作为证，令人信服；又指出李贺、萨都剌近体诗用古韵甚奇，也未见人道过。教学式诗学的特点，一是综合成说，二是推阐入微，这两点在下面一段论说中都有典型表现：

> 古体皆有平仄，但非律体一定，无谱可言，惟熟读深思，乃自得之。赵秋谷宫坊笑人古诗不谐，不谐则读不便串，古有此謇涩无宫商之古诗乎？一篇之中，又当间用对句，李天生太史言之。对乃健举，如《古诗十九首》中“胡马嘶北风，越鸟巢南枝”是也。余推而求之，七古亦多，歌行尤甚。至若杜、韩二家，有通篇对待者，益见力量。①

在综合赵执信、李因笃之说的基础上，他更推求七古、歌行中对仗的运用，以杜、韩为例证成其说，继承中又有创获。

主教学的诗学最紧要的是循序渐进，故先取平正稳妥，讲究先正后变。这一宗旨甚至优先于趣味，一个有趣的例子是：

> 诗有似浮泛而胜精切者，如刘和州《先主庙》，精切矣；刘随州《漂母祠》，无所为切，而神理自不泛，是为上乘。比之禅，和州北宗，随州南宗。但不可骤得，宜先法精切者，理学家所谓脚踏实地。②

在这里，他的趣味和取法宗旨出现了对立。就趣味而言，他更欣赏刘长卿《漂母祠》的空灵；但从取法的角度说，仍须以刘禹锡《先主庙》的精切为楷模。正像习禅，讲顿悟的南宗境界虽高，但初学不可骤得，还是由讲渐悟的北宗入手比较可靠。这同样也是理学与心学务实务虚的区别。由此我们知道，桐城诗学不只以理学的义理为核心，也以理学的修习方法为操作

①《丛兰诗话·序》,《清诗话续编》第二册,第772页。

②《丛兰诗话·序》,《清诗话续编》第二册,第783页。

原理。

既然如此，方氏论诗本应多取示范性强和稳妥可学的诗人为讨论对象，可诗话中讨论最多的偏偏是叶燮心目中最大程度上改变诗史面貌的三位诗人中的杜甫和韩愈（还有一位是苏东坡）。这除了与他当时受宗韩诗风的熏染、纂辑《昌黎诗集编年笺注》有关外，另一个原因就是家学承传。方世举曾提到：

> 余家传诗法多宗老杜。明初，先断事公殉建文之难，有绝命词五律二首，所谓“死岂论官卑”者，已是杜《初达行在》之沉痛。至先太仆公好为七律，全得《秋兴八首》之鸿音壮采。先宫詹公又集学杜之大成，晚而批杜，章法、句法、字法皆有指授。小子才薄力弱，不能专宗，老而自伤，终莫能一。①

这里提到的太仆公和宫詹公即其高祖大美、曾祖拱乾，事迹都见于马其昶《桐城耆旧传》。方氏家传诗学夙以杜甫为宗，方世举更发展了韩愈研究，而且与杜诗相接合，通过对长篇作品的深入研究弥补了王渔洋神韵诗学专注于短章的不足。他说：“王新城教人少作长篇，恐其伤气，是也。然杜、韩二家独好长篇，学者诚熟诵上口，如悬河泄水，久之理足乎中而气昌于外，亦莫能自禁。余与望溪兄五古所谓‘大儿李杜韩，小儿王孟柳’，言气势也。”②他一方面上溯杜、韩长篇的笔调之源：“长篇以杜为最，案之衹是读得《风》之《东山》《七月》‘氓之蚩蚩’‘习习谷风’以及《雅》之‘厥初生民’‘皇矣上帝’诸篇烂熟，得其远近兼收，钜细毕集。韩衹得其细碎以求逸致，如《史》之射虎、牧羝而止。”③一方面又下泝其“以文为诗”之流：“韩昌黎受刘贡父‘以文为诗’之谤，所见亦是。但长篇大作，不知不觉，自入文体。汉之《卢江小吏》已传体矣，杜之《北征》序体，《八哀》状体，白之《游悟真寺》记体，张籍《祭退之》竟祭文体，而韩之《南山》又赋体，《与崔立之》又书体。他家尚多，不及遍举，安得同短篇

① 《丛兰诗话·序》，《清诗话续编》第二册，第772页。

② 《丛兰诗话·序》，《清诗话续编》第二册，第769页。

③ 《丛兰诗话·序》，《清诗话续编》第二册，第775页。

结构乎？”[①]如此从体制的角度上下观照韩愈的长篇古诗，就为韩愈的“以文为诗”做了有力的辩护。

当然，从师法的立场出发，他也谆谆告诫后学：“韩诗不可专学。”因为韩愈为诗每出于游戏，而游戏之作初非浅学小才所可与言。“东坡云：‘退之仙人也，游戏于斯文。’游戏三昧，何可易言？香山寄韩诗云：‘户大嫌甜酒，才高笑小诗。’毕竟是高才而后能戏，亦始可戏。”[②]又举《陆浑山火》为例：“《陆浑山火》诗不过秋烧耳，遂曼衍诡谲，说得上九霄而下九幽。（中略）以诗而言，亦游戏已甚矣，但艺苑中亦不可少此一种瑰宝。”最后还提到，“先宫詹为门生子侄之为翰林者，选《玉堂诗脍》一书，又取《董生行》一首，而此诗亦不遗，却不加点，似默喻以审乎才学，以为取舍”[③]。事实上，游戏之作虽为小道，但才与学缺一不可，因此不得不归结于博学。但“博学不是獭祭，獭祭终有痕迹。手不释卷，日就月将，不待招呼而百灵奔赴矣”。他说“余家不蓄类书，不蓄《韵府》，刚制于己，使无可以望救，亦是一法”[④]。如此强调才学，实际上已同叶燮对韩愈的推崇相一致。尽管如此，方世举仍不能不说是韩愈诗歌经典化过程中的一个重要人物，对韩愈诗歌史地位的确立起了非同小可的作用。他将韩愈从被叶燮无限而又抽象地推尊的三圣地位挪移到古诗宗师的坛坫上来，开启了桐城诗学并宗杜、韩的师法宗旨，后来通过姚鼐扩展到清代中后期诗坛，并与翁方纲提倡韩愈、黄庭坚的有力导向合流，最终在程恩泽、曾国藩的推导下，形成晚清诗学中以杜、韩、黄为骨干的同光体主流，这是应该提到的。

方世举晚年讲学于乡里，后进多从而受学。程晋芳父亲与世举为中表兄弟，尝邀世举止其家，故晋芳得从世举学诗[⑤]，自称“余之诗盖出于桐城两方，兼采其说而学焉”[⑥]。这里说的桐城两方，方世举之外，另一位是方贞观。

---

①《丛兰诗话·序》,《清诗话续编》第二册,第774—775页。

②《丛兰诗话·序》,《清诗话续编》第二册,第775页。

③《丛兰诗话·序》,《清诗话续编》第二册,第775页。

④《丛兰诗话·序》,《清诗话续编》第二册,第775页。

⑤ 程晋芳《春及草堂诗钞跋》,《勉行堂诗文集》,黄山书社2012年版,第798页。

⑥《南堂诗钞跋》,《勉行堂诗文集》,第797页。

二

比方世举小四岁的从弟方贞观（1679—1747），也是桐城诗学的一位重要人物，他的名声和影响绝不亚于方世举，甚至犹有过之。名臣孙嘉淦已官翰林，仍执贽从他学诗。贞观名世泰，以字行，号南堂，晚号三乳老人。诸生，受戴名世《南山集》案株连，配隶旗籍，十载始放还。乾隆元年（1736）孙嘉淦荐举博学宏词科，不就试。工诗善书，有《南堂诗集》，为艺林所推重[①]。方贞观在朝廷首开博学宏词的康熙十八年（1679）出生，王渔洋下世时他已32岁，与马朴臣称诗乡里。据郑方坤说，“昔者康熙之季，户竞谈诗，馆阁诸公尚仍唐制，一二轶材之士，复跌宕自恣于眉山、剑南之间，墨守输攻，玄黄战野，方氏矫以清真，有若弹丸脱手。相如（马朴臣）接踵而兴，抗袂而起，风格虽微逊一筹，要自有其君形者存，非苟作者”[②]。贞观诗论，存《方南堂先生辍锻录》44则，稿本流落坊间，为金楷购得，道光十四年（1834）刊于扬州。其诗话传世虽较晚，但写作应在雍正或乾隆前期。其中一个有特殊意义的论说，预示了乾隆间诗学三派的分化。

《辍锻录》开宗明义即将诗歌别为三类，“有诗人之诗，有学人之诗，有才人之诗”[③]。才人之诗敏捷而少含蕴，时过境迁则不耐咀嚼；学人之诗功力虽深而终乏天分，难以动人；唯有诗人之诗言近旨远，为风雅正传。为此他教人“作诗未辨美恶，当先辨是非”[④]。此所谓是非，自然关系到他对诗歌本质属性的理解。那么，推崇诗人之诗的方贞观，又是如何理解诗歌本质的呢？“有出入经史，上下古今，不可谓之诗者；有寻常数语，了无深意，不可不谓之诗者。”[⑤]这种说法与后来袁枚的观念很接近，但他的着眼点不在于主观的“性灵”，而在于客观的“律”，所谓“诗必言律”。按他

① 方贞观传记见金鼎泰等纂《道光桐城续修县志》卷十六文苑传。

② 郑方坤《本朝名家诗钞小传》卷四，影印本，广文书局1971年版，第348页。

③《方南堂先生辍锻录》，《清诗话续编》第四册，第1936页。

④《方南堂先生辍锻录》，《清诗话续编》第四册，第1936页。

⑤《方南堂先生辍锻录》，《清诗话续编》第四册，第1936页。

的说法，“律也者，非语句承接、义意贯串之谓也。凡体裁之轻重，章法之短长，波澜之广狭，句法之曲直，音节之高下，词藻之浓淡，于此一篇略不相称，便是不谐于律”①。然则律乃是诗歌作品所有审美规定性的总和，是统摄诗歌所有审美特征的总体概念。以律论诗，意味着他的诗学重心落在文本上，接近形式主义诗学，如此他对诗歌价值的认识就与传统观念有了一些差异。研究者认为“方贞观高标诗人之诗，吟咏情性，重视诗歌意境之美，倡导唐诗，实际上是对清代重学问、重知识、重道德的主流诗论的一种反拨”②，从现象上说当然不错，但略失之简单化，反而使问题的核心变得不清楚。方贞观诗学的这些倾向，只有联系其形式主义诗学立场来看，才能理解其实质。

比如，传统观念将抒情表达的真伪视为衡量诗歌的基本尺度，而方贞观却不以为然，说“能令百世而下，读其诗可想其人，无论其诗之发于诚与伪，而其诗已足观矣”。这完全是一种文本中心论的观念，即作品的价值取决于文本，而与动机无关。这种看法动摇了许多传统观念，使诗学内部产生价值重估的必要，作者的主张也不可避免地产生一些他甚至始料不及的问题，表现在师法取向上，便暴露出他观念深处的一个矛盾：一方面主张一种包容和多元的诗歌理想，一方面又独尊唐诗为艺术楷模。

我想研究者都会同意，《辍锻录》里这段长篇大论所展现的诗歌观念是非常通达的：

> 古云：“诗有别材，非关书也；诗有别趣，非关理也。”此说诗之妙谛也，而未足以尽诗之境。如杜子美“雨露之所濡，甘苦齐结实”，白乐天“野火烧不尽，春风吹又生”，韩退之《拘幽操》，孟东野《游子吟》，是非有得于天地万物之理、古圣贤人之心，乌能至此？可知学问理解，非徒无碍于诗；作诗者无学问理解，终是俗人之谈，不足供士大夫之一笑。然正有无理而妙者，如李君虞“嫁得瞿塘贾，朝朝误妾期。早知潮有信，嫁与弄潮儿”，刘梦得“东边日出西边雨，道是无晴却有晴”，李义山“八骏日行三万里，穆王何事不重来”，语圆意足，信手

①《方南堂先生辍锻录》，《清诗话续编》第四册，第1936页。

②张宗霞《论方贞观〈辍锻录〉的诗论倾向》，黄山学院学报，2009年第2期。

拈来，无非妙趣。可知诗之天地，广大含宏，包罗万有，持一论以说诗，皆井蛙之见也。①

持这种态度裁量前代诗歌传统，应该说诗歌的天地是很辽阔的，道路也是很宽广的。但问题是，成长于康熙后期，在后王渔洋时代步入中年的方贞观，实在无法摆脱对亲身经历的那段诗歌史的失望及连带产生的对当代诗歌写作的悲观意识。在他的回忆中，近几十年的诗歌史完全是失败的记录。康熙后期的诗坛，虽取法多元，但总体上不脱貌袭之弊：

康熙己卯、庚辰以后，一时作者，古诗多学韩、苏，近体多学西昆，空疏者则学陆务观，浸淫濡染，三十年其风不变。究之徒有其貌，古人精神所在，正未尝窥测及之。②

而眼下的诗坛也看不到什么希望，甚且正在向邪道上滑去：

近有作者，谓《六经》《史》《汉》皆糟粕陈言，鄙三唐名家为熟烂习套，别有师传，另成语句，取宋、元人小说部书世所不流传者，用为枕中秘宝，采其事实，摭其词华，迁就勉强以用之，诗成多不可解。令其自为疏说，则皆逐句成文，无一意贯三语者，无一气贯三语者。乃偭然自以为博奥奇古，此真大道之波旬，万难医药者也。③

研究者认为这段话是针对浙派领袖厉鹗（1692—1752）专喜摭拾宋代野史笔记中琐事僻典入诗而发④，甚有见地。雍正元年（1723）厉鹗与沈嘉辙、吴焯、符曾、赵信等人同撰《南宋杂事诗》七卷，各将所引典故注于诗下，引书几近千种。四库馆臣称其“一字一句，悉有根柢，萃说部之菁华，采词家之腴润。一代故实，巨细兼该，颇为有资于考证”⑤。但后来法式善

①《方南堂先生辍锻录》,《清诗话续编》第四册,第1936页。

②《方南堂先生辍锻录》,《清诗话续编》第四册,第1942—1943页。

③《方南堂先生辍锻录》,《清诗话续编》第四册,第1943页。

④ 张宗霞《论方贞观〈辍锻录〉的诗论倾向》,黄山学院学报,2009年第2期。

⑤ 纪昀等《四库全书总目》卷一九〇,影印本,中华书局1965年版,第1733页。

《梧门诗话》也提到“议者病其似作论，不似歌诗”[①]。所谓议者，不只是方贞观，可能还包括沈德潜。《说诗晬语》曾提到：“不读唐以后书，固李北地欺人语，然近代人诗，似专读唐以后书矣。又或舍九经而征佛经，舍正史而搜稗史、小说，且但求新异，不顾理乖，淮雨别风，贻讥踳驳，不如布帛菽粟，常足厌心切理也。”[②]可见这也是格调派对浙派矫明七子之枉而过正的警觉。

无论如何，基于上述那种建立在一系列失败判断上的诗史认知，在否定学韩、学西昆、学苏、学陆游、杂取宋元说部成诗等种种路径之后，回归唐诗就只能是自然而然的结果，同时也是别无选择的选择。方贞观用一个充满绝望感的说法来宣布自己的结论：

> 要之作诗至今日，万不能出古人范围，别寻天地。惟有多读书，熔炼淘汰于有唐诸家。或情事关会，或景物流连，有所欲言，取精多而用物宏，脱口而出，自成局段，入理入情，可泣可歌也。若舍此而欲入风雅之门，则非吾之所得知矣。[③]

出于这样的信念，他截然将唐以外的诗歌统统排除在自己的师法视野之外，明确地宣示：“《三百篇》而下，由汉、魏以迄六朝，代有传诗，而余独以唐人为归。”[④]在特定的语境下，一个对诗歌怀有包容的多元理想的诗人，最后无奈地回归于有限的唐诗天地。虽说这天地已足够广袤，但就诗歌传统而言毕竟还是不完全的。而问题还没完，即便排除了诗歌史的大部分，将取法的楷模锁定于唐诗，他仍旧面临着对师法对象的重新确认。

从方贞观论用事选料，主张“当取诸唐以前，唐以后故典，万不可入诗，尤忌以宋、元人诗作典故用”[⑤]，约略可见其论诗宗旨，系远承明代格

① 法式善《梧门诗话》卷十，影印本，广文书局1973年版。

② 沈德潜《说诗晬语》卷下，丁福保《清诗话》下册，上海古籍出版社1978年版，第553页。

③《方南堂先生辍锻录》，《清诗话续编》第四册，第1944页。

④《方南堂先生辍锻录》，《清诗话续编》第四册，第1937页。

⑤《方南堂先生辍锻录》，《清诗话续编》第四册，第1936页。

调派而来[①]。事实上，从黄生的诗话中我就隐隐感觉到，格调派诗学在安徽未曾经受吴中那样的严厉抨击，一直平静地承传着。尽管如此，经过康熙间诗家的扬弃和改造之后，格调派"诗必盛唐"的宗法观念已无复往日嚣张的气焰和号令天下的权威，而方贞观似乎也没什么老调重弹的兴趣，他轻松地将目光投向历来较少关注的中唐，理由是"唐诗至元和间，天地精华，尽为发泄。或平，或奇，或高深，或雄直，旗鼓相当，各成壁垒，令读者心忙意乱，莫之适从"[②]。乡里后学程晋芳称，"先生专主中晚唐，以清新宕逸为主"，足见方贞观的论诗宗旨在地方有一定的影响。程晋芳还提到"先生尝欲选唐人自刘长卿以下至中唐之末为一集，去昌黎、长吉、卢仝、刘叉四家，而以义山、牧之、飞卿、致尧续焉，以教世之学诗者"[③]。这就是说，方贞观的唐诗学同样也有着指示后学的用心，体现了桐城诗学日益走向教学方向的趋势，但其艺术趣味却明显与方世举有出入。方世举以杜、韩为宗，退刘长卿而以白居易、刘禹锡、李商隐、温庭筠为杜之四科，于李贺诗集也有钻研批注；而方贞观却进刘长卿、杜牧、韩偓而退韩愈、李贺，取舍截然异趣，甚至有某种程度的对立。更进一步说，方世举简直视大历诗若无物，而方贞观相反却给予较高的评价，有说曰：

> 体制惟七律最难，须五十六字无一牵凑，平近而不庸熟，清老而不俚直，高响而不叫号，排宕而不轻佻。尤忌删去两字便可作五言诗读。欲除诸病，惟熟读少陵及大历诸名家，则得之矣。[④]

这虽只是论七律，但他以大历诸子直接老杜，与方世举以韩继杜，取径是明显不同的。而后来桐城诗学的主流，显然是由方世举一派演漾开来的。

由于论诗的中心落实于文本，方贞观更用心于揣摩唐诗的艺术手法和技巧，多有出自心得的造微之论。比如论点缀的两则，就颇能发明其要义：

---

① 勿用唐以后事之说，发自元代赵孟頫，明代格调派颇奉其说。王世贞《艺苑卮言》、谢榛《四溟诗话》皆有说。详见蒋寅《原诗笺注》，上海古籍出版社2014年版，第236—237页。

②《方南堂先生辍锻录》，《清诗话续编》第四册，第1941页。

③ 程晋芳《南堂诗钞跋》，《勉行堂诗文集》，黄山书社2012年版，第797页。

④《方南堂先生辍锻录》，《清诗话续编》第四册，第1941—1942页。

诗中点缀，亦不可少，过于枯寂，未免有妨风韵。然须典切大雅，稍涉浓缛，便尔甜俗可厌。吾最爱周繇《送人尉黔中》云："公庭飞白鸟，官俸请丹砂。"亦何雅切可风也！

点缀与用事，自是两路。用事所关在义意，点缀不过为颜色丰致而设耳。今人不知，遂以点缀为用事，故所得皆浅薄，无大深意。①

前一则说明点缀之法的功用及修辞原则，举晚唐周繇之作为例，说明丹砂对白鸟色彩之明艳与用典之雅切；后一则更通过与用典的对比，揭示点缀的修辞原理所在，批评时人混淆两者带来的不良后果。寥寥数语，而言简意赅，义旨瞭然。又如论用事，主张以"眼前情事，有必须古事衬托而始出者"为原则，又具体阐述用事的不同方式：

古人于事之不能已于言者，则托之歌诗；于歌诗不能达吾意者，则喻以古事。于是用事遂有正用、侧用、虚用、实用之妙。如子美《荆南兵马使太常卿赵公大食刀歌》云："万岁持之护天子，得君乱丝为君理。"此侧用法也。刘禹锡《葡萄歌》云："为君持一斗，往取凉州牧。"此虚用法也。李颀《送刘十》云："闻道谢安掩口笑，知君不免为苍生。"此实用也。李端《寻太白道士》云："出游居鹤上，避祸入羊中。"此正用也。细心体认，得其一端，已足名家；学之不已，何患不抗行古人耶？②

结合具体的诗例来说明用事的正、侧、虚、实之法，深入浅出，明白易懂，不仅见出对唐诗艺术技巧的揣摩之细，更显示了桐城诗学"见得到说得出"的接引、指授本领③，非仅如刘声木所称"多论诗精微之语"而已④。这是

①《方南堂先生辍锻录》，《清诗话续编》第四册，第1938页。

②《方南堂先生辍锻录》，《清诗话续编》第四册，第1943页。

③ 方贞观《方南堂先生辍锻录》："高适、李颀不独七古见长，大段气体高厚，即今体亦复见骨格坚老，气韵沉雄。余最爱李颀一篇云：'青青兰艾本殊香，察见泉鱼固不祥。济水至清河自浊，周公大圣接舆狂。千年魑魅逢华表，九日茱萸作佩囊。善恶死生齐一贯，祇应斗酒任苍苍。'眼中胸中何等宽阔，可谓见得到说得出。"郭绍虞辑《清诗话续编》第四册，第1940页。

④ 刘声木《苌楚斋随笔》续笔卷一，民国十八年排印本。

我读《方南堂先生辍锻录》最强烈的感受。

三

论乾隆间的桐城诗学，方世举、方贞观之外，方氏家族中还有一位方观承，也不能不提到。喜录达官贵人之作的袁枚《随园诗话》，曾再三提到这位方敏恪公，不过误记为方世举族弟。卷三载方世举改诗佚事云："桐城吴某告予云，扶南三改《周瑜墓》诗，而愈改愈谬。其少作云：'大帝君臣同骨肉，小乔夫婿是英雄。'可称工矣。中年改云：'大帝誓师江水绿，小乔卸甲晚妆红。'已觉牵强。晚年又改云：'小乔妆罢胭脂湿，大帝谋成翡翠通。'真乃不成文理！岂非朱子所谓'三则私意起而反惑'哉？扶南与方敏恪公为族兄。敏恪寄信，苦劝其勿改少作，而扶南不从。"[①]这里的方敏恪公即方观承，他曾从方贞观学诗，是方氏家族的文学后劲之一。

方观承（1698—1768），字遐谷，号问亭，又号宜田。因祖父辈以《南山集》案流放东北，而流落京师，客平郡王幕，以荐赐中书衔，累官至直隶总督，为乾隆间著名的五督臣之一，卒谥敏恪。观承博学工诗，又师从族父方苞，受经学与古文之法，曾与秦蕙田合撰《五礼通考》，编有《述本堂诗集》，自著有《宜田汇稿》《问亭集》等[②]。观承位甚达而不辍文学，方世举论及家族诗学的承传，盛赞"望溪兄、宜田侄实确守之，兄以文胜而诗居功半，今藏于家；侄则表见于世矣"。他曾将方世举论诗之说笔录成册，同时也附载些许他本人的看法。其书未见传本，幸而《丛兰诗话》引述若干则，使我们略得窥其诗论一斑。

首先我感觉到，因年辈的差异，方观承论诗所针对的诗学语境已不同于两位从父。如果说二方诗论主要是面对康、雍之交勃兴的浙派发言，那么方观承已置身于乾隆以来方兴未艾的性灵诗潮中。从方世举这一段话中，我们不难读出其现实针对性：

① 袁枚《随园诗话》，江苏古籍出版社2000年版，第62页。

② 方观承传记，见袁枚《小仓山房文集》卷三《太子太保直隶总督方敏恪公神道碑》、刘声木《桐城文学渊源考》卷二。

余尝觉文格前一代高一代，文心后一代进一代。香山云："诗到元和体变新。"岂元和前腐臭耶？但日益求新耳。老杜自喜有云："每于百僚上，猥诵佳句新。"然又云："赋诗新句稳，不觉自长吟。"则新必须稳。宜田册子中有言不可求冷癖事，不可用作态句，此便隐射著求新而不稳者。①

求新是康熙末年以来在叶燮自成一家的观念主导下诗坛的共同趋向，后来集中表现于赵翼的诗论中。在康熙中叶宗韩、宗宋诗风的熏陶下成长起来的方世举，还热衷于创新的憧憬，而在康熙后期与浙派相伴而生的方观承却似已感觉到唯新思潮衍生的流弊，对求新而不稳的后果抱有了警觉。为此他论诗反对用事追求冷癖，琢句矫张造作，总之鄙薄刻意求险，刻意安排，认为"意有专注，迹涉趋逗，亦见丑态"。方世举很赞赏此言，补充说明："祇就无学无才而好和险韵者观之，每于上文早谋安顿，便是趋逗，便是丑态。"②还提到"宜田论诗，独不喜怪"③。的确，方观承论诗崇尚的正是不奇不怪、自然成文。方世举提到观承笔录的诗话册子里，有其别后自记的内容，如："诗有不必言悲而自悲者，如'天清木叶闻''秋砧醒更闻'之类，觉填注之为赘。有不必言景而景自呈者，如'江山有巴蜀''花下复清晨'之类，觉刻画之为劳。"④由此不难体会其论诗的趣味所在。

通过方世举转述的片言只语，也可知道方观承论诗非常重视章法。如："七律章法，宜田尤善言之。祇就一首，如刘梦得《西塞山怀古》，白香山所让能，其妙安在？宜田云：前半专叙孙吴，五句以七字总括东晋、宋、齐、梁、陈五代，局阵开拓，乃不紧迫。六句始落到西塞山，'依旧'二字有高峰堕石之捷速。七句落到怀古，'今逢'二字有居安思危之遥深。八句'芦荻'是即时景，仍用'故垒'，终不脱题。此抟结一片之法也。至于前半一气呵成，具有山川形势、制胜谋略，因前验后，兴废皆然，下祇以

①《丛兰诗话·序》，《清诗话续编》第二册，第777页。

②《丛兰诗话·序》，《清诗话续编》第二册，第777页。

③《丛兰诗话·序》，《清诗话续编》第二册，第782页。

④《丛兰诗话·序》，《清诗话续编》第二册，第777页。

'几回'二字轻轻兜满，何其神妙！"①还有一则方观承论七律的见解："七律八句，要抟结完固，宛转玲珑，句中寓有层叠，乃妙。若衹是四层，未见圆活，俗语所谓死版货。"②桐城派本以文章名世，对文章要领，上至体制、结构，下至声气、色泽，都有自己一套学说。移用于诗学，就形成融文法入诗学的特色。方观承从方苞受古文义法，是桐城作家中运用文法来论诗的前驱。

桐城文法很重要的内容是句法论，方观承论诗也表现出对句法的细腻感觉。他甚至提出"句法要分律、绝"，举例说："余尝为舟行诗，起句'几层轻浪几层风'，自谓是绝句语，不合入律。"我在前人诗论中还没见过类似的说法，很可能是方观承的独到见解，而且无疑是有见地的，方世举也不由得赞叹"宜田此见，鞭心入微"③。事实上，这类深入到句法层面的细致揣摩，正是桐城诗学的看家本领，自方拱乾一辈诗家就已注意到古诗铺排句与近体律句的差异。方观承尝举方拱乾批杜诗"是排句，不是律句"的例子，问方世举区别何在，世举答："排句稍劲荡耳。"观承说："匪惟是，音节承递间，读之自不可易。"方世举仅注意到句法给人的感觉，而方观承更感觉到两者声音和节奏的差异，由是方世举也不得不承认"子论更细"④。方观承还讨论到字法，指出："《三百篇》之五言，如'艳妻煽方处'，句眼在'煽'字，此少陵字法之祖。"方世举说："余尝喜《考工记》每有一字而曲尽物理物情者，安得与宜田觌面缕指而共论之。"⑤然则方观承名义上从族父学诗，实际上两人的识见造诣常势均力敌，故论诗多得教学相长之乐。中国古代的传统哲学，一向认为书不尽言，言不尽意，可以言说的内容都是粗浅的，真正精深的奥义概不可言说，故而论学最重视自家体认的功夫。桐城文学既以宗派承传树帜于文坛，自然重视学问传授中阅读体认的功夫。方观承论诗也不例外，格外强调宋代理学家所讲究的涵泳体认功夫。方世举记其语云："少陵《梦李白》诗，童而习之矣。及自作梦友诗，始益恍然于少陵语语是梦，非忆非怀。乃知读古人诗文以为能解，

①《丛兰诗话·序》,《清诗话续编》第二册,第778页。
②《丛兰诗话·序》,《清诗话续编》第二册,第778页。
③《丛兰诗话·序》,《清诗话续编》第二册,第778页。
④《丛兰诗话·序》,《清诗话续编》第二册,第778页。
⑤《丛兰诗话·序》,《清诗话续编》第二册,第777页。

尚有欠体认者在。”[①]又一则云：“‘习习谷风，以阴以雨。’妇值风雨而愁叹，祇是触感生情耳。注云：‘阴阳和而后雨泽降，犹之夫妇和而家道成。’妇人之见，岂暇出此？朱子释经，自应依理立论耳。”其见解明显通达可取，难怪方世举也不由得称叹“其读书得间如此！”同时又遗憾“余亦有经史之探微索隐者，惜不能与之印正。今载在《家塾恒言》中”[②]。由诗话中转述的内容看，方观承与方世举之间，诗学商榷非常频繁，往往都附于书札后，若流传下来都会是桐城诗学的重要文献；即便是《丛兰诗话》中所存吉光片羽，也足以说明方观承是桐城派中融文法于诗学的开风气的人物，后来姚鼐及门人方东树《昭昧詹言》以文法论诗，实际是承传了方观承诗学之一脉。

方氏叔侄的诗论是桐城诗学发展史上承前启后的重要环节，起码具有两方面的历史意义：一是诗学的专门化——不是以古文家兼治诗学，而是以诗学专门名家，在古文传统之外亮出了桐城诗学的旗帜；二是确立以唐诗为宗的诗学观念，通过深入细腻的研究为桐城诗学打下深厚的学术基础。桐城诗学不同于其他地域的特点：一是有家族承传，二是以师生教学传授。在某些人物身上，这两个特点经常是交叉并存的。通过方观承记录方世举诗说，及《丛兰诗话》转述方观承的诗论，不难窥见方氏家族中相互切磋诗艺的风气及其承传意识之一斑。

（原载《安徽师范大学学报》2014年第6期）

①《丛兰诗话·序》,《清诗话续编》第二册,第777—778页。

②《丛兰诗话·序》,《清诗话续编》第二册,第778页。

由正及变：清代桐城麻溪姚氏诗歌之诗史意义

温世亮

桐城麻溪姚氏人文鼎盛，与清之国祚相始终，是有清一代典型的文化世家。清初至于民初，在姚氏家族中若姚孙棐、姚孙森、姚文然、姚文燮、姚范、姚鼐、姚莹、姚濬昌、姚永概、姚永朴等以诗名世者甚多，他们实际也成为推动桐城诗派发展的核心力量，在有清一代诗坛产生了不小的影响。柯劭忞曾为姚永概《慎宜轩诗集》作序，谓“近世占毕之儒矜言家学，若元和惠氏、宝应刘氏、高邮王氏之经学其尤著者也，独为诗古文则桐城姚氏一家而已”[①]。那么，在麻溪姚氏家族诗歌的发展历程中，姚氏诗人是否一如柯氏所谓“矜言家学”，一贯保持着家族基因的存续绵延呢？在其诗歌的传承中，是否有着新变因子的出现呢？如果这一推想成立，其诗歌又有怎样的文学史意义呢？就实际的研究而言，目前学界关于这方面的探讨还不够深入，尚有作进一步讨论的必要。大致而言，就桐城麻溪姚氏家族诗歌进行历时性的考察，不仅有助于其诗歌发展脉络的厘清，对桐城派乃至于有清一代诗风演变轨迹的探讨亦具有一定的参考意义。

一、“正风正雅”：姚氏诗歌创作之家族基因

经过两百多年的沉淀，至明末清初，桐城麻溪姚氏家族已经发展成为木秀于林的文化望族，自此而后，其诗歌创作更是卷帙浩繁，琳琅累积，

① 姚永概《慎宜轩诗集》卷首，民国八年铅印本。

呈现出繁兴之势。[①]钱澄之《姚珠树诗引》认为，姚文燮诗“出风入雅，轶温李而上之”，实渊源于“家学”。[②]那么，“出风入雅”到底有没有像钱氏所说的那样，成为麻溪姚氏诗歌创作的特质呢？对这一问题，我们可以时间为序，作追溯性的探讨。

为钱澄之所称道的姚文燮（1628—1693），生活于明末清初之际，又以注《昌谷集》而知名于清代诗史。大抵而言，姚文燮论诗，强调情志合一，对自明中后期以来那种泥古因袭而志情乖离的诗坛风会多有排击、声讨，尝发为“志侈矣，其如离朱而浣质何”（《祝山如朴集诗序》）[③]之叹，对那种“兢趋诗名，必组文饰词”的作风亦不乏微词，俨然视“诗以不尚浮艳”为毕生追求，故其诗确多见钱氏所谓“出风入雅”之面相。姚文燮之父，则是《（乾隆）江南通志》卷一百六十七所称“博学有文名，尤工于诗，公卿争折节礼之。明末举贤良方正，顺治初署龙泉教谕，课士先道德而后文艺，多所造就”的姚孙森，方孝标《可处堂集序》则称其“为诸生祭酒者三十余年”，“与人交无城府”，[④]而诗如其人，温朴隽永，“皆朗俊可诵”[⑤]。至于姚文燮之子姚士藟（字绥仲），为人醇厚和雅，诗亦如钱澄之《汪异三诗引》所称“绥仲益好苦吟，音调、词义备极简练。观其诸作，浏漓浑脱，皆自苦吟而得，不持才情之赡也”[⑥]，简洁通脱，而一归于和平醇雅。若以三代诗相比照，实不难体会姚氏诗歌的家族传承关系。同样值得注意的是，与姚文燮并时或稍后而出的姚氏诗人，发为音声，亦每以风雅为正则，每见家学之濡染。例如，其从兄姚文然（1620—1678），入清后官至刑部尚书，“读书学易，以道卷舒”，论诗尤其推崇“言志抒怀，必归温柔敦厚”，对那种仅仅以声调、文字、名利、门户为尚的诗坛习气则甚为鄙薄（《与王西樵》）。[⑦]又如姚文熊，亦姚文燮之从兄，康熙丁未进士及第，

---

① 关于明末清初麻溪姚氏家族及其诗歌的繁兴面貌的论述，可参见温世亮《麻溪姚氏家族与明末清初龙眠诗坛》，《中国典籍与文化》2013年第2期。

②钱澄之《田间文集》卷十六，黄山书社1998年版，第296页。

③姚文燮《无异堂文集》卷二，民国五石斋钞本。

④方孝标撰，石钟扬、郭春萍校点，《方孝标文集》，黄山书社2007年版，第10页。

⑤徐璈《桐旧集》卷五，民国十六年景印本。

⑥钱澄之《田间文集》卷十五，第283页。

⑦姚文然《姚端恪公集·文集》卷十二，清康熙二十二年姚士塈等刻本。

不屑作折腰之吏，以诗名重海内，所著《红雨轩诗集》醇厚有古风，以雅正为规范，梁佩兰序曰：

> 公性敏而仁，承父祖之绪，博洽条贯。为少年名进士，由萧山令擢阶州刺史，所至以宽厚著绩，公余惟一编课士。居常，恂恂无多言，每稽考讲论，则倾三峡之源，汇九派之宗，累日夕不倦。公盖笃于天而全于人，自处于厚而不以薄待世。凡会心之言，虽殚力琢磨，无一不出之自然，其蕴蓄而澄涵者，读之如食太羹之味，被素丝之服，不绚而华，不浓而旨，其诗道之正宗也。①

方正玉序《红雨轩集》亦言："公伟貌惠心，读书静适，厌闻尘嚣事。于文章道义，鼓舞劝勉，历久不倦。所作诗适天真，得温柔敦厚之遗。昌黎云：'仁义之人，其言蔼如。'可举似之。"②至于继承父亲姚文然志业而有一代循良之称的姚士基，一如马源《松岩集序》所谓"施行建白，恂恂简重，务自得而已，未尝夸示于人，为声华之地。故其为诗，境之所触，心之所之，一一称情而言，及量而出，不假所无，不溢所有，不独雕镂靡巧之习不屑以为，并铺张缘饰之词亦汰之净尽矣"③，亦是诗如其人，创作自不失雅正之相。

进入清代中期，姚氏诗人的那种钱澄之所谓的"家学"意识，并没有因为岁月的磨洗而稍有淡化。例如，姚文焱之孙姚孔鋠，对诗歌创作能守风雅正则的彭启丰甚为青睐，毋庸置疑，其《呈彭芝亭前辈》诗"愿挽颓风追大雅，论文不觉漏沉沉"④云云，实即这一诗学追求的侧面反映。而姚孔鋠之兄姚孔锌，同样推崇雅正清醇的诗风，这可以从其跋郭起元《介石堂诗集》见出一斑：

> 昔人谓阮步兵《咏怀诗》，闳论眇旨，变化无端，信矣！然晋尚玄

---

①徐璈《桐旧集》卷六。

②徐璈《桐旧集》卷六。

③徐璈《桐旧集》卷六。

④姚孔鋠《小安乐窝诗钞》卷十，清乾隆二十二年刻本。

虚，诗虽工，不踶于正。复斋《言志》十首，理精神肃，如箴如铭，自抒所得，可以发人深省，斯为有功世道之文。五绝节短韵长，五律体兼王孟，七律在元和长庆之间，长篇骨腾肉飞，中间关键谨严，起伏顿挫，乃有韵之古文也。虞山、阮亭而后，非君孰为嗣音者哉！①

值得注意的是，这种雅正清醇的"家学"意识，也从他们的创作中得到了体现，若姚虞初、姚孔镔、姚孔鋠、姚孔锬等姚氏同辈诗人，大抵如此。例如，姚虞初，幼承庭训，博考传注、训诂、名物、制度，尤其对"宋五子书折衷有得"，正因如此，"为文理宗濂洛，气袭欧、曾。晚岁诗境清幽，尤能以古淡之笔写绵邈之思"。②于姚孔镔，舅氏张廷玉序其《尺蠖轩诗钞》则谓：

南宾甥，少负轶材，夙承家学。与其诸兄弟深心易气，读书纘言，工为诗，襟情自写，吟咏送日。及客江汉、剑南，选胜探奇，抒怀寓目，风骨秀拔，兴寄绵邈。其语言之妙，足使山川风景涌现于行间，晴明晦雨渲染于楮上，要皆以己之性情与外间之境会相为映发，和平温厚，成自然之声响。③

而对其兄姚孔鋠所为诗歌，陈祖范曾作"吐弃浮华，直摅胸臆，荣利不入于心，伦纪独萦于念，盖非诗人之诗，而退之所谓'余事作诗人者'诗也"④之论，王峻则以为"其调和平而不涉怨怼，其辞真率而不屑藻绘，非有得于诗之本旨而能然乎"。⑤大体而言，这些评说其实均着眼于雅而能正的特点来予以衡定。又如姚孔锬，深谙性理，却以国子监生终穷，陈诗《尊瓠诗话》称其写景之什，弥肖"种菊"，⑥每有靖节之风概，孤衷自见，

①郭起元《介石堂集·诗集》卷六，清乾隆刻本。

②姚莹《姚氏先德传》卷五《文艺》，《近代史料丛刊》第6辑，文海出版社1974年版，第4245页。

③徐璈《桐旧集》卷六。

④徐璈《桐旧集》卷六。

⑤徐璈《桐旧集》卷六。

⑥陈诗《皖雅初集》卷四，上海美艺图书公司，民国18年铅印本。

若“系艇垂柳移旧岸，卖鱼小市隔孤村”云云，静与动谐和，山水与人情互动，内在裹挟着苦心孤诣，实不失风雅之旨，其世其“家学”的取向，由此可见一斑。

至于姚范、姚兴泶、姚鼐、姚莹等雍乾至于道咸时期的姚氏后辈诗人，他们的诗学持守及诗歌创作一样存留有雅正之音声。例如，姚范为诗取法苏黄，又得玉溪之长，所为诗实熔唐而铸宋；同时，其论诗道德性情并重，尝于《张北轩涉江畏语诗序》[1]中宣称诗歌创作当明于“义理”，应将“轶行遗美”融入篇什以充分地展示诗人的人格魅力，故其诗往往用语温厚蕴藉，不乏“精丽隽雅”[2]之质地。姚范之族兄姚兴泶，潜心于经术，学有根柢，“为诗多得古人清韵，骈俪之文皆有法度”[3]。姚范侄子姚鼐，也就是在姚氏家族中诗文名头最为显赫者，又每以儒者之道义检视、评骘古今之诗学，强调为韵语“同者必归于雅正，不着纤毫俗气”（《姚石甫文集序》）[4]，一生遵循“道与艺合”（《敦拙堂诗集序》）[5]的诗文创作路径，所以所为诗亦以“淹雅清隽胜”[6]，堪称姚氏诗学规范之集大成者。姚莹之论诗、为诗，则又得姚范、姚鼐之真传，若其《论诗绝句六十首》第十九首“文体能兴八代衰，韵言尤自辟藩篱。主持雅正惟公在，底事卢樊别赏奇”[7]云云，对韩愈能摆脱六朝以来绮靡文风束缚的做派予以称赞推扬，肯定他重振儒家诗学传统的历史功绩，去奇崛存雅正的立场甚为明确；与此相应，“体兼质文”“上溯小雅”[8]也便成其诗歌创作特点之一，而这种精神外溢于形式的表现实际也从一个侧面展示了其渊绪家学的努力。

道艺兼修，着眼于内在情志的省察以提升世人的精神境界、道德修养实乃儒家诗学之传统，与此相呼应，“温柔敦厚”为艺术审美表现的雅正观也便成为其最为重要的诗学范式，被后人奉为圭臬。大抵是受方宗诚《桐

①姚范《援鹑堂文集》卷三，清嘉庆甲戌刻本。
②袁行云《清人诗集叙录》，文化艺术出版社1994年版，第952页。
③廖大闻等《（道光）续修桐城县志》卷十五，民国二十九年铅印本。
④姚鼐《姚惜抱尺牍》，上海新文化书社1935年版，第76页。
⑤姚鼐《惜抱轩诗文集》，上海古籍出版社1992年版，第49页。
⑥陈诗《皖雅初集》卷四，上海美艺图书公司，民国18年铅印本。
⑦姚莹《姚莹集·后湘诗集》卷九，安徽教育出版社2014年版，第468页。
⑧李兆洛《养一斋集·文集》卷四，清道光二十三年活字印四年增修本。

城文录序》所谓桐城地域文化“矜气节，穷理博物”[①]之影响，姚氏学术，惟“程朱”是尚，对义理的谨守实成其家学所在。而通过上文的梳理，我们不难发现，坚守儒家内省式的风雅传统，追求诗歌关乎道德义理确乎成为姚氏家族的诗学法则，其诗歌创作亦因此显现出后先发育、弘长风流的态势。在评论历代古今体诗歌选本之优长时，姚莹之孙姚永朴曾作如是论：

> 古今体诗选本，莫善于王阮亭《古诗选》《唐人万首绝句》、姚氏《五七言今体诗钞》、曾氏《十八家诗钞》。盖鉴别皆极精审。吾人从事兹学，当从先取派正而词雅者师之，余则归诸涉猎之中。又其次者，虽不可观可也。果如是，必不致损日力而堕入歧途矣。[②]

其所谓学诗当以“派正而词雅”者为师，其言说又指涉先辈姚鼐之《五七言今体诗钞》不仅对自己的诗学门径给予了归纳，实际也借此表明了自己恪守家族诗学绪论的旨趣；与此同时，我们自可以将之视为就姚氏取风雅之正诗学规范所做出的书面总结。

二、“变风变雅”：晚清格局与姚氏诗歌之嬗变

毋庸置疑，乾嘉以降的麻溪姚氏家族诗歌在一定程度上实际也延续了“正风正雅”的传统特点，如前文所提及的姚莹、姚永朴等，而姚永朴又最称典型。姚永朴虽身处清朝民国易代之际，对中华文化的现代化也不无贡献，但其诗学持守基本又是遵循了“先取派正而词雅者师之”的原则，发为音声也甚得雅正传统。不过，嘉道及其以降，“清道于盛而衰，外则有列强之窥伺，内则有朋党之叠起，诗人善感，颇有瞻乌谁屋之思，小雅念乱之意，变征之音，于焉交作”[③]，以诗经世俨然成晚近诗坛之一大潮流。因由时代社会现实的变迁，这样的新气象在姚氏创作中实已有体现。

①方宗诚《柏堂集》次编卷一，清光绪八年刻本。

② 姚永朴《文史讲义》，凤凰出版社2008年版，第8页。

③ 汪辟疆《汪辟疆说近代诗》，上海古籍出版社2001年版，第9页。

以姚莹为例，其生活的乾隆、嘉庆、道光、咸丰四代，正是清朝统治根基渐趋于式微的时代。大体而言，以“十全武功”自夸的乾隆王朝，其政治统治已出现不稳定的迹象，实际也存在“视边裔之民，较腹地编氓，尤为鱼肉”[①]的现象，爆发于嘉庆时期的三省苗民起义便与这样的统治策略紧密相关。进入嘉庆中后期，清王朝更是面临着严峻的内忧外患。一方面，国内的阶级矛盾越发激烈，士习浇薄、吏治腐败、民生维艰，大大小小的农民起义此起彼伏，战争烽火绵延不绝；另一方面，外国列强也开始蓄意分占肢解华夏版图，为此而发动的侵略战争频频爆发。作为“以学问、经济表著于时”[②]的经世文士，一如其《上座师赵分巡书》所谓的“以实用自许”[③]，姚莹一贯重视实际，反对空言辨志。因此，当面对这些沧桑不平的时候，他是不可能熟视无睹的。例如，在《复管异之书》中他对“近日士大夫多修饰小节，以为进取”的做派，深表不满，并以“开创之天下”“承平之天下”以及“艰难之天下”区分天下，强调在当今“元气大亏，杂症并出，度非一方一药所能愈”的“艰难之天下”，更应该高扬树立士人胸怀天下、济世救时的社会担当精神，称“稼问农，蔬问圃，天下艰难，宜问天下之士”；[④]与此同时，他要求士人应当具备“视天下国家之事，皆如己事；视人之休戚痛痒，如己之休戚痛痒，展转于怀，不能自已”[⑤]的忧患意识。而受此经世思想的深刻影响，在诗歌创作方面，姚莹认同从祖姚鼐“道与艺合”的旨趣，在《复杨君论诗文书》中即称“诗文者，艺也，所以为之善者，道也。道与艺合，斯气盛矣”；[⑥]不过又不为其所限囿，甚至提出了洞达世务、经济天下的诗学主张。在《重刻山木居士集序》中，他指出：“古人文章所重于天下者，一以明道，一以言事。”[⑦]在《郑云麓诗序》中，他更是强调诗人发为音声，应得“性情之正”，应存“忧时悯俗之

① 孟森《清史讲义》，中华书局2010年版，第270页。

②吴仰贤《小匏庵诗话》卷六，清光绪四年刻本。

③姚莹《姚莹集·东溟文集》卷三，安徽教育出版社2014年版，第47页。

④姚莹《姚莹集·东溟文后集》卷六，安徽教育出版社2014年版，第233页。

⑤姚莹《康輶纪行》卷十五，清同治六年姚濬昌安福县署刻中复堂全集本。

⑥姚莹《姚莹集·东溟外集》卷二，安徽教育出版社2014年版，第124页。

⑦姚莹《姚莹集·东溟文后集》卷九，第288页。

心”[1]，而且褒奖黄香石能将“讲求世务，隐然有人心世教之忧”（《黄香石诗序》）[2]纳入诗歌创作中，对诗文创作具备经济天下的功用予以明示。实际上，他的诗歌创作实际也如其《谣变并序》所谓的“自为心声以写世事”[3]，从不同的方面表现出治世泽民的诗学取向。大凡民生疾苦、外夷侵凌、吏治腐败，乃至于学术乖张、士习浇薄等社会现实问题，在他的诗歌创作中均有所体现，内中充满着时代的隐忧。例如，《广州郡斋作示孙秀林》是一首写于嘉庆十六年（1811）游两广总督幕时的交游诗，诗云：

> 羊城十月海风急，官舍萧条冷欲裘。白日忽倾惊又晚，黄花开过不知秋。连烽盗贼传难定，启箧诗书对转愁。同时天涯感漂泊，南方豺虎莫淹留。[4]

显然，此诗并非完全着眼于友朋之间的深厚情谊而行笔，而更多的是有感于东南海盗频繁伤及国势而发声，流露出诗人于时事的深切的忧虑，显示出浓重的沉郁质地。至于其《后湘诗集》卷七《感怀杂咏》十首，乃一事一咏，或恨战事频仍，或怨生民之艰，或叹人才之乏，或刺官吏之奢，无不是诗人针对凋敝现实所发出的批判音声，经世倾向，甚见明晰。也正因为如此，郭则沄《十朝诗乘》称其诗时有“具见忧时之抱，使方面尽如石甫者，何患彝寇，乃不竟其用”[5]之谓。

姚莹之子姚濬昌，幼承庭训，自小感佩父亲“由来忧社稷，不为一人私”（《感遇》）[6]的风范，在风云际会之世显示出“田间小臣心活国”（《朱御史行》）[7]的经世志向，为官一方不乏政声。对此，陈宝琛《复姚濬昌稿》有“夙承家学，擅文章经济之长；懋建新猷，绍循吏儒林之绩”[8]

①姚莹《姚莹集·东溟外集》卷一，第113—114页。
②姚莹《姚莹集·东溟外集》卷一，第113页。
③姚莹《姚莹集·后湘诗集》卷三，第410页。
④姚莹《姚莹集·后湘诗集》卷三，第447页。
⑤张寅彭主编，《民国诗话丛编》第四册，上海书店2002年版，第453页。
⑥姚莹《姚莹集·后湘续集》卷七，安徽教育出版社2014年版，第575页。
⑦姚濬昌《幸余求定稿》卷十，清光绪十七年刻本。
⑧陈宝琛撰，王叔子、张求会编，《陈宝琛集》，中华书局2005年版，第1662页。

之谓。当然，思想上的经世作为必然促成其于现实世界的密切关注，他强调“作诗须知寄托二字”[①]，尤其重视诗歌的针砭意义和社会价值，云“文章早知关世运，郁轮袍外一兴哀”（《试院书感》）[②]，这实际也从他的创作实践中得以体现。譬如《癸丑除夕》“满目兵戈送岁阑，偷生豺虎共盘桓”叙说太平天国起义中的荒寒萧瑟，《宿范水即事是去年经乱处》“他年曾泊处，磷火满荒汀”记录战争留下的触目惊心，《闻警》“镜海徐清八载波，无端绝岛又横戈”感叹台湾烽火再起，《移居》“沿边不少三千弩，末落潮头已挂弓”描绘侵华列强之嚣张，《八月十三日早发即事抒怀》“金钱曜外强，债张益中干”抨击侵华战争结束后清政府赔款求和之无能，家国兴亡之感每积于文字间。总而言之，嘉道咸同以来愈显颓废的国势在姚濬昌的笔下均有不同程度的反映，其于社会现实的批判甚为用力。后来，杨钟羲称姚濬昌之诗继承了其父姚莹诗的经世倾向，“能不失后湘家法”[③]，就此而论，评骘无疑是公允的、客观的。

姚永概一生跨同治、光绪、宣统和民国，但并未在清王朝谋得一官半职；然而，受易代之际变革思潮的深刻影响，加上家学的熏陶，他的经世思想与其父亲姚濬昌一样突出。他欣赏张载“民胞物与”（《辛酉论三·原孝》）的普世情怀[④]，并且在《高等学堂本敬敷书院旧址吾家惜抱府君曾主讲于此眷怀今昔不能自默成诗一章》中提出了“所学期致用，不在鞶帨妍”[⑤]的主张。带着这样的愿望，他要求诗人应当切近于时代进行真情实感的抒发，追求诗歌创作的现实功用，在《书梅宛陵集后》中呼吁“我思文字贵，在切时与己。要使真面目，留与千秋视”[⑥]。更为可贵的是，他时刻关注着晚清的时代变局，并将自己忤时感愤的心魂寄托于文字，他的诗歌创作亦因此具有了其《和伦叔摩字韵再呈诸公》所云“故缘时局推移甚，顿使文章感慨多”[⑦]的特点，延续了其父祖风概。例如，姚永概支持维新，

①姚永概著，沈寂等标校，《慎宜轩日记》，黄山书社2010年版，第22页。

②姚濬昌《幸余求定稿》卷十二，清光绪十七年刻本。

③杨钟羲《雪桥诗话全编·续编》，人民文学出版社2011年版，第1376页。

④姚永概《慎宜轩文集》卷十一，民国八年铅印本。

⑤姚永概《慎宜轩文集》卷四。

⑥姚永概《慎宜轩诗集》卷五。

⑦姚永概《慎宜轩诗集》卷六。

并密切地关注着“戊戌变法”的进展，而变法的失败也促使他对那些封建保守势力予以辛辣的讽刺，孤衷每见于词表，其《戊戌秋中书感》二首便是这一情形的真实书写：

孤月惊扬已敛辉，纷纷孤鼠煽阴机。虚传天位能移易，不信人间有是非。新议欲亲丰沛种，募兵近隶相公麾。台垣封事朝朝上，到此何人血洒衣。（一）

此变乾坤古未逢，盱衡唐汉略相同。早知训注才非正，无那膺滂本忠。失水神龙堪一痛，垂涎禹甸有群雄。腐儒难继陈东迹，中夜悲歌和朔风。（二）

汪辟疆在《近代诗人小传稿》中称赞姚永概之诗情志耸动，具有“秀爽而警炼，沉郁而能顿挫”[①]的特点。从某种意义上讲，这种内外兼顾的评判，实际也从一个侧面反映了其诗所具有的现实价值。在这一点上，姚莹的从弟姚柬之、姚元之等同样具有引证意义。如以政声卓著位列《清史稿》“循吏传”的姚柬之，其参与社会的意识强烈，诗亦如其人，“太息天下事，隐忧如在身”（《赠姚伯山柬之大令即送之粤东》）[②]，以经世驰名于嘉道诗坛；至于姚元之的诗歌创作，则一如其《使沈草》“自识”所谓的或“触兴为章”、或“言诗纪事”，[③]同样不乏现实的认识价值。

综上可言，自乾嘉至于光宣、民国，姚莹、姚濬昌、姚永概祖孙三代为诗大抵均能以审视的态度来关注时代，关注社会，对现实中的沧桑不平予以描绘和记录。不可否认，在他们的记录中难免带有强烈的个人情感色彩，不可能完全属于实录。但是，他们的诗歌创作已然植入了“变风变雅”的因子，“内圣”与“外王”兼顾，显示出应有的社会批判力度，已不仅仅刻意于“正风正雅”的家族诗学传统的坚守。

---

① 汪辟疆《汪辟疆说近代诗》，第142页。

② 张际亮《思伯子堂诗集》卷十七，清同治八年刻本。

③姚元之《使沈草》卷首，清道光二年刻本。

三、“文章视气运为升迁”：姚氏诗歌嬗变的诗史意义

根据知人论世的原则，就麻溪姚氏诗歌发展柯劭忞在序姚永概《慎宜轩诗集》时作出如下评价：

> 孟子有言：“诵诗读书，在于知人论世。”劭忞本此意以读姚氏四世之诗。窃谓皇朝二百余年，丰享豫大极于乾隆嘉庆，惜抱先生（姚鼐）优游盛世，咏歌太平，盖正风正雅之遗则。道光中叶，外患萌芽，朝廷旰食，石甫先生（姚莹）负经世大略，百蕴不得一施，故抚时感事多慷慨之辞；洪杨构乱烈于咸丰，同知改元号为中兴，然视乾嘉之盛，固十不逮一，慕庭先生（姚濬昌）崎岖患难之余，浮沉牧令之官，故其诗多蕉萃忧伤之作。凌夷至于光绪，三十年来祸乱相寻，纪纲尽堕，而吾叔节（姚永概）犹从进士举，累上春官不第，迨陵谷迁移，黍离麦秀之感一于诗寓之。自石甫先生以至于叔节，皆变风变雅之诗也。呜呼，文章视气运为升迁，不其信欤？①

对于柯氏所言大意，我们至少可以归纳为二点。其一是姚氏家族诗歌呈现出由“正风正雅”到“变风变雅”的发展脉络；其二是姚氏诗歌“升迁”演变的根本在于时代“气运”之变化。关于前者，从前文的分析我们不难发现：乾嘉以降，姚氏诗人持守风雅正则的观念依然存在；然而因由时代之风会，他们的诗歌创作一如柯氏所谓或“抚时感事”，或“蕉萃忧伤”，或“黍离麦秀”，相对于乾嘉以还姚氏诗歌创作的温厚醇和已有了较为明显的变化。总的看来，谨守家学，而趋于继承与新变之间实乃姚氏诗歌创作实践的一大特点。于后者，通过前文的梳理可知，姚氏诗歌所发生的变化，与清王朝的兴衰变化确乎有着内在的关联。实际上，早在明末清初姚文然之父姚孙棐那里便有了“诗可以言志，亦可以纪时”（《亦园全集三集自

①姚永概《慎宜轩诗集》卷首。

序》）[①]的认知，后来姚范在《校上北齐书录序》中也表达了“文章关乎世运，学术系乎风俗人心”[②]的文学意识，只是因为顺康雍乾时期相对太平清晏的政治时代格局，导致他们并没有太多的机会去借助诗歌这样一种文本体裁来描画世间——“时”或“世运”的沧桑，批判社会的黑暗不公；与此相反，诸如内在道德心性修养——“风俗人心”之类的诗性表达，则占据了他们诗歌创作的更大空间，这也可以视为他们“矜言家学”的一个重要表现。需要注意的是，姚氏这种文学意识在乾嘉以降的社会现实中确又找到了充分发挥的畛域，而从某种意义而言，这实际也成为其家族诗歌发生新变的基点或前导。总体而言，至姚莹时期，因感应时代社会风潮，麻溪姚氏家族诗歌创作已然完成了由“正风正雅”到“变风变雅”的转变，实现了于“家学”的继承和发展。正因为如此，他们也在晚近诗坛产生了不可轻忽的影响。

至于麻溪姚氏家族在晚近诗坛所产生的影响，我们同样可以姚莹为例证予以申论。姚莹以负荷家学为职志，自少至壮到老，他不仅积极地组织、参与各种诗学活动，且能贴近现实时空，以天下为己任，歌以咏怀。在不同时期的诗学活动中，姚莹不仅结识了众多的经世诗人，而且能以经世为职志，倾心天下和黎庶。例如，据《吴子山遗诗叙》，年未弱冠，他便与里中张阮林、吴庾、方遵道、姚全等结为“蔗林五子”，各怀“菽水之忧”，“慷慨悲歌，俯仰一世”。[③]而在两淮盐运使任上组织的扬州“题襟馆雅集”，实乃有感于“文章原与政事一，到今万派徒滔滔”（《谈艺图为石甫廉访题即送之官台湾》）[④]的风雅之衰而力为之。姚莹为台湾道台期间，曾多次击败英军的侵扰，屡建勋功，却于清道光二十三（1843）年遭受“妄杀”“冒功”之诬而下京师刑部狱；不过，这却使姚莹声名大噪。为此，他也曾作过一首夫子自道式的七言律，以记述当时朝野之震动：

圣主如天宥直臣，四方幽隐各纷陈。微名讵遂倾中外，国是从来有

①姚孙棐《亦园全集》卷三，清康熙瑞隐窝刻本。

②姚范《援鹑堂文集》卷二，清嘉庆甲戌刻本。

③姚莹《姚莹集·东溟文集》卷二，第27页。

④张际亮《思伯子堂诗集》卷二六。

屈信。永夜忧当纾鲁女（自注：女史沈湘佩，有《读史诗》。）故人书尚问吴莼。朝来紫禁纶言下，道路传呼颂至仁。[①]

正是在家国存亡的政治背景下，姚莹的经世风范成为当时意气相投之士所钦羡，他亦藉此扩大和提升了自己的诗坛影响。劫难之后，他时常被邀请参与诸如“万柳堂雅集”“蒹葭阁雅集”之类的诗酒觞宴，啸傲于京城的各大名胜之间，并结识了诸如龚自珍、魏源、何绍基、冯桂芬以及朱琦、邵懿辰等经世文士。[②]尤其值得注意的是，不惟姚莹的景行为这些文士所奖掖、敬崇，他的经世诗心同样深刻地影响着这些有识之士。例如，与陈庆镛、苏廷魁并称“三直”的朱琦，诗文取法桐城，“一作忠义之概”[③]，其《九月朔日集万柳堂宴姚石甫丈》所云“展卷诵公诗，叹息复屡辍。夜深不能卧，肝胆蟠崒硉。汹涛疑在耳，奇境恐暂失。他日告史官，兹事载直笔”[④]，正面描绘了姚莹“一腔积热血”的高大形象和“单舸觇窟穴”的抗敌气概，实际又从一个侧面展示了姚莹其人其诗对自己以及其他从游诸人的心灵感染。至于其族兄姚元之《石甫出狱后奉命以司马入川》“新从海上涉缁尘，又向江源细问津。武略才高剑门月，奚囊诗满锦城春”[⑤]及《送石甫弟南归兼柬正行刺史小眉通守献生水部律原方伯》“海上归来一个臣，男儿姓字觉重新（自注：“一时向余觅《后湘集》者，甚多。”）。书生争读后湘集，异域都惊大将神”[⑥]，则更为有力地昭示了姚莹其人其诗在当时所产生的轰动效应。

关于桐城诗派，每见于前贤之论要。钱锺书便指出：“桐城亦有诗派，其端自姚南菁范发之。”[⑦]其实，姚莹在序《桐旧集》时便已指出：“窃尝论之，自齐蓉川给谏以诗著有明中叶，钱田间振于晚季，自是作者如林。康熙中，潘木厓先生是以有《龙眠风雅》之选，犹未极其盛也。海峰出而大

①姚莹《姚莹集·后湘续集》卷二，第527页。

②施立业《姚莹年谱》，黄山书社2004年版，第305—313页。

③徐世昌《晚晴簃诗汇》卷一三八，民国退耕堂刻本。

④朱琦《怡志堂诗初编》卷四，清咸丰七年刻本。

⑤ 姚元之《廌青集》卷二，清道光二十三年刻本。

⑥ 姚元之《廌青集》卷二。

⑦ 钱锺书《谈艺录》，中华书局1984年版，第144—145页。

振，惜抱起而继之，然后诗道大昌。盖汉魏六朝三唐两宋，以及元明诸大家之美无不一备矣。海内诸贤谓古文之道在桐城，岂知诗亦有然哉！”[①]通过明中叶以来桐城诗歌发展历程的梳理以及诗歌风貌的描述，姚莹认定不仅文在桐城，诗亦在桐城。后来姚永朴《慎宜轩诗集序》则引用徐宗亮“惜抱之后，精诗学者为方植之，植之之后，必推先考”之言扬誉桐城二百余年诗学之兴，并称“继先考而起者，莫如吾弟（姚永概）”[②]。吴汝纶更是在《姚慕庭墓志铭》中宣示自姚鼐以诗法教人以来，“桐城学诗者一以姚氏为归，视世所称诗家若断潢野潦，不足当正流也”。[③]他们或以姚范为津梁，或以姚鼐为宗师，或以姚濬昌、姚永概为后劲，大抵可言，自姚范而姚鼐，再到后来的姚莹、姚濬昌、姚永概，麻溪姚氏家族的诗人，为桐城派诗歌的发展，递嬗相继，可谓不遗余力。质而言之，麻溪姚氏家族诗人无疑成为构筑和发展桐城派诗学的中坚力量。从这个意义上讲，我们完全可以将清代麻溪姚氏家族诗歌的发展嬗变视为观测桐城诗歌演进的一个极其重要的参证。实际上，“清代道咸之际，桐城派秉持‘变’和经世致用的观念，紧随中国现代化的步伐，开始了长达百年的转型”。[④]需要特别指出的是，在这样一个转型的过程中，我们当然不能忘却桐城派的其他一些重要诗人，若曾国藩、方东树、方宗诚、吴汝伦等所发挥的作用，受激荡变幻时局的深刻影响，他们的诗歌创作上均在一定程度上显示出应有的经世面相，时代特色鲜明；但是，麻溪姚氏诗人群从的努力，我们同样不能轻忽，他们与其他桐城派诗家共同推进了桐城派诗学由“正风正雅”到“变风变雅”的转变。

当然，即便在清代诗歌演变轨迹这一问题上，桐城麻溪姚氏家族诗歌亦不乏一定的参考意义。因由时代的盛衰变迁，综观有清一代诗史，其实也经历了一个嬗变的过程。自顺康至于乾隆朝，其间自不乏类乎前朝遗民悯时伤乱、或草泽之士凄寒自鸣的凄楚激越之作；不过，像宋琬、施闰章、沈德潜、翁方纲之流那样歌咏“升平盛世”的温柔敦厚音声，则又成为其

① 姚莹《姚莹集·中复堂遗稿》卷一，安徽教育出版社2014年版，第705页。

② 姚永概《慎宜轩诗集》卷首。

③ 吴汝纶《吴汝纶全集》(一)，黄山书社2002年版，第213页。

④ 王达敏《论桐城派的现代转型》,《安徽大学学报》(哲学社会科学版)2015年第6期。

中主流；嘉道及以降的晚近，“风雨飘摇时的苍茫心态”则洋溢满灌于诗坛，合着这样的音声节律，诸如龚自珍、魏源、林昌彝、贝青乔、张维屏等诗人深藏忧愤的爱国、经世的表达，则又成为其中最为重要的一端。[①]从一定意义上讲，桐城麻溪姚氏家族诗歌的发展演变，恰恰又是以其“家学”为根柢，且能感通于时事、家国、社会之变化，每以“气运为升迁”，义理与经世两相融洽，或“隽雅”，或“忧伤”，深得变通之识，歌哭每得于时宜。惟其如此，将桐城麻溪姚氏诗歌的发展置于有清一代诗歌演进的序列中予以考察，其所承载的诗史意义，自又是毋庸置疑的。

（原载《中国文化研究》2022年第1期）

① 关于清代诗歌的发展演变，可参阅严迪昌《清诗史》，人民文学出版社2011年版。

《晚清四十家诗钞》与桐城诗派的最后历程

闵定庆

吴汝纶（1840—1903），字挚甫（又作挚父、至父），安徽桐城人，是曾国藩的得意门生，与张裕钊、薛福成、黎庶昌齐名，并称“曾门四弟子”，是公认的桐城派末代领袖。吴闿生（1877—1949），字辟疆，号北江，幼承家学，又师从范当世，得桐城文学真传，马其昶《桐城耆旧传》说其“能世父学”①，曾克耑《晚清四十家诗钞序》也说他“秉太夫子挚父先生之学，以古文诏后进，又尝问学于范先生（当世），于诗所得尤深”②。吴闿生于光绪三十年（甲辰）依照乃父所选古文读本著《桐城吴氏古文法》，以为“初学善本”③；又于同年草创《晚清四十家诗钞》，民国十三年（甲子）完稿，前两卷选录桐城派后期若干关键人物的诗作，展现了一幅较具特色的后期桐城诗派诗史画卷，也体现了吴闿生在新的历史条件下观照桐城派和传统文化的微妙心态。第三卷则收录桐城派以外的诗人诗作，如同光体、汉魏六朝派、晚唐体等，也有少量游离于诸诗派之外者，但未录诗界革命之作，侧重于纪友朋之酬唱，以存近诗之面貌，可存而不论。

一、在“家法”与“师法”之间

吴闿生编撰《晚清四十家诗钞》时，将选诗视野锁定在师友渊源上，

① 马其昶《桐城耆旧传》，黄山书社1990年版，第445页。

② 吴闿生撰，寒碧标点《晚清四十家诗钞》，浙江古籍出版社2006年版，第27页。

③ 吴闿生《桐城吴氏古文法》，文津出版社1979年版，第2页。

自言效法姚鼐《今体诗抄》的体例，选定名家佳篇，“大体雅正，足以维持诗学，启导后进”，“后生得此，于近代之诗亦可以尝一哈水而知江海也已”[①]，以契合“入门须正，求格须高”的古训。准此，他用“道统”与“文统”复式结构论述诗文创作渊源的言说方式，紧紧围绕着父亲主导文坛、提携后进的“客观事实”来描述桐城派后期发展的脉络，建构起一个经得起桐城–湘乡派中人“拷问”的诗学谱系，标举诗学“正宗”，“以正雅祛邪”。其《晚清四十家诗钞自序》自述道：

> 先大夫垂教北方三十馀年，文章之传则武强贺先生，诗则通州范先生。二先生从先公最久，备闻道要，究极精微，当时有“南范北贺”之目。其后各以所得传授徒友，蔚为海内宗师，并时豪杰未有或之先也……二先生外，则有马其昶通伯、姚永朴仲实、姚永概叔节、方守彝伦叔、王树楠晋卿、柯劭忞凤孙，咸各有以自见。其年辈稍后，则李刚己刚己、吴镗凯臣、刘乃晟平西、刘登瀛际唐、李景濂右周、王振垚古愚、武锡珏合之、谷锺秀九峰、傅增湘沅叔、常堉璋济生、尚秉和节之、梁建章式堂、刘培极宗尧、高步瀛阆仙、赵衡湘帆、籍忠寅亮侪、邓毓怡和甫等，皆一时才士。[②]

《晚清四十家诗钞》前两卷即专收这一谱系中的“传诗者”，第一卷依次为叔父汝绳、季父汝纯、张裕钊（字濂卿，“曾门四弟子”之首）、范当世（字伯子，张、吴门下最杰出的弟子）、范钟、范铠（皆当世之弟）和李刚己（吴、范门下弟子），其中，以范当世、李刚己为承前启后的关键性人物，故收范当世诗作最多，计110首，李刚已次之，计66首，标示了吴、张、范、李之间的线性传承关系；第二卷录吴、范门下弟子的诗作，既有学于吴门的姚永概、方守彝等桐城旧族子弟，也有柯劭忞、邓毓怡、韩德铭、籍忠亮、吴镗等北方籍学生，大致勾勒出了桐城派“北传”的基本阵容。

---

①《晚清四十家诗钞》，第6页。一哈水，即一口水，见《淮南子·泛论训》：“薛烛庸子见若狐甲于剑，而利钝识矣；臾儿、易牙，淄渑之水合者，尝一哈水，而甘苦知矣，故圣人之论贤也，见其一行而贤、不肖分矣。”

②《晚清四十家诗钞》，第24页。

在具体编选过程中，吴闿生对至亲的诗作作了区别性处理。已故叔父之诗放在全书的开端，自然不会招来非议，同时又有意让父亲和自己“缺席”，未录父亲的诗作和自己的诗作，另把姐夫柯劭忞放在姚永概之后，厘清吴汝纶掌莲池书院后所形成的诗人群体，以淡化“以人存诗”“惟亲是选”的痕迹。吴闿生在《晚清四十家诗钞》中多次提及父亲的诗歌创作，突出其在冀州–莲池唱和中所扮演的核心角色，但吴诗已编入《桐城吴先生全集》，吴闿生又遍笺注父诗，此时辑入父作不免有割裂之嫌[①]。也许，吴闿生这样处理，更多的是出于“自恃身份”的矜持，以其父的“隐性存在”代替“有形存在”。这一点可从贺培新《晚清四十家诗钞序》中窥见些许消息，贺《序》说：“自太夫子垂教北方，教化所渐被，渊源本末具见于此，而有清一代诗学之大观，亦莫盛于是矣。”[②]将吴汝纶视为晚近诗学的“正宗”、清代诗学的“集大成者”。因此，吴汝纶是作为一个在终极意义上的、未曾出场的“主角”存在的，具有根本性的规范作用和评判作用。

在《晚清四十家诗钞》的每个角落，都在闪烁着吴汝纶的“有形存在”与“隐性存在”。我们可从以下五个方面作一初步观察：

（一）注重选录与吴汝纶密切相关的诗作

《晚清四十家诗钞》所选多为赠酬师友、描述冀州幕府和流连莲池书院的诗作，以吴汝纶知冀州、主莲池书院为中心，构成了三个层级的“作品圈”，第一个层级是直接与吴汝纶酬赠的诗篇，第二个层级是与“冀州—莲池”学者—诗人相互酬唱的诗作，第三个层级则是赠予吴闿生的诗作。其中，第一个层级的诗作近百首，几占《晚清四十家诗钞》全书篇幅的六分之一，是全书选辑的重点。这一选辑策略，可从诗题中窥见个中奥妙，诗题多明确标示“赠”“呈”“上”“简”等，如所选张裕钊诗中的《简冀州二首》是直接赠吴汝纶的，所选范当世诗中第一首便是《上吴先生》，反映与吴汝纶交往方方面面细节的诗作总数达十三首；第二卷所选姚永概诗第一首也是《到保定二十日作诗二十四韵奉吴先生》，第三首是《藤花久谢暑雨

① 吴闿生对于卤莽割裂乃父之作的行为颇为在意，如《晚清四十家诗钞》卷一“先季父诗十三首”《和齐瀹斋元云》解题即云：“此韵先公亦有四首，当编在深州时，而集中误编在冀州诗后，特附记于此以正之。”由此可见一斑。

②《晚清四十家诗钞》，第29页。

中忽开数枝吴先生邀赋》，皆形象地描绘了随侍吴汝纶的生活细节与情调。第三个层级的诗作也很值得关注，吴闿生不录自己的诗作，却时时不忘选录一些酬赠自己的作品，如姚永概《赠吴辟疆》、李刚己《用山谷双井茶韵赠辟疆》《辟疆见和再依前韵答之》《和答辟疆见赠元韵》等，从另一个侧面突出了作为诗选家和诗论家的"自我"并不缺席的"真实存在"。

（二）充分引用吴汝纶的评语

吴汝纶评点作品极多，据不完全统计，达一百余种，涵盖经史子集四部[①]，又曾对严复译《天演论》进行删节与评语，留下了丰富的评点遗产。吴闿生在《晚清四十家诗钞》具体诗作评点上，多引用其父的评语，或以此为话头，导入自己的评点，对派中诸人褒扬备至。所录吴汝纶的评点全面而具体，富有启发意义，有的是品评诗作的意境与风格，如评范当世《上吴先公》曰："先大夫云：句句横亘万里，字字扪之起棱。不知肯堂胸中并吞几许古人也。至其振懦起顽之盛心，挑战致师之猛势，令人和战无策矣。"评李刚己《拟郭景纯游仙诗》曰："先大夫云：奇思壮采，勃郁奋动，无一字凡响。"有的则是道出其风格渊源和模仿对象，如评范当世《看保安沙还至上海和敬如见怀》曰："先大夫云：此篇似韩。"又评《从謇博借得李莼客集叠韵题其端以示謇博》曰："先大夫云：肯堂此等境界得之太白，其倏忽变转亦似之。"评《次韵王义门景沂见赠之作》曰："先大夫云：跌宕自喜，大似太白。"此外还有相当多的评语是讨论诗歌技法的。这也从另一个方面突出了吴氏一族具有对诗人诗作作出最终评论的"权威性"。

（三）从事功的角度重塑父亲的文化形象

桐城派向来重视义理、考据、辞章，而于"经济之学"一端论述不多。姚鼐虽已拈出"经济天下之才"，但置于末端[②]。曾国藩继而扬阐"经济之

① 孙琴安《中国评点文学史》，上海市社会科学院出版社1999年版，第234页。

② 方苞著，刘季高标点《惜抱轩文集》，上海古籍出版社1992年版，第50页。如姚鼐《荷塘诗集序》云："古之善为诗者，不自命为诗人者也。其胸中所蓄，高矣广矣远矣，而偶发之于诗，则诗与之为高广且远焉，故曰善为诗也。曹子建、陶渊明、李太白、杜子美、韩退之、苏子瞻、黄鲁直之伦，忠义之气、高亮之节、道德之养、经济天下之才，舍而仅谓之一诗人耳，此数君子岂所甘载？"

学”，将其列为“为人”与“为文”的根本前提。吴汝纶沿着曾国藩“经世致用”的路向，在吏治与文教方面均有所成就。因此，吴闿生在评点中多处提到“先大夫”“先公”的“事功”，塑造了一个更具魅力的父亲形象。卷一录吴汝纯《赠仲兄》三首，其一即云：“谁谓移山事偶然，穿渠卒役已三年。居人渐识耕桑乐，雨岸初无可废田。”吴闿生评曰：“此三诗皆咏冀州开渠。开渠之役，创始至难，故以‘移山’为比。”评其三曰：“此惜先公经世之略仅施之于一郡也。”评范当世《感于东坡生日之作遂为至父先生六十寿诗》说：“写先公志业，颇得深处。”笼统地提到了吴汝纶的志业，而评范当世《燕南并辔》曰：“西学未兴，儒生未闻体育之说也。惟先大夫知此理，常以教人。此诗即本斯旨。”则专门谈到了西学渐兴，吴汝纶率先引入新式教育，从教育理念与教学实践等层面进行新的探索，从而取得了“鞍马真能健，读书方不慵”的良好效果。此外，对吴汝纶教书育人的成就也作了相当高的评价，如评姚永概《夏日遣怀》云：“到莲池后，文境一变，此陶冶之益也。”从姚永概“我侍吴公久，番番愿每偿”的自白来看，其个人志愿、诗文创作及风格取向等均得吴汝纶指教，终身受用，发出“此心终炯炯，大德誓难忘”的誓言。

（四）屡屡提及与吴汝纶相关的“诗本事”

吴闿生很善于从诗人的具体创作过程切入，点出“诗本事”，凸显其父无处不在的影响力。如评范当世《入滩河易舟闻舟人言往月安福使人迎探状惭恐弥甚心神益焦辄复为诗十九首》云：“先生就婚姚氏，先公力为之媒，故词若有怨焉。”谈到了父亲与范当世超乎寻常的私交，其中磕磕碰碰自然在所难免，而这恰恰突出了私交之笃，极具感染力；评范当世《前韵答季皋》曰：“季皋，名经迈，李相幼子。先生馆李氏，乃先公所荐，为季皋课师也。”点出推荐范当世入馆李鸿章家教其幼子李经迈一事；又如评范当世《寄答余小轩兼示刘幼丹蔡燕生及钱仲仙七律四首》其一“齿过颜回还鹿健，生逢李耳实龙骧”一联云：“颜回，自谓；李耳，喻先公也。”评姚永概《叠韵酬杨佑甫》“无烦倚长铗，已见孟尝君”一联云：“孟尝君，谓先大夫也。”评姚永概《叠韵酬杨佑甫》其二“室俭馀穿榻，堂高不挂帘”句曰“言有教无类”，借吴汝纶门生之口肯定吴汝纶施教的境界。评姚永概《不忍池有怀至父先生》:“不忍池,在东京上野。此感先公《中秋无月》诗而作。”评吴镗《追和杜工部偶题元韵》“枯鳞时泣辙,羁鸟幸依枝”一联云:“‘羁鸟’句,谓从先大夫也。”此类评点,从不同的方面凸显了吴汝纶对“冀州—莲池”诗人群体的深刻影响。其中,吴闿生评张裕钊《简冀州二首》云:“二诗全以气胜,先生最佳之作也。”深可玩味,他认为张裕钊的诗作以寄父亲者最佳,显见其评骘优劣以亲情为准。类似的情形,同样见于韩德铭《哭桐城先生诗》的评语,吴闿生云:“苍凉沉痛,勃郁隽伟,不减刚已所作祭文也。”对这类悼念吴汝纶的文章给予了过高的评价,似乎未充分考虑艺术方面的因素,因而不免突兀之感。

(五)对种种忽视吴汝纶意见的行为表达不满

吴闿生对一些有意无意忽略父亲的行为表达了不满,进行了相应的纠偏与批驳。如评范当世《送外舅入绥巩支应局仍用前韵》“相庭夜下一尺纸,饥人如得赦书似”一联云:“先大夫曰:‘如、似同用,宜酌。’后竟未及改,若易‘如’为‘俨’,则顺矣。”吴汝纶提出了修改润饰的意见,可惜范氏未能听取,因而留下了很明显的遗憾。又如评“先季父诗十三首”《和齐澹斋元韵》云:“时在同治壬申,先公在深州任时。是年二月,曾相薨逝,故诗意及之。此韵,先公亦有四首,当编在深州时,而集中误编在冀州诗后。特附记于此以正之。”纠正《桐城吴先生全集》的编辑错误;评范当世《寄答余小轩兼示刘幼丹蔡燕生及钱仲仙七律四首》云:“此四诗在冀州作,集本失载,今从李刚已日记稿中抄得。集本存诗至多,此不宜删,殆遗失也。”可补《范伯子诗文集》之遗,却巧为之说,似大有深意;又如评姚永概《杂兴》云:“桐城诸老惟君侍先公最久,其渊源所减,非仲实、通伯辈所及知也。此去莲池后作,盖追怀所得,时时不忘。二诗自定集本删去,初印本中有之。”姚集初印本收录此诗,而自定本删去,吴闿生以“春秋笔法”微讽姚永概的这一作法,明显流露出了不满情绪。

吴闿生重塑父亲“文化伟人”形象的行为,表明他已将血缘的线索切入到了学缘的线索之中,激活了桐城派北传谱系存在的“学理”依据,并以吴汝纶为核心,重构了整个桐城诗派后期发展的力量组合。在这一点上,我们才能将张裕钊、吴汝纶、范当世、李刚已之间的关系理顺,对曾克耑

《晚清四十家诗钞序》所言"要以范先生为之主"一语，才有更深刻更合理的把握。

二、"冀州—莲池"统绪的线性发展脉络

从历史上看，《晚清四十家诗钞》所建构的"冀州—莲池"统绪，是附丽于曾国藩、李鸿章直隶总督衙门的行政架构之下而存在的。曾国藩、李鸿章相继任直隶总督，主持北方军政，李鸿章膺直隶总督兼大学士垂二十馀年，权倾天下，围绕着直隶总督府形成了一个新的权力—文化中心。张裕钊和吴汝纶长期追随曾国藩、李鸿章，随之任职直隶，从曾国藩的"得意弟子"一变而为李鸿章的核心幕僚。必须指出，曾国藩、李鸿章对待人才的功能以及录用、荐举等方面的态度有着非常大的不同。曾国藩凡于兵事、饷事、吏事、文事有一长者，无不奖掖，量才录用，故幕中文人极一时之盛。而李鸿章素喜通治体、晓洋务的干才，幕中绝少文人。这就使得"直隶—冀州—莲池"人才群体呈现出新的变化：幕僚人才智能体系构成由多元化走上专业化，由文人走向专才，在代际更替上也由以南方文人为主，转而吸纳北方士子，渐渐形成南北交融的士人群体。在曾国藩、李鸿章治下，"直隶—冀州—莲池"人才群体相继涌现出了三波浪潮：第一批次是以张裕钊、吴汝纶为代表的曾国藩僚属旧人，第二批次则是张裕钊、吴汝纶亲自施教的桐城故家子弟及南北后进，如范当世、姚永概、马其昶、贺涛、柯劭忞等；第三批次则多为范当世、姚永概等施教的直隶士子，如李刚己、吴镗等。这自然构成了《晚清四十家诗钞》"冀州—莲池"统绪的基本队伍。至于第四代传人，则不便阑入，如全书以秦嵩殿尾，吴闿生与其交情甚笃，曾高度评价秦诗："君为李刚己大令弟子，此等犹传其师法也"，"吐属英敏，清刚遒上，交游中之有诗才者。"却编入第三卷，未列"冀州—莲池"统绪；吴闿生曾在《序》中赞李刚己之子葆光"作诗颇有父风"，竟未入选，可见持论苛严。

这种复合式谱系的厘定，是理解桐城派文学传承模式的最佳切入点，而且，这种全方位的"权势转移"在有意无意之间淡化了桐城文统的地方

色彩，证立了一个更具全国性色彩的新统绪的“合理性”存在。这一文化转移现象，可从此选中的三个关键性诗人的排序中窥见端倪。

首先，张裕钊的“置换”与“凝定”作用。

众所周知，张裕钊、吴汝纶、黎庶昌和薛福成号称“曾门四弟子”。其中，张裕钊为“曾门四弟子”最年长者，比吴汝纶年长十七岁，两人受知于曾国藩的经历大致相同，且相互之间交谊极深，裕钊子后沆、后浍《哀启》说：“先严素性严介，寡交流，惟桐城吴挚甫先生、遵义黎纯斋先生交最笃。”①可谓实录。据《清史稿·张裕钊传》，道光三十年（1850），年方27的张裕钊进京会考，主考官曾国藩赏其文，录选召见，及第授候选内阁中书，从此列曾氏门墙。咸丰二年（1852）十一月，赴安庆曾国藩幕府，参办文案，与李鸿章并称“在曾幕府文武二臂”，追随左右二十馀年。曾国藩对张裕钊寄予厚望，在日记中称：“余门徒中可望有成就者，端推此人。”②

关于吴汝纶追随曾国藩、李鸿章的经历，马其昶《吴先生墓志铭》载：

> 少长，受知于曾文正公，文益宏肆高洁。以同治甲子举于乡，明年成进士，用内阁中书。曾公督两江，奏调至金陵，移督直隶，随调至北，补深州直隶州知州。连丁外内艰，服除，署天津知府，补冀州。所至有迹。先生既师事曾公，与闻大谋，参章奏。曾公薨，李文忠公继督直隶，尤倚重焉。初在官，凡有请必得。任冀州八年，方叙迁，一旦投劾去，李公留之，不可，则处以宾师，聘为莲池书院山长。机要疏牍，必就咨视章，自是十馀年不离直隶，遂与李公相始终。③

从中颇可见出吴汝纶对曾国藩、李鸿章知遇之恩的感激。吴汝纶入曾国藩、李鸿章幕逾二十年，“皆以国士期之，有要政必与谋议或草奏”④。由此推测，张裕钊与吴汝纶于文章之道、政务之道得之于曾国藩、李鸿章神髓者

① 张裕钊著，王达敏点校《张裕钊诗文集》，上海古籍出版社2007年版，第550页。
② 曾国藩著，萧守英等标点《曾国藩全集·日记一》，岳麓书社1987年版，第418页。
③ 吴汝纶著，施培毅、徐寿凯标点《吴汝纶全集》，黄山书社2004年版，第1152页。
④ 方苞著，刘季高标点《惜抱轩文集》，上海古籍出版社1992年版，第1152页。

甚多。张、吴二人相继掌保定莲池书院更是一段学林佳话。莲池书院是直隶最高学府，张裕钊自光绪九年执掌莲池书院，五年后应家乡武昌江汉书院之聘，辞莲池教席。时任冀州知州的吴汝纶因公事到天津拜谒直隶总督李鸿章，“时莲池讲席无人主持，李相极费踌躇”[①]，当即提请主讲莲池，递补张裕钊留下的空缺，成为莲池书院最后一任山长。吴汝纶历来重视教育，“锐意兴学，深、冀二州文教斐然冠畿辅”[②]，而掌莲池书院则使他得以站在河北教育的制高点上，更具号召力与影响力。自同治十年任深州知州算起，至光绪廿七年卸任莲池书院山长，吴汝纶对河北政教文化的实际影响持续三十年之久。张裕钊与吴汝纶长期执教一方，产生了一种极具渗透力的“协同”作用和“规模”效应，将曾门文风传播到了北方，在客观上与固守本土的桐城故家产生了较大的差别。

正是基于这一思考，《晚清四十家诗钞》以比较罕见的方式，将同是“曾门四弟子”之一的张裕钊接排在两位叔父之后，并将父亲的诗学造诣和影响投影或叠加在张裕钊的身上，幻化为一个诗学象征，作为桐城—湘乡文统北移的关键人物，勾勒出“冀州—莲池”群体在文统传承上的“正当性”与“关联性”。

其次，范当世的“起承转合”作用。

从师承渊源上看，范当世先师从刘熙载，27岁时问文于张裕钊，1885年11月又得张氏之荐，赴吴汝纶冀州治下信都书院任讲习，后被武邑县令郑骧聘为观津书院山长。吴汝纶《答张濂卿书》称许范当世“有南皮而不往就”，不趋政要，真非“俗士”。纵观范当世一生，随侍吴汝纶最久，得其熏染最深。范当世《通州范氏诗略序》也有一番自述：“初闻《艺概》于兴化刘融斋先生，既受诗古文法于武昌张廉卿先生，而北游冀州则桐城吴挚父先生实为之主。从讨论既久，颇因窥见李、杜、韩、苏、黄之所以为诗，非夫世之所能尽为也。”[③]范当世出任冀州诸书院山长，姚永概《范肯堂墓志铭》说他“在冀所教诸生多为通材，知名于世”[④]，门下济济多士，

①《吴汝纶全集》，第1152页。

②《吴汝纶全集》，第1152页。

③ 范当世撰，马亚中、陈国安标点《范伯子诗文集》，上海古籍出版社2003年版，第485页。

④《范伯子诗文集》，第611页。

多为“冀州—莲池”群体第三批次成员，李刚己即是代表人物。范当世又得吴汝纶之介，为李鸿章课子，为其延学者、诗人之清誉。他也沿着张裕钊、吴汝纶的师承关系上溯，奉曾国藩为“太初师”，如《恪士自都门》所云“岂忆独居垂老日，相呼同谒太初师”，即明确了自己在曾门“文统”传承谱系中的地位。范当世又蒙吴汝纶亲为说项，绍介桐城姚氏女倚云，得谐琴瑟，这才得以纳入桐城姚氏一族的“文统”之中。他向来坦承自己的桐城渊源，如《读外舅一年所为诗因论外间诗派》云：“滔滔江汉古来并，判作支流势亦平。直到山深出泉处，翻疑河伯望洋情。”《家书一》与姚倚云论诗亦云：“泥蛙鼓吹喧家弄，蜡凤声华满帝城。太息风尘姚息抱，驷虬乘翳独孤征。”《更为秉瀚题仲远先生比屋连吟图依梅伯言同风二韵作四绝呈其尊父心嘉司马》其四云：“桐城派与阳湖派，未见姚、张有异同。我与心嘉成一笑，各从妇氏数门风。”吴闿生在《晚清四十家诗钞》中收入范当世吟咏姚氏族人的诗作，如《外舅用山谷松扇韵题刻竹扇上以与当世敬和二首》《天津问津书院姜坞先生主讲于此者八年外舅重游其地感欲为诗乃约当世同用山谷武昌松风阁韵》等，都生动反映了范当世与桐城姚氏的“亲缘—学缘”关系。

范当世对张裕钊、吴汝纶、姚氏一族都充满真挚的感情，不偏不倚，略去矫情。《晚清四十家诗钞》自然将范当世列为张裕钊、吴汝纶的共同传人，径置于张裕钊之后，列第四位，而与第二卷中的姚永概拉开了适当的距离。所以，曾克耑《晚清四十家诗钞序》以范当世诗为古来诗学之正，略云：“覃及胜清之末，肯堂范先生卓然起江海之交，忧时愤国，发而为歌诗，震荡翕辟，沉郁悲壮，接迹李杜，平视坡谷，纵横七百年间无与敌焉，洵近古以来不朽之作也。自范先生殁，当世负盛名者多能与范先生同源一趣，而轨辙较近、感发较切，示天下学诗者所从入之途，固莫捷于是矣。此吾师北江先生选录近代四十家诗之微意也。”这里，突出了范当世学诗于吴汝纶、方得诗学“正宗”的“史实”，因此，真正的“大宗师”自然非吴汝纶莫属了。这样一来，《晚清四十家诗钞》便以冀州幕府和莲池书院为主轴，昭示了张裕钊、吴汝纶、范当世之间的内在传承关系，进而确立了吴汝纶在这个群体中的“宗主”地位和核心作用。

再次，姚永概的文化象征意义。

列于第二卷首位的是姚永概。姚永概是桐城姚氏末代传人，姚范（南菁）与姚淑为亲兄弟，姚淑生姚鼐，从姚范受诗古文，姚范孙姚骙，骙幼从祖父受诗古文经学。姚骙中年后养于其子姚莹署中，“凡政教设施多所指授”，莹子浚昌，即范当世的岳父，浚昌子永楷、永朴、永概、永棠等，皆传诗法。显然，姚氏一族也是将家法与师法叠加在一起的。对于姚氏一族的诗歌创作，范当世《祭萧太恭人文》云：“惟我外舅之先出于姜坞（姚范），姜坞之学，传之惜抱（姚鼐），而归于石甫（姚莹），其在当时皆实大于厥声，才丰于所遇。”[①]“外舅”指其岳父姚浚昌，亦即永概之父。当然，相关记述说姚永概师从吴汝纶最久，为文“气专而寂，澹宕而有致，不矜奇立异，而言皆衷于名理”，得乃师风致。但是，这一介乎于“血缘”与“学缘”之间的双重传承关系，必然产生严重的冲突。姚永概不可能长久地徘徊在“血缘”与“学缘”之间而不作出明确的表态，尤其是在举天下公认姚氏的桐城“正宗”地位、自己最终博得文名而获得独立位置、兄弟叔侄不愿表露师承外姓的情形下，选择摆脱吴汝纶“阴影”的焦虑，是再正常不过的事了。所以，钱基博在《现代中国文学史》中对姚永概、永朴兄弟就进行了这样的专题论述，他说：“汝纶尝称其（永概）诗才俊逸，足使辞皆腾踔纸上，虽百钧万斛，而运之甚轻，故能出入于李、杜、苏、黄诸家，而自成体貌也。”又说永朴诗无意雕琢，有俊逸之才，恪守“姚氏家法”[②]。这里也拈出了作为评价标准的“家法”，提醒人们在对姚永概的后期发展进行评价时不能局限在“冀州—莲池”人才群体的范围内，应更多地从“家法”的角度来进行观察与论述。姚永概在自定集中删去《杂兴》等怀想恩师吴汝纶的诗作，就是一个明显的信号。姚永概作为一个实实在在存在的桐城名家，与吴汝纶、范当世、李刚已有着明显的区别，故与同是桐城名家的方守彝一道放在第二卷中作统一处理。这从另一个角度证立了范当世、李刚已在“冀州—莲池”诗人群体中最佳“继承人”的地位，时时提醒人们注意到“冀州—莲池”诗人群体乃是桐城派“真传”和“直系继承人”的“客观事实”。因此，将姚永概放在第二卷卷首，可谓别具匠

①《范伯子诗文集》，第466页。

② 钱基博《现代中国文学史》，岳麓书社1989年版，第178页。

心，这在形式上具有异常醒目的提示功能，同时有着极强的文化象征意味，对业已纳入或幻想着被纳入“冀州—莲池”诗学统绪的人而言必将产生巨大的“骨牌效应”和“羊群效应”，他们乐意且安心接受这一排序结果，不至于发出忐忑甚或质疑的声音。

《晚清四十家诗钞序》就这样以血缘、师友两条纽带交织成了一个牢不可破的文学传承谱系，又以湘军—淮军军政统绪为现实依托，支撑着桐城诗派在道统与文统上的合理性发展，“家法”与“师法”便被赋予了深层次的历史承担[①]。

三、“冀州—莲池”诗人群体谱系建构的意义

在相当多的人心目中，桐城派独以文鸣世，普遍拙于诗词创作。其实，桐城诸子向来都是以“诗古文”并列进行自我表白的，一些论者还特别拈出了相关的诗学话题，如梅曾亮《书示张生端甫》云：“是时文派多，独契桐城师。”[②]方苞撰文载刘大櫆晚年以诗教于枞阳，“桐城为诗者大率称海峰弟子”[③]，刘大櫆弟子刘廾史提出“枞阳诗派”之说，其《张勋园明府诗集序》云：“自海峰先生卜居枞阳，以风雅导启后学，而枞阳诗派遂盛于桐城。”方东树《昭昧詹言》盛赞桐城三祖的诗学造诣：“近代真知诗文者，无如乡前辈刘海峰、姚姜坞、惜抱三先生者。”姚莹《桐旧集序》则从地方诗学渊源追溯桐城诗歌的发展线索，他说：

> 自齐蓉川给谏以诗著有明中叶，钱田间振于晚季，自是作者如林。康熙中，潘木厓先生是以有《龙眠风雅》之选，犹未极其盛也。海峰出而大振，惜抱起而继之，然后诗道大昌，盖汉魏六朝三唐两宋以及元明诸大家之美无一不备矣。海内诸贤谓古文之道在桐城，岂知诗亦然哉！

① 这一谱系的建构和梳理，详见马其昶《桐城耆旧传》（黄山书社1987年版），家族内以文传家，代代相传，涌现了祖孙数代齐名者。

② 梅曾亮著，彭国忠、胡晓明点校《柏岘山房诗文集》，上海古籍出版社2005年版，第563页。

③《惜抱轩文集》，第376页。

于是，将“桐城诗”转换与升华为“诗学正宗”“桐城诗派”的议论，便自然而然地出现了。如程钊《国朝诗集题词》说：“论诗转贵桐城派，比似文章孰重轻。”自注云：“惜抱诗精深博大，足为正宗。”把以姚鼐诗为代表的桐城诗派的建构，提高到了与桐城文派并驾齐驱的高度。

钱基博《现代中国文学史》评姚永朴、姚永概诗时，明确提出了“桐城诗派”的概念，又提及吴汝纶在建立桐城诗派过程中的重要作用，略云：“姚氏自（姚）范以诗古文授从子鼐，嗣是海内言古文者，必曰桐城姚氏，而鼐之诗则独为其文所掩。自曾国藩昌言其能以古文之义法通于诗，特以劲气盘折；而张裕钊、吴汝纶益复张其师说，以为天下之言诗者，莫姚氏若也，于是桐城诗派始称于世。”[①]这里，以曾国藩、张裕钊、吴汝纶的传承链条来肯定“姚氏家法”的正宗地位。钱锺书《谈艺录》绍述父说，指出：“桐城亦有诗派，其端自姚南菁范发之。”[②]吴孟复《桐城文派述论》与《刘声木桐城文学渊源撰述考序》沿袭钱说，深入阐发“桐城文派之外，还有个桐城诗派”的观点，刘世南《清诗流派史》也专设“桐城诗派”一章进行论述。这些论断揭示出了桐城派的深层构成，即桐城派是一个学术派别、散文流派和诗歌流派多重复合体，而以姚氏家法为诗学起点，不可以单维度进行审视与研究。但是，人们在清理桐城诗派时常常将其发展线索与文派的发展线索叠合在一起，反而使桐城诗派的发展脉络与关键人物变得模糊不清，失去了自己独立的空间。尤其是在晚清民初，晚期桐城派到底是由哪些人物构成，其发展方向是复归于桐城姚方的故辙，还是向着新的向度迁移，都亟须重新加以研究与评判。在这一点上，《晚清四十家诗钞》给人们勾勒了桐城诗派的最后历程与人物构成，提供了一个极具参考价值的“坐标系”。

《晚清四十家诗钞》对桐城派的末代统绪进行“有序化”工作，最大贡

---

①《现代中国文学史》，第178页。

②《柏岘山房诗文集》，第435页。钱锺书《谈艺录》云：“惜抱以后，桐城古文家能为诗者，莫不欲口喝西江。姚石甫、方植之、梅伯言、毛岳生，以至近日之吴挚父、姚叔节皆然。且专法山谷之硬，不屑后山之幽。又欲以古文义法，入之声律，实推广以文为诗风气”，“桐城则姜坞、海峰皆尚是作手，惜抱尤粹美。承学者见贤思齐，向风成会。盖学识高深，只可明义，才情照耀，庶能开宗。”

献便是将后期桐城诗派诗人从散文谱系中剥离出来，谱写了一个较为纯粹的诗人群像。这个复合式谱系的厘定，与刘声木《桐城文学渊源撰述考》将《晚清四十家诗钞序》第一、二卷中人物统统归入张裕钊、吴汝纶一系麾下，以整整一卷的篇幅别立一宗的做法，有着本质上的一致性。在吴闿生笔下，桐城诗派经历了一个由姚范、刘大櫆、姚鼐发轫，曾国藩光大、吴汝纶继承发扬的全景发展过程，这既是一种文体层面上极其自然的"新陈代谢"过程，暗合了"一代新人换旧人"的发展规律，又是一个叠合了"权势转移"的文学发展过程，在某种程度上戳穿了桐城故家"纯以诗古文传家"的虚幻名位，文学权力的转移与掌握，最终是要靠政治话语权、社会话语权的多重作用来获得的。旧有文化体制中的师友渊源体制与古典诗艺的传授，也许是"激活"文化身份认同机制的最适宜最可靠的方式。吴闿生藉由这个谱系整合的机会，呈现了一幅以吴汝纶为"隐性主角"的桐城诗派后期人物群像，更展现了桐城派北传的真实情状，有效驱除了一直笼罩在桐城派头上的"地方性"阴影，将桐城派拓展为一个全国性的声势浩大的文学运动。这一诗派谱系的建构，当然与桐城本土派诗学传承的建构不完全合拍，但在确认桐城诗派后期传承的合理性存在方面却有着本质上的一致性。

与此书的编辑策略、理论倾向相关，吴闿生将《晚清四十家诗钞》视为世变之际试图挽救日益衰亡的旧文学的重大举措。这一切都是在充分尊重"家法"与"师法"的外衣下展开的。毋庸置疑，晚清民初国体剧变、文化转型之际，桐城派作为传统文化的"实体"之一，仍然拥有相当庞大的作者群和读者群，传统诗文创作技法仍然发挥着现实作用，在某种程度上，桐城派可说是维系旧体文学世界正常运行的最大支撑力量，更是抗拒新文化运动、外来文明冲击的"最后防线"，因此，当时传统文人"恐桐城光焰自是而熸"。不少名家论述过"姚氏家法"的要义，加深了人们对"姚氏家法"的理解，同时，也让人们认识到所谓"姚氏家法"并不局限于家族之内，其实有着更为宽广的内涵。曾国藩说："姚氏诗劲气盘折，能以古文家法通于诗。"这一"诗文相通"的论点，深契姚莹《复杨君论诗文书》所言"文与经无二，道也；诗与文尤无二，道也"的论点；张裕钊《国朝三家诗钞记》也说：“姚姬传氏自述其作诗之旨，在熔铸唐宋”[①]，指出其精义即在于一种“集大成”式的诗学追求。在他们眼中，这一诗学传统肇端于《诗》《骚》，李、杜、苏、黄发扬光大，姚范、刘大櫆、姚鼐、曾国藩等近世“宗师”在格律、声色、神理、气味等方面“神似”李、杜、苏、黄，得“正宗之学”。吴汝纶曾引曾国藩的话说：“今天下动称姚氏，顾真知姚氏法者不多，背而驰者皆是也”[②]，一直以得“姚氏法”真传自诩。职是之故，贺培新在《序》中宣称，吴汝纶垂教北方，“有清一代诗学之大观，亦莫盛于是矣”，就传达出一个明确的信息：无论是在桐城诗学的继承方面，还是在整个清代诗学的发展方面，吴汝纶是一个“集大成”人物，更是一个使桐城诗派实现转型的关键人物。

在《晚清四十家诗钞》中，桐城诗的“美”被认定是不可移易的，“美恶是非之辨，自在天壤，犹东西判然不可移易。其至理餍于人心，如饮食布帛之温饱而不能夺也”，因而“圣迹高文精奥之蕴，赖以绵延于不坠”。“冀州—莲池”诗人诗作入选此书，乃是“孔子删诗书，合道者著，离道者去”精神的再现，符合“古君子立身行道、勤苦著书之本旨”，担当得起“无瑕”之誉。从更深一层看，《晚清四十家诗钞》的诗史建构，也透射了近世“文化守成主义”者的“救世”幻想，试图将诗歌变成一剂良方，消解因文化转型而产生的“心理焦虑”。在清王朝崩溃、新文化兴起的背景下，传统文学迅速边缘化，大部分传统士人都明显感觉到了一种强烈的“文化不适应症”。吴闿生《晚清四十家诗钞自序》说：“世变愈降，则贤哲之所树为弥高，宜其益不相及。”曾克耑《序》说：“异说纷纭，国学日蹙”，“江汉之游女、兔罝之野人，亦扬徽立帜以诗教天下，而民德乃日偷，国势益纷牾不可救。”贺培新《序》也说：“呜呼！文学之敝于今又极矣！学者益纷纶荒诞，靡所向往，老师风流凌夷殆尽，国纲丧乱，民生毗离。”他们依然故我沉浸在传统语境之中，未能充分估计新文化曙光的意义，将民初的整个政治社会形势描绘成了一幅史无前例的黑暗图景。其实，各派人士纷纷开出“救国”之策、“改良”之方，由于立场不同，观念各异，所选择的道路与方式自然大异其趣，但是，如此悲观的论调，如此全面否定

① 张裕钊著，王达敏点校《张裕钊诗文集》，上海古籍出版社2007年版，第211页。

②《吴汝纶全集》，第55页。

的立场，必然使自己在文化守成主义的道路上进一步滑下去，直至与时代脱节。从本质上来讲，吴闿生是一个严格意义上的“中体西用”论者，在“度”的把握上很有分寸，不反对政治变革，觉得有限度地引进西方新式学术与教育是可取的，但坚持认为所有的政治主张与实践必须符合“中华传统文化本体论”的根本原则。他在范当世《燕南并辔》“鞍马真能健，读书方不慵”句下大发感慨：“西学未兴，儒生未闻体育之说也。惟先大夫知此理，常以教人。此诗即本斯旨。”高度赞扬其父在保定莲池书院倡导新式体育的举措，借以肯定其父考察日本教育、引进新式教育的创辟之功，将其视为近世西学的先导。他还高度赞赏了严复的西方经典翻译，评严复《癸丑上巳任公集高生园分韵敬呈流觞曲水四首》云：“几道新学为中国开山之祖，而旧学所造亦高如此，四诗不易及也。”评欧阳述描绘日本新型博物馆的《水族博物馆》一诗：“瑰玮陆离，令人目眩。”从总体上来讲，他对新生事物是持欣赏态度的。但是，一旦这些新生事物出现动摇中华文化根本、顶礼膜拜西学的倾向，他就会不遗余力予以批驳与讥刺。所以，无论时代风云如何变幻，吴闿生在自我认同上依然坚信中华固有文化和传统价值观念的“绝对真理性”。他沿着曾国藩在《圣哲画像记》中所确定的“道统”思路，从中华传统文化“本体论”的高度，选出“维系斯文于嬗化绝续之交”的“杰作”，营造出一个“四海秋气”中的“一室之春”，陶醉其中，试图以此证立古代文学传统的真实存在，展现传统诗歌的美的“典范”意义和“不朽”价值。

清末民初，与吴闿生“通声气”者应该相当之多，贺培新《序》曾描述了这一“盛况”：“晚清之代，作者彬起，就诗一道见于是《钞》者已不乏人，其所以发扬光大极兹盛者，不因整齐删定之业、汰繁抑浮之功，勇于退之者有其人乎！”这些“遗老遗少”依靠自己的社会声望，维持着规模庞大的旧体诗文创作，在一个与新文化相对隔离、平行的社会圈子中继续产生着影响。他们以“诗三百”的“温柔敦厚之教、兴观群怨之旨”相号召，抉阐“悲天悯人之旨、经天纬地之才”的诗学精义，指出符合“诗三百”之旨的“诗”是“至性所停蓄，忠愤所勃发，惊心动魄、元气淋漓之致，精能要眇，变骇鬼神，使读者怵然而色变，穆然而情移”的诗，这样的“诗”是“古今中外体异而旨同，倪象万而神唯一”的，是亘古不变的，必将永远流传下去。因此，他们的诗歌创作勇于直面近世的纷扰，对朝政、社会乃至新文化都作出了直接回应，发为“叹世”“救世”之唱，既有李刚已《代君昂和姚锡九诗元韵》“金元文物消磨尽，聊与哀歌吊混茫”一类的沉痛之思①，也有秦嵩《由凤凰城避兵入关道中感怀》“陆沉莫问谁家物，大好河山赌一枰”之类反思满清政府投降政策的哀苦之吟②，更有针对新文化激烈的抗争，甚至幻想着化身精卫奋争到底，赵宗抃《题精卫填海图》“嗟尔精卫音哓哓，几人知尔意气干云霄”即是其中的代表③。他们用自己的创作使桐城派的“阴柔”诗风一变而充满慷慨淋漓之气，集中体现了近世“文化守成主义”内在理路和逻辑。曾克耑在《序》中甚至作了这样一个“美梦”：“日月出而爝火息，雷霆震而万物昭，是书之行，其亦诗学昌明之兆乎？吾师之传于是远矣！”④

牟宗三在其《历史哲学》中说文化生命应有两个层面：一是尽才、尽情、尽气，二是尽心、尽性、尽理。这二者多关涉艺术创造与理论创造，吴闿生于时代风云变幻之际所尽才、尽情、尽气、尽心、尽性、尽理者，即在于维系中华文化、传承桐城文学、树立古典诗学典范，皆已见诸文字著述，如鱼饮水，冷暖自知，至于其成败得失，则任由后人评说了。客观地讲，《晚清四十家诗钞》在桐城诗派后期发展线索的梳理方面、在中国古典诗学传统的总结方面，都作了一定深度的探索，不能因为其强烈的“文化守成主义”倾向而一棍子打死，理应成为桐城派研究乃至中国近代文学研究的借鉴。

（原载《中国韵文学刊》2008年第1期）

①《晚清四十家诗钞》，第96页。

②《晚清四十家诗钞》，第305页。

③《晚清四十家诗钞》，第188页。

④《晚清四十家诗钞》，第27页。

卷二　书院教育与文学传播

论清代书院教育与桐城派发展

程嫩生

书院是中国古代重要的教育机构，在教育上做出了卓越贡献。桐城派是清代重要的古文流派，绵延清代文坛二百余年。为了深入了解书院教育如何推动文派的发展，有必要对清代书院教育与桐城派发展这一论题展开论述。目前已有一些学者如陈春华、方宁胜、江小角、刘玉才、王达敏、徐雁平等人对此论题有过探讨，并取得了可喜的成就。不过，此论题仍有拓展或深化之处。姚鼐以及桐城派后学如何借助书院传播古文思想?《古文辞类纂》对清代后来的书院教育有何影响？桐城派作家顺应天命的科举观对桐城派的发展有何意义？目前学者对这些问题，或论而未详，或阙而未论。有鉴于此，笔者在已有研究的基础上，对清代书院教育与桐城派发展这一论题作补充论述。

一、姚鼐主讲书院期间的古文教育

方苞、刘大櫆、姚鼐并称为“桐城派三祖”。在三祖中，姚鼐的成就最大、影响最巨。姚鼐出生于雍正九年十二月，辞世于嘉庆二十年九月，后半生基本上是在书院中度过。姚鼐从事书院教育长达三十九年，其中梅花书院三年、敬敷书院十二年、紫阳书院两年、钟山书院二十二年。在教育上，方苞、刘大櫆远远不及姚鼐。方苞的活动中心在政治而非教育上，后半生大多时间忙于官场。虽然也带弟子，但多为私自传授。刘大櫆功名不显，曾两次中乡试副榜，晚年担任黟县教谕以及问政书院、敬敷书院主讲，时间不是很长。姚鼐具备二人之长。他虽没有方苞的官运亨通，但政治上的不作为促使他后半生潜心于教育事业。他中过进士，在科第上要比刘大櫆幸运，在名声上要比刘大櫆显赫。刘大櫆由于穷居闾里，名声不显，“难以掖起世之英少。”[①]乾隆三十八年，朝廷开设四库馆，纂修官多为学界名流，姚鼐名列其中。姚鼐是桐城派集大成者，桐城派的发展得力于姚鼐。书院是姚鼐传授古文的重要舞台，姚鼐借助书院有力推动了桐城派的发展。姚鼐后半生若不投身于书院教育，历史上或许不会有“桐城派”这一重要的古文流派。即使有，也不会如此波澜壮阔。

姚鼐主讲书院期间，培养了很多弟子。在众多弟子中，方东树是深受姚鼐青睐的一位弟子。乾隆五十八年，方东树前往钟山书院，师从姚鼐学习。嘉庆二年，归里。嘉庆十二年，在姚鼐的邀请下，方东树前往钟山书院，教其长孙姚诵。方东树为文，“醇茂昌明，言必有本，随事阐发，皆关世教”[②]。方东树的古文成就得益于在钟山书院的问学。方东树科途多舛，应乡试数次均告失败。科考失败虽让方东树与仕途失之交臂，却促使他在教育上同样书写着壮丽的篇章。陈用光是深受姚鼐青睐的另一位弟子。陈用光年少时，曾随舅父鲁絜非拜见姚鼐。乾隆五十八年，陈用光师从姚鼐学于钟山书院。姚鼐钟爱陈用光，对他做了很高评价：“年少才骏而志远，固世之异士也。”[③]陈用光在钟山书院期间孜孜于学，离开书院后还同姚鼐保持密切的联系，其《太乙舟文集》卷五收录有致姚鼐的书信十二封，多表达姚鼐对他的谆谆教导及关切之情。姚鼐的其他一些得意弟子如梅曾亮、管同、刘开、毛岳生、姚椿、姚莹等人也师从姚鼐学于书院。这些弟子都不负姚鼐厚望，在古文上有所建树。姚鼐学识渊博，喜导人善。《清史稿》称：“（姚鼐）接人极和蔼，无贵贱皆乐与尽欢，而义所不可，则确乎不易其所守。世言学品兼备，推鼐无异词。”[④]姚鼐主讲书院期间，士子蜂拥而至，以投入门下为荣事。姚鼐对待学术兼容并蓄，即使学术与其异趣者，也见之必亲，“退居四十余年，学日以盛，望日以重，其初学者尚未知信

① 姚鼐《惜抱轩文集》卷八，嘉庆三年刻本，第1页。

② 郑福照《方仪卫先生年谱》，台湾商务印书馆1978年版，第16页。

③《惜抱轩文集》卷八，第4页。

④ 赵尔巽等《清史稿》，中华书局1998年版，第13396页。

从，及既老而依慕之者弥众”[1]。这种虚怀若谷的精神，既有力成就了姚鼐的古文，又大大增强了姚鼐的影响力。

姚鼐主讲书院期间，也常同友人、弟子互致书信谈学论文，通过书信的方式来传播学术或古文思想。嘉庆元年，姚鼐主讲钟山书院期间曾致信秦小岘。他在《复秦小岘书》中指出：“天下学问之事有义理、文章、考证三者之分，异趋而同，为不可废。”[2]其《述庵文钞序》亦云：“余尝论学问之事有三端焉，曰：‘义理也，考证也，文章也。’是三者苟善用之，则皆足以相济；苟不善用之，则或至于相害。”[3]清代学者戴震认为：“古今学问之途，其大致有三：或事于理义，或事于制数，或事于文章。事于文章者，等而末者也。”[4]戴震虽认为学问有义理、制数（即考证）、文章三者之分，但他轻视文章。义理、考证、文章对于戴震而言，义理为上，考证次之，文章为末。从姚鼐将学问分为义理、文章、考证三类，以及认为此三类不可偏废的观点中可知：（1）与戴震不同，姚鼐既重视文章，又重视义理与考证；只不过在对待义理与考证的问题上，姚鼐尊奉以义理为主、考证为辅的原则。戴震与姚鼐虽都重视义理，但二者有别：姚鼐重视宋代理学，而戴震的义理观与宋代理学多相抵触。（2）文章之学在中国古代社会长期处于压制状态，姚鼐通过将文章与义理、考证相提并论来对文章加以肯定，从而拔擢了文章的地位。古文思想的传播基于文章地位的确立，肯定文章的地位，有利于古文思想的传播。就此而言，姚鼐的《复秦小岘书》《述庵文钞序》等文，为桐城派古文思想的传播夯实了基础。

古文重视“明道”。姚鼐不仅将“明道”贯穿于古文创作中，而且将“明道”应用于日常生活中。姚鼐主讲书院期间，屡次将自己所得的束脩以及友人、门生馈赠的礼物转送于宗族中的一些贫困知交，出手时毫不吝惜。晚年主讲钟山书院期间，原本有着集资建房定居江宁的打算，但后来由于资助贫友而未果。从这些鲜活的事例中我们可以看出：姚鼐不仅是一位成就卓荦的古文家，而且是一位乐善好施的仁者，能将作文与修身很好地结

① 陈用光《太乙舟文集》卷三，道光二十三年刻本，第15页。

② 《惜抱轩文集》卷六，第21—22页。

③ 《惜抱轩文集》卷四，第20—21页。

④ 戴震，杨应芹，诸伟奇《戴震全书》册六，黄山书社2010年版，第373页。

合起来，在为文与为人两个方面都堪称典范。正如杰出的古文成就对弟子有着重大影响一样，姚鼐高尚的道德情怀也会对弟子产生重大影响。

二、《古文辞类纂》的编纂与流布

方苞、刘大櫆、姚鼐都重视编纂古文选本，分别编有《古文约选》《唐宋八家文选》《古文辞类纂》。由于当时的坊刻没有古文善本，加之康熙皇帝御选的《古文渊鉴》“闳博深远”，“非始学者所能遍观而切究也”。[①]因此方苞筛选两汉书疏及唐宋八家之文而成《古文约选》，为初学古文者提供方便。刘大櫆编纂《唐宋八家文选》历时漫长，“自少至老，稿凡数易，行年八十，乃有定本，寝疾之时，犹皇皇厘定评录”，该作“广大宽博，评定精审”。[②]可惜该作未刊行于世，后多散佚，遂不为人知。《古文辞类纂》是姚鼐在乾隆四十四年编纂而成。姚鼐编纂该作是为了书院教学的需要，为生徒学习提供有益的指导。姚鼐在年少时，师从伯父姚范以及刘大櫆学习古文，深受二位思想的影响，“少究其义，未之深学也。其后游宦数十年，益不得暇，独以幼所闻者置之胸臆而已”[③]。尽管刘大櫆的《唐宋八家文选》散佚不传，但其思想被姚鼐在《古文辞类纂》中继承了下来。

刘大櫆主张，为文重视神气：“神者，文家之宝。文章最要气盛，然无神以主之，则气无所附，荡乎不知其所归也。神者气之主，气者神之用。神只是气之精处。古人文章可告人者惟法耳。然不得其神而徒守其法，则死法而已。”刘大櫆进而指出，除了重视神气外，还要注意音节与字句。他从精粗的角度对三者进行了区分：“神气者，文之最精处也；音节者，文之稍粗处也；字句者，文之最粗处也。”尽管三者精粗有别，但它们环环相扣，缺一不可。姚鼐发展了刘大櫆的思想，他认为文有神、理、气、味、格、律、声、色等八种要素，也从精粗的角度对这八种要素进行了区分：“神、理、气、味者，文之精也；格、律、声、色者，文之粗也。”姚鼐认

① 方苞《望溪先生文集》，“集外文”卷四，咸丰元年刻本，第13页。

② 萧穆《敬孚类藁》卷二，光绪三十三年刻本，第15—16页。

③ 姚鼐《古文辞类纂》，序目，光绪二十七年刻本，第1页。

为，学习古文要经历一个由粗趋精的过程："学者之于古人，必始而遇其粗，中而遇其精，终则御其精者而遗其粗者。"姚鼐进一步指出，学习古文重在模仿，模仿时要由粗趋精，先袭其貌、后遗其貌而得其神①。姚鼐所言由粗趋精的观点，不仅对清代书院文学教育有所影响，也对清代书院经学教育有所影响。四川学政张之洞教育当地尊经书院的生徒时就指出，各门经学难易不一，其中，"《易》道深微，语简文古，训诂、礼制在他经为精，在《易》为粗。所谓至精，乃在阴阳变化消息，然非得其粗者，无由遇其精者（此姚姬传论学古文法，援之以为治《易》法，精者可遇而不可凿，凿则妄矣）"②。

刘大櫆在《唐宋八家文选》中将古文分为议论、奏疏、书、序、记、碑志、祭文、杂文等八类，姚鼐在《古文辞类纂》中将古文辞分为论辩、序跋、奏议、书说、赠序、诏令、传状、碑志、杂记、箴铭、颂赞、辞赋、哀祭等十三类。刘大櫆与姚鼐在文体划分上都清晰了然，一改过去繁琐之病。他们的文体分类数量有别，但内容大致相同。与刘大櫆相比，姚鼐的分类更为细致，范围也有所拓宽（如收录辞赋类作品）。姚鼐认为，文无所谓古今，惟其当而已，"得其当，则六经至于今日，其为道也一。知其所以当，则于古虽远，而于今取法，如衣食之不可释。"③《古文辞类纂》是姚鼐筛选历代精当的古文辞作品而成，其时代上启先秦两汉、下逮明清，凡七百余篇。姚鼐对唐宋古文佳构的搜集着力最多，此举深受刘大櫆的影响（刘大櫆认为，"八家之外无文"④)。《古文辞类纂》的成就巨大，吴本刊刻者吴启昌评价曰："搜之也博，择之也精，考之也明，论之也确。"⑤四川学政张之洞评价曰："文以国朝姚鼐《古文辞类纂》最为善本，为其体例分明，评点精妙，校雠详审。"⑥《古文辞类纂》分类简明、选文精当，为古文选本佳作，对清代后来的古文发展产生了重大影响，王拯、吴汝纶、姚永概、高步瀛等桐城派后学对《古文辞类纂》进行过评点、校勘或注释，

①《古文辞类纂》，序目，第16页。

② 张之洞《张文襄公全集》卷二〇六，中国书店1990年版，第16页。

③《古文辞类纂》，序目，第1页。

④《敬孚类藁》卷二，第16页。

⑤《古文辞类纂》，附录，第6页。

⑥《张文襄公全集》卷二〇四，第25页。

曾国藩的《经史百家杂钞》、黎庶昌的《续古文辞类纂》等作在文体分类上受到《古文辞类纂》的惠泽。

《古文辞类纂》的初稿成于乾隆四十四年。姚鼐在后来的书院教学中，又进行了反复修订、详加评注。由于《古文辞类纂》未能及时刊刻，因此该作在很长的时间内都以抄本的形式流传。直到嘉庆末年才有刻本，此后刻本层出不穷。《古文辞类纂》刻本的诞生意义重大，它可使该作流布海内。在《古文辞类纂》的所有刻本中，有三种版本具有代表性。一是嘉庆二十五年的康本。姚鼐弟子康绍镛依据李兆洛所藏姚鼐在乾隆年间的订本刊刻，保留了姚鼐的评点，凡七十四卷。二是道光五年的吴本。姚鼐弟子吴启昌依据姚鼐晚年在钟山书院的订本刊刻，未保留姚鼐的评点，凡七十五卷。三是光绪二十七年的求要堂本。李承渊依据姚鼐晚年传给幼子的订本以及参照众本刊刻，保留了姚鼐的评点，凡七十五卷。《古文辞类纂》是姚鼐主讲书院期间的重要教材，刊刻后又成为众多书院古文教育的重要范本。福建致用堂的施教者认为："《古文辞类纂》分十三类，各体皆备，循而习之，古文之法思过半矣。"[①]四川东川书院的山长江瀚认为："姚氏《古文辞类纂》操觚家圭臬也，永当人置一编。"[②]直至民国时期，浙江灵峰精舍的施教者夏震武还认为："古文以姚氏《古文辞类纂》所选为善，就姚选中择精数百篇读之，必须字字烂熟胸中，方能得益。"[③]由于重视《古文辞类纂》，因此清代很多书院如广东端溪书院、浙江凤梧书院、河南明道书院、河北天柱书院、江西象山书院、福建致用堂等都藏有该作。由此可见，姚鼐的古文思想对清代书院文学教育产生了重要影响，在众多书院深深扎下了根基。

三、桐城派后学主讲书院期间的古文教育

桐城派的发展与壮大，得力于桐城派作家在各地书院的讲学。方苞、

① 王凯泰《致用堂志略》，规约，同治十二年刻本，第29页。

② 邓洪波《中国书院学规集成》，中西书局2011年版，第1421页。

③《中国书院学规集成》，第346—347页。

刘大櫆、姚鼐的诸多弟子先后主讲过全国各地大大小小的书院，借助书院传授古文，有力促进了桐城派的发展。除了一些弟子外，方苞、刘大櫆、姚鼐的再传弟子等一些后学也将书院作为传授古文的重要阵地。为了不泛泛而谈，笔者选择以安徽桐乡书院、河北莲池书院的教育为例展开论述。

道光至咸丰年间，桐城派古文思想在安徽本土的传播得力于桐乡书院。桐乡书院位于桐城北乡孔城，道光二十一年由方东树弟子戴钧衡、文汉光创建。为了给桐乡书院的教育提供具体指导，戴钧衡撰写《书院杂议四首》，内容包括"择山长""祀乡贤""课经学""藏书籍"等四个方面。他在"祀乡贤"中指出，书院祭祀是为了景仰先贤、培植道德，桐城在唐宋以前贤哲罕见，自明代正德以迄清代，敦行讲学者不乏其人，其中明代何省斋、方学渐以及清代方苞、姚鼐四位学识渊博、声名远扬，这四位是明代以来桑梓名贤，应该供奉祭祀，不过，"独其中不能专推一以当主祀之人"。由于桐城隶属安庆，"于朱子故乡（徽州）为邻郡"，而"数先生者又皆奉朱子为依归"，因此戴钧衡建议，"主祀者莫若朱子宜矣"[①]。古文创作要以学识为根基，在明清桐城四贤中，方苞与姚鼐的为文分别以学、识取胜。方东树为方苞年谱作序时便指出："望溪之学、海峰之才、惜抱之识，尤各臻其独胜焉。"[②]在才、学、识三者之中，识显得尤为重要。清人刘熙载指出："文以识为主。认题立意，非识之高卓精审，无以中要。才、学、识三长，识为尤重，岂独作史然耶？"[③]姚鼐之所以成为桐城派集大成者，是由于其识高卓，超越前贤。桐乡书院将方苞、姚鼐作为祭祀对象，表明该院以传授桐城派古文作为重要使命。

戴钧衡、文汉光等人建成桐乡书院后，招收生徒肄业其中，为家乡教育做出了重要贡献，也为桐城派的发展做出了重要贡献。当时桑梓俊才刘宅俊、光聪谐、马瑞辰纷纷赋诗颂扬他们的办学之举。三位在诗句中，或表彰戴钧衡、文汉光等人的教育贡献，如刘宅俊的"群英萃济济，抒藻何翩翩"；或肯定戴钧衡、文汉光等人的卓越才华，如光聪谐的"两世卯金曾竞爽，一时连壁又超群"；或勉励戴钧衡、文汉光等人继承姚鼐的教育遗

① 佚名《桐乡书院志》卷六，清刻本，第15—17页。

② 方东树《考槃集文录》卷四，光绪二十年刻本，第34页。

③ 刘熙载《艺概》卷一，上海古籍出版社1978年版，第38页。

志，如马瑞辰的“安得龙眠如虎踞，卅年教授接鸡笼”[①]。戴钧衡主讲桐乡书院期间，不仅关注家乡教育，而且关注家乡文学。咸丰二年春，戴钧衡与方宗诚讨论桐城文学时一致认为，桐城文学以清代为盛，出现了方苞、刘大櫆、姚鼐三位巨匠，还涌现了一批娴熟于文学的作家。康熙年间，桐城文士何存斋与李芥须编有桐城文集《龙眠古文》，多为明代时期桐城作家的作品。为了使清代时期桐城作家的作品很好地保存下来，戴钧衡与方宗诚商议编纂《桐城文录》。该作收录作品，“大约以有关于义理、经济、事实、考证者为主”；尊奉理高词雅的原则，“空文无事理，或虽有事理而文鄙倍者，不录”；按照时代划分卷次，“其大家或数卷至十余卷，其足名一家者或数卷至一卷，而杂家则数人一卷以附之”[②]。该作编纂后来由于太平军攻破桐城而受阻，而戴钧衡赴怀远避乱期间闻知全家遇难，悲愤而死。之后，方宗诚在方宗屏、萧穆等人的帮助下完成了该作。

光绪年间，桐城派古文思想在河北地区的传播得力于莲池书院。张裕钊、吴汝纶既是莲池书院的两位山长，又是中兴桐城派古文的两员健将。张裕钊、吴汝纶都曾入曾国藩幕府，与黎庶昌、薛福成四人并称为“曾门四弟子”，深受曾国藩推许。曾国藩认为：“吾门人可期有成者，维张、吴两生。”[③]光绪九年四月，张裕钊任莲池书院山长。光绪十四年秋，离开莲池书院而任湖北江汉书院山长。光绪十五年二月，不愿仕途有为而心系教育的吴汝纶辞去冀州知州一职，改任莲池书院山长，迄光绪二十八年初。张裕钊与吴汝纶二人主讲莲池书院近二十年，造就人才良多。生徒大多在古文上有所建树，不少生徒有诗文集传世。由于张裕钊、吴汝纶二人主讲莲池书院期间重视古文教育，“惟上自群经、子、史，下逮百家之言，一以文章衡之，易使人萌偏重之念”，因此及门之士，“以词章蜚声者居多数，而专门经、史考据之学者，十无二三”[④]。张裕钊、吴汝纶二人主讲莲池书院的意义重大，他们一改桐城派古文在东南一带传播的现状，将桐城派古文引入北方，为桐城派在北方的发展夯基铺路。

---

①《桐乡书院志》卷六，第22—23页。

② 杨怀志，潘忠荣《清代文坛盟主桐城派》，安徽人民出版社2002年版，第337页。

③ 赵尔巽等《清史稿》，中华书局1998年版，第13442页。

④ 河北省政协文史资料委员会编《河北文史集粹》，教育卷，河北人民出版社1991年版，第7—8页。

吴汝纶是桐城派后学的重要代表，不过他并非以擅长古文自许。当有人请求刊刻他的古文时，遭到了拒绝。吴汝纶深感自己的文章并非鸿文佳构，不配传世，因此把文章传世这一莫大的殊荣寄托给子孙。吴汝纶关心自家孩儿的古文教育。为了给孩儿研读提供有效的指导，光绪二十八年四月十一日，他撰写《启儿幼读书目录》，内容包括：先秦诸子散文，《战国策》及楚辞，汉代名家散文，唐宋名家古文，明代归有光古文，清代方苞、刘大櫆、姚鼐、梅曾亮、曾国藩、张裕钊等人古文。与姚鼐的《古文辞类纂》的主要区别是，吴汝纶的《启儿幼读书目录》增加了先秦诸子散文以及清代时期姚鼐以后的桐城派古文。在所选的桐城派古文中，方苞三篇，刘大櫆两篇，姚鼐七篇，梅曾亮四篇，曾国藩五篇，张裕钊三篇[①]。光绪二十八年是吴汝纶主讲莲池书院的最后一年，从该年所著《启儿幼读书目录》，也可看出吴汝纶主讲莲池书院期间进行古文教育的大致状况。

四、顺应天命的科举观与桐城派的发展

桐城派古文之所以能绵延清代文坛二百余年，主要因素在于：第一，书院是桐城派繁衍的重要场所，桐城派很多作家将书院作为传授古文的重要阵地，在全国范围内形成了一个以传播桐城派古文思想为导向的巨大网络结构；第二，清廷要员曾国藩是桐城派古文发展的中兴力量，他重视桐城派古文的学习，对当时文风起着重要的引领作用。除了上述两个显性因素外，还有一个隐性因素，那就是很多作家有着顺应天命的科举观。这种“不戚戚于贫贱，不汲汲于富贵”的淡泊名利思想，也有助于推动桐城派的发展。

“桐城派三祖”的科举顺畅程度不一，其中，方苞最为得意，姚鼐次之，而刘大櫆科举荆棘载途。方苞在康熙三十八年中举人（解元），康熙四十五年会试第四名，惜闻母疾归里而未应殿试。姚鼐在乾隆十五年中举人，乾隆二十八年中进士。刘大櫆应乡试数次，仅在雍正七年、雍正十年两次中副榜。刘大櫆科第多舛，不过他能以释然的心态面对科举，这从他对弟

① 吴汝纶《吴汝纶全集》册四，黄山书社2002年版，第298—301页。

子方晞原的教诲中可以知晓。方晞原虽在古文上造诣匪浅，但难获科名，而他的一些友人多获科名。刘大櫆认为，方晞原的一些友人中第是天命所为，方晞原未能中第也是天命所为，只有顺应天命，方为不累："彼其得之者，自喜以为术之工，而不知其为天之授也。天苟授之，使其为晞原之文岂遂不得邪？夫学为速化之术者多矣，岂其皆得邪？"[①]乾隆五十三年，姚鼐主讲紫阳书院时见到了方晞原。乾隆五十四年，方晞原过世。姚鼐后来为他作传时，对他作了高度评价，并以他为例说明，对待科举要顺应天命，抱以释然的心态："遇不遇，曷足论？士有所以自处其身者，足矣。"[②]姚鼐主讲钟山书院期间，陈仰韩学于姚鼐，惟姚鼐之言是听，所作之文深得姚鼐称许，不过陈仰韩久困科场。姚鼐认为，这并非由于其文不善，也并非由于其文有悖于时风，而是由于时机未到，只有顺应天命，等待时机，最终会获得成功，并以草木为例加以说明："夫草木之荣华同本，而迟速异时。夫守己不变以俟时者，此亦士信道笃自知明之一端也。"[③]

科举是士子获取功名的重要渠道，也是国家网罗人才、实施教育的重要渠道。科举对于士子、国家而言都至关重要。对待科举，只有抱以正确的态度，不为之所累，对士子、国家都会大有裨益；若态度不当，唯之是从，不仅会毒害士子，而且会祸及国家。自从科举诞生后，历代受其益者不乏其人，受其害者也不乏其人。朱熹曾经感叹道："科举累人不浅，人多为此所夺。但有父母在，仰事俯育，不得不资于此，故不可不勉尔。其实甚夺人志。"[④]顾炎武更为严厉地指出："八股之害等于焚书，而败坏人材有甚于咸阳之郊，所坑者但四百六十余人也。"[⑤]功名权势取决于时运，人生境界取决于修养。由于科举结果不可预测，因此刘大櫆与姚鼐勉励弟子，只有以释然的心态面对科举，以超脱的精神面对功名，才会不堕入利薮，不自寻烦恼。刘大櫆与姚鼐在教育弟子上煞费苦心，他们不仅重视为文教育，也重视心灵启迪，将为文问题引入生活领域之中，将应举问题引入人生期待之中。他们顺应天命的科举观对众多后学者深有影响，如鲁絜非在

① 刘大櫆《海峰文集》卷四，清刻本，第90—91页。

②《惜抱轩文集》卷十，第5页。

③《惜抱轩文集》卷四，第24—25页。

④ 黎靖德《朱子语类》卷十三，中华书局1986年版，第246页。

⑤ 顾炎武著，黄汝成集释《日知录集释》卷十六，同治十一年刻本，第17页。

对待科举的问题上以“得失，命也”[①]一语自勉；管同教导时人曰，“君子疾没世而名不称，不当汲汲求富贵，故愿足下姑置时文，稍留心于实学。至于科名，盖有命而不可求也”[②]；吴汝纶也认为，“凡在贱求贵，用贫求富，皆势利之见。豪杰之士，安于时命，不忧贫贱，但一志力学”[③]。由此可见，对于桐城派后学而言，继承古文文脉固然重要，拥有淡泊之心也毋容忽视。

桐城派很多作家淡泊名利，顺应天命，潜心于古文研习，在研习时文时重视以古文为时文。桐城派作家的整体科考结果喜人，取得进士与举人的作家较多。在徐雁平整理的执教书院的七十九位桐城派重要作家的资料中，进士三十三位，举人二十一位[④]。可以说，这些科考成功的作家大多在以古文为时文方面有着丰富的经验。既然以古文为时文有助于科考，那么刘大櫆、方东树、方晞原等人为何科名不显？要解释这种现象，还得从科考本身说起。明清时期，科考命中率低，竞争激烈，而乡试竞争尤为激烈，素有“金举人、银进士”之说。因此，明清时期的士子参加科举，可谓千军万马过独木桥，脱颖而出并非易事。如果时运不佳，天资聪颖、学识渊博者也会久困科场。在明清时期的乡试与会试中，屡屡受挫者司空见惯，场场告捷者凤毛麟角。科考失败者往往会找出一些理由，其中有些士子将科考失败归因为所作的时文不合时风，不过也有人提出了不同意见。如安徽学政汪廷珍便指出，“风气转移，月异而岁不同”，那些揣摩科场时风之说，“特妄庸人之欺世而已”[⑤]。四川学政张之洞也指出，“揣摩风气者，迎合人意、变道逢时之谓也。鄙夫行径，君子不为。”追逐风气一说不足为信，“况试官多矣，科目新旧不同，嗜好亦异，即欲迎合，其又焉能？”[⑥]汪廷珍为乾隆五十四年进士（榜眼），张之洞为同治二年进士（探花），他们的言论并非虚语。科考成功与否，与所作的时文是否合乎时风并非有着必然的联系，久经科场的明代古文家归有光所言“科举自来皆撞着，必无穿

① 《惜抱轩文集》卷十三，第9页。
② 管同《因寄轩文集》，“初集”卷六，道光十三年刻本，第2页。
③ 《吴汝纶全集》册三，第107页。
④ 徐雁平《清代东南书院与学术及文学》，安徽教育出版社2007年版，第68—74页。
⑤ 陈谷嘉、邓洪波《中国书院史资料》，浙江教育出版社1998年版，第1690页。
⑥ 张之洞《张文襄公全集》卷二〇五，中国书店1990年版，第6—7页。

杨贯虱之技”[①]，道出了科考受命运主宰的无奈心情。在清代科举中，不关注时风者并非一定科名不显，如方苞、姚鼐虽不关注时风，但都在科名上如愿以偿：姚鼐中了进士，方苞算得上是准进士。鲁絜非学习时文不徇俗好，有人告诫他难过科举关，不过他在乾隆三十六年中了进士。可见，士子需要关注时风之说并非科考至言。

质言之，科举结果具有不可预测性，只有顺应天命，方为不累。桐城派很多作家对待科举顺应天命，潜心于古文学习，重视作文弘道，有力推动了桐城派的发展，也有力推动了道德之学的发展。在众多作家的合力下，桐城派古文最终成为清代文坛乃至中国古代文坛中的一朵奇葩，为后人津津乐道。

（原载《甘肃社会科学》2016年第6期）

① 归有光《震川先生集》,“别集”卷七,上海古籍出版社1981年版,第864页。

方宗诚的文学教育与近代桐城派传播

江小角　朱　杨

方宗诚（1818—1888）是桐城派后期的代表人物之一，他早年私塾授徒，中年游幕时讲席三地书院，为官枣强期间又曾创建讲舍与书院。可以说，施教育人、培养人才，是他人生中的重要活动与收获，而古文教学则是教育实践的内容之一，有关古文教学的内容、特点也集中反映了方宗诚的文学思想。相对于其他桐城派名家而言，学界关于方宗诚的研究成果较少。已有的研究成果主要集中在经学、方志学、交游与理学思想等方面[①]，有关其文学思想与创作方面的研究，未见有专文论述。本文从方宗诚的文学教育实践与文学创作主张出发，通过对《柏堂集》的解读，并利用相关桐城派名家文集等资料，总结方宗诚在古文教学上的成就，探讨其文学思想、创作实践以及和桐城派后期发展的关系。

一、方宗诚的文学教育实践

方宗诚从事教育活动，主要以私塾授徒与书院讲学为平台。他早年在

① 有关方宗诚的研究成果，主要在以下几个方面：一是经学方面，蒋秋华：《方宗诚〈春秋传正谊〉析论》，《中国文化研究》2010年第1期；张昭军：《方宗诚与柏堂学》，《安徽史学》2007年第4期。二是方志学方面，方宁胜：《方宗诚方志思想初探》，《中国地方志》2007年第11期。三是交游方面，汪长林、方盛良：《方宗诚与曾国藩交游述考》，《安庆师范学院学报》（社会科学版）2005年第2期；汪长林：《张裕钊与方宗诚交游述考》，《安庆师范学院学报》（社会科学版）2006年第2期。四是理学方面，龚书铎主编，张昭军著《清代理学史》（下卷），广东教育出版社2007年版，第249—262页。

家乡私塾授徒，所收生徒主要有两类：一是友人与自己家族子弟，如吴调鼒家、何衍福家[①]，长子方培浚[②]、族孙方涛等；二是"里中后进之士"慕名而来，如萧穆，"以余有一日之长，多相从问学"[③]。中年游幕各地，先后讲学商河麦邱书院、直隶衡水书院与安徽庐江书院[④]。为官枣强时，创建正谊讲舍与敬义书院，并利用公务之暇，亲自给书院诸生授课讲学。晚年辞官归里，对家乡后学给予提携与指点，主要通过问学解惑与点评文章等方式进行施教，组织形式较为松散，但仍培养了马其昶、姚永朴、姚永概等桐城派后期大家。无论是在私塾，还是在书院，古文与经学都是方宗诚教学的主要内容。在文学教育方面，方宗诚采取的教育措施有：

第一，通过选编、节录、评点等方式，编写新的文学选本。姚鼐编选的《古文辞类纂》为后世桐城派作家所推崇，有些弟子主讲书院之时，也多用此书进行古文教学。方宗诚也十分重视《古文辞类纂》的价值，认为文选中"关经济""切世用"的文章，"皆宜熟读"。此外，对于"陆宣公、李忠定、朱子、王阳明奏疏、封事"，"皆当选而读之，最有益于世用"[⑤]。人生要读的书甚多，要想取得好的读书效果，循序而读尤为重要。所以，方宗诚在教授生徒时，依据实际情况，采取不同形式编写新的教材，应用于教学实践之中。

---

① 吴调鼒，字子明，桐城人，国子监生。咸丰元年，举孝廉方正制科，辞不应，赐六品服。与方宗诚为友。参见方宗诚《柏堂集》次编卷六《义士吴方二君传》。何衍福，字眉冈，国子监生，与方宗诚为友。参见方宗诚《柏堂集》前编卷十二《何眉冈哀词》。

② 方宗诚：《柏堂集》续编卷二《删订儿培浚札记叙》，光绪方氏柏堂遗书本。方培浚，为方宗诚长子。五岁失母，随父授经家乡，避乱柏堂，北上山东。方宗诚随吴廷栋入直隶后，培浚留在山东，不久因病卒。

③ 方宗诚：《柏堂集》次编卷四《尚友说》，光绪方氏柏堂遗书本。萧穆，字敬孚，县学生。其学"博综群籍，喜谈掌故"，有《敬孚类稿》。参见赵尔巽等撰《清史稿》卷486·列传273，中华书局1977年版，第13445页。

④ 方宗诚讲学衡水书院可能为桃城书院，据县志记载，育山书院与右山书院均已荒废，仅存桃城书院。参见陶淑等编《衡水县志》卷三《建置志》，清乾隆三十二年刻本。方宗诚兼主庐江书院当为潜川书院，依据《续修庐州府志》记载，当时庐江书院大多毁坏，太平天国运动结束后，当地兴复的书院一是崇正书院，一是潜川书院。然崇正书院兴复时间晚于方宗诚讲学书院，故主讲潜川的可能性更大。参见黄云等编《续修庐州府志》卷十七《学校志书院》，清光绪十一年刻本。

⑤ 方宗诚《柏堂集》外编卷二《示马生兄弟》，光绪方氏柏堂遗书本。

在家乡柏堂授徒之时，方宗诚曾选编了《斯文正脉》和《古文简要》两书。《斯文正脉》选取“周子以来大儒之文，发其旨趣，以会其归”，目的是“既以自砺，即以示学徒”。要求弟子先读此书，领会其精神实质，再“广求诸先儒之书”。这样就能达到“内可以明其心德，养其性情，以立天下之大本，而外可以经纶天下之大经，参赞天地之化育”①。编辑《古文简要》，目的是贯彻友人张宗翰关于古文学习的方法，强调“博而寡要，贪多务得，溺于文”。张宗翰命方宗诚简取韩、欧八家之文，为初学古文之门径②。该书可以说是八家古文的简选本，是古文初学阶段的启蒙教材。在枣强为官，给敬义书院诸生讲学，方宗诚通过节录前贤文章的形式进行教学。选录对象包括：(1) 自己老师的作品，如《节录植之先生遗书》《节录许玉峰先生集》《节录曾文正公遗书》等；(2) 自己昔日故友的作品，如《节录苏厚子征君逊敏录》；(3) 桐城派名家的作品，如《节录姚惜抱先生论学语》《节录姚惜抱先生论诗文语》；四，诸子经典，如《节录列子》等。节录这些文章的目的，一方面是为了让后人知晓自己家学渊源，另一方面是让书院诸生通过学习先贤文章，从中受到启发，或为“学修之助”③，或为“涉世之助”④。后来，这些节录文章多编入《师友遗书》。方宗诚多以书中“切要”“精妙”篇章为标准，进行选录。此外，方宗诚将自己对文章的评点汇编为《文章本原》一书，供诸生阅读时参考。《文章本原》一书，是方宗诚在家乡为生徒讲授经学时，将《尚书》《论语》和《孟子》中文章精妙之处，指示一二。一是达到“博其趣”，增加生徒学习经学的兴趣；二是让生徒知晓文与道的关系，“道盛则言文，无别求文于道之外”⑤。

第二，关于生徒的文学学习，方宗诚提出了一套可资借鉴的具体方法。桐城派名家多提倡生徒应通过模拟古文的方式来学习，并通过模拟来讲求文法，而后再有所创新，姚鼐曾总结为“有所法而后大，有所变而后能”⑥。但在实际学习中，有些生徒多模拟，少创作，出现“溺于记诵辞

① 方宗诚《柏堂集》次编卷一《斯文正脉叙》，光绪方氏柏堂遗书本。

② 方宗诚《柏堂集》次编卷一《古文简要叙》，光绪方氏柏堂遗书本。

③ 方宗诚《柏堂集》后编卷六《节录窦兰泉侍御铢寸录跋》，光绪方氏柏堂遗书本。

④ 方宗诚《柏堂集》后编卷六《节录郭远堂中丞嘐嘐言跋》，光绪方氏柏堂遗书本。

⑤ 方宗诚《柏堂集》后编卷五《文章本原跋》，光绪方氏柏堂遗书本。

⑥ 姚鼐《惜抱轩全集·文集》卷八《刘海峰先生八十寿序》，中国书店1991年版，第87页。

章”的现象。针对这一问题，方宗诚主张“原不宜摹拟古人以为文”，“然至于文法，自亦当稍讲究之”。模拟古人为文，弊端在于“虽宗法正大，仍是摹拟而已，其去道也远矣”[①]，虽不宜模拟古人为文，但文法仍应讲求，具体方法是“熟读《史》《汉》、昌黎以凝其气，细玩唐、宋大家以求其法”[②]，求文法之法由“摹拟为文”转为“熟读细玩”。“熟读精思”是桐城派提倡的主要学习方法之一，刘大櫆、姚鼐等早期桐城派名家，多强调由诵读而得为文之妙，“诗、古文各要从声音征入，不知声音，总为门外汉耳”，“大抵文字，须熟乃妙，熟则利病自明，手之所至，随意生态。常语滞意，不遣自去矣”[③]。而方宗诚则强调置熟读于学习过程之中，注重讲求文法与生徒品性的塑造，使之既能“求其法”，又能“凝其气”，一举两得，事半功倍。

方宗诚重视文章整体主旨和各层次意思的把握，在读文与写作的具体方法上有所体现。“凡读文，先须求其一篇主意，再详分其层次意思”，“再看其气势、笔力、句调。”[④]此外还要富有“情致”与“神韵”，读文章能掌握“命意、章法、气势、笔力、情致、神韵”，如此“足矣”[⑤]。方宗诚曾评价姚鼐的文章是以“神韵为宗”，故他将“神韵”列入掌握文章写作六大要领之中。还强调写文章“务求此题意旨所在，然后想意思，布局格，分层次，做完又将文细读以审气脉、字句之不稳者，古文、时文皆然”[⑥]。

第三，在注重学习“为文”的同时，也重视学习“为诗”。方东树是方宗诚从兄，也是其师，曾留有论诗专著——《昭昧詹言》，吴汝纶曾说此书“启发后学，不在归评《史记》下”[⑦]。方宗诚一生所著诗篇虽然不多，但对诗歌评点及学诗方法却多有思考，这与受业于方东树门下有一定关系。方宗诚对陶渊明、杜甫、李白与陆游等古代诗坛名家特别推崇，他认为“陶诗可以养性情，温厚和平，恬淡宁静，近有道者气象”；“杜诗可以厚性

① 方宗诚《柏堂集》外编卷二《答苏强甫》，光绪方氏柏堂遗书本。
② 方宗诚《柏堂集》外编卷九《答袁爽秋》，光绪方氏柏堂遗书本。
③ 姚鼐《与陈硕士》，《姚惜抱尺牍》，龚复初标点，新文化书社1935年版，第43—76页。
④ 方宗诚《柏堂集》外编卷二《示马生兄弟》，光绪方氏柏堂遗书本。
⑤ 方宗诚《柏堂集》外编卷三《与许生》，光绪方氏柏堂遗书本。
⑥ 方宗诚《柏堂集》外编卷二《示马生兄弟》，光绪方氏柏堂遗书本。
⑦ 吴汝纶《吴汝纶全集·尺牍》第三册《答方存之》，黄山书社2002年版，第20页。

情，爱君，忧国，思亲，念兄弟，笃故旧，近于仁人之用心”；“李诗五古放旷近于狂者，诵之可以扩胸次，化鄙吝”；“陆诗七律近于忠愤，诵之可以激昂志气，振拔精神”。[1]方宗诚对四人诗歌的推崇，更侧重于诗歌对人性格培养、境界提升以及精神升华的作用。强调诗歌学习的方法，要以“读诵”为主，每日应熟读一首，温习数十首。他认为《诗经》作为中国最早的诗歌总集，对“为诗”者来说，十分重要。方宗诚赞许朱熹论《诗经》主旨的观点，即“章句以纲之，训诂以纪之，讽咏以昌之，涵濡以体之，察之情性隐微之间，审之言行枢机之始”，“非深明其章句训诂，不能知其言之有叙；非善于讽咏涵濡，不能知其言之有物”。[2]

二、方宗诚的文学思想

方宗诚的文学教育与其文学思想密不可分，在长期的文学创作与教育活动中，方宗诚的文学思想逐渐建构起来，在文学本体论、文体分类、文章风格及桐城派发展上，既有承续也有创新。

第一，在文学本体论上，方宗诚多从文与经史、文与道者两个方面展开论述。关于文学与经史之间的关系，方宗诚认为经史为“根柢有用之学”[3]，而且文学与经史并不对立，“经书不可不温，乃道理之源头，即学文亦有根柢”，他选取经书中若干篇章要求学生“熟读”“熟记”。例如《诗经》中有《二南》《凯风》《柏舟》《淇澳》《抑》《武》《出其东门》《杕杜》《常棣》《鸤鸠》《蓼莪》《文王》《敬之》《闵予小子》《板板》诸篇，《尚书》中如《五子之歌》《伊训》《太甲》《咸有一德》《说命》《旅獒》《金縢》《无逸》《蔡仲之命》《冏命》，《易经》中如《六十四卦》大象、《谦卦》《家人卦》等，《礼记》中如《曲礼》《内则》《学记》《儒行》[4]等。同时，他认为学习经书，对读其他类书籍很有帮助，他说：“皆以此意相求，则不至泛滥

① 方宗诚《柏堂集》外编卷二《示马生兄弟》，光绪方氏柏堂遗书本。

② 方宗诚《柏堂集》后编卷五《说诗章义跋》，光绪方氏柏堂遗书本。详论参见周兴陆《桐城亦有诗派》，《中国文学研究》2012年第4期。

③ 方宗诚《柏堂集》外编卷六《复李文园先生》，光绪方氏柏堂遗书本。

④ 方宗诚《柏堂集》外编卷二《示马生兄弟》，光绪方氏柏堂遗书本。

而无主矣。凡此类之切身心者，能熟读玩味，则其他亦易记易明。”①

长期以来，桐城派作家强调文与道的关系，这也是桐城派古文理论的重要内容之一。方宗诚在《斯文正脉》的序文中说：“道之显者，谓之文。”在编选的三卷本《文章本原》跋文中，开篇便言“道与文一”。在文与道的关系上，方宗诚一方面承续姚鼐有关“道与艺合、天与人一”的主张②；另一方面他对文与道的关系，是从内在和外显角度加以界说，“道”的外显是“文”，即看到了两者的联系，也看到两者的区别。“道”就是“理”，“其著于外而言，谓之文”③。

第二，在文章功能与分类上，方宗诚于《古文简要叙》中，将文章功能总结为晰理、纪事与抒情三个方面。晰理之文即可以应用于“自身心性情之近”，也可以是“家国天下之远”。凡患难死生之变，喜怒哀乐之节，视听言动之宜，“千条万绪，变变化化，不可端倪，是是非非，混淆杂出”。只有通过晰理之文，可以“明诸心而处其当”。纪事之文，既要有圣君贤臣的功绩，也要有暴君污吏的恶行，这类文章的作用是“昭法戒”，“使后之人多识多闻”。抒情之文包括违顺苦乐之境、存亡聚散盛衰之遇等内容，通过“发愤宣悲，写人情之所难言”④。方宗诚将文章分为说明文、记叙文和抒情文三类，这实际上是对古文分类法的发展。古文分类在姚鼐《古文辞类纂》编选之前，存在着分类日益繁琐的趋向，姚鼐编选古文后，以“为用”为标准，划分十三大类，实际上划分为应用文体与文学作品两种，但并没有明确说明。方宗诚的三分法是对古文文体划分的进一步发展，也更加接近现代文体的划分方法，从这种意义上来说，就是创新，就是发展。

第三，在文章风格上，方宗诚提出“雅驯”为文章旨归。他认为“义理、经济、事实、考证”等文章，皆必归于“雅驯”。“雅驯”是指文辞优美，风格典雅不俗。方宗诚在编选、点评文章时，以此为标准。如他在《桐城文录叙》中，回顾明代之前桐城之文的特点是“尚经济，矜气节，穷理博物，而于文则未尽雅驯”。而从方宗诚文集中对“雅驯”的使用，可以

① 方宗诚《柏堂集》外编卷二《示马生兄弟》，光绪方氏柏堂遗书本。

② 姚鼐《惜抱轩全集·文集》卷四《敦拙堂诗集序》，中国书店1991年版，第36页。

③ 方宗诚《柏堂集》后编卷五《文章本原跋》，光绪方氏柏堂遗书本。

④ 方宗诚《柏堂集》次编卷一《古文简要叙》，光绪方氏柏堂遗书本。

看出，他将其应用于文辞表达、文体选择上，例如他说“辞有不雅驯”者，这里是从文辞角度，强调“雅驯”；在校刊《日知堂集》，将“无甚关系及文体未雅驯者”删除[①]，这就是从文体上来强调“雅驯”。同时，他倡导“雅驯”的为文主张，也影响了弟子和生徒。马其昶撰写《桐城耆旧传》一书，堪称是桐城派发展史的重要文献资料，马其昶在序文中说：“余维传记之作，蔚然成一家言者，必窃取迁、固之遗法，本末翔实，而一归诸雅驯。”[②]可见他认为撰写传记作品，要成一家之言，必须取法于司马迁、班固，标准是内容翔实，文辞最终要归于“雅驯”。也只有做到“雅驯”的文章，才能传诸后世，流芳千古。

第四，对桐城派文学发展的认识。方宗诚对咸丰以前桐城派的名家、文派本身的发展多有评述与总结，对戴名世的文章价值重新予以挖掘与肯定。在《桐城文录叙》文中，有关桐城派三祖的传承及各自特点问题，方宗诚认为“三先生实各极其能，不相沿袭”。这就抓住了桐城派文论思想中“求变”的核心特点，桐城派三祖虽有师承渊源，但是并不死守师法，而是有所创新、有所发展。方宗诚认为方苞以学胜，刘大櫆以才胜，姚鼐则以识胜。他用“才、学、识”三字，精炼地总结了“桐城派三祖”各自特点，这也是对方东树观点的肯定和支持。方东树曾对方宗诚说：“望溪之学，海峰之才，惜抱之识，性情体态迥乎不侔，而皆克杰。”[③]姚鼐作为桐城派文论思想的集大成者，其散文特点，方宗诚总结为“神韵为宗”，后世学者在研究姚鼐散文特点时，多引用此观点予以论述。对于姚鼐之后桐城派的发展情况，方宗诚认为有两大特点：“自植之先生后，学者多务为穷理之学；自石甫先生后，学者多务为经济之学。”[④]他敏锐地指出了桐城派作家进入嘉庆、道光年间的发展与变化，尤其是对于经济之学的重视。这篇叙文是方宗诚对咸丰之前桐城派发展的总结，体现了当时学者对于桐城派的认识与思考，其中的一些观点，至今仍为学界所认同，并进一步阐发，这对于后世研究桐城派具有十分重要的意义。

---

① 方宗诚《柏堂集》后编卷三《校刊日知堂集目录叙》，光绪方氏柏堂遗书本。

② 马其昶《桐城耆旧传》，见沈云龙主编《近代中国史料丛刊》第四百零九册，文海出版社1961—1973年版，第1页。

③ 方宗诚《柏堂集》前编卷三《记张皋文茗柯文后》，光绪方氏柏堂遗书本。

④ 方宗诚《柏堂集》次编卷一《桐城文录叙》，光绪方氏柏堂遗书本。

方宗诚积极肯定戴名世在桐城派发展中的地位，为后世的“桐城四祖”说提供了依据。戴名世是桐城派的先驱者[①]，方苞曾评价说：“所见当世之士，学成而并于古人者，无有也。其才之可拔以进于古者，仅得数人，而莫先于褐夫。”[②]但戴名世在康熙年间因《南山集》案遭到杀害，此后很长时间，戴名世之名不显于文坛。姚鼐在创立桐城派时，追溯师承，阐明文统时，只提到方苞、刘大櫆。在道光、咸丰年间，后学人士在总结桐城派发展时，也多涉及方、刘、姚三人，认为“桐城自望溪方氏、海峰刘氏、惜抱姚氏三先生起，以经学、古文倡后进”[③]，对戴名世涉及较少。方宗诚在编纂《桐城文录》时，选录戴名世的文章六卷，评价戴文特点是“文颇得司马子长、欧阳永叔之生气逸韵。其空灵超妙，往往出人意表”，但因为愤世嫉俗之作尤多，故在“蕴畜渊懿、沉深高洁”上，与“桐城派三祖”相比，稍显逊色[④]。但方东树非常欣赏戴名世的文章，方宗诚说：“从兄植之先生晚岁又并推戴氏潜虚。”[⑤]可见，方宗诚对戴名世之文的重视与赞赏，与其师方东树的影响不无关系。

三、方宗诚对近代桐城派发展的影响

作为桐城派文学理论的继承人和传播者，方宗诚一度被众人称誉为“桐城正脉，今在柏堂”[⑥]。方宗诚无论早年于家乡授徒，还是中年游幕各地、为官枣强等，都重视对桐城派名家文集、乡邦文献的整理与编辑，这些对桐城派与桐城文献有保存之功。方宗诚在曾国藩幕中六年，与曾国藩及门下名徒均有所交往，成为咸丰同治年间桐城本籍与湘乡派沟通的重要人物。他在著文立说、编选教材中，继承与发展桐城派文学理论，通过私塾授徒、书院讲学传播桐城派文学思想，培养了一批桐城派后期名家，使

① 杨怀志、江小角编《桐城派名家评传》，安徽人民出版社2001年版，第1页。

② 方苞《南山集序》，戴名世著，王树民编校《戴名世集》，中华书局1986年版，第451页。

③ 方宗诚《柏堂集》续编卷三《逊敏录叙》，光绪方氏柏堂遗书本。

④ 方宗诚《柏堂集》次编卷一《桐城文录叙》，光绪方氏柏堂遗书本。

⑤ 方宗诚《柏堂集》前编卷三《记张皋文茗柯文后》，光绪方氏柏堂遗书本。

⑥ 钱泰吉《柏堂集前编次编题辞》，见方宗诚《柏堂集》补存卷三，光绪方氏柏堂遗书本。

桐城派的影响力延续至民国时期。

（一）通过整理编纂桐城派名家文集，抢救并保存了乡邦文献资料

方宗诚在桐城派发展史上的地位，可谓承上启下。他编选师友遗集和《桐城文录》，为后人研究桐城派，保存、整理了大量资料。方宗诚出生之时，距离桐城派创立者姚鼐去世已“数年矣”，姚门弟子或去世，或散处四方，但后来他们大多数“倦游归里”，方宗诚得“与前辈接者，尤复数人”。除其兄方东树外，还有姚鼐长子姚景衡、侄孙姚莹，同里前辈马瑞辰、朱道文、马树华等①。而与方宗诚同辈友人中，如戴钧衡、文聚奎、何衍福等又大多早亡，这些前辈先儒及同辈友人散佚的文章，多仰仗于方宗诚为之编次保存。例如《马征君遗集》《戴存庄遗集》《朱鲁存先生遗集》《仪卫轩遗书》《许玉峰先生集》等。

咸丰八年（1858）整理编纂76卷《桐城文录》，更是集中体现了方宗诚在桐城派文献保存与整理上的贡献。咸丰二年（1852）春，方宗诚与戴钧衡开始了文录的编纂。但不久太平军攻陷桐城，藏书之家多被焚掠，友人戴钧衡后客死怀远。方宗诚深恐此书中途废止，使数百年文献无征，在避乱鲁谼山中时，仍继续编纂文录，在友人方宗屏和生徒萧穆的帮助下，终于编辑而成。文录选取了桐城八十三位作家的作品，以有关于义理、经济、事实、考证者为主，以雅驯为选文标准。其空文无事理，或虽有事理，而文鄙倍者不录。体例上按时代来分卷次，其大家或数卷至十余卷；其足名一家者，或数卷至一卷；而杂家则数人一卷以附之。旨在正文统、扩学识、去浮学、资实学②。卷首有诸先生的行谊，便于读者了解作家生平简历。《桐城文录》既保存了如方苞、姚鼐、方东树等桐城派名家的作品，也保存了如许鲤跃、许鼎等地方文人或次要桐城派作家的作品。这些文章对于宣传、研究桐城派及桐城地方名人，积累了丰富的资料，具有十分重要的文献价值和史料价值。此后编选桐城地方文献成为桐城派晚期名家的重要责任之一，方宗诚的弟子多有参与。萧穆在《桐城文录》基础上，竭三

① 方宗诚《柏堂集》前编卷二《存悔轩文集叙》，光绪方氏柏堂遗书本。

② 方宗诚《柏堂集》次编卷一《桐城文录叙》，光绪方氏柏堂遗书本。

十余年心力，广加搜集，选取明代至清同治间作者二百三十家，选录四千三百八十余篇文章，编成二百六十四卷《国朝桐城文征约选》[①]。马其昶编成《桐城古文集略》，《集略》取录标准，以文献价值为主，同时考虑"理高""辞雅"，选取清朝三十五家作品，编为十二卷。希望为后人考论文章体势与学派流衍，保存较为完整的资料[②]。这些都为桐城派文学理论的传播发展提供了保障。

（二）大力培养人才，壮大了桐城派作家队伍

方宗诚在游幕与为官期间，由于曾经入曾国藩幕府，与同时期的曾门弟子相交友，成为桐城派嫡传弟子与湘乡派学人沟通与联系的重要人物。曾国藩被视为桐城派中兴之士，他继承与发展了桐城派文论思想，其幕府中的学人也形成了曾门生徒群体，代表人物有武昌张裕钊、桐城吴汝纶、遵义黎庶昌、无锡薛福成等。张裕钊曾说，自己自少时治文事，"笃耆桐城方氏、姚氏之说，常诵习其文"，对桐城山川人文都非常向往。他后来结交的桐城文人有吴汝纶和方宗诚，故说"裕钊于桐城，有为我主者矣"[③]。薛福成称赞方宗诚"才高博学，著述斐然可观"[④]。这些近代名人与方宗诚的交往甚密、交谊深厚，使桐城派文学思想与理论在他们的交往中，不断发扬、传承光大。

方宗诚通过私塾与书院培养生徒，传授桐城派作文之法及文学理论，进一步壮大了桐城派作家队伍。除前文叙及的萧穆外，知名的生徒还有马其昶、姚永朴、姚永概、方守敦、方守彝等。姚永朴说，在方宗诚辞官归里后，"当咸丰、同治中，吾乡耆宿永朴及见者，柏堂先生最为先辈，吴挚甫、萧敬孚、徐椒岑诸先生继之"[⑤]。马其昶回忆童年时，先生谒方东树先生墓时，留宿其家中，他"侍侧深宵不欲去"，"先生以此见誉，因从受

① 萧穆《敬孚类稿》卷二《国朝桐城文征约选序》，光绪三十三年刻本。

② 马其昶《抱润轩文集》卷三《桐城古文集略序》，宣统元年安徽官纸印刷局石印本。

③ 张裕钊《张裕钊诗文集·濂亭文集》卷三《吴育泉先生暨马太宜人六十寿序》，王达敏校点，上海古籍出版社2007年版，第71页。

④ 薛福成《庸庵全集》文编卷四《叙曾文正公幕府宾僚甲申》，清光绪丁酉上海醉六堂石印本。

⑤ 姚永朴《蜕私轩续集》卷二《方君伦叔墓表》，民国三十一年（1942）周氏师古堂刻本。

学”[1]。方宗诚称赞马其昶“勤学好问”，勉励他在年方英少之时，务必恪守“虚心实志”“不自足，不自是”，如此“乃可有成”。还要马其昶做到“孝弟忠信，明义理，通经史，达时务”[2]。马其昶没有辜负方宗诚的期望，著书作文，成为桐城派后期名家之一。姚永朴曾问业于“同里方存之、吴挚甫、萧敬孚诸先生”[3]，姚永概“师事同邑方存之、吴挚甫、武昌张廉卿诸先生”[4]，姚永朴与姚永概也成为桐城派后期极具影响的大家。他们都自觉继承并弘扬桐城派文学理论与思想，将桐城派的影响延续至民国时期。从这些后学弟子的回忆中可以看出，方宗诚晚年归里后，由于像方东树、姚莹这些姚门第一代弟子早已去世，与他同时期的桐城文人，如戴钧衡等，也大多离世。方宗诚成为桐城乡里名望、资历凸显的先辈，他也在归里后承担起提携奖掖后学的责任，马其昶、姚永朴、姚永概这些桐城派晚期名家的早年学习，都有赖其指点与教诲。如马其昶的《风俗论》，文中提风俗的产生是由于人的“志之所向，意之所专”，方宗诚点评此文说“气醇理充，而笔法变化”[5]。后世学人在谈及马其昶的师承时，多强调张裕钊、吴汝纶的影响，例如王树楠所做的《抱润轩文集序》，就说他“尝问业张、吴二先生之门”，而实际上也不应忽略方宗诚对这些桐城后劲的指点。故吴汝纶曾说：“执事宦成归里，提唱宗风，后进仰流，辐辏并进，吾县故老余韵，赖以不绝，甚盛事也。”[6]应该说，吴汝纶作为同时期的桐城派代表人物，与方宗诚交谊深厚，交流频繁，都把光大桐城派文学思想作为自己的责任，他对方宗诚的评价是十分中肯的。

（三）对桐城派后期作家文学思想的影响

桐城派进入道光年间，尤其是鸦片战争之后，方东树、姚莹为代表的

① 马其昶《桐城耆旧传》，见沈云龙主编《近代中国史料丛刊》第四百零九册，第710—711页。

② 方宗诚《柏堂集》外编卷十一、十二《答马生通伯》《与马生通伯》，光绪方氏柏堂遗书本。

③ 姚永朴《蜕私轩集》卷一《蜕私轩读经记序》，民国六年（1917）北京共和印刷局铅印本。

④ 姚安国《慎宜轩诗集续钞·说明》，民国年间铅印本。

⑤ 马其昶《抱润轩文集》卷一《风俗论》，宣统元年安徽官纸印刷局石印本。

⑥ 吴汝纶《吴汝纶全集·尺牍》第三册《答方存之》，黄山书社2002年版，第9页。

第一代姚鼐嫡传弟子亲历时局变化，面对社会各个层面的危机，其“为文”的重点发生了转向，方宗诚曾总结为“自植之先生后，学者多务为穷理之学；自石甫先生后，学者多务为经济之学”。无论是“穷理之学”还是“经济之学”，重视“实学”，文章强调“经世致用”，成为共同的价值取向。方宗诚受业于方东树等人，也与姚莹等乡里前辈相交友，方宗诚早年就确定了“实学实用”的学术思想，中年于曾国藩幕中，与曾国藩之间的关系名分上是幕僚与府主，情感上却是亦师亦友[①]。曾国藩主张“文章切于世用”的思想，与方宗诚的文论思想相契合。方宗诚在《桐城文录叙》中，将文章按照内容分为“义理、经济、事实、考证”四类，后来曾国藩将姚鼐的“义理、考证、文章”发展为“义理、考据、辞章、经济”[②]，这都是对桐城派理论的发展，其中对“经济”的关注，体现了桐城派作家的文论思想在进入咸丰、同治年间之后在“为文”重心、创作主旨方面的转变。方宗诚晚年在总结自己二十年学术之路时，曾说：“宗诚自少不乐仕进，而于学术治道、国计民生，则无一刻忘于心。二十年来专心讲明义理、经济、文章之学，以为义理所以立本，经济所以济世，而文章可以发挥道蕴，推明事理，纪载忠孝、名儒、循吏之实迹，以感人心而振士气，是亦义理之用也。”[③]这里的“发挥道蕴，纪载忠孝，感人心”也是对晰理、纪事、抒情文章分类的另一种表述。

吴汝纶与方宗诚的关系介于师友之间，两人对直隶当地书院教育都做出过贡献。方宗诚于枣强创办敬义书院，吴汝纶于深州整顿书院。方辞官归里后，吴汝纶返回直隶，先知冀州，后主莲池书院。两人交谊近二十年，早在曾国藩幕时，他们就曾“畅言文章，兼及经史”[④]，文学创作观点多有契合之处。例如，方宗诚对“奇崛”之文颇为欣赏，对友人所示之文曾评价为“雄峻奇崛，足发其胸中不平之气”[⑤]。而吴汝纶更是从桐城派发展角度，对“奇崛”之文加以认识，他认为桐城诸老为“海内所宗”，但“雄奇

① 汪长林、方盛良《方宗诚与曾国藩交游述考》，《安庆师范学院学报》(社会科学版)，2005年第2期。

② 曾国藩《曾国藩全集》第十四册《劝学篇示直隶士子》，岳麓书社1994年版，第442页。

③ 方宗诚《柏堂集》外编卷三《与王子怀侍郎》，光绪方氏柏堂遗书本。

④ 吴汝纶《吴汝纶全集·日记》第四册，黄山书社2002年版，第289页。

⑤ 方宗诚《柏堂集》余编卷三《昔友箴言叙》，光绪方氏柏堂遗书本。

瑰玮之境尚少”，在曾国藩、张裕钊的努力下，“文体一变”①。前文已经介绍方宗诚对姚鼐在编纂《古文辞类纂》时，对有关经世文章十分重视，推荐生徒选读学习。而吴汝纶在清末教育改革的背景下，对此书的推崇更显突出。吴汝纶认为《古文辞类纂》是“二千年高文略具于此”，“六经后之第一书”，日后“西学盛行”，中国之书“行当废去”，但“独留此书”，则“可令周孔遗文绵延不绝”。②但在桐城派文学理论发展与继承问题上，他们的认识显得有一定的差异。如方宗诚在《桐城文录叙》中，极力推崇其师方东树，认为他“少学于惜抱，而不为其说所囿，能自开大以成一格”；而吴汝纶则认为梅曾亮为“道光之季最名能古文”③。这些对前辈名家认识上的差异，从某种意义上来说是丰富了桐城派文学思想的内涵。

马其昶、姚永概、姚永朴是方宗诚晚年提携的桐城后劲，他们对方宗诚的文学思想有着不同程度的继承、创新。在文学与经史关系上，马其昶曾言“为文而不求之经，是无本之学也”④。在文与道的关系上，姚永概在强调“文以载道”的基础上，认为“文益工，则道愈显”⑤，这体现了他也是从内在与外显角度认识两者关系。在文章分类上，姚永朴在《文学研究法》中，总结文章有六大“功效”：论学，匡时，纪事，达情，观人与博物⑥。其中“纪事”与“达情”继承了方宗诚的观点，而“论学”与“匡时”又与“晰理”有密切关系。“雅驯”作为方宗诚所重视的为文标准，也为这些后学所接受。姚永概在点评其兄姚永朴诗歌特点时说：“仲实诗文驯雅，有法度可诵，皆有为而作。”⑦马其昶认为传记之文，要想成为一家之言，必取“迁、固之遗法，本末翔实，而一归诸雅驯”⑧。

总之，后世学者论及桐城派在近代转型时期的发展时，无不肯定曾国

① 吴汝纶《吴汝纶全集·尺牍》第三册《与姚仲实》，黄山书社2002年版，第51—52页。

② 吴汝纶《吴汝纶全集·尺牍》第三册《与严几道已亥正月卅日》，黄山书社2002年版，第231页。

③ 吴汝纶《吴汝纶全集·文集》第一册《孔叙仲文集序》，黄山书社2002年版，第55页。

④ 王树枏《抱润轩文集序》，马其昶《抱润轩文集》，宣统元年安徽官纸印刷局石印本。

⑤ 王树枏《慎宜轩文集序》，姚永概《慎宜轩文集》，民国排印本。

⑥ 姚永朴《文学研究法》，见葛剑雄主编《姚永朴文史讲义》，凤凰出版社2008年版，第30—36页。

⑦ 姚永概《慎宜轩文集》卷三《蜕私轩诗文经说跋》，民国排印本。

⑧ 马其昶《抱润轩文集》卷三《桐城耆旧传序》，宣统元年安徽官纸印刷局石印本。

藩之功，胡适曾说“曾国藩的魄力与经验，确然可算是桐城派古文的中兴大将”①。而方宗诚作为与曾国藩同时期的桐城派人物，对桐城派中兴之业，建树良多，功不可没。特别是在古文选本、生徒学习方法上多有创造；在文学思想上对前人既有继承，也有创新，并与同时期友人相互研讨，互相影响，使桐城派文学理论得到传播与弘扬，并给转型期的桐城派文学思想与理论发展，注入了新的活力。客观地说，他们虽然无法超越方、刘、姚等前辈大家，但体现出来的纯正雅洁的文风，与前辈一脉相承的文学观念，以及所呈现出的与时俱进的创作特色，都展示了桐城派的遗风余韵，也使他们成为近代文坛不可忽视的重要力量。

（原载《安徽大学学报》2013年第5期）

① 胡适《胡适全集》卷二《五十年来中国之文学》，安徽教育出版社2003年版，第259—345页。另参张思齐《曾国藩的散文创作与文学批评》（《中国文学研究》2012年第4期。）

西学先导：吴汝纶与桐城学堂

刘　燕

吴汝纶（1840—1903），晚清著名学者、杰出教育家。在特定的历史时期，吴汝纶接触过“洋务”，支持过“维新”，在中国被现代化的过程中，他竭力与时俱进，积极探索西学、介绍西学、倡导西学、运用西学，以开放的视野、务实的精神、实干的作风，形成了超越于同时代人的中西合璧思想体系。尤其是他的教育思想和教育实践，在当时极具先锋性和超越性特质，成为晚清教育改良的旗帜。桐城学堂是吴汝纶在经历数十年西学积累和教育实践后，创办的一所具有近代意义的新式学堂，其办学理念、办学模式集中体现了吴汝纶教育思想，是吴汝纶教育思想体系的结晶。

一、从古文宗匠向西学先导的身份转换

吴汝纶博学多才，宗法桐城派，而又主张“有所变而后大”。他认为：“中国之文，非徒习其字形而已，缀字为文，而气行乎其间，寄声音神采於文外。虽古之圣贤豪杰去吾世邈矣，一涉其书，而其人之精神意气若俨立乎吾目中。”[①]被时人誉为“前无古人，后无来者”的“海内大师”和“古文宗匠”。作为一位沿着科举之路拾级而上的封建仕人，吴汝纶却能睁开眼睛看世界，主张“西学”，谋求“教育救国”，这让他在“桐城派”这个团队中，更显独树一帜、高人一筹。好友严复赞曰：“吾国人中，旧学淹贯而

① 赵尔巽《清史稿·文苑传·吴汝纶》，中华书局1977年版，第13443页。

不鄙夷新知者，湘阴郭侍郎（指郭嵩焘）以后，吴京卿一人而已”。[1]

（一）较早系统学习西学，先声先导西学思想

在中国近代史上，吴汝纶是一位有重大影响的开风气人物。在曾国藩幕府任职期间，曾协助曾国藩办洋务，此时的吴汝纶已经开始接触西方文化。从1867年的日记看，他已开始研究中外关系，搜集西方各国情况。1869年的日记中，记载了与日本柳原前光使团交往的情况，“倭人于西洋之学近颇研求，曾遣数十人西行游学，此数十人，幼孩居多。”[2]并从他们那里得到了《皇朝史略》《日本地舆图》及《官位簿》等有关日本书籍[3]。“晚间有广东人见招，作西洋酒食，有通西洋文字者，以西洋字母见教。”当即学会了A、B、C、O、U等字母[4]。从此，他开始用心汲取西学，并致力于“以新学倡天下”。[5]他逝世后，门生贺涛在墓表中说道：“论世事主变法之说，十年前，吾国不知外事之时，固已究考西学，因事托意，发为文章，西书日多，学益博奥精邃。”[6]吴闿生所撰《先府君事略》亦云：“于西人新学新理尤兢兢，尝欲取彼长技，化裁损挹，以大行于天下。”[7]

吴汝纶一生中至少研读过上百种西学书籍，内容涉及数学、物理、化学、工程技术、机械制造、农学、商学、银行、法律、哲学及天文、地理等各个方面。他的著述中经常援引的中外报名粗略统计也近30种。如1867年12月16日日记中记载“是日见新闻纸，谓法国将与布国战。是西洋各国有不和之征，中国之利也。”[8]他的弟子李景濂描述了吴汝纶如饥似渴地追求西学的情景，“自译行海外之奇书，新出之政文，与其人士之居于是或进而与相接着，无不广览而周咨也。”[9]广泛涉猎西方著作，为吴汝纶日后的教育改革和实践提供了极有价值的参照系。吴汝纶还通过与外国人交往，

---

① 王遽常《严几道年谱》,《严复研究资料》,第44页。
② 吴汝纶《桐城吴先生日记》,中国书店出版社2012年版。
③ 吴汝纶《桐城吴先生日记》,中国书店出版社2012年版。
④ 吴汝纶《桐城吴先生日记》,中国书店出版社2012年版。
⑤ 贺涛《吴先生行状》,《桐城吴先生(汝纶)文·诗集》,文海出版社1966年版。
⑥ 贺涛《吴先生墓表》,《桐城吴先生(汝纶)文·诗集》,文海出版社1966年版。
⑦ 吴闿生《先府君事略》,《桐城吴先生(汝纶)文·诗集》,文海出版社1966年版。
⑧ 吴汝纶《桐城吴先生日记》卷六,丁卯年十一月二十八日。
⑨ 李景濂《吴挚甫先生传》,《吴汝纶全集(四)》,黄山书社2002年版,第1131页。

从中获取新知。其子吴闿生说："先君喜结纳外国人，与欧美名士上下议论……英美人林乐知、李提摩太之属皆慕交先君，美教士路崇德尝语人曰，吾见中国人多矣，学识襟抱未有万一及吴先生者，真东方第一人也。"[①]

随着"广览"的深入，吴汝纶对西学的认识不断加深，光绪二十三年，他为严复所译《天演论》作序时，在回复严复的信中说："天演之学，在中国为初凿鸿蒙""赫氏之道……斯以信美矣！"[②]严复也对吴汝纶的西学领悟力大加钦佩："某沉潜西籍数十年，于彼中玄奥不能悉了也，先生往往一二语已洞其要，中外学术一贯固如是乎？"[③]清晚期，时人对吴汝纶西学先导给予了客观的评价："自望溪倡古文义法，刘姚继之，桐城一派遂为海内正宗，绵延二百年，而挚甫为之殿；海通以来，中国屡受外侮，识时之士知非变法不足以图强，挚甫尤喜言西学，异乎拘墟守旧者也。"[④]

吴汝纶在广泛关注西学内容和发展动态的同时，还时时向学生强调"西学"的积极意义，"时局多变，后生为学，若不问津西国，终难成有用之才。"[⑤]指导他们阅读时新的"西学"书籍，"洋务，国之大事也，诸生不可不讲，今所出之书，有《泰西新史揽要》，西人李提摩太所编，其中皆百年以来，各国转弱为强之事迹，最为有益中国。又有《自西徂东》一书，所分子目甚多，每篇皆历道中国盛衰，而结以外国制度，亦甚可观。"[⑥]甲午战后，他在《与冀州绅士》信中论及时事时说："救之之法，必以士大夫讲求西学为第一要义。使我国人人有学，出而应世，足以振危势而伐敌谋，决不会似今日之束手瞪目，坐为奴虏万一不能仕宦，而挟吾学术，亦足立至殷富，自全败乱之时。救种之道，莫善于此。"[⑦]

吴汝纶作为一个以封建正统、复古保守为基本思想特征的桐城派中坚人物，一位对英文、日文一字不识的儒家学者，不顾非难，敢为人先，潜心西学，经世致用，显示出踏实前行、与时俱进西学价值观，他的这些有

① 吴闿生《先府君事略》,《桐城吴先生(汝纶)文·诗集》,文海出版社1966年版。

② 吴汝纶《吴汝纶全集(一)》,黄山书社2002年版,第147页。

③ 吴闿生《先府君事略》,《桐城吴先生(汝纶)文·诗集》,文海出版社1966年版。

④ 徐世昌《清儒学案:卷一八九》,中国书店1990年版,第484页。

⑤ 吴汝纶《上李相国》,《吴汝纶尺牍(三))》,黄山书社1990年版,第43页。

⑥ 吴汝纶《吴汝纶尺牍(一)》,黄山书社1990年版,第82页。

⑦ 吴汝纶《吴汝纶全集(三)》,黄山书社2002年版,第365页。

益的探索和不懈的追求，对中国近代思想史发展产生出极大的推动作用。

（二）将西学观念引进旧式书院，先行先试教育改良

吴汝纶一生非常注重教育，早在担任深、冀二州知州时，他便倾力地方兴学，为官一任，教育为先。经过他的努力，深、翼二州“文教斐然，为冠畿辅。”①尤其1888年入主保定莲池书院之后，是他面对日益破败的时局，深入反思与寻找民族出路尤其是教育出路的重要时期，是他的教育思想日渐成熟的时期。正是这一时期的思考与学习，促成吴汝纶较为激进的、极具超越性的教育变革思想。

讲求时务、崇尚实用。目睹了西方列强的屡次进犯，尤其是中日甲午战争中清廷的惨败，吴汝纶愈加强烈地感受到中国贫弱、社会危机、灾难连连的重要原因在于学术文化空疏无实、脱离实际，要实现教育救国，必须学习西学、崇尚实用。“时局多变，后生为学，若不问津西国，终难成有用之才。”②1897年，他在《送季方伯序》一文中写道：“循是不变，穷益穷，愚益愚。今外国之强大者，专以富智为事。吾日率吾穷且愚之民以与富智者角，其势之不敌，不烦言而决矣。而所以富智民者，其道必资乎外国之新学。”③要想改变为富民、智民的教育，必须依赖于新式教育，讲求时务以图自强，广开民智以求国兴。

东、西文学堂开办后，吴汝纶写信到冀州，劝冀属后生来莲池书院接受学习救国之法。信中写到：“救之之法，必以士大夫讲求西学为第一要义，使我国人人学，出而应世，足以振危势而伐敌谋，决不似今日束手瞠目，作为奴隶，万一不能仕宦，挟吾学术亦足立致殷富，自全于败乱之时。救种之道，莫善于此。”④至此，吴汝纶对于教育的理解已远远超出德政范畴，而是将其视为救国救民之道。

废科举、重学校。吴汝纶是同治四年进士，由科举遂走上入仕的道路，吴汝纶正是科举制度的受益者。按理说，他应该对科举制度感激不尽并悉

① 赵尔巽《清史稿·文苑传·吴汝纶》，中华书局1977年版，第13443页。

② 吴汝纶《上李相国》，《吴汝纶尺牍(三))》，黄山书社1990年版，第43页。

③ 吴汝纶《送季方伯序》，《吴汝纶全集(三)》，黄山书社2002年版，第145页。

④ 吴汝纶《与冀州绅士》，《吴汝纶全集(三)》，黄山书社2002年版，第229页。

意维护。然而他在目睹国家在强国的坚船利炮下溃不成军、百姓生灵涂炭之后，痛定思痛，转而抨击科举制度，他曾激愤地说："他国人人有学，唯恐民愚，务沦其智。中国不唯民愚也，乃至满一国尽愚士、愚卿大夫。"①锋芒直指以科举制度为中心、以传授周孔经义为主要内容的中国教育。他呼吁教育革新，并积极展开教育实践，被日本人早川新次称为"方今东方儒林中最有开化之思想者"。

戊戌变法中，吴汝纶批评康有为"科举不能骤废、考试改八股为策论"的主张。明确提出"直应废除科举"，向旧的教育制度提出挑战。给李季高的信中针对光绪变法诏书写道："谓废去时文，直应废去科举，不复以文字取士，举世大兴西学，专用西人为师，即由学校考取高才，举而用之。"②此后，他多次在与友人的通信中表达自己惊世骇俗的观点，"吾谓非废科举、重学校，人才不兴。"③"愚谓径废科举，专由学堂选士""学堂不兴，人才不出，即国家有殄瘁之忧"。④

他尖锐地批评张之洞等人"科举与学堂并行不悖"的谬论，"事有当旷然大变与天下更始者，学堂是也。今与科举并行，科举易，学堂难，谁肯舍易从难？此安能并行不悖哉！"⑤正如吴汝纶所言，科举与学堂并行不到两年，就变成了一句空话，有的地方只是虚与委蛇，把书院的招牌换成学堂的名称，教学依然没有变，"并存论"实际上没有现实基础。直到光绪三十一年，科举制度才终于废除，新旧教育制度并存的局面得以全面改变，新学制成为唯一合法学制。这也表明吴汝纶的主张比起同时代改良派的主张更具先导性和可行性。

旧式书院里的新机构。早在光绪二十二年（1896年）九月，吴汝纶已在莲池书院设新式学堂（西文学堂），比光绪诏令各省书院一律改为学堂早两年，1899年又设东文学堂。西文学堂聘请英国人士贝格耨教授英文，"或望有学成数人，亦渐于学校中开此风气。"⑥东文学堂聘请日本人中岛裁之

① 吴汝纶《答方伦叔》，《吴汝纶全集（三）》，黄山书社2002年版，第182页。

② 吴汝纶《吴汝纶全集（三）》，黄山书社2002年版，第194页。

③《吴汝纶全集（三）》，第365页。

④《吴汝纶全集（四）》，第355页。

⑤ 吴汝纶《吴汝纶全集（四）》，黄山书社2002年版，第460—461页。

⑥《吴汝纶全集（三）》，第248页。

为教习，选拔书院高材生分往两班，学习日文、英文及欧美历史、政治宪法等。学堂促进了莲池书院教育内容及办学模式的近代转型，使书院培养人才的素质发生现代性因素的转向。“即此一端，吾国才士，已不暇为；其不才，则为之而无益。若乃天算、化学、制造、格致，则皆所谓专门者，非风气大开，决无专习一业之人；非风气大开，即有一二人能习其业，亦于国无能损益也。”[①]这样，吴汝纶在书院这种旧式教育机构的躯壳中注入了更多新式教育的内容，推动了书院的近代化进程。

二、以先进办学理念创办最具近代意义的新式学堂——桐城学堂

看到洋务运动、维新变法的失败，甲午战争的惨败，让吴汝纶对中国传统教育不能适应新时代的发展而忧心忡忡，他意识到中国的教育不能仅仅是小修小补，而应该是一个破旧立新的过程。他长期探索形成的超越同时代人的教育思想，结合东游日本考察学制的实地勘察和学习，使他完成了由养士教育到新民教育的思想转变。从日本归国后，他立即着手实施兴办桐城学堂的计划，以体系化的近代教育理念打造真正意义上的新式学堂。

（一）办学指导思想：“只今学术当全变，安得东西并一堂。”[②]

吴汝纶既倾心旧学，又提倡西学，逐渐从传统的士人转换为新式知识分子。吴汝纶常吟“只今学术当全变，安得东西并一堂”“何当泛扫浮云尽，天汉东西一色明”。[③]他希望“中”与“西”平分秋色，二者各领半壁江山。在主持莲池书院期间，他曾力图将新学引入莲池书院，书院的教学内容出现了中西交融的态势，透露出近代西学开始渗透书院的信息。

在考察日本学校办学情况的过程中，吴汝纶所关注的重点是如何处理好中学和西学的关系，他认为无论中学还是西学都有其独特的价值，“今时

①《吴汝纶全集（三）》，第256页。
② 吴汝纶《吴汝纶全集（一）》，黄山书社2002年版，第459页。
③《吴汝纶全集（一）》，第466页。

国无西学，不足自立……若但讲吾国旧学，甚多缺点，但以此遂弁髦吾圣经贤传、诸史百家，此必不能。”[①]他认为不能因提倡西学而忽视中学，对时任日本高等教育会议议长滨尾新的主张“处万国交通时，非一国之说所能独立，必兼各国之长，与之角胜，乃能与列强并列于世界”[②]非常认同。吴汝纶还多次和日本学者谈及“教育之精神”，哲学家井上哲次郎所言：“敝帮教育，以融合调和东西洋之思想为目的……教育精神毕竟在伦理，今日之伦理，非打东西之粹而为一冶不可”，“正德、利用与厚生，学问之要，三言备之。贤者当合并东西，陶熔一冶”，吴汝纶信然：“正德、利用、厚生，实括东西学之大成”。[③]通过考察交流，吴汝纶基本形成了“中西合璧”的办学理念，桐城学堂即在此办学理念的指导下创办的。“今外国所以强，实由学术微奥，成效昭著。各国骎骎而内，各用其学战胜，吾学弱不能支……前数十年，即耳食西学尚可勉强支拄，此后诸国内犯日深，非有实在本领，不足与外国人才相抵，一不能抵，则优胜劣败，不惟无处可谋衣食，兼恐种类遂为勍者所兼并，此其痛迫切身，实非小故。……诸君年力鼎盛，不从此勉强学问，取长辅短，仍傲然自足，不肯低心取益。将来与各国来客并立，有用无用，巧拙悬殊，何以自全视息？窃为诸君危之。”[④]这份言辞恳切、振聋发聩、洋溢着爱国热忱的“招考说帖”，充分阐述了他务求中西交融的教育主张，显示出他顺应历史潮流的自觉与勇气。

（二）办学定位：“收效最速者，无如专门学校。”[⑤]

吴汝纶认为实业教育应放在所有教育的第一位，特别是1901年吴汝纶访问日本时，某日“山根少将来谈，问吾儿欲专门何学，告以将学政治法律。山根笑曰：贵国人喜学宰相之学，满国皆李傅相也！”吴氏深受触动：“其言切，多讽，记以示儿”。[⑥]针对中国当时的现实情况，吴汝纶认为，只有创立专门学校才能用功最简，收效最快，这才是符合当时社会实际的一

① 吴汝纶《研经会招待席上答辞》,《吴汝纶全集(三)》,黄山书社2002年版,第450页。
② 吴汝纶《东游丛录》,《吴汝纶全集(三)》,黄山书社2002年版,第725页。
③ 吴汝纶《东游丛录》,《吴汝纶全集(三)》,黄山书社2002年版,第757页。
④ 吴汝纶《创立学堂说帖》,《吴汝纶全集(三)》,黄山书社2002年版,第462页。
⑤《创立学堂说帖》,《吴汝纶全集(三)》,第462页。
⑥ 吴汝纶《教育卷第十》,《吴汝纶全集(四)》,黄山书社2002年版,第674页。

种急救办法。“专门之业，如天文、理化、博物、制造等，皆精奥难学，不易得师，其农工商业，虽家国富强基础必不可缓之事，而吾国尚区而别之，以为非士人之业，今亦未便创办”，“法学、理财学，此二学尤吾国所急需”[①]，以大学为目的的普通中学虽然必要，但“此学与教育为第三义，第一义以造就办事人才为要：政法一也，实业二也。”[②]“蒙养之学，普通之学，今皆不必立。其大学则程度高，非初学所能骤急，念用功最简，收效最速者，无如专门学校。”他决定把桐城学堂建成一所教授法学、理财学的具有职业教育性质的专门学校，目标在于快速培养法学、经济二科的实学人才。1904年，桐城学堂将首批招生的两个班合并，根据学生年龄、学业情况、个人意愿等情况，从中选取20余人编成师范班；1906年，经各方公议，学堂在师范班的基础上再创设师范学校，为学校教育培养师资。无论是法学、经济还是师范，桐城学堂始终以社会需求为导向，培养学以致用、富国强民的实学之才。

（三）人才培养目标：“勉成国器。”

创办新式学堂，培养人才是当务之急。培养什么样的人才，可从吴汝纶评注的早川新次《今代教育精神论》中得到答案：“行古今东西人之所未行，言古今东西人之所未言，知古今东西人之所未知，思古今东西人之所未思，新出机轴，别开典型，而不屑模仿是务者之谓开创主义；何谓人力主义？人类之活动力也……”吴汝纶读后大家赞赏：“所论开创主义、人力主义二事，均有绝特之识，非粗才所知！”[③]按照今天的表述，学校应当培养学生自强自立的创新精神和推动社会进步的综合能力，真实地传递出他希望通过教育改革以救亡图存的心声。百余年后的今天，“21世纪教育振兴计划”仍以创新精神和实践能力为教育之培养目标，这也佐证了吴汝纶思想的先进性和超越性。他为桐城学堂亲书的楹联与横匾中表述得更明确：“后十百年人才奋兴，胚胎于此；合东西国学问精粹，陶冶而成”，题匾为：“勉成国器”。这副楹联已成为桐城中学百余年来的办学宗旨和校训。事实

① 吴汝纶《创立学堂说帖》,《吴汝纶全集(三)》,黄山书社2002年版,第461页。

② 吴汝纶《与张尚书》,《吴汝纶全集(三)》,黄山书社2002年版,第435页。

③ 殷训夫手抄本《办学公文稿》。

证明，桐城学堂毕业生以后在政界、学界、军界、科学界、经济界等各个领域都有重要影响的领军人物，如：将军外交家黄镇；美学泰斗朱光潜；哲学家方东美；著名作家方令孺、叶丁易、舒芜；两弹功臣、著名科学家方正知；两院院士孙德和、慈云桂、陆大道、杨善林、吴曼青、程和平……实现了吴汝纶兴办学堂的夙愿："或为政治家，或为理财家，或为教育家，或为文官，或为武官，或为医术家，或为农业家，或为工业家，或为商业家，各由职业以开成国家之盛运，增进社会之文明。"[①]

（四）课程体系架构："合东西学问精粹陶冶而成。"

早在桐城学堂创立之前，吴汝纶对各级学校的课程体系就做过深入的研究，并形成了一套中西交融的课程体系，1901年在《与陆伯奎学使》附学堂书目中提到他对学堂课程的规划，他认为凡是有益于民生日用、富国强兵之学都可纳入教学内容，甚至包括维新派不敢引进的西方哲学、政治学，体现了吴汝纶"会通中西""打中西于一冶""取东西文明之粹打为一块"[②]的办学思想。

桐城学堂创建过程中，吴汝纶依据学堂人才培养目标，亲自制定与近代学校制度相一致的课程方案。主要拟开办的课程有：读经、算学、词章、中外史学、中外地理、外国文、经济、博物、物理、化学、体操、图画等。后来因教师缺乏且难以聘请，许多课程无法照常开设，实际上只先开设了国文、日文、法学、经济、算学五种。历史、体操等课程"间或课之"[③]。1906年起，学堂课程开设基本完备。东文、法律、经济（理财）皆由早川先生指授，中文由姚叔节先生指授，翻译、体操听杨众先先生指授，英文、法文求得良师之后再行开课……在他所开列的课程目录中，与传统教育有联系的课程，只有中文和中国史，经学已经没有位置，完全打破传统以经史子诗为主的课程内容。教材内容由教师自编，教学方法以讲演式和注入式为主。由此，他已经完成了从传统教育向近代教育的过渡，形成了近代教育的基本课程框架。

---

① 殷训夫手抄本《办学公文稿》。

② 吴汝纶《东游丛录》，《吴汝纶全集（三）》，黄山书社2002年版，第731页。

③ 汪年生《桐中百年》，安徽教育出版社2002年版，第13页。

（五）师资选聘："西师难请，东师易聘。"①

早在莲池书院期间，吴汝纶率先创办东、西学堂，聘请英国传教士贝格蕗教授英文，聘请日本人中岛裁之为东文教习。当时，当局和社会对聘请西人教学均持否定和怀疑态度，且束脩偏高，不如先学习日文，"东文苟通，即西书皆有倭文译本，吾可遍览广学，又可赴日本研习专门之学。"②桐城学堂创办之际，面临最大的问题还是师资，"窃谓吾国开办学堂，苦乏教员。"③"凡讲西学，不请西人，亦必请日本人，若不化去中外畛域，而欲请中国人为师，此妄耳。"④认为西学还是由精通于此的西洋人来教，然而，若延请西方国家的学者，"区区入款，万不敷出"；建议延请日本人为师，"近来西国学术，日本皆以精通，且别出新意，西师难请，东师易聘，其功效正复相同。"在日期间吴汝纶寻访到一位愿意到桐城教书的日本教师早川新次，在归国时将他带回安庆，聘请他做桐城学堂的东文和西学教习。并明确教师待遇：东文教习"岁送束脩银六百两正，闰加五十两，火食每月廿两"，"放暑假回国，应送川资六十两"。⑤吴汝纶还考虑到若学堂无中学之师，"易招不知者诟厉"，拟聘请"通伯弟为中文教习，就近主持一切"⑥，姚叔节担任中文教习，杨众先教授翻译兼体操。又聘请浙江夏次岩、湖南刘时皆、怀宁葛温仲、寿州裴书田、颍州杨希悦等名师来校任教，保障了桐城学堂的教学水平和办学质量。在日期间，吴汝纶特地向教育家长尾稹太郎请教了明治初年，日本为解决师资问题采取的所谓贡进生制度，"谓救急办法，惟有取我高材生教以西学，数年之间便可得用。查日本初时，令各藩送士人入大学，谓之贡进生，意也如此。"⑦因此，他建议"请寻常师范学校卒业生为教习。"⑧同时，派遣留学生出国深造，1904年至

① 吴汝纶《与南乡绅士李与仙柏松如》，《吴汝纶全集（三）》，黄山书社2002年版，第196页。

② 吴汝纶《与李季皋》，《吴汝纶全集（三）》，黄山书社2002年版，第255页。

③ 吴闿生《桐城吴先生尺牍》，文海出版社1966年版，第55—59页。

④ 吴汝纶《与方伦叔》，《吴汝纶全集（三）》，黄山书社2002年版，第248页。

⑤ 吴汝纶《开办学堂章程十七条》，《吴汝纶全集（三）》，黄山书社2002年版，第196页。

⑥ 吴汝纶《与桐城绅士》，《吴汝纶全集（三）》，黄山书社2002年版，第456页。

⑦《桐城吴先生尺牍》，第55—59页。

⑧《开办学堂章程十七条》，《吴汝纶全集（三）》，第410页。

1906年，桐城学堂先后派出20多人到日本留学，学成归国以充实本校师资或服务社会所需。

（六）学堂管理："各有职司，无相侵越。"[①]

在筹办桐城学堂的过程中，吴汝纶亲自起草了一系列办学文稿。在殷训夫所辑《办学公文稿》手抄本里，收录了桐城学堂办学重要的文献资料，包括《禀请开办学堂公呈》《公立议字章程》《续修议字》《禀请桐城学堂裁留冬款立案公呈》《本学堂学规》《吴挚甫创设学堂说帖》《吴挚甫先生招考说帖》等。这些文稿是桐城学堂最根本性的文件，是管理学堂的基本遵循和指南。依据桐城学堂章程，学堂的管理人员设总理一人，"主持堂中大纲"；分理二人，"一人管理支款、接待教习、约束学生、督察夫役，一人管理收款、负责田租""各有职司，无相侵越"；管理人员的产生由公共议请，依据办事能力和品行端正；学堂实行财务公开，"堂中进出各项，十日一小结，一月一大结，每月出入总数，张榜门侧。每届年终，有总理、分理核结，编造四柱清单，刊印征信录，分散各乡，以期共见共闻，大昭公信。"[②]对学堂管理人员的遴选、职责、待遇，以及财务的预算、会计和监督都有明确的规定。学堂的教学管理和学生管理按《学堂学规》严格执行，内容体现了尊师重教、严禁不良行为、严戒慵惰散漫、严明考核奖赏，督促学生勤于学习、敏于求知。《学堂学规》完全依据教学规律设定，摈弃封建礼教的束缚，体现了近代学校教学管理和学生管理的新观念。

桐城学堂是中国第一所名副其实的新式学堂，是吴汝纶多年教育理念的积累实践与全方位尝试，是推进中国教育现代化最具前瞻和理性的成功探索。他所倡导的会通中西学、培养经世致用实学人才的培养目标和办学宗旨，以及课程体系设置、师资聘任、教学管理等教育改革，确是开风气之先，为中国近代教育发展提供了理论上和实践上的借鉴。

（原载《学术界》2016年第3期）

①《开办学堂章程十七条》,《吴汝纶全集(三)》,第465页。

②《开办学堂章程十七条》,《吴汝纶全集(三)》,第465页。

姚永朴《起凤书院答问》中的文学思想述论

刘文龙

姚永朴是桐城派晚期的重要代表成员，《起凤书院答问》一书是他任广东信宜县起凤书院山长时解答诸生所疑而结撰的一部文学教育著作。其书体例秉承传统教学模式，详细著录80条师生问答，并依经、史、子、集、杂部类，别为五卷。此书编写完成于壬寅（1902）学制颁行同时，可视为姚永朴在适应新式学堂教学的过程中对渐行渐远的传统书院教学经验的一次总结，可以管窥道光以降教育体制的变革以及后期桐城派人依托书院教学来传声桐城家法的实践，具有教育史和文学史的双重意义。其中所暗涵的文学思想值得掘发阐微，既有传统的文学教育思想的特色，又能彰显在时代潮流下桐城学人预流趋新的特点。

一、“文学”范畴的梳理

文学史上对“文学”的定义，由于学术背景不同，历来众说纷纭，莫衷一是。不同文学定义大致能体现不同的学术背景和学术宗尚。章太炎说：“文学者，以有文字著于竹帛，故谓之文。论其法式，谓之文学”，并认为“孔子称尧舜，焕乎有文章，盖君臣朝廷尊卑贵贱之序，车舆衣服宫室饮食嫁娶丧祭之分，谓之文；八风从律，百度得数，谓之章；文章者，礼乐之殊称矣。”[①]章氏之论是从泛文学角度进行阐发，与今天狭义文学，也即纯文学角度界定有较大的差距。章太炎弟子鲁迅对其文学定义提出质疑。据

① 章太炎《国故论衡》，上海古籍出版社2003年版，第49页。

鲁迅好友许寿裳回忆："章先生问及文学的定义如何，鲁迅答道：文学和学说不同，学说所以启人思，文学所以增人感。先生听了说，这样分法虽较胜前人，然仍有不当。郭璞的《江赋》，木华的《海赋》，何尝能哀乐动人呢。鲁迅默然不服，退而和我说，先生诠释文学，范围过于宽泛，把有句读的和无句读的悉数归入文学。其实文字与文学固当有分别的，《江赋》《海赋》之类，辞虽奥博，而其文学价值就很难说。"①鲁迅与其师文学观念的分歧，足见其文学思想的差异。由此可知，从文学定义反观文学思想的形成，可能是较好的视点。

姚永朴提出完整的文学概念较晚，在《起凤书院答问》中并没有对文学下具体定义。若从稍后编写的《国文学》和《文学研究法》二书对文学的定义来看，能初步看出其早期文学思想的雏形，因而可将三部文学著作系统思考。

《文学研究法》是姚永朴后期较为成熟的文学教育著作。他在《范围》篇对文学有较为全面的界定："文学之范围，有广义焉，有狭义焉。自义之广者言之，如《论语》言：夫子之文章，可得而闻也。……即专以文字之成为书者而论，如《汉书·艺文志》之七略，曰辑略，曰六艺，曰诸子，曰诗赋，曰兵书，曰术数，曰方伎，何一不在文学之中？……是以开元总所藏之书，分为经史子集四类，而集部遂专为历代文章之总汇。"②他对文学定义从广义到狭义进行分梳，从史书著录到文集编纂，论证文学之立名与文学观的形成。其广义文学概念，是从文字作为文学本原，也即"小学为文章的基始"来立论，由此定义来看，《起凤书院答问》五卷所涉及内容皆隶属于"文字之成为书者"的范畴，这与章太炎"文字著于竹帛"所界定概念类似。而从狭义文学论，则只有卷四集部才真正归属文学范畴，故得出"集部遂专为历代文章之总汇"的结论。

为进一步区分集部之学的特点，姚永朴还径直从经史子集四部分类出发，考察四部分类的内在依据以及特色。他指出："吾尝论古今著作，不外经史子集四类。约而言之，其体裁惟子与史二者而已。"③又说：大抵集

① 许寿裳《亡友鲁迅印象记》，当代世界出版社2015年版，第32页。

② 姚永朴《文学研究法》，凤凰出版社2009年版，第19—20页。

③《文学研究法》，第26页。

“必也质而不俚，详而不芜，深而不晦，琐而不亵，庶几尽子史之长，而为六经羽翼”①。京师法政学堂排印本《国文学·毛诗关雎序》“按语二”及京务印书局本《国文学·毛诗关雎序》“按语一”论述均与之一致。以“理、事、情”为线，他将经史子集统一起来推阐，就体裁而言，即子与史，而究其根本，则归于六经，最后落实于文类，分述文章的理、事、情。如果再结合《国文学》与《文学研究法》二书对文学概念的探讨，可以推断《起凤书院答问》作为此二书的先导，同样具有泛文学的性质。

由上可知，姚永朴的文学思想是在教学过程中逐渐成熟的，从近代高等学堂到现代大学文学教学，其演变的痕迹很鲜明。传统书院教学的文学思想，是其文学思想的萌芽。明乎此，有利于对《起凤书院答问》中文学思想的整体把握。此外，从泛文学角度去理解此书性质，应该能说明此书的文学价值和意义。以下专就此书文学思想作具体推阐。

二、学行程朱，调和汉宋

桐城派坚守“学行继程朱之后，文章介韩欧之间”的家法，这是其得以长时间延续发展的一个内在原因。同时，他们重视韩、欧所倡的古文运动，秉承归有光接续唐宋八家的文统，这也表现了他们古文创作的审美风尚。桐城派成员在日常生活中极其重视修身。他们服膺孔子“有德者必有言”②的观点，强调道德对文辞的决定作用。同时也认可韩愈所说：“仁义之人，其言蔼如也”③之论。特别是桐城派后期成员更是如此，因而关爱和总结说：“后期桐城派中的何涛、范当世、马其昶、姚氏兄弟，在当时没有为他们提供纵横驰骋的政治舞台，留给他们的只有文坛与讲坛的情况下，希望少涉纷杂，以具有‘渊穆气象’的纯儒自处。”④

姚永朴在书院实施文学教育时，同样注重这些方面。他特别注重对弟

① 《文学研究法》，第27页。

② 朱熹著，刘真伦、岳珍校注《四书章句集注》，中华书局2014年版，第140页。

③ 韩愈著，马其昶校注，马茂元整理《韩昌黎文集校注》，上海古籍出版社2014年版，第700页。

④ 关爱和《古典主义的终结》，上海文艺出版社1998年版，第433页。

子修身的陶冶，强化文学道德的功用。他对学生谆谆教导，循循善诱。针对弟子李维询关于“纯儒”的提问，他以经史为本，援引多处史料进行阐明，如引《前汉书·夏侯胜传》云：“始胜每讲授，常谓诸生曰：士病不明经术。经术苟明，其取青紫如俯拾地芥耳。学经不明，不如归耕。”又引《后汉书·桓荣传》云：“荣初遭仓猝，与族人桓元卿同饥厄，而荣讲诵不息，元卿嗤荣曰：但自苦气力，何时复施用乎？荣笑不应。及为太常，元卿叹曰：我农家子，岂意学之为利乃若是哉！”[①]他对桓元卿报以鄙夷态度，视其为浅陋之知。桓荣治学能够体之于身，故勉励诸生致力于稽古工夫。而桓云卿学经未重视体认工夫，故产生流弊。他还以董仲舒和郑玄为例，进一步加以阐明。董、郑二人皆为汉儒的重要代表，于经学皆有造诣。董氏侧重于今文经，郑氏侧重于古文经。二人在治学路数虽有分歧，但二者于治学目的却有类似见解，董氏认为治学当“正其谊不谋其利，明其道不计其功”，郑氏认为“仲尼之门考以四科，回、赐之徒不称官阀”，二者皆发明正身的重要性，强调修身，而不是持“取青紫”的功利态度。[②]此外“纯儒”还有一个重要品质，即要求谙熟经典，能够经世致用。班固正从此评价董仲舒，他于《董仲舒传赞》引刘歆之言：“仲舒承秦灭学之后，六经离析，下帏发愤，潜心大业，令后学者有所统一，为群儒首。”[③]范晔亦称郑玄“至于经传洽熟，称为纯儒”[④]。从“纯儒”标准来看，董、郑二人的示范作用足以表明姚永朴对经学的重视，以及对经生研读经书时修身养性的内在要求。

若对人品与文品的论说稍加考察，还可发现一个论说的场域。其中扬雄《剧秦美新》聚议甚多。颜之推说：“扬雄德败美新。”[⑤]朱熹《通鉴纲目》于王莽天凤五年特意批注“莽大夫扬雄死”[⑥]。韩愈则持相反的意见：

① 姚永朴《起凤书院答问》，华夏出版社2013年版，第49—50页。

②《起凤书院答问》，第50页。

③ 班固著，颜师古注《汉书》，中华书局1964年版，第2526页。

④ 范晔著，李贤等注《后汉书》，中华书局1973年版，第1212页。

⑤ 王利器《颜氏家训集解》，中华书局2014年版，第224页。

⑥ 朱杰人等主编《朱子全书》第八册《资治通鉴纲目》，上海古籍出版社2002年版，第508页。

“孟氏醇乎醇者也；荀与扬，大醇而小疵。”[①]其后王安石、曾巩、苏轼、洪迈等也加入论争。王安石说：“扬雄亦用心于内，不求于外，不修廉隅以侥名当世。”[②]曾巩说：“至于《美新》之文，则非可已而不已者也。若可已而不已，则乡里自好者不为也，况若雄者乎？”[③]苏轼说：“扬雄好为艰深之词，以文浅易之说，若正言之，则人人知之矣。”[④]洪迈说：“世儒或以《剧秦美新》贬之；是不然，此雄不得已而作也。”[⑤]姚永朴在此基础上也对扬雄此作提出一些见解，他仅认可韩愈的观点，并不满王、曾、苏、朱等观点。他说：“古今论扬子云者，惟韩退之谓其书大醇小疵，而置其人不论，最为得之。”同时批评朱氏：“雄之识，实高其所见，实较刘向父子为胜。第出处之际，则不无可议，亦不但为莽大夫而已”[⑥]。

姚永朴不仅善于运用理学衡约弟子，而且对自我要求也特别严格。他以经书为根底，自言“上观孔孟语，下揽韩欧词”[⑦]。且于经学致力尤多，言“弱岁敦游好，寝馈依六经”[⑧]，王蘧常说他“专治经，于注疏及宋元明清诸家经说无不洽熟淹贯”[⑨]。此外，于治经理念较为通达，不持门户之见。其弟姚永概说：“仲实专志读经三十余年，不立门户，视唐如汉，视宋、元、明亦如唐，博稽而约取，会通众说。”[⑩]周明泰也说：“先生性情挚厚，视世之声华荣利泊如也。说经实事求是，无门户之习。”[⑪]李大防甚至于《蜕私轩续集序》转引乔损庵言，“先生说经，虽以宋儒为宗，而于汉唐博稽兼采，无门户之见”[⑫]。由于治经方面实绩，不愧有与廖平并有“当代两经师”之誉。

---

① 韩愈著，马其昶校注，马茂元整理《韩昌黎文集校注》，上海古籍出版社2014年版，第37页。

② 王安石著，唐武标校点《王文公集》，上海人民出版社1974年版，第86页。

③ 曾巩著，陈杏真、晁继周校点《曾巩集》，中华书局1998年版，第265—266页。

④ 苏轼著，孔凡礼校点《苏轼文集》，中华书局1986年版，第1418页。

⑤ 洪迈《容斋随笔》，上海古籍出版社1978年版，第168页。

⑥ 姚永朴《起凤书院答问》，华夏出版社2013年版，第65页。

⑦ 姚永朴《姚永朴集》，安徽教育出版社2014年版，第115页。

⑧《姚永朴集》，第115页。

⑨ 姚永朴《文学研究法》，凤凰出版社2009年版，第220页。

⑩《姚永朴集》，第129页。

⑪《姚永朴集》，第130页。

⑫《姚永朴集》，第131页。

桐城派义理源自程朱，且更多受经学沾溉，倡导文本于经。从方苞义法说到姚鼐“义理、考据、辞章”三者兼采说，桐城学人代有发明。意在调和汉宋，为古文发展减少阻力，寻求更大的生存空间。姚永朴认可方苞义法说，且对此论提出一些补充：“他经如《书》云辞尚体要，要即义也，体即法也。《诗》云有伦有脊，脊即义也，伦即法也。《礼记》云情欲信，辞欲巧，言即义也，巧即法也。《左传》云言以足志，文以足言，志即义也，文即法也。”[①]他继续疏证此论：“《易·家人卦》‘大象’曰言有物，《艮》‘六五’又曰言有序。物即义也，序即法也。”[②]于《易》发明义理之学，并未因治学路径之别而诋苛汉学，并说“以《十翼》衡之，则王弼、程朱专以义理为说，所得多矣。盖汉《易》之用，不外占验。义理之学，则于天道、人事发挥为切”[③]，同时肯定汉儒治经的贡献：“汉儒说经，不特训诂、名物精博过于后人，即圣贤之微言大义，亦多有赖以不坠者。”[④]

姚永朴熟谙宋学之长。宋学更多地重视向内心的诉求，是一种内敛型的学术。程朱理学和陆王心学之间关于体认工夫多有争辩。他认为“二家之说，皆本于圣贤。程朱数传以后，流为口耳之学，陆王则亦有师心自用之病。欲救末流之失，正当互取所言，以为药石，似未可是素而非丹，妍姜而丑子也”，还从二者社会功用出发，认为“古人著书，有中正之言，有救弊之言。中正之言，可以立万世之极；救弊之言，亦可以矫一时之偏。如孔孟、程朱之书，所谓中正之言也”[⑤]。很明显，他推尊程朱理学。然而，他对其他诸子之学能够辩证对待，正如他所言“学者果默契古人之言，而得其用意深处，则百家之说，胥可为吾修己治人之助。而门户水火之争，庶几永熄”[⑥]。

姚永朴对汉学弊端也有清醒认识：“今平心论之，汉儒抱残守缺，不为无功。然党同伐异，弊亦不细。”[⑦]针对汉儒之陋，他为学人指出治经的轨

① 姚永朴《国文学》卷四，京师法政学堂本。

②《文学研究法》，第 28 页。

③《起风书院答问》，第 6—7 页。

④《起风书院答问》，第 7 页。

⑤《起风书院答问》，第 80 页。

⑥《起风书院答问》，第 81 页。

⑦《起风书院答问》，第 24 页。

辙，汉儒“去周终近，其中微言大义，确有所受者，要亦不少。吾辈欲通此经，自宜先就三传，择善而从之。如皆不可通，然后参以后儒之说，合二派而一之，不分门户，斯为至善”①。他指摘弃传从经之说，更反对师心自用之论：“今以传与经较，则经尊矣。以今人说经之文，与古人之传注较，则古人之时，距圣贤既近，其为说也大抵有所受，又非后儒凭臆以断者所可比矣。今不为墨守之学，取众古人之说，平心观之，去短集长，而阙其不可通者，可也。若举专注，尽摆落之，反谓圣人之意。”②由此也能见出姚永朴治学的严谨与不苟。

姚永朴治学植根于经史，思想融通，能取其所长，避其所短，为文学教育提供正确的导向，为弟子掘发治学之法，并指示为学的工夫所在。其中所体现的文学思想，正是新时期多种思想交汇而成的新路数。

三、别裁伪体，振雅去邪

方苞力倡义法说后，“言有物”和“言有序”一直受到后学关注。雅洁是义法说的衍生和拓展。郭绍虞说：“桐城文素以雅洁著称，惟雅故能通于古，惟洁故能适于今。这是桐城文所以能成为清代古文中坚的理由。”③并认为“文之雅洁由于讲义法，而义法之标准也即在雅洁”④。方孝岳也说：义法是“‘辞理皆是’的清真雅正”⑤。可见，文章雅洁之于古文的重要性。在桐城派古文语境中，它主要有两层内涵：一是语言雅洁，二是文体雅洁。桐城派成员对这两个特点都阐述较多，论点主要集中于刘大櫆《论文偶记》、方东树《昭昧詹言》、吴德旋《初月楼古文绪论》等著作中。

姚永朴在书院教学，同样对此有诠解，既能弥补前贤之不足，又能见出后出转精的特点。在语言雅洁层面，他主要是从文律方面切入，其中对

① 《起凤书院答问》，第25页。

② 《起凤书院答问》，第26—27页。

③ 郭绍虞《中国文学批评史》，商务印书馆2012年版，第370页。

④ 《中国文学批评史》，第380页。

⑤ 方孝岳《中国文学批评·中国散文概论》，生活·读书·新知三联书店2007年版，第277页。

文章弊病有很深入的探讨，特别注重古文风格的清真雅正。这主要体现在下面两点。

首先辨别曾巩文中关于长辈称谓“父”的问题。他引其书《齐衰不杖期章》“为人后者，为其父母服”，证明“生父”之称见于六经。而“皇伯”之称，六经中则没有明文，并且古人“伯”乃兄弟之称，如伯父、叔父，但没有只称“伯”的例子。他进一步指出欧阳修文中所论“五父说”，即“所生父”“所后父”“同居继父”“不同居继父”等，并明言其“父”称混用的“强词夺理”。进而揣度并论证欧阳修“父”称混用导致错讹的原因，并认为欧阳修当日“若言陛下由外藩入继大统，本生父母、仁宗兄嫂亦仁宗之臣也。固不当称皇、称后，以干正统。即称考、称亲，亦嫌与仁宗无别。惟有不称皇伯，不称皇考，亦不称亲，而曰本生考濮安懿王”[①]，则名实允符。他还以“吕、范诸公，必无异议”为自己所论正名，并批评曾巩对此议论，称其不精准，未能鞭辟入里，深入问题本质，致使后世议礼多留下诸多“口实”之弊。

其次对钱大昕《跋方望溪文》中所引故实进行考索。钱文中所引李绂与方苞之间的对话值得玩味。李绂主要批评方苞文中对“桐城”二字简称“桐”的问题：“今县以桐名者有五：桐乡、桐庐、桐柏、桐梓，不独桐城也。省桐城而曰桐，后世谁知为桐城者？此之不讲，何以言文？”[②]因为地名中涉及“桐”字的较多，因而以“桐”指代“桐城”会导致误解，故而需要加以甄别。针对此，姚永朴还特地查检方苞文集进行证实。仅于《大父马溪府君墓志铭》一文检出“皖桐”一次。而此处“皖桐”即指安徽桐城，并没有出现李氏所谓情形，从而推测钱大昕所论可能有误，并发出“不知竹汀何所据而云然”的感慨。姚永朴还从文学“繁简”范畴出发，认为必须辩证地看待此问题，文中繁简必须根据具体情况而定，并主张“过简而文反不畅”[③]的理念。

其实，姚永朴对于援引事例以及繁简命题两个方面，仅略申其旨。这两个命题的最终形成以及完整阐述，则在其后成熟的文学教育著述中，如

---

①《起凤书院答问》，第94页。

②《起凤书院答问》，第97页。

③《文学研究法》，第188页。

《文学研究法·瑕疵》篇对此即大倡其旨，对古文创作具有积极借鉴意义。

在文体雅洁层面，桐城派成员多有认知。方苞力倡此论。沈廷芳追忆其师方苞说："南宋元明以来，古文义法不讲久矣，吴越间遗老尤放恣，或杂小说，或沿翰林旧体，无一雅洁者。古文中不可入语录中语，魏晋六朝人藻丽俳语，汉赋中板重字法，诗歌中隽语，南北史佻巧语。"[①]在古文创作实践中，方苞所言诸体均于古文文体有碍，必须加以雅洁。其后刘大櫆发明"为文十二贵"之旨，如主张"文贵简"时说："凡文笔老则简，意真则简，辞切则简，理当则简，气蕴则简，品贵则简，神远而含藏不尽则简。"[②]这些内涵整体上均与文章雅洁有关，只是更加侧重于言辞，于文体雅洁的论述稍微单薄。姚鼐也继承此论，梅曾亮曾忆及其师训导之言："为文不可有注疏、语录及尺牍气。"[③]其后吴德旋更是力倡此说："古文之体，忌小说，忌语录，忌诗话，忌时文，忌尺牍，此五者不去，非古文也。"[④]通过诸人的论说，足见文体雅洁之于古文的作用。

姚永朴也注重辨别伪体，以期振雅去邪。他在姚鼐、曾国藩等文体论基础上提出了新的解释。姚鼐曾主张把文体分为"论辩类、序跋类、奏议类、书说类、赠序类、诏令类、传状类、碑志类、杂记类、箴铭类、颂赞类、辞赋类、哀祭类"十三类。[⑤]曾国藩参鉴姚氏分类，别为著述、告语、记载三门。著述门又分为论著、辞赋、序跋三个小类。曾氏文章辨体理论比姚鼐更为细致，区分更为严格。姚永朴能区别二人文体的特点，并且对二人分类与主张提出一些批判，这主要体现于诸体体性的辨析以及对赋体的认知上面。

首先是细致分梳"议、论、说、解、辨"诸体的体性。由于唐宋八大家古文被桐城派将奉为典范，故姚永朴从此加以鉴择，明晰各体之间的细微之别。他指出"论"体具体可分为"论理""论事""论人"三类，因而"理""事""人"是其创作的三个方面。而"辨"体则不同，他认为"辨"

① 沈廷芳《隐拙轩集》卷四十一，乾隆二十二年（1757）刻本。

② 刘大櫆《论文偶记》，人民文学出版社1959年版，第8页。

③ 梅曾亮著，彭国忠、胡晓明校点《柏枧山房诗文集》，上海古籍出版社2005年版，第379页。

④ 吴德旋《初月楼古文绪论》，人民文学出版社1959年版，第19页。

⑤ 贾文昭《桐城派文论选》，中华书局2008年版，第102页。

体主要“主攻驳他人之说”，同时对“辩”与“论”加以区别。“攻驳他人”是为某个具体论点而做的应对，有不得已的意味，而“论”则具有更多的自发性。他还将“说”与“解”两种文体结合阐释，认为二者“皆就人之所惑者表而明之，主开示于人”①，如王安石《复仇解》，即为了揭示世人不知复仇生于乱世而发。他还特别强调此文是“后世经解经说”的肇端。论“议”体时，他认为“议”主要是“主于一事，议其得失如何。其为私家之事，则入论辩类”②，并指出一些特例，文章篇题虽标明为“议”，实则不然，如柳宗元《晋文公问守原议》。与此相类的情形还有，如此韩愈《伯夷颂》、李习之《复性书》，虽名为颂、为书，其实是论体。

其次是辨别“颂”“赞”二体之别。姚永朴直接采用《关雎序》中观点来解释“颂”体内涵，并分析颂体的区别。论“赞”体时，其分析路径不同。他是从从字书中寻求文学资源，从字书所收录的文体词语的训释中来探讨文体观念。他引《说文》释“赞”为“见”义。又引《易注》《书传》释“赞”为“明”义。借助经传对“赞”字的见解，他进而溯源“赞”出现时间和“颂、赞”两体功用。最后指出二者不同：“必欲求其别，则颂义自是宏大，凡命题之重者宜用之；赞义则较狭，凡题之稍轻者用之。”③此外，他还兼及“箴、铭”的讨论。二者之同在于“警戒”，而区别在于“铭必镌于门牖器物，箴则不必”④。如果加以深究，《文学研究法》中如《著述》《告语》《记载》《诗歌》等，均可与此相发明。文章学所涵括类别，此书大致都有所讨论，并追根溯源，阐发较为细致。

最后是对赋体的强调。赋体重视韵律，是骈体，是有韵之文。而古文则是散体，为无韵之文。他在实施文学教育时，试图融通二者风格，因而对骈体也相当重视。他认为：“文之有韵无韵，皆顺乎自然，诗固有韵，为文亦未必不用韵。……至韩、欧、苏、王诸家本长于古文，其诗即以古文法为之经纬。必谓诗与文两道，何痴人说梦哉！用奇与用偶，其流异，其源同，彼此訾謷，亦属寡味。”⑤他以自然为文为最高标准的，而有韵、无

①《起凤书院答问》，第95—96页。

②《起凤书院答问》，第95页。

③《起凤书院答问》，第96—97页。

④《起凤书院答问》，第97页。

⑤《文学研究法》，第69页。

韵的衡文标准则退居其次，同时批判因有韵与无韵导致文章衰落的困窘局势。诗文因韵而分，则是人为造作使之归于不同的文类。这也回应了《起凤书院答问》里对赋体重视的原因。

姚永朴从泛文学的角度对其持守的文学思想多有立论。于书中讨论了众多的文学范畴，并分别辨析容易混淆的文学范畴各自的独特性。但其论述稍微简略，浅尝辄止，并未深入进行挖掘，以致其文学观念并没有形成完整体系。可以说，这是姚永朴文学思想发展到成熟的酝酿期，是其文学认识一次较为浅近的展示。

余　论

综上可知，姚永朴在起凤书院教学始终坚守“义理考据词章”为核心的桐城家法，但在西方文化猛烈刺激下，他对古文教育发展也有新思考。他以一个改良维新的姿态呈现于学坛之中，既坚持中学为体的立场，维护中国经史传统的正统地位，又能预流趋新，积极回应西方的挑战。在中西的文化选择中，他能够站在文化的交汇点上，以中西视野来看待、分析、解决时事问题，缓解传统文化失落的苦闷。同时也能以一个新人的身份融入社会体制改革的热潮中，不至于以囿于传统而不思变的落后性而被排除在变革的体制之外。桐城派成员心态的自觉转换，是桐城派在“有所变”的要求下求得生存的必要手段，是顺利实现桐城派的转型而“后大”的策略选择。

姚永朴在起凤书院教学为时一年，嗣后赴山东高等学堂担任讲席。晚清学制改革变书院为学堂，耕读传家时代的最后的一声绝响，也彻底淹没于时代的洪流中。他的教学生涯，是传统书院教学的最后一段时期，对于坚守传统的桐城派成员来说，也应该是一种安慰。其实，在新学迅猛发展的趋势下，教育体制变革层出不穷，像学堂取代书院的“好戏”也在社会连台上映，最后现代大学彻底取代新式学堂，桐城派成员也无须遗憾。

（原载《明清文学与文献》2020年）

卷三　师事私淑与诗学互生

桐城派诗论初探

王镇远

桐城派作为清代散文的一个主要流派，其历时之久，影响之广，已为人所共知。然桐城派文人对诗歌的看法在清代派别众多的诗论中也不失为一种较为重要的理论，前人曾有“论诗转贵桐城派，比似文章孰重轻”之说（程秉钊《国朝名人集题词》）。桐城派诗论对清代中后期诗坛有着重大影响，故笔者以为在讨论桐城派文论的同时也应对其诗论予以适当重视。本文就试图在这方面作一点初步探讨，以就正于专家及清代文学的研究者。

一

论桐城派者，历来以方、刘、姚为重镇，然方苞“绝意不为诗”（见《方望溪集·集外文》卷四《乔紫渊诗序》），故桐城文人中论诗而颇有影响者首推刘海峰。刘在当时诗名已盛，程鱼门读其诗集即对袁枚说：“耕南诗胜于文也”。（《随园诗话》卷十·“八八”）管世铭《蕴山堂集》卷八《论文杂言》中云：桐城刘大櫆耕南，任黟县教谕，著有海峰诗钞，各体俱有本末，近自馆阁及山林罕见其匹。”姚鼐《刘海峰先生传》中说：“海峰则文与诗并极其力，能包括古人异体，熔以成其体，雄豪奥秘，麾斥出之，岂非其才之绝出今古者哉。”

而且刘大櫆以诗传授后进，其对桐城诗派的形成，大有筚路蓝缕之功，姚鼐曾说：“自海峰先生晚居枞阳，以诗教后进，桐城为诗者大率称海峰弟子”。（《惜抱轩文集》卷九《抱犊山人李君墓志铭》）姚鼐之诗学就深受刘大櫆的影响。沈曾植《海日楼题跋》中说："惜抱选诗，暨与及门讲授，一宗海峰家法，门庭阶闼，矩范秩然"。（卷一《惜抱轩诗集跋》）惜抱与海峰门人朱纯孝（子颖）为诗友，《海愚诗钞序》即是为朱诗而作。其《送朱子颖知泰安府》四首中云："文笔人间刘海峰，牢笼百代一时穷，别来书到长安少，死去才令天下空"。可见对刘大櫆及其诗歌的倾慕之情。

姚鼐之前，对桐城诗法甚有影响者为姚范。姚鼐不仅在古文方面受姚范较大影响，就诗论而言，也与其有着显明的承继关系，如姚范《援鹑堂笔记》中深恶吴乔诋毁明七子之论，于何、李诸人多维护之辞，姚鼐也不满钱牧斋之诋□七子，以为学诗当由李、何，王、李入。故方植之《昭昧詹言》中云："近代真知诗文，无如乡先辈刘海峰、姚姜坞、惜抱三先生者"，可见桐城后学已注意到姚鼐在诗论上的地位。

姚鼐是桐城派古文的集大成者，诗歌也蔚为大宗，门人转相传授，推为一代大师，得使桐城诗学也俨然成派。程秉钊说："惜抱诗精深博大，足为正宗。"（《国朝名人集题词》）吴德旋《示及门诸子》诗也说："我自心钦姚惜抱，拜袁揖赵让时贤。"都对姚鼐的诗推重备至。故曾国藩以姚鼐七律为清代第一（《吴挚甫尺牍》卷二下《与萧敦甫》），张裕钊选《国朝三家诗钞》，姚鼐为其中之一。传桐城文派者大都重惜抱之诗。

姚鼐之后，所谓姚门四大弟子中，以方东树在诗歌理论的建设上最为突出。然观其《昭昧詹言》，大凡以祖述姚鼐、姚范及刘大櫆之理论为宗旨。道咸以还，由于曾国藩的提倡，桐城派之绪得以不堕，曾氏虽对方、刘、姚之理论多有改造和补充，然就其诗歌理论而言，曾氏及其弟子也深受姚鼐等人诗论的影响。曾氏《憩红诗课戏题一诗于后》中说："铅山不作桐城逝，海内骚坛委寒灰，龙蛰虎潜断吟啸，坐令蚯蚓鸣惊雷。"（《曾文正公诗集》卷二）显然以为桐城派曾主骚坛，对桐城诗法之冷落颇为感叹。因而，我们讨论桐城派之诗论主要在观察刘大櫆、姚范、姚鼐及方东树等人的有关论述，其中尤以姚鼐为最重要。

二

姚鼐欲熔义理、考据、辞章于一炉，接受了古文家“文以明道”和宋儒“文以载道”的说法，在论诗中特别注重诗与道的关系。其《荷塘诗集序》中云：

> 夫诗之至善者，文与质备，道与艺合，心手之运，贯彻万物而尽得乎人心之所欲出。
>
> （《惜抱轩文集》卷四）

《敦拙堂诗集序》也云：

> 夫文者，艺也，道与艺合，天与人一，则为文之至。（同上）

这里姚鼐反复提出了“道与艺合”的要求，而他所谓的“道”究竟指什么呢？《荷塘诗集序》中说得很明白：

> 古之为诗者，不自命为诗人者也，其胸中所蓄高矣，广矣，远矣，而偶发之于诗则诗与之为高、广且远焉。故曰：善为诗也，曹子建、陶渊明、李太白、杜子美、韩退之、苏子瞻、黄鲁直之伦，忠义之气、高亮之节、道德之养、经济天下之才，舍而仅谓之一诗人耳，此数君子岂甘哉？

可见，诗人不能仅为作诗而作诗，首先要有“忠义之气、高亮之节、道德之养、经济天下之才”才可谓“善为诗者”。因而他说：“惟能知为人之重于为诗者其诗重矣。”（同上）姚鼐重视诗人的蓄积涵养，与韩愈所谓的“仁义之人其言蔼如”（《答李翊书》）及欧阳修所谓的“道胜者文不难而自至”（《答吴充秀才书》）很相接近。姚鼐所说的“文与质备，道与艺合”，可以说是思想内容与表现形式的统一论。故其《答翁学士书》中云：

> 夫道有是非而技有美恶，诗文皆技也，技之精者必近于道，故诗文美者，命意必善（《文集》卷六）

这里姚鼐指出了命意的重要。造成美感的“艺”，必须与体现是非的“善”相结合才是有生命的，故“技”要近于“道”才算“精”，这便是他“道与艺合”的内涵。

姚鼐注重道与诗的关系，因而要求诗人本身有深厚的道德修养、渊博的学识和高尚的情操。他所谓的“天与人一”，就是要求诗歌创作中的天才禀赋与道德学问相结合。他在《敦拙堂诗集序》中盛称杜甫的诗说：“子美之诗其才天纵，而致学精思与之并至，故为古今诗人之冠。”认为杜诗所以达到很高的成就是因为能以“致学精思”来配合他的天才，也就是文中说的“因人而造乎天者”。所以姚鼐重视作家长期的蓄积与砥砺，提倡“为学之要，在于涵养而已”。（《答鲁宾之书》）他接受了孟子、韩愈“养气”说的传统，认为：

> 文字者，犹人之言语也。有气以充之，则观其文也，虽百世而后，如立其人而与言于此；无气，则积字焉而已（《答翁学士书》）

所谓“气以充之”就是要通过长期培养蓄积，提高个人的道德修养，然后发为诗歌，自然有“气”充斥其间。

总之，姚鼐论诗讲“道与艺合，天与人一”，正与桐城古文家论文提倡“义法”相契合。要求有物有序，文义与文辞两擅其美，是桐城派论诗论文一以贯之的主张。

三

姚鼐论文讲阳刚、阴柔，遂为桐城古文家论述文学风格的准则。其说见于《复鲁洁非书》。然就姚鼐的文章来看，他追随欧阳修、曾巩、归有光等人，其风格偏于阴柔。林纾《徐氏评点〈古文辞类纂〉序》就曾说：“姚氏之文，近于欧归。”并能“综二氏之长，潜其脉而永其趣；脉潜则不见其偾退，趣永则弥觉其渊深，殆所谓阴柔之文也”。

今人往往根据姚氏《海愚诗钞序》中“文之雄伟而劲直者必贵于温深而徐婉”的说法，认为惜抱文章偏于阴柔而所向往的却是阳刚之美。然《海愚诗钞序》着重于论诗，故姚氏以阳刚胜阴柔的意见主要是体现在他对诗歌的评论上。故紧接上面一句之后便说：“夫古今为诗人者多矣，为诗而善者亦多矣，而卓然足称为雄才者，千余年中数人焉耳。甚矣其得之难也，今世诗人，足称雄才者，其辽东朱子颖乎?”可见，姚鼐论诗特重“雄才”，即偏于阳刚者，这一点可由姚鼐本人散文和诗歌创作的风格不同而得到说明。我们看姚鼐今存的诗歌，其风格力追杜甫、韩愈，属于比较雄肆劲直的一路，虽然限于才力，不如杜、韩之恣肆雄奇，但毕竟与其散文温深徐婉的风格不尽相同。故姚永朴《惜抱轩诗钞释序》中说：

> 昔湘乡曾文正公尝言吾家惜抱府君，能以古文义法通之于诗，故劲气盘折。去岁于建德徐君汇生家，见公为其先德云□观察先路书府君登永济寺阁诗评之曰：惜翁有儒者气象，而诗乃多豪雄语。忆弱冠谒武昌张廉卿先生，亦闻其论府君文气味渊雅，以情之真，陈义之坚且卓也，不必奇崛，而自及于古。若诗则笔力健举，声出金石，无论鸿篇短章，开合衡从，随所施设，罔不如志，乌得谓才弱邪。吾乡吴挚甫先生深以为然。

曾国藩、张裕钊、吴汝纶都认为姚鼐的诗近于豪雄刚健的风格，与他的散文偏于渊雅柔弱不同，这与姚鼐的学问渊源甚有关系。如上文所说，姚氏之诗学主要得力于刘大櫆与姚范，而刘大櫆论诗、论文都注重格高调响，讲究文气音节，与方苞之论文强调清真雅正有所不同。如以阳刚、阴柔二端来评判二家，则刘近阳刚而方近阴柔，这为后来桐城派文人所反复论及者。（见方东树《书惜抱先生墓志》、方宗城《桐城文录序》等）惜抱诗法既承海峰而文能传方氏统绪，故诗雄健而文修洁。姚范论诗特重韩愈、黄庭坚，看其旨趣，也在雄肆一类。因而姚鼐论诗重阳刚可以说是继承和体现了桐城文人论诗的共同主张。

姚鼐论诗既以为阳刚胜阴柔，故标榜“气健”。其《今体诗钞序目》中云：“夫文以气为主，七言今体句引字赊，尤贵气健，如齐梁人古色古韵，夫岂不贵，然气则羸矣。杨升庵专取为极则，此其所以病也。“这里姚鼐从曹丕“文以气为主”的理论出发，指出诗歌贵在“气健”，而齐梁人之诗，病在“气羸”，故他称杜甫的七律“含天地之元气，包古今之正变”，赞黄庭坚的诗“兀傲磊落之气，足与古今作俗诗者澡濯胸胃，导启性灵”。而批评中唐大历诸子的诗：“其体实宗王、孟，气则弱矣。”可见，要求“气健”是姚鼐评诗的一个重要标准。反之，“气羸”“气弱”，都为姚氏所不取。这种评诗态度也为后来传桐城家法者所继承，如方东树论诗也注重“气”，其《昭昧詹言》中云：“文字要奇伟，有精采，有英气、奇气”。（卷一·“六六”）称许杜诗有“混茫飞动气势”。（卷一·“七〇”）都可说是深得姚鼐论诗之余绪。

何以达到“气健”？桐城文人又倡因声以求气之说。张裕钊《答吴挚甫书》中说明气与声之关系最为透彻，其言曰：

> 古之论文者，曰文以意为主，而辞欲能举其意，气欲能举其辞。譬之如车然，意为之御，辞为之载，而气则所以行也。欲学古人之文，其始在因声以求气，得其气则意与辞往往因之而并显，而法不外是矣。

在意、辞、气三者中，气是关键，但“气”是虚的，用姚鼐的话来说，是“文之精者”，因而必须通过实在的“声”，所谓“文之粗者”来求得。这说明了为什么桐城文人把声调音节作为规模诗文的关键。因而，自刘大櫆起，论诗便特别重视格调声音。刘大櫆曾说：“诗成于音，音成于声，声成于言，言成于志。”（《海峰文集·左仲郭诗序》）他在传统的“诗言志”的说法中加入了声音对诗歌形成的重要作用。因而姚鼐说：“诗、古文各要从声音证入，不知声音，总为门外汉耳。”（《惜抱轩尺牍》卷七《与陈硕士书》）。方东树也说：“欲成面目，全在字句音节”（《昭昧詹言》卷一“五五”），曾国藩《曾文正家训》也云：“凡作诗最宜讲究声调，须熟读古人佳篇，先之以高声朗诵以昌其气，继之以密咏恬吟以玩其味。二者并进，使古人之声调拂拂然若与我喉舌相习，则下笔时必有句调奔赴腕下，诗成自读之，亦觉琅琅可诵，引出一种兴会来”。由此可见，因声以求气，是桐城文人学习作诗的不二法门。

桐城文人论诗要求气健，讲究诗歌的声调音节，其结果必然是提倡文气畅达，格高调响之作，也就是接近阳刚的风格。

四

桐城派文人是古文家，故其论诗往往不脱论文习气，力求以文法通诗法。他们可以说是继承了韩愈和宋人“以文为诗”的风气，更自觉地以文章格法来评判诗歌和指导诗歌创作。

姚鼐评杜甫《奉送郭中丞兼太仆卿充陇右节度使三十韵》说：“读少陵赠送人诗，正如昌黎赠送人序，横空而来，尽意而止，变化神奇，初无定格。”（《今体诗钞》卷六）评杜甫《秋日夔府咏怀奉寄郑监审李宾客之芳一百韵》中云：“太史公叙事牵连旁入，曲致无不尽，诗中惟少陵时亦有之。”（同上）司马迁、韩愈是古文家奉为圭臬的两个典范，以司马迁、韩愈的文来比杜甫的诗，正说明诗文相通。

桐城派所谓的“法”，据方苞的解释就是要“言有序”，故往往指文章的开合承转，格局布置。故姚鼐论诗也特重布局变化，开合起伏，其《复刘明东书》云：

> 赠五言排律，句格颇雄，此是长进处，但于杜公排律布置局格、开合起伏、变化而整齐处未有得也。大约横空而来，意尽而止，而千形万态随处溢出，此他人诗中所无有，惟韩文时有之，与子美诗同耳。（《惜抱轩文后集》卷三）

这种以文法论诗的风气，在其弟子方东树的《昭昧詹言》中发展得更远，甚至认为不懂古文章法就不能作好诗，其言曰：

> 诗莫难于七古，七古以才气为主，纵横变化，雄奇浑颢，亦由天授，不可强能。杜公、太白，天地元气，直与《史记》相埒，二千年来，只此二人。其次则须解古文者而后能为之。观韩、欧、苏三家，章法剪裁，纯以古文之法行之，所以独步千古。南宋以后，古文之传绝，七言古诗，遂无大宗。阮亭号知诗，然不解古文，故其论亦不及此。（卷十一）

他盛称韩愈、欧阳修、苏东坡的七古，因为他们能以古文的章法入诗，他批评陆游、李商隐的诗“不可人意”“气窒势平”，是因为他们不通古文。（《昭昧詹言》卷一及卷十一、卷十二）然方东树所理解的诗文相通与姚鼐一样，主要在行文运笔、章法、句法上，如《昭昧詹言》卷十四“通论七律”中云：

> 固是要交代点逗分明，而叙述又须变化，切忌正说实说；平叙挨讲，则成呆滞纯根死气。或总洁，或倒找，或横截，或补点，不出离合错综，草蛇灰线。千头万绪，在乎一心之运化而已。故尝谓诗与古文一也。不解文事，必不能当诗家著录。

可见，他所谓的“诗与古文一也”，主要在于“离合错综，草蛇灰线”等章法布置，因而他说：“七律之妙，在讲章法与句法”。故其评诗往往用“收足题目”“入题交代”“开合反正”“遥接、倒接”等评判制艺试帖常用的术语，体现了他颇多注重起承转合等枝节问题。这也是桐城派论诗论文的一个共同特点。

桐城文人认为文法可通于诗法，故桐城文论对当时诗论影响甚巨。如对方苞颇为倾倒的乔亿就声称“真能文，定知诗”（《剑溪说诗又编》）。且推究杜诗的“议论、襟抱”并“观其法度”，著有《杜诗义法》一卷（同上），显然是深受桐城“义法”说之影响。再如翁方纲《杜诗“熟精文选理”理字说》（《复初斋文集》卷十）一文中曾引申《周易》“言有物”“言有序”之旨以论诗，也显然本于方苞关于“义法”的解释。

五

我们既知桐城文人论诗提倡雄劲刚健的风格，主张以文法通于诗法，也就不难理解为什么他们最重杜甫、韩愈、苏轼、黄庭坚等人的诗。特别是取法韩、黄，已开晚清宋诗派之先声。

姚鼐在前代诗人中最推重杜甫，认为是“古今诗人之冠”（《敦拙堂诗集序》）。其称颂杜诗在于杜诗雄健的风格和谨严的章法。《今体诗钞序目》云：“杜公今体四十字中包涵万象，不可谓少，数十韵百韵中运掉变化，如龙蛇穿贯，往复如一线，不觉其多，读五言至此，始无余憾。”论杜甫长律云：“社公长律有千门万户开合阴阳之意，元微之论李杜优劣专主此体，见虽少偏，然不为无识。”

姚鼐《与陈硕士书》（《惜抱轩尺牍》卷七）评王士禛《古诗选》“若病其缺此大家（指杜甫），只当另选一杜诗，或益以昌黎，以待天下士才力雄健者之自取法可也。”可见，他以杜、韩为“才力雄健”者之取法对象。今观《惜抱轩诗集》，可知姚鼐的诗追摹韩诗者为多。姚门弟子也多推重韩愈的诗。如姚莹《论诗绝句》说韩愈：“文体能兴八代衰，韵言尤自辟藩篱。主持雅正惟公在，底事庐樊别赏奇？”方东树《昭昧詹言》也以杜、韩同称，盛赞他们“胸襟高，本领高”，“读书多，笔力强”（卷九·“二”）“杜公如造化元气，韩如六经，直书白话皆道腴元气。”（卷九·“三”）其称美韩诗在韩之“如潮”的风格。他说韩愈“笔势如涌出，读之拦不住，望之不可极，测之来去无端涯，不可穷，不可竭。”总之，在韩诗浑浩雄健的作风，这正合乎桐城派论诗重阳刚的主张。

桐城文人之重黄庭坚，实由姚范始。其《援鹑堂笔记》卷四十云：

> 涪翁以惊创为奇，其神兀傲，其气崛奇，元思瑰句，排斥冥鉴，自得意表，玩诵之久，有一切厨馔腥蝼而不可食之意。

可见他对山谷之推重。姚鼐论诗则兼取唐宋，他自己明言：“熔铸唐宋，则固是仆平生论诗宗旨耳。”（《与鲍双五书》）故他推许高常德的诗“合唐宋之体”（《高常德诗集序》），称赞谢蕴山的诗“囊括唐宋之菁备”（《谢蕴山诗集序》），都说明他唐宋并重的态度。其于《与陈硕士书》中颇推重黄庭坚的诗，正体现了他重视宋诗的倾向。因而方东树说：“论山谷者，惟姜坞、惜抱二姚先生之言最精当，后人无以易也。”（《昭昧詹言》卷二十·“二六”）

桐城文人何以要特重山谷？因为他们认为山谷最善学杜、韩。《昭昧詹言》中云：

> 山谷之学杜，绝去形摹，尽洗面目，全在作用。意匠经营、善学得体，古今一人而已。（卷二十·“二六”）
>
> 山谷学杜、韩，一字一步不敢滑，而于中又具参差章法变化之妙。（卷一“七六”）

其论山谷学韩处甚多，如言“《病中赠张十八》创造奇险，山谷所模。《醉赠张秘书》句法精选，亦山谷所常模。”（卷九·“九”）并以韩、黄并称，如云：“读韩公与山谷诗，如制毒龙”（卷十一·“三〇”），“韩、黄皆学杜”（卷十二·“五三”）。

这种推重韩、黄的理论，为桐城派古文家师生相承，梅曾亮说：“我亦低首涪翁诗，最怜作吏折腰时”（《柏岘山房诗集》卷八《六月十二山谷生日邵蕙西舍人招吴子叙编修张石舟大令朱伯韩侍御赵伯厚赞善曾涤生学士冯鲁川主政龙翰臣修撰刘蕉云学正及曾亮十人集于寓斋舍人有诗属和》）。曾国藩也自云：“自仆宗涪公，吋流颇忻向。”（《曾文正公诗集》卷三《题彭旭诗集后即送其南归》）俨然以提倡黄庭坚的诗而领袖诗坛。这种推重山谷的理论自可追溯到桐城派文人的诗论，只是曾氏的影响较大，对晚清同光体宗宋诗风尚的形成关系至重。施山《望云诗话》说：“黄山谷诗，历宋、元、明褒讥不一，至国朝王新城、姚惜抱又极推重，然二公实未尝学黄，人亦未肯即信。今曾相国酷嗜黄诗，诗亦类黄，风尚一变，大江南北，黄诗价重，部值千金。”钱锺书先生《谈艺录》也以为曾氏文章得力于桐城，其诗法亦本于桐城。故云：“言同光诗体者，前仅溯吴孟举，后只述曾文正，善亦数典而忘祖矣。”其言下之意，桐城诗论实为同光宋诗派之祖。今观“同光体”代表者之诗论，确与桐城派之论颇多相通之处，如其师法韩、黄；称赞学宋者能于句法、章法上见变化；以为工古文者能步武杜甫之诗以及不轻诋明七子之诗等（见陈衍《石遗室诗话》及《沈乙盦诗序》）都与桐城派之诗论如出一辙，其前后之承继关系是不难看出的。

综上所说，桐城派文人的诗论有其基本一贯的主张。其重视文与道的关系，要求文法通于诗法，主张雄肆劲直的风格，都体现了古文家诗论的特点。他们提倡宋诗，讲究格高调响之作，直接影响了清代后期的宋诗运动。因而我们认为桐城派的诗论在清代诗歌理论史上不失为一个重要流派。

（原载《江淮论坛》1983年第2期）

论刘大櫆与桐城派

吴孟复

我朝自望溪方氏别裁诸伪体，一传而为刘海峰，再传而为姚惜抱，（陆继辂《士家文钞序》）

可见，在乾嘉时某些文人心目中，刘大櫆在“桐城派”中与方、姚地位相等。但，

“气肆”“才雄”等，显与方姚不同。故姚鼐选《古文辞类纂》，先虽收录刘作（康刻本），后来又将其删去（吴刻本）。而曾国藩竟谓姚氏对刘未免阿其所好（《与吴南屏书》）。姚仲实先生在谈到“桐城派”古文时，也只以方、姚、梅为“气清体洁”（《文学研究法》），而没有提到刘大櫆。当然，在文章“义法”方面，刘与方姚又有共同之处，特别是叙事文方面。而且，刘还是“桐城派”与“阳湖派”之间的桥梁。陆继辂说：

大櫆虽游方苞之门，所为文造诣各殊。苞盖择取义理于经，所得于文者义法；大櫆并古人神气音节得之，兼集《庄》《骚》《左》《史》、韩、柳、欧、苏之长。其气肆，其才雄，其波澜壮阔。尝著《观化篇》，奇诡似《庄子》；其它言义理者又极醇正。

（《国史文苑传》）

吾常（州）自荆川（唐顺之）没，此道中绝。乾隆间，钱伯埛鲁斯亲受业海峰之门，时时诵其师说于其友恽子居（敬）张皋文（惠言），二子者始尽弃其考据骈俪之学，专志以治古文。（《七家古文钞序》）

张惠言也说：

> 余友王悔生（灼）见余《黄山赋》而善之，劝余为古文，诸余以所受于师刘海峰者。为之一、二年，稍稍得规矩。（《文稿自序》）

因此，研究刘大櫆，不仅对“桐城派”的得失利病可以理解得较为全面，而且有助于了解“阳湖派”的渊源。他的某些长处既弥补方、姚之短，又开启“阳湖”之风。至于恽、张诸人对近代学风、文风的直接、间接影响，我们将另文论述；这里所以要提及它，是因为只有看出这种源流嬗变，才能看清刘大櫆在清代散文史上的地位。曾国藩对刘的鄙薄，适足以自形其陋而已。

一

刘大櫆的精华主要在于说理方面。他说：

“穷理则识高”，又说：“文章要道理博大”（《论文偶记》）。他讲的“理”与姚鼐讲的“理得而情当”是有所不同的。我在《桐城派三题》中指出：姚鼐“对理的要求，只限于要求其合理，即不要夸张失实，说违心的话，更不能违背道义（封建的正统思想）”；而刘大櫆却写了一些哲理性的文章，其中有愤世嫉俗的话，有的还越出了封建正统思想范围。刘师培说：桐城古文家“惟海峰稍有思想”（《论文杂记》），当即指此而言。

（一）刘大櫆的“天道观”

他说：“天道盖浑然无知者也”（《天道上》），指出“人之穷通寿夭”与天无关，驳斥了古书上讲的“积善之家，必有余庆；积不善之家，必有余殃”等说法，顺带也批判了“风水”迷信之说。这是对荀卿、王充、柳宗元、刘禹锡朴素唯物论思想的继承，与当时吴敬梓思想颇有相近。

而且，刘大櫆讲天道，其实是讲人事，即对当时清王朝统治下不合理现象做了揭露与抨击。如说：

御人于国门之外，使之抵罪；而贪以逞者，世守其官乎？大祲之下，人多毙矣，而天不怜也；

其愤世嫉俗之情，比司马迁、韩愈讲得还直率一些。尤其是说：

其上之于民，名为治之，而其实乱之；天之于民，名为生之，而其实杀之也。

天下无道，则富贵显荣与道德仁义常分。是故衰乱之世，其达而在上则必出于放辟邪侈；其修身植行，则必至于贫贱忧戚。

今夫杰猾之民，乘时窃位怙宠立威黩货无厌，其稍有异于已，则黜之，甚则夷灭其宗族，惨覆亦至矣，而康宁寿考令终者，不可胜数。彼其心见以为当然，与鸟兽之聚麀者无以异也。彼以鸟兽自为，则天亦以鸟兽畜之而已。

这里抨击的对象，从地主豪绅，到贪官污吏，世族世官，直到有权“夷灭”别人“宗族”的封建统治者（只有皇帝才有这样的权）。不仅讲明“天之无知”，而且指斥“天之无道”，这是古文中罕有的。他自言“卓荦曾教老宿惊”，这样的议论，当然会使张廷玉等惊怖。他在应“博学宏词”试时，被其同乡的宰相张廷玉所黜，自非偶然。

（二）刘大櫆的“理欲观”

程朱一派理学家认为“天理与人欲不两立，惟人欲净尽，斯天理流行。”戴震指出这种说法是“以理杀人”（按即礼教吃人的意思）。戴说：

古人所谓天理，不外洁民之求，遂民之欲，必求之人情而无憾，然后即安。理也者即情欲之不爽者也，故即寓于欲中。盖一人之欲，即千万人所同欲也。自宋儒以意见言理，舍是非而论顺逆，然后以空理祸斯民。故人死于法，犹有怜之者；死于理，其惟怜之？

刘大櫆年长于戴，其议论已与戴相近：

> 由太极有阴阳，由阴阳有五行……有天地然后万物生焉……而人为贵。于是有五常之性……于是有七情之发……循是而往焉，于是有学以为人之术，曰格物，曰致知，曰诚意，曰正心，曰修身，曰齐家、治国、平天下。有人则必有男女，有男女则必有夫妇，由夫妇有父子，由父子有兄弟，由兄弟有朋友。人之不能无欲而相与聚处以为生也，则争且乱，于是乎有君臣……农工商贾以差，各职其所务……是故天下之民，有以各安其生，而复其所得于天之固有，而圣人固非有勉强于其间也。（《辨异》）
>
> “耆欲之所在，智之所不能谋，威之所不能胁。夺其所甘而易以所苦，势不能以终日。（《慎始》）

他承认人们合理的欲望，认为应该“本人情以通天下之和”（《男子三十而娶，女子二十而嫁》），要使天下之民“无不得所”（《书唐学士德侠传后》）。这种思想是王安石、李觏、苏洵“义利”观的继承与发展，是与戴震完全一致，而与程朱理学针锋相对的。附带指出：明代李贽等人也承认“人欲”，但只讲“人欲”又容易带来“纵欲”之弊，刘大櫆特别指出：承认合理的人欲，是出于“康济”生民，使之得所，而“非为一己之宫室妻妾肥甘轻暖计也”（同上）；从个人说，必须“尽其性，治其贼性之性”，如“味可嗜也”，但不能“逐于味”（《养性》）。这比李贽讲的较为全面而无流弊。侯外庐同志等在《早期启蒙思想史》中，高度评价了戴震的“理欲观”，李贽的思想也为言哲学史者所重视，而刘大櫆却因为是“桐城派”而被人忽略，这显然是不公平的。

（三）刘大櫆的伦理观

由他的“天道”观与“人欲”观出发，他在伦理观方面也有一些比较特殊的见解。在父子、兄弟、夫妇、朋友等伦理关系上，强调孝悌忠信，这本是合理的；特殊的是在君臣方面。按“纲常名教”来说，“君臣”在第一位，“忠孝节义”也以“忠”居第一。“忠臣不事二主，烈女不事二夫”，成了封建伦理的教条。可是刘大櫆看法却有些不同。

刘大櫆并不主张“无君论”，他认为“人之不能无欲而于与聚处以生也，则争且乱，于是有君臣”（《辨异》），这就是说：所以要君臣，是为了搞好生产与生活资料分配，使天下之民各尽其职，各安其生；因而他认为君臣的关系上是“共事”的关系。他在《汪烈女传》中说：

> 余以为臣之死君，与妇之死夫，似同而实异。君臣以义合，故曰“合则留，不合则去”。夫妇以恩合，故曰“壹与之齐，终身不改”。后之儒者不明于圣人之义，乃以夫妇之道为君臣之道。第责之以死，求其不改适而已。夫与共天位，与治天职，与食天禄、有共事之义焉。而以臣之食禄，为受君之恩，吾之所不知也。事一君则不复可以去而他适，是以臣之事君，果如女之适人。夫所谓君臣者，岂竟同于夫妇哉？

按，比刘稍早的黄宗羲已经指出君主制的不合理，对“小儒规规焉以君臣之义无所逃于天地之间”（《原君》）加以批判。刘大櫆这一说法显然是黄说的继承与发展。

除了君臣关系之外，在夫妇关系上，刘大櫆强调“以恩合”，即出于感情，这也是对的。当然，他未看到，在封建社会中，婚姻出于“父母之命”，并非皆出于爱情；他甚至对“父母许婚”，也认作“相许已定，则亦有从一以终之义”，这种见解比之归有光《贞女论》中讲的“未嫁而欲死其夫，或终不改适，非先王之礼”还后退了一步。他的文集中，有那么多赞颂“节孝”“贞女”的文字，即与其认识的不彻底有关。但他在写贞女传时，特地提出归有光这个论点，并赞许为“其说既美矣”，可见他对“守贞”之不合理还是有所察觉的，与一味赞颂封建礼教者还是有所不同。

（四）刘大櫆的理学观

人们讲“桐城派”总是联想到理学。众所周知，理学家之所以为世诟病，主要由于他们搞唯心主义，空谈性道而忽视事功；还喜欢搞门户之争。但理学家也有各种流派，如“王学左派”就被人公认为是进步的。刘大櫆应属王学左派。他自言：

我爱新建伯（王守仁），术业何崇隆！七龄矢志学古圣，富贵于我浮云空。径从良知见性命，震磕天鼓惊愚蒙。卒其所就继孔孟，唱和如以征应宫。后来小生肆掊击，连结鸡雌排虎雄。擒濠立功在社稷，用由本出观其通。（《奉题学使公所得王新建印章次原韵》）

这里提到了王守仁的“良知”说。“良知”之说就其本质言，是唯心的；但刘师培说：

阳明（王守仁）创良知之说，以为圣人之道，吾心自足，不假外求。盖中国人民（按应读作“封建统治者”）每以圣人为天授，不可跻攀；自良知之说一倡，以为人人良知既同，则人之得于天者亦同；人之得于天者既同，所谓尧舜与人同耳，与西儒卢梭“天赋人权”之说相符，故卑贱之民，亦可反求而入道……泰州王心斋以盐贩而昌心学；从其学者，如朱光信、韩贞之流，皆崛起陇亩之间（原注：朱为樵夫，韩为陶工），以化民成俗为己任。何心隐……李卓吾……觉世之功，固较汉宋之儒为稍广……且以善良为人之本性，己与人同此良知，则自信之心日固……果于自立。（《国学发微》）

虽评价不免过高，但亦言之成理。特别是他指出王学左派在当时的进步作用，已为今日多数学者所认可。讲出这点，即可看出刘思想的渊源。我曾指出：桐城理学的创始人方学渐是王学左派；上面又讲到刘某些看法与李贽、黄宗羲相近（李是王学左派中主要人物，黄氏亦传王学），皆可作为刘与王学关系的旁证。至于刘诗中说到“后生小子肆掊击”，清初“掊击”王学的正是程朱学派的陆陇其、朱轼、杨名时、李光地、汤斌等人，这一点也值得注意。

刘大櫆对理学家那种门户之见，是很不满的。他说：“下逮有宋，有洛、蜀之党，有朱陆之同异。为洛之徒，以排击苏氏为事；为朱之学者，以诋諆陆子为能。吾以为天地之气化万变不穷，则天下之理亦不可以一端尽……大盗至，胠箧探囊，则荷戈戟以随之，服吾之服，而诵吾之言，吾将畏敬亲爱之不暇。今也，操室内之戈，而为门内之斗，是亦不可以已乎？夫未尝深究其言之是非，见有稍异于己者，则群起而排之，此不足以论人也。”（《息争》）他认为：“天下之理不能以一端尽”，主张学术上应有某种程度的“包容”，在当时还是有一定的进步意义的。

更值得重视的，是他与理学家的“复古”思想相反，认为事物不断变化，反对“好古而失之愚”。他曾写了一个很像《庄子》的绝妙的寓言：

> 结璘与郁仪遇于青冥之野。郁仪谓结璘曰：“吾与若御此轮也，自始有之而御之者数万年于今矣，而未之或改也。”结璘曰：“若欺余哉！若今所御之轮非若昨所御之轮也。吾今与若言，若之轮非若与吾言〔时〕若之轮也。”郁仪曰：“若何以知之？”曰：“吾以吾轮知之”，于是，两人相视而嘻，曰：“吾知之，若亦知之，彼外人不知也。”（《观化》）

这个寓言深刻地阐明事物不断变化这个道理。尽管别人看不出，实际上，它的变化一刻不停。理学家的痼病就在于把事物看成一成不变的，对古来说法不敢怀疑，伯夷的“耻食周粟”即其中之一；甚至认为古时制度也可行于后世，“井田制”即其中之一。刘与他们不同，他在《读伯夷传》中说：

> 事有委巷小人之谈，而仟者采之以为传记，则其言流传既久，深入后人之人心，不复考其是非得失，坚持之而不可拔。虽有智者与之辨别分明，而彼终莫之吾信。……听其言而一皆信之，不复致疑其际，岂不亦好古而失之愚哉？

他不仅用事实证明伯夷并无“耻食周粟”之事，而且通过这一事揭露出儒者迷古、“唯书”之非。对于理学家津津乐道之井田制，他在《井田》中设想它只是周初“开国之制”，至其后世则“不能复均之矣。”与他同时的纪昀也指出：理学家之高谈井田，只是以必不可行之事来文饰自己，自欺欺人。刘虽未明言及此，但他的分析，正可与纪说互证。刘还对儒者艳称的丙吉“不问牛喘”等语一一提出反驳，特别揭露理学家许衡“既以学道博天下之虚名，又以治生收天下之厚利”的巧于自谋，尤能抉发理学家之隐秘。他还有一些很大胆的言论，如：

> 近世以来，天地之气不钟于士大夫，而钟于穷饿行乞之人。
>
> 丈夫不能，而女子能之；富贵者不能，而乞人能之，亦可慨也夫！（《乞人张氏传》）
>
> 女子犹有能明大义者，而男子则泯然惟知富贵利达之求。（《书田氏刲股事》）
>
> 明代复试以八比之文，和与为臭腐之辞，以求速售。嗟呼，此岂有天下豪俊出于其间哉？（《答周君书》）
>
> 今之时文，号为经义。以余观之，如栖群蝇于圭璧之上，有玷污而无洗濯……（《张俊生时文序》）
>
> 狗方啮骨，复有一狗睨其旁，则掀唇历齿，狺狺然相拒，惟恐其夺之也。人固无庸此骨也。故虽乞者过之若无睹；而狗顾以其骨诧人。夫人之宁为乞者而不得为旁睨之狗也，明矣。（《答周君书》）

有些话，竟似出于李贽，曹雪芹之口。所以，把方姚与程朱理学联在一起，还是“事出有因”；如果也把刘大櫆与程朱理学混为一谈，则未免冤屈已甚了。

二

当然，刘大櫆还是“桐城派”中的一员，这主要是由于他们的文学主张与文章风格确有共同之处。概括言之：第一，认为“文章者，人之心气也”（《海门初集》），既不是“盈篇累牍，不出月露之形”的骈文，也不“故为炳炳琅琅”，仿效秦汉，作假古董，这是他们与方以智、胡天游等的区别；第二，认为“韩欧既殁，其在明代，惟归熙甫（有光）一人”（《汪在湘文序》），亦即吸收了小说的刻画人物方法，用入散文，坚持散文的文艺性，这是他们与顾炎武，王源等人的区别；第三，所写多为庸言庸行，不为封建统治者歌颂文治武功，即使写了，也写得不出色。这一点，方、刘、姚都未明言，但事实确实如此，不然，就无区别于侯方域等散文家。第四，注意选材，分清语体，结构绵密，语言简洁而合于规范，这又是他们不同“公安”“竟陵”之处。还有一点，即他们意图找到一种既适用于文艺文，又适用于学术文、应用文的语言，特别在文章的曲折尽意上下了不少功夫，胡适说“桐城派”作者把文章做通了，此语不为无见。我们重视“桐城派”，主要也是从使用语言这一点上着眼的。

下面就刘大櫆的写作技巧具体谈几点：

（一）人物刻画

归方皆能以传神之笔写出人物性格，刘也有这样本领，如《下殇子张十二郎圹铭》：

> 盼性缓。每垂髫自内庭徐徐行，至学舍，北向端拱立，长揖，乃就坐。又徐徐以手开书册，低声读；读一句视他人殆三、四句者。读毕，或归早餐，又徐徐行如来时状。

三个“徐徐”，一个“低声”，把“性缓”刻画得跃然纸上。

人物刻画的成功，在于具体的形象描绘，特别是散文中的人物描写，尤要剪截得宜。刘在《张复斋传》中写张之善于“听讼”，只用了一两个事例，如：

> 有贾人……不养其父。其父诣县诉。贾人行贿于先生，乞以贫为解。众皆争往视之。天方寒，贾人衣其父以新衣，而自著敝衣，为冻饥可怜之状，且曰：“有衣皆以奉父矣。”先生故怒视其父曰：“子寒如此，而不恤之邪！”呼吏持大杖来。先生睨视贾人，颜色如平常。猝指叱之曰：“若见汝之将受大杖也，而安忍视之，不孝何辞！”即以大杖扑贾人，而其父乃从旁泣，先生出贿付其父曰：“以养尔余年。”众皆快之。

这简直是一篇小说！刻画之妙还在于细节描绘，如刘的《章大家行略》：

櫆七岁，与伯父兄仲兄从塾师在外庭读书。每隆冬，阴风积雪，或夜分始归。僮奴皆睡去；独大家煨炉火以待。闻叩口，即应声，策杖扶壁行（时已失明），启门，且执手问曰：“若书熟否？”“先生曾扑责否”？即应以书熟，未曾扑责，乃喜。

不仅写出这个孤寡老妇的善良心理；而且语带感情（其客观意义可能还不止此，这里不再分析）。这种写法是归有光的绝招，也是桐城派的特长。

（二）起笔峭立

姚范说：“宋人作序，多有冒头，序其原由。惟昌黎不然。（劈）头涌来，是其雄才独出处。”曾国藩评韩愈《送温处士赴河阳军序》开头“伯乐一过冀北之野而马群遂空”句，亦云：“此种起处，创自韩公。”刘文亦多凭空而起，如：

乘五板之船，浮于江淮，滃然云尖，勃然风起，惊涛生，巨浪作，舟人仆夫，失色相向……（《海舶三集序》）

天地之美好不能尽钟之于人也。（《江汶川诗集》）

人必有一介不取之操，而后可以临大节而不可夺。（《郭昆甫时文序》）

草木向黄落，居人缩手有寒态，弃妻子，别交友，骑驴独走数千里至京师，其为事亦苦矣。（《送张长黍序》）

谗言其亦足以中伤人也。（《赠姚咏棠序》）

这样的起笔有很多好处，即剪截去一些浮辞套语，真正做到“开门见山”，把读者吸引住；而且起处笔势峭健，后文亦自然不能平铺直叙。但必须高瞻远瞩，善于抓住问题的核心与实质，必须有丰富的想象能力与概括能力，必须有纵横变化、得心应手的驾驭语言的能力。“桐城派”作者一般少用此法，曾国藩甚至把它当作禁例，主要是知难而退；但姚鼐、梅曾亮也还偶一用之。

（三）迭用譬喻

洪迈《容斋三笔》说："韩（愈）、苏（轼）两公为文章，用譬喻处，重迭有至七、八者"，茅坤评韩愈文亦谓"正譬杂遝，各无数语，笔力天纵。"这样写法不仅有助说理，能使读者当下豁然"，而且排比铺陈，气势更为雄伟。"桐城派"作者中惟刘最善用譬，如《张秋浯诗序》中：

> 而乃萦情于歌咏，寄志乎风骚，比拟辞华，雕镂物象，蹑巉岩，凌浩淼，驰骋乎江山之壮，而研摩于月露之微，鲸吞虬横，穷极奇变，信乎能为雷霆之震，而不屑为虫鸟之吟者也。

正譬杂用，辞藻华蔚，比其他"桐城派"作者的质木枯淡有所不同。又如《答吴殿麟书》：

> 今夫隋侯之珠，无网罟不能自出于渊；昆山之玉，无椎凿不能自违于璞；九和之弓，少府之弩，无射者以发其机，不能贯鲁缟；朴属之轮，駃騠之马，无御者以执其辔，不能获一禽；麟不能□足而走，鹏不能戢羽而飞，夫挟奇材、怀异质不能自结于中贵执柄之人，厄于州部巉岩，无由自见其美，从古以〔来〕皆然，非独一世也。

这里迭用六个譬喻，而句法上却有三种变化，因而语排而不板，气积而有力。这在"桐城派"文中也是不多见的.

（四）插入寓言

先秦诸子，常在论文中插入一个或几个寓言，《庄子》用之尤多。文中插入寓言，作用同于用譬，但内含更丰富，文境更恢奇。这种写法，唐宋以后之古文中颇为少见，惟刘常常用之。前面引过的《结璘与郁仪》，是《观化》中的一段，但又是一个相当完整的寓言。《顾备九时文序》中也写了一则寓言：

楚之南有渔者，冀得吞舟之鱼，而恶其钩之曲也，乃取庄山之金以为锥，投之潇湘之浦。大鱼之食其饵而去者以千数，而终年不一得鱼也。人见之，或讽其少〔稍〕曲。渔者曰："宁终吾之生不得鱼，顾不忍曲钩而求之为耻也。"

显然也是一个完整的寓言。他讲的"峰峦高大""波澜阔大"，插入寓言应是其中之一法。

（五）插入韵语

刘说："音节者神气之迹也；字句者音节之矩也。神气不可见，于音节见之；音节无可准，以字句准之"（《论文偶记》）、"一句之中，或多一字，或少一字；或用平声，或用仄声；同一平字仄字，或用阴平、阳平、上声、去声、入声，则音节迥异。"前人称刘文章"其气肆，其才雄，其波澜壮阔，"即由"神气音节得之"（阮元《国史文苑传》）。其尤值得注意者是散文中往往插入一些韵语，如《答周君书》：

尝见都市中，孺稚之婴，轻俊之少（△），游历权门，妍姿巧笑（△），善度憎嫌，能迎喜笑（△），珠玉时投，绮纨迭效（△），此其人福如鸿毛而莫能久御也。

羽翌既成，骄奢顿著（△），良马轻舆，填塞衢路（A），扬扑地之尘，骋当途之步（△），指顾自雄，宗党倾慕（△）。曾未凡时，不终天年，而中道夭死矣；贪惏触法，而刑戮及身矣。（△）

（皆押韵处）

我们知道：先秦散文中往往有部分押韵之处，后来散文中却不多见，所以刘大櫆这一写法，值得注意。当然，这不是有意"兢一韵之奇"，而是语气的自然流露。从这里也可体会音节与文气的关系。

由上所述，可见刘大櫆在思想上、艺术上都有独到之处，曾国藩说他"非有过绝流辈之处，"显然不合事实。他不但恢张了方苞的"义法"，也启迪了“阳湖派”恽、张等人，甚至对谭嗣同、康有为也有影响。惟其在使用语言上讲究“义法”，故不失为“桐城巨子”，于此可知研究“桐城派”当注重使用语言之艺术；惟其“气肆”“才雄”，与方姚不尽相同，于此又可知：“桐城”作者各有独造，其实，连方、姚、梅亦不尽相同，这样，对“桐城派”的认识，才可以不囿于旧时的“门户之见”，进而作出实事求是的结论。至于“桐城”与“阳湖”，容再为文论述。

（原载《江淮论坛》1983年第4期）

沈德潜与桐城诗学

汪孔丰

沈德潜（1673—1769）是乾隆前期诗坛的盟主，其诗学向来被贴上“格调派”的标签，并得到多方面的深入研究。即便如此，沈德潜诗学因蕴含着丰富的阐释空间，现有研究仍难免存在一些盲区和薄弱区。其中，沈德潜诗学与桐城诗学之间的复杂关系，就是一个亟需深入探讨的论题[①]。桐城诗学自明末清初以来，异军突起，声震坛坫，出现了“天下称能言诗莫桐城为最著”[②]的壮观局面。桐城诗学在演变过程中，不同程度地汲取和融汇了诗坛上流播的各种诗学思潮，与神韵说、格调说、性灵说等影响较大的诗学理论关系尤其密切。鉴于学界对桐城诗学与神韵说、性灵说的关系已有一些探讨[③]，本文拟以格调说的倡导者沈德潜与桐城诗学之间的复杂关系为考察对象[④]，侧重探究他对桐城诗学的多重影响，并深入阐析两者的离合之处，以期进一步揭示沈德潜诗学的巨大影响力以及桐城诗学的复杂渊源，并在一定程度上展现清代诗学繁复交错的面相与实相。

---

① 笔者仅见陈晓红《方东树诗学研究》(安徽大学出版社2013年版)第四章第二节“对格调诗学的批评”,史哲文、许总《论方东树对沈德潜诗论的继承与改造》(《学术界》2014年第2期)等涉及此问题。

② 陈式《亦园六集序》,姚孙棐《亦园全集·六集》,《四库禁毁书丛刊》,集部第八十六册,北京出版社1997年版,第628页。

③ 参见蒋寅《姚鼐与王渔洋诗学的承传》,山东省古典文学学会、王渔洋文化研究保护中心编《纪念王渔洋诞辰380周年全国学术研讨会论文集》,齐鲁书社2016年版,第1—8页;潘务正《王士禛与桐城诗学》,《安徽大学学报》2015年第6期;潘务正《姚鼐与袁枚诗学关系考论》,《安徽师范大学学报》2017年第4期。

④ 本文不用“格调说”概括沈德潜的诗学,因为它不足以囊括沈德潜的全部诗学思想(参见蒋寅《沈德潜诗学的渊源、发展及命名》,《苏州大学学报》2016年第3期)。

一、别裁风雅：沈德潜选评桐城诗歌

沈德潜一生交游广泛，师友、门生遍天下。在他的交游圈中，桐城文士占有一定的比重和分量。其中有张廷璐、张廷玉、张若澄、张裕荦、方世举、方观承、姚孔鋠、刘大櫆等人，他们皆出自世家名门。沈德潜在与他们交往的过程中，对桐城诗歌有所编选和评点。对此问题，学界尚未予以足够重视。

（一）点定《咏花轩诗集》

《咏花轩诗集》是桐城张廷璐的诗集。张廷璐（1675—1745），字宝臣，号药斋，文华殿大学士兼礼部尚书张英第三子，康熙五十七年（1718）榜眼，授翰林院编修，官至礼部侍郎。《咏花轩诗集》是他在担任江苏学政期间，命沈德潜点定的，其中有多方面原因[①]。其一，两人有深厚的师生情谊。雍正七年（1729），张廷璐以詹事府詹事提督江苏学政。次年五月，他案临苏州，沈德潜"月课、岁试予名俱第一，进见，时蒙许文行并高"[②]。这是他俩的首次相见，对年近花甲的沈氏来说，意义非凡。他由此获得了张氏的赏识，科举蹭蹬之途柳暗花明，嗣后"四试并冠曹偶，试古学，冠两郡，荐博学鸿辞"[③]。其二，张廷璐欣赏并认可沈德潜的诗才。沈德潜早在诸生时期，就曾经学诗于叶燮，获赏于王士禛，诗名鹊起，超越流俗。或许正是基于此，张廷璐才会在雍正十一年（1733）八月，"命点勘诗稿作序，易称先生"，这在沈氏看来，"盖异数也"[④]。尽管张氏年齿小沈德潜两岁，但身份、地位要远高于沈氏，"易称先生"之举显示出他对沈氏诗才的

① 张廷璐《咏花轩诗集》"自序"，《清代诗文集汇编》，第236册，上海古籍出版社2010年版，第526页。

② 沈德潜《沈归愚自订年谱》，潘务正、李言编辑点校《沈德潜诗文集》"附录二"，第四册，人民文学出版社2011年版，第2111页。

③《沈德潜诗文集·归愚文钞》卷一八《通奉大夫礼部左侍郎张公暨配姚夫人合葬墓志铭》，第三册，第1435页。

④《沈归愚自订年谱》，《沈德潜诗文集》，第四册，第2113页。

认可与佩服。其三，两人论诗有契合之处。张廷璐出自桐城清河张氏，张氏论诗多主张诗道性情，如张英在《芸圃诗序》《潘木崖诗集序》《南汀诗集序》等文中，多以“性情”或“性灵”评论他人诗作。张廷璐自幼秉承庭训，论诗亦强调“诗以道性情，发于其所不自知，而动于其所不容自已”①。这种重性情的诗学主张与沈德潜强调“诗贵性情”②的观点不谋而合。

沈德潜接受点勘重任后，对张廷璐的诗稿做了认真审读和细致汰选。张氏自称作诗直抒胸臆，“亦只自道其性情，初未尝计工拙也”。对此，沈氏将张氏“裒集丙子以后所存诗若干首”，“复汰其十之三四，而以其存者分为六卷”③。每卷古近体诗并存，共计六百三十六首，涉及赠别、怀人、咏史、怀古、行旅、题画、咏物、写景、应制等题材。

沈德潜还受张廷璐之托，为诗集撰写了序文。在文中，他称赞张廷璐诗作兼具台阁、山林之风，“大者固得《明堂》《宝鼎》《长扬》《羽猎》之遗，即下及登临酬答，随物肖形，亦往往写难状之景，而言人情之所不能言，其志廉以达，其音和以舒，其气宽厚磁博而无急言竭论之态，金钟大镛、山泉松籁，时并奏于楮墨间……宜乎和平温厚，无意求工，而自不能不工也”④。这份评价表明，“和平温厚”不仅是张廷璐诗作的总体艺术风貌，也是沈德潜汰选诗作的审美标准。

总之，张廷璐让尚未发迹的沈德潜点定其诗集并作序，不仅说明他赏识沈氏的诗才，也意味着他认同沈氏的诗学思想。同样，于沈德潜而言，他在点定诗集的过程中获益良多，不仅可以领略到朝廷台阁重臣诗作的思想取向与审美趣味，还能借助于显贵的张氏家族，在更大的范围内传扬自身的声名。

（二）评订《麻溪姚氏诗荟约选》

《麻溪姚氏诗荟约选》（以下简称《约选》）是沈德潜根据《麻溪姚氏

①《咏花轩诗集》“自序”，《清代诗文集汇编》，第236册，第526页。

② 沈德潜撰，王宏林笺注《说诗晬语笺注》卷上，人民文学出版社2013年版，第18页。

③《咏花轩诗集》“自序”，《清代诗文集汇编》，第236册，第526页。

④《咏花轩诗集》“沈德潜序”，《清代诗文集汇编》，第236册，第525页。

诗荟》(以下简称《诗荟》)选订而成的。麻溪姚氏是桐城望族，自明代五世祖姚旭开始，靠科宦发迹，嗣后“名哲继踵，遂为世家”[①]。姚家世传诗书，姚显有《金凤楼集》，其子姚旭“狎主吟坛，允推鼻祖”[②]，有《菊潭集》，其后吟风不辍，代有诗集。编者不详的《诗荟》，就是专门收录明代麻溪姚氏文人诗作的家集，足觇姚家诗风之盛。沈德潜《麻溪姚氏诗荟约选原序》云：“余操选政，既订有《明诗别裁》后，复得《麻溪姚氏诗荟》，集内自明洪武朝始，作者以年编诗。……吴兴人才代起，逐年成集，皆以诗纪年，以年编诗，实为明时年世考。卷虽浩繁，而集集堪为后学津梁。余爱莫能置，仅将诸名集中择其脍炙人口者，重加评释，遵姚氏丝、日、木、玉、希、虞、之、孙辈分编次，约有八卷，以成一家言，名曰《麻溪姚氏诗荟约选》。”[③]由此可知，《约选》是沈德潜在雍正十二年(1734)之后[④]，择选《诗荟》中脍炙人口之作重加评释编次而成的。此选“自明初迄明末，为诗都五百七十八首，作者凡六十六人”[⑤]。沈德潜称“集中古近体诸诗，清疏淡远，义蕴精深，超迈乎三唐而直造晋人之诣，有非浅尝所能窥其堂奥者”(《麻溪姚氏诗荟约选》“原序”)，道出了《约选》中诗作的审美风貌与艺术成就。

《约选》以人存诗，人附小传，诗作末端间或缀附沈德潜的简要评语。这些评语大致从以下几个层面论诗：其一，格律层面，如评姚显《张仲简粤归入社》“律细”(卷一，第1b页)；评姚旭《郑州怀古十咏》“格律纯清，是学养兼到之作”(卷二，第1b页)，《征昌明蛮贼凯还而作》“格律沉雄，似初唐佳作”(卷二，第5a页)，等等。其二，襟抱层面，如评姚旭《秋怀》“如见怀抱”(卷二，第6b页)，评姚琢《晓岚书舍落成》“好襟期”(卷四，第1a页)，等等。其三，性情层面，如评姚显《旭儿捷南宫》“情真语挚，悲喜交深”(卷一，第3b页)，评姚珂《示儿》“情真”(卷四，第4b

---

① 马其昶著，毛伯舟点注《桐城耆旧传》卷一，黄山书社1990年版，第22页。

② 潘江《龙眠风雅》“发凡十六则”，《四库禁毁书丛刊》，集部第98册，第8页。

③ 沈德潜编选《麻溪姚氏诗荟约选》“原序”，民国二十六年(1937)石印本，第1a–1b页。

④《明诗别裁集》成于雍正十二年，《约选》编订应在是年之后。需要指出的是，《明诗别裁集》未收麻溪姚氏诗人，大概与沈氏迟见《诗荟》有关。至于他从何处得到《诗荟》，因材料阙如，难以考知。

⑤《麻溪姚氏诗荟约选》“目次”姚有则识语，第5a页。

页），等等。其四，师法层面，如评姚旻《过山家》“剑南诗境”（卷二，第7b页）；评姚希颜《咏秋村八课》中《酿酒》“似香山”（卷五，第2b页），《捕鳖》为“剑南佳句”（第3a页），《除架》“剑南不过如此”（第3a页），《桐川杂兴》“疏旷之笔，新颖之思，合香山、剑南而成一家薮”（第9a页），等等。其五，风格层面，如评姚显《闲居》“沉雄”（卷一，第2b页），评姚昭《山行》“雅饬幽隽”（卷二，第6b页），评姚楫《谷口》“流逸”（卷三，第5a页），评姚孙桐《游观音岩》“雅切”（卷八，第23b页），等等。

上述评语，在一定程度上反映了沈德潜的诗学倾向。他从五个层面评论麻溪姚氏诗作，这与其尊格调、倡襟抱、崇性情、重师法的论诗宗旨较为吻合。此外，他评诗屡屡标举“香山”“剑南”，说明他熟悉白居易、陆游二人的诗歌风格，同时也反映出他亲近中唐诗及宋诗的态度。

（三）《国朝诗别裁集》选录桐城诗歌

沈德潜《国朝诗别裁集》是一部评选本朝诗歌的总集，“共得九百九十六人，诗三千九百五十二首”[①]。此集创始于乾隆十年（1745），历经十四载，告成于乾隆二十三年（1758），其间多有增删、改正。相较于沈德潜的《明诗别裁集》而言[②]，《国朝诗别裁集》收录桐城诗人较多，他们皆出自世家望族。其中桂林方氏诗人最多，有方拱乾、方兆及、方膏茂、方登峄、方式济、方正瑗、方贞观、方维仪等八人；清河张氏有张英、张廷璐、张廷玉、张若需、张令仪等五人；麻溪姚氏有姚文焱、姚士陛、姚湘等三人；仓基孙氏有孙中岳、孙元衡等两人；扶风马氏、麻溪吴氏各有一人。尽管还有如方世举[③]、方中履、姚文燮、姚士藟等驰名诗坛者未被收录，但沈德潜的择选，大体上仍符合清初桐城诗坛的实际情况。

沈德潜辑选桐城的诗人诗作，大多缀附长短不一的评语，这些评语主

① 沈德潜编，李克和等校点《清诗别裁集》“原序”，上册，岳麓书社1998年版，第1页。

②《明诗别裁集》仅收方以智诗一首、方文诗一首、方维仪诗三首。

③ 沈德潜因称赏方世举之诗，故在其初编《国朝诗别裁集》时选录方诗，方世举寄书止之，并有诗云：“天下声名须后定，故人嗜好恐阿私。”（方世举《沈归愚宗伯方选今诗，闻以余入，放言有作，寄而止之》，《春及堂四集》，《四库未收书辑刊》，第10辑第26册，北京出版社1997年版，第718页。）后来，沈德潜重订《国朝诗别裁集》，不再收录方诗。

要出现在两种位置：

其一，诗人小传部分。在一些小传中，他指出诗人的诗学主张、创作渊源、作品特色等情况。如论方拱乾："宫詹寝食少陵，评点杜诗，分授学者，谓诗必从杜入，方有真性情；修饰辞华，不能登大雅之堂也。今读其诗，一如论诗之旨。"[①]沈德潜在所选桐城诗人中，尤为致意方拱乾，辑录其诗多达十四首。方拱乾自谓"终身百拜少陵下矣"[②]，晚年尝手批《杜诗论文》，"章法、句法、字法皆有指授"[③]。而沈德潜亦推尊杜甫，称"杜诗别于诸家，在包络一切"[④]，并有《杜诗偶评》。基于两人都尊崇并效法杜诗，且方拱乾在穷老之年颠沛流离于白山黑水之间，其身世遭际颇似杜甫，其诗歌创作颇具少陵精神，故沈德潜在评论方拱乾时，心有戚戚，不仅特意指出方氏学杜、评杜的情况，还专门拈出其论诗之旨以及它在创作中被遵循的情况。

其二，诗后评语部分。这些评语内容大多着眼于思想层面，体现出沈德潜推尊"温柔敦厚"的诗教理念。如评张英《拟古田家诗》三首："感风雨恩，忘宠辱念，寻常田父有此襟抱焉？题云《拟古田家诗》，公之寄托，盖在陶处士一流人矣。"[⑤]点出诗作表现了作者淡泊冲和的襟抱和情怀。此外，沈德潜还偶尔从艺术层面揭示诗句的创作技巧。如评马朴臣《秦淮水阁醉题》颔联"月影分明三李白，水光荡漾百东坡"，曰："三李白，百东坡，此种对偶，何减元遗山'秋风客''春梦婆'句。"[⑥]点出此诗属对精工高妙，不逊于元好问。

沈德潜《国朝诗别裁集》选录桐城文人的诗作，不仅契合了他所谓的"诗必原本性情，关乎人伦日用及古今成败兴坏之故者"[⑦]的诗学理念，还反映出他对桐城诗坛的关注，这也表明桐城诗坛在清前中期已占据一席

①《清诗别裁集》卷一，上册，第8页。

② 方拱乾《何陋居集》"自序"，黑龙江大学出版社2010年版，第4页。

③ 方世举《兰丛诗话》，郭绍虞编选，富寿荪校点《清诗话续编》，第二册，上海古籍出版社1983年版，第772页。

④《说诗晬语笺注》卷下，第404页。

⑤《清诗别裁集》卷九，上册，第256页。

⑥《清诗别裁集》卷二七，下册，第837页。

⑦《清诗别裁集》"凡例"，上册，第2页。

之地。

总的来看，沈德潜在诗坛操持选政、别裁风雅数十年，或点勘诗集，或编订选本。其间，桐城文人的诗作也进入他的视野，得其编选和评定。他在选评桐城诗作的过程中，或多或少地透露出个人的审美理想和选诗旨趣，这主要表现在：强调诗本性情；倡导温柔敦厚之教；注重格律音调；宗法唐宋，尤尊杜诗，等等。它们一方面折射出桐城诗歌的思想内涵和艺术特色，另一方面也彰显了沈德潜诗学的影响力。

二、他山之石：桐城文人对沈德潜诗学的吸纳

沈德潜早岁即以诗鸣，又因暮年登科，以诗得宠于乾隆，承恩稠叠，诗名愈加显著。尤其是他归老山林后，“主盟风雅，十余年间，四方人士望走其门，天下以为巨人长德、景星庆云”[①]。因而，他的诗学思想，无论是在生前还是身后，都得到不少人的服膺。以刘大櫆、方东树等为代表的桐城文人，也不例外。

（一）刘大櫆对沈德潜评点的接受

刘大櫆与沈德潜之间存在多年交谊，十分尊崇沈氏。刘大櫆尝作《饯别沈归愚少宗伯归里》，诗云：“峥嵘一代隐侯才，晚节声名动上台。故旧十年劳记忆，风云千里共低徊。蔡邕倒屣群贤接，王粲登楼好句来。惟有青衫最憔悴，也随冠盖坐衔杯。”[②]由颔联出句，可知刘、沈二人相识已久。刘大櫆在众宾朋饯别沈氏之际，虽然难掩自己落魄憔悴的心绪，却也流露出对沈氏“晚节声名”的钦慕之情。这种情感在刘大櫆《曹氏诗序》中也有体现，他自谓尝见沈德潜所编《七子诗选》，并称扬“宗伯以诗名海内，其持论颇严”[③]。沈德潜在《七子诗选序》中说：“予惟诗之为道，古今作

① 郭麐《灵芬馆诗话》卷三，第1705册，《续修四库全书》，上海古籍出版社2002年版，第357页。

② 刘大櫆著，吴孟复校点《刘大櫆集》卷一五，上海古籍出版社1990年版，第550页。

③《刘大櫆集》卷三，第91页。

者不一，然揽其大端，始则审宗旨，继则标风格，终则辨神韵，如是焉而已。”[①]对于沈氏的诗学理念，刘大櫆应当有所了解。

事实上，刘大櫆早在雍正五年（1727），“亦曾以诗请沈德潜评定”[②]。上海图书馆藏《刘海峰小称集》，就是一部存有沈德潜评点的五言古诗残抄本。此集内有批语和圈点。批语有眉批、尾批之别，分朱笔和墨笔；圈点方面，朱笔有空心单圈、顿点两种，墨笔亦有空心单圈、实心圆点两种。朱笔内容系沈德潜所为，墨笔则不详。沈德潜的批语，或评论部分诗句，或总论全篇，所论简要精到，在一定程度上表现了他重襟抱、讲章法、倡诗教的诗学批评思想[③]。

刘大櫆曾经根据沈德潜批评《小称集》的意见，对诗歌文本进行修改和完善，这表现出他对沈德潜诗学观念的接受与吸收。以抄本中五言古诗《归思》为例：“幽燕寒事早，雨雪已霏霏。游子感物候，沉忧结心脾。越鸟既南巢，代马亦北嘶。孰云人最智？而乃长不归！我家古舒国，薄田惟数圻。农人有世业，所赖在耘耔。别来倏三载，谁为把锄犁。禾膯及麦垄，芜秽久不治。瓜蔓讵能长，豆苗应更稀。今年复苦旱，八口共啼饥。遥遥望乡井，涕下不胜挥。”沈德潜在第八句“而乃长不归”后有朱批云：“起两行尤具古意，只此便更觉隽永。”[④]“只此”一句，突显了沈德潜独特的诗学眼光。因为前八句已经通过写物候变化表露了游子思归之念，中间十二句（“我家古舒国”至“八口共啼饥”）通过叙说家乡亲人的艰难生计，进一步落实了“归思”的具体内涵。这种实写虽然有助于凸显诗旨，但也削弱了诗艺的虚想空间。沈德潜说：“五言古长篇，难于铺叙，铺叙中有峰峦起伏，则长而不漫；短篇难于收敛，收敛中能含蕴无穷，则短而不促。又长篇必伦次整齐，起结完备，方为合格；短篇超然而起，悠然而止，不必另缀起结。苟反其位，两者俱偾。”[⑤]由此看来，《归思》这首诗无论是从

① 《沈德潜诗文集·归愚文钞》卷一四，第三册，第1360页。

② 吴孟复《刘海峰简谱》，《刘大櫆集》“附录”，第617页。

③ 参见拙文《三种稀见刘大櫆〈小称集〉及其文献价值》，《文学遗产》2018年第4期；拙文《上海图书馆藏抄本〈刘海峰小称集〉补论》，《桐城派研究》第21辑，合肥工业大学出版社2019年版。

④ 刘大櫆《刘海峰小称集》卷三，上海图书馆藏抄本，第1a页。

⑤ 《说诗晬语笺注》卷上，第97—98页。

篇幅，还是从铺叙、结构等方面来看，都更适合作短篇。若删掉中间十二句，就更能凸显诗意的自然连贯和诗味的含蓄隽永。后来，刘大櫆虚心接受了沈德潜的批评意见，对这首诗做了删减，刻本中《归思》一诗没有了“而乃长不归”之后的十二句，仅仅保留了末尾两句[①]。以“涕下不胜挥”句收敛全篇，确实做到了“悠然而止”“含蕴无穷”。

概而言之，沈德潜评点《刘海峰小称集》，将自家诗学思想贯穿并呈现于文本批评之中，这也激发了刘大櫆对沈氏诗学批评的思考。他虚心接受批评意见，并贯彻落实到诗歌文本的修订过程中。桐城诗学就是在与他者诗学的对话和沟通中走向丰富与系统。到了道光年间，方东树在《昭昧詹言》中征引沈德潜诗说，又是一个显例。

（二）《昭昧詹言》对沈德潜诗说的择取

《昭昧詹言》是方东树晚年编撰的一部诗学专著，集中体现了桐城派的诗学思想。该书卷二一《附论诸家诗话》中，“采自《说诗晬语》者有六十余条，几占全卷的四分之一”[②]。《说诗晬语》是沈德潜的论诗专著，集中体现了他丰富渊深的诗学思想。方东树择取《说诗晬语》，表明他认可沈德潜诗学的一些观点。

通过比照可知，《昭昧詹言》卷二一征引《说诗晬语》的方式，绝大多数是原封不动地征引单则原文[③]。例如“一五一”则论“起手贵突兀”，采自《说诗晬语》卷上“九八”则；“一七九”则论“怀古必切时地”，采自《说诗晬语》卷下“四三”则，等等。此外，还有一种非常少见的征引方式，即有选择地拼接多则原文。如“一七一”则云：

> 永乐以还，崇台阁体，诸大老倡之，众人应之，相习成风，靡然不觉。李宾之（东阳）力挽颓澜，李（梦阳）、何（大复）继之，诗道复归于正。李献吉雄浑悲壮，鼓荡飞扬，何仲默秀朗俊逸，回翔驰骤，同

① 参见刘大櫆《海峰诗集》卷二，清缥碧轩刻本，第22a页。

② 方东树著，汪绍楹校点《昭昧詹言》“校点后记”，人民文学出版社1961年版，第541页。

③ 参见《方东树诗学研究》，第176页。

是宪章少陵，而所造各异，骎骎乎三代之盛矣。钱牧斋信口掎摭，诮其摹拟剽贼，同于婴儿学语，至谓“读书种子，从此断绝”，此为门户起见，后人勿矮人看场可也。按两人学少陵，实有过于求肖处；录其所长，措其所短，庶足服北地、信阳之心。王元美天分既高，学殖亦富，自珊瑚木难及牛溲马勃无不有，乐府古体卓尔成家，七言近体亦规矩大方，而锻炼未纯，且多酬应牵率之态。李于鳞拟古诗，临摹已甚，尺寸不离，固足招诋諆之口；而七言近体，高华矜贵，脱去凡庸，正使金沙并见，自足名家。过于回护，与过于掊击，皆偏私之见耳。[①]

这是将《说诗晬语》卷下的三则诗话内容合并、编辑而成的，依次是“二〇”则“永乐以还……”“二一”则“李献吉雄浑悲壮……”“二五”则“王元美天分既高……”。文字虽有微异，但意思不变，即总论明代诗坛自永乐以还由台阁体至李东阳、前后七子相继递变的态势，以及前后七子诗歌创作的长处与短处。总而言之，无论采用哪种方式进行征引，都表现出方东树对沈德潜诗学的吸纳与接受。

方东树大量择取《说诗晬语》，实则渊源有自。有学者指出，方东树对沈德潜的诗论有所继承，这主要表现在：尊崇唐诗，容纳苏轼、陆游等人诗作；强调性情贵真；注重格律声响（参见《论方东树对沈德潜诗论的继承与改造》）。这些看法确有道理，但仍有可补之处。在笔者看来，方、沈二人对诗歌功用都有着相同的认识，这种思想共鸣应是方氏择采《说诗晬语》的关键原因。沈德潜强调：“诗之为道，可以理性情、善伦物、感鬼神、设教邦国、应对诸侯，用如此其重也。”[②]又谓：“诗之为道，不外孔子教小子教伯鱼数言，而其立言，一归于温柔敦厚，无古今一也。”[③]显然，他主张诗道应该坚持温柔敦厚的儒家诗教立场，要有用于社会政治。这种儒家正统的诗教观念，也契合程朱信徒方东树的诗学旨趣。方氏认为：“夫论诗之教，以兴、观、群、怨为用。”（《昭昧詹言》卷一，第1页）他在《徐荔庵诗集序》中亦强调“诗以言志”，所谓“志”就是“无邪之旨、兴

①《昭昧詹言》卷二一，第516—517页。
②《说诗晬语笺注》卷上，第1页。
③《清诗别裁集》“凡例”，上册，第2页。

观群怨之教”[①]。可见，方东树也站在儒家诗学的政教立场上，强调诗要不悖于兴观群怨之旨，这表现出鲜明的功利主义色彩。

需要指出的是，《说诗晬语》中还有不少条目未被《昭昧詹言》择取，这一现象不应被忽视。其中有些条目颇能反映方、沈二人的诗学分歧，比如他们对黄庭坚诗歌的评价：沈认为山谷诗太生硬，“学杜而未哜其炙者”[②]；方认为“山谷之学杜，绝去形摹，尽洗面目，全在作用。意匠经营，善学得体，古今一人而已”[③]。二者评价一贬一褒，相差甚大。

此外，《昭昧詹言》偶尔择录沈德潜《唐诗别裁集》中的评语，并予以论议。《昭昧詹言》中评李峤《奉和初春幸太平公主南庄应制》诗曰：“沈确士云：‘初唐应制，多谀美之词。况当武后、中宗朝，又天下秽浊时也。众手雷同，有颂无规。’可谓的论。又曰：‘唐初事多而寡用之，情多而简出之。特每篇结句不无浅率之弊，为风气所关耳。’此亦不易之论也。学者当去短取长。”[④]这两段话皆出自《唐诗别裁集》卷一三“七言律诗”，前者评李邕《奉和初春幸太平公主南庄应制》，后者评沈佺期《奉和立春游苑迎春》[⑤]。综合考察这些评语，沈德潜认为初唐七律应制诗，在内容上存在众手雷同、有颂无规之病；在艺术上存在结句浅率之弊。他的评断，得到了方东树的肯定与赞赏，方氏称之为“的论”“不易之论”。不过，方氏《昭昧詹言》对《唐诗别裁集》的总体评价并不高，称此书“取择既陋，持论更伧，其去三家村不远。然其语亦有可采者，须分别观之，未可没也”[⑥]。

综上所述，刘大櫆请沈德潜评点《小称集》，并虚心接受其批评意见；后起的方东树也吸纳了沈德潜《说诗晬语》中的一些论诗之语，并且将其融入《昭昧詹言》。这些情况，不仅反映出沈德潜诗学具有较强的影响力和辐射力，同时也表现出桐城诗学具有较强的开放性和包容性。由此，双方存在着复杂的离合情况，也就在情理之中了。

---

① 方东树《考槃集文录》卷三，第1497册，《续修四库全书》，第291页。

②《说诗晬语笺注》卷下，第281页。

③《昭昧詹言》卷二〇，第450页。

④《昭昧詹言》卷一五，第385页。

⑤ 参见沈德潜选编，李克和等校点《唐诗别裁集》卷一三，岳麓书社1998年版，第295、292页。

⑥《昭昧詹言》卷一五，第385页。

三、同调异趋：沈德潜诗学与桐城诗学的离合

学界对桐城派与格调派之间的暗合关系，已有初步认识。浦江清说："桐城派古文与沈德潜格调派实为一事。"[①]这是针对两派都主张文学要发挥政教作用来说的。汪绍楹也说："'桐城文派'论诗，是与'格调'派相呼应的。"[②]这是针对两派论诗有一些相通之处来说的。然而他们点到为止，并未深入探讨两者之间除了有相异之处外，还在哪些方面存在着相通之处。由于沈德潜的诗学体系，建立在性情、格调、神韵三端基础之上，故而它与桐城诗学的离合问题，可从以下三个方面展开探讨：

（一）性情与性灵

明清之际，儒家诗学传统在长久失落之后开始出现复归的迹象，"诗言志""兴观群怨""发乎情，止乎礼义"等古老的儒家诗学话语，"都被他们作为诗学的核心命题，反复加以引据和论证，予以切合当下语境的阐说和发挥"[③]。这种诗坛思潮的新动向，也影响到沈德潜和桐城文人的诗学观念。他们论诗皆重性情，然各有偏重，趋向有别。

沈德潜论诗首重审宗旨，"窃谓宗旨者，原乎性情者也"[④]。他所说的"性情"，是一种有关儒家伦理道德的公共情感，体现的是儒家诗教宗旨和诗道风雅，无关乎有违儒家诗教的个人私情。有学者指出，"在沈德潜的论诗程序中，对宗旨的考察优先于对格调、神韵的辨析"[⑤]。这意味着，沈氏论诗优先考虑性情，并将诗作的政治伦理价值放在艺术审美价值之上。

① 浦江清著，浦汉明、彭书麟整理《中国文学史稿·明清卷》，北京出版社2018年版，第228页。

②《昭昧詹言》"校点后记"，第541页。

③ 蒋寅《清代诗学史（第一卷）》，中国社会科学出版社2012年版，第103页。

④《沈德潜诗文集·归愚文钞》卷一四《七子诗选序》第三册，第1360页。

⑤ 张健《清代诗学研究》，北京大学出版社1999年版，第528页。

沈德潜论诗尽管屡屡强调“性情”，但还有重视“性灵”的一面[①]。沈德潜评诗时，常用“性灵”一词，如评李流芳诗“虽渐染习气，而风骨自高，不能掩其真性灵也”[②]，评汪琬诗“浚发性灵，不染公安、竟陵之习，群称正宗”[③]，评本朝馆阁诗“情必本于忠爱，声必极于和平，法律备而性灵存焉”[⑧]，等等。这些“性灵”的内涵，若从其使用语境来看，有别于明代公安派、竟陵派以及清代袁枚所推崇的“性灵”，也有别于沈氏所强调的“性情”，这是一种既受制于儒家伦理道德，又表现作家本性和个性的真情。此外，这种“性灵”在沈德潜晚年诗作中也有表现，在一些咏物赋闲、流连光景的绝句中，如《养闲》《无忧》《揽镜》等，“性灵的一面渐渐呈现”[④]。

桐城文人论诗崇性情、重教化，有着一以贯之的文学传统。早在明末清初，“诗道性情”说就已成为桐城诗坛不少文人的共识。如钱澄之《叶井叔诗序》《潘蜀藻诗序》《文灯岩诗序》等，方以智《梅朗三诗序》《范汝受集引》等，方孝标《磊斋诗选序》《云旅复斋诗选引》等，姚文燮《潘俨思诗序》《牧云子诗序》等，论诗皆以性情为本，强调诗歌的社会教化作用。到康乾时期，方苞在《徐司空诗集序》中也说：“诗之用，主于吟咏性情，而其效足以厚人伦、美教化。”[⑤]嗣后，刘大櫆《朱东发诗序》、方东树《昭昧詹言》、姚莹《郑云麓诗序》、刘开《悍渊斋诗草序》等，也都强调诗主性情，推崇儒家的温厚诗教。直到民国初年，姚永朴在《文学研究法》中还专门系统梳理和总结“性情”说，重申“文章必根乎性情”[⑥]的观点。

在桐城诗学的传统中，桐城文人虽似乎有意避谈“性灵”，但也强调诗要表现作家的个性真情。即便是力持儒家诗教的方东树，也曾说“诗道性

① 关于这一方面，目前学界探讨较少。陈岸峰将沈德潜的“性灵”理解为“性情”，指出性灵是沟通格调与神韵的重要媒介（参见陈岸峰《沈德潜诗学研究》，齐鲁书社2011年版，第55—59页）。但是笔者认为，沈德潜对“性情”和“性灵”内涵的理解还是有区别的，不能等同视之。

② 沈德潜、周准编《明诗别裁集》卷一〇，上海古籍出版社1979年版，第257页。

③《沈德潜诗文集·归愚文钞余集》卷一《汪文升先生诗文集序》，第三册，第1513页。

④ 王宏林《沈德潜诗学思想研究》，人民出版社2010年版，第191页。

⑤ 方苞著，刘季高校点《方苞集·集外文》卷四，下册，上海古籍出版社1983年版，第605页。

⑥ 姚永朴著，许振轩校点《文学研究法》卷三，黄山书社1989年版，第98页。

情，只贵说本分语。如右丞、东川、嘉州、常侍，何必深于义理，动关忠孝，然其言自足自有味，说自己话也”①，十分推崇作家的个性化性情以及自身真面目。姚莹固然说“而今悟得兴观旨”②，但也说诗可以“陶冶性情，抒写景物”③。实际上，这里的“性情”，其内涵大略等同于沈德潜所说的“性灵”。

尽管沈德潜诗学和桐城诗学均重性情，但其内涵各有侧重。一般来说，“性情”的内涵大抵涉及两端：一指道德情感，偏向于社会，靠拢“言志”传统；一指自然情感，偏向于个体，接近“缘情”传统。前者要达于“正”，合乎温柔敦厚之旨，发挥诗歌的政治伦理作用；后者要达于“真”，凸显个人的面目精神，发挥诗歌的抒情感怀作用。相较而言，沈氏的“性情”说偏向于道德情感，至于自然情感，则有意以“性灵”区别之。而在桐城诗学中，“性情”说往往兼具道德情感和自然情感，需要根据不同的语境予以理解。

（二）意法与义法

明代诗坛复古思潮涌动不息，以前后七子为代表的复古派论诗尤重格调。他们围绕“格”与“调”的问题，于前代诗歌深究细研，提出了不少卓见。其中，他们对诗法的深入研析，给承继明七子的沈德潜与桐城文人，带来了一些启示和借鉴。

虽然沈德潜论诗较少使用“格调”一词，但他在《唐诗别裁集》及其重订本序以及《七子诗选序》中所推崇的“体裁（风格）”“音节”，实则指格调，并与“宗旨”“神韵”紧密关联，成为其诗学思想的重要支柱。沈氏评论诗歌时，不仅注意研析“体裁（风格）”和“音节”，还重视探讨与之相关的法度问题。他说：“诗贵性情，亦须论法。杂乱而无章，非诗也。”④由此，他探讨了诗歌的字法、句法、章法、篇法、用事、修辞等问题，比如论组诗之章法：“一首有一首章法，一题数首，又合数首为章法。

---

①《昭昧詹言》卷一二，第330页。

②姚莹《后湘诗集》卷九《论诗绝句六十首（二）》，《续修四库全书》，第1513册，第35页。

③姚莹《东溟文集》卷三《再复赵分巡书》，《续修四库全书》，第1512册，第401页。

④《说诗晬语笺注》卷上，第18页。

有起、有结、有伦序、有照应，若阙一不得，增一不得，乃见体裁。”[①]他还探讨过诗歌的押韵、声调等问题，比如论诗之同韵现象：“古人同作一诗，不必同韵；即同韵，亦在一韵中，不必句句次韵也。”[②]这些经验之谈，成为沈德潜诗法理论的重要组成部分。

在法度问题上，尽管沈德潜没有直接拈出“意法”一词，但他主张以意运法，反对以意从法。他说：“所谓法者，行所不得不行，止所不得不止，而起伏照应，承接转换，自神明变化于其中。若泥定此处应如何、彼处应如何（如碛沙僧解《三体唐诗》之类），不以意运法，转以意从法，则死法矣。试看天地间水流云在，月到风来，何处著得死法？”[③]法有活法与死法之别，沈德潜“所谓法者”云云，其实就是讲活法，这与其师叶燮论诗法暗合：“法有死法，有活法……死法则执，途之人能言之；若曰活法，法既活而不可执矣，又焉得泥于法……而谓作诗另有法，法在神明之中，巧力之外，是谓变化生心。”[④]法之“活”在于行止随意，变化自如，而法之“死”在于拘泥成规，缺少变化。所谓“以意运法”，就是一种“活法”，它要求诗法的运用要依据作者的情感志意，而不能以意从法。

桐城文人论诗亦重格调法度。刘大櫆弟子王灼论诗之言有一定的代表性，他说：“诗以吟咏性情者也，而气格、神韵、音节、词采即因见焉。数者合，然后可以言诗。”[⑤]此处，“气格”“音节”“词采”属于格调，与神韵、性情构成了诗歌的必备要素。从“格”出发，桐城文人讲究字法、句法、章法、篇法、隶事等问题，这在姚范《援鹑堂笔记》、刘大櫆《论文偶记》、方东树《昭昧詹言》等著作中多有反映。他们从“调”出发，研讨音韵问题。如方世举对“叶韵必不可用”“通韵亦不可依”[⑥]等诗韵问题颇有心得，其从弟方贞观亦强调在诗歌的表意炼句上，“音韵之于诗亦重矣哉”[⑦]。此外，在法度问题上，他们与沈德潜一样，也推崇活法。如刘大櫆

① 《说诗晬语笺注》卷下，第366页。
② 《说诗晬语笺注》卷下，第377页。
③ 《说诗晬语笺注》卷上，第18—19页。
④ 叶燮著，蒋寅笺注《原诗笺注·内篇上》，上海古籍出版社2014年版，第124页。
⑤ 王灼《悔生文集》卷三《朱小山先生诗集序》，《清代诗文集汇编》，第431册，第468页。
⑥ 《兰丛诗话》，《清诗话续编》，第二册，第772—773页。
⑦ 方贞观《方南堂先生辍锻录》，《清诗话续编》，第四册，第1940页。

说："古人文章可告人者唯法耳，然不得其神，徒守其法，则死法而已。"[①]显然，他认为法要变化活用，不能墨守成规。

与沈德潜诗学相比，桐城诗学重义法，将文法引入诗法的特征非常鲜明。有学者指出，沈德潜虽不以文法论诗，但他对诗歌结构脉络的分析明显受到古文和时文之法的影响，对诗歌中文法的认识已揭示出古文与诗歌共通的审美规律，"就这一点而言，沈德潜的以文论诗更接近后来的姚鼐和方东树"[②]。不过，桐城文人的以文论诗要比沈德潜更加突出，更有特色。他们不仅以擅写古文、标举义法著称于世，还宣称"诗之与文，固是一理"[③]，"诗与古文一也，不解文事，必不能当诗家著录"[④]，故而论诗时，将古文义法移入于诗法之中，可谓得心应手。自姚范、刘大櫆至姚鼐，以文论诗渐露端倪，他们论诗往往不提"义法"，而是运用"文法"一词，如姚范称韩愈《南山》"诗中用五十一'或'字……然公自本《小雅》，兼用《说卦传》耳。陆鲁望《和皮袭美千言诗》多用'谁'字，文法同此"[⑤]；姚鼐在《今体诗钞》中以文法论析杜诗长律之结构[⑥]，等等。传至方东树，明确以文论诗，直接标举义法，他说："欲学杜、韩，须先知义法粗胚。"[⑦]紧接着，他又专门"列其统例"，有创意、造言、选字、章法、起法、转接、气脉、笔力截止、不经意助语闲字、倒截逆挽不测、豫吞、离合、伸缩、事外曲致、意象大小远近皆令逼真、顿挫、交代、参差，等等[⑧]。此处抛开学杜、韩不论，实际上，学诗之义法尽在于斯，这是方东树对以文为诗的创作经验的系统总结，也是桐城诗学文法理论的集大成。

---

① 刘大櫆《论文偶记》，王水照编《历代文话》，复旦大学出版社2007年版，第四册，第4108页。

② 赵建章《桐城派文学思想研究》，北京图书馆出版社2003年版，第218页。

③ 姚鼐著，刘季高标校《惜抱轩诗文集·惜抱轩文集后集》卷三《与王铁夫书》，上海古籍出版社1992年版，第290页。

④《昭昧詹言》卷一四，第376页。

⑤ 姚范《援鹑堂笔记》卷四一，《续修四库全书》，第1149册，第87页。

⑥ 姚鼐以文法所评杜甫长律有《夔府书怀四十韵》《寄刘峡州伯华使君四十韵》《寄张十二山人彪三十韵》《秋日夔府咏怀奉寄郑监审李宾客之芳一百韵》等（参见姚鼐编选，曹光甫校点《今体诗钞》卷六，上海古籍出版社1986年版，第124—156页）。

⑦《昭昧詹言》卷八，第213页。

⑧ 参见《昭昧詹言》卷八，第213—214页。

概而言之，沈德潜诗学与桐城诗学皆重格调之法。前者重意法，后者重义法。在诗法问题上，桐城诗学因引文法入诗法，归纳出一整套诗歌“义法”，以文论诗，这要比沈德潜的诗法论更深刻、更具体。此外，桐城诗学重文法的倾向，使得他们对“以文为诗”的宋诗情有所钟，在取法宋人的范围上要比沈氏大得多。这也在一定程度上影响到咸同年间宋诗运动的兴起。

（三）神韵与神妙

以“神韵”论诗，早在晚明之时，便已屡屡出现于胡应麟、陆时雍等格调派的诗论中，至明清之际，“不仅已很普及，而且同什么批评对象都可以联系起来，并没有特定的美学或风格指向”[①]。逮至王士禛，为了矫正格调派的诗歌创作流弊，专门标举“神韵”为诗之第一义，阐说发明，自树一帜，将其由一个诗学概念提升到一种诗歌美学范畴，内涵更加丰富，影响更加深远。正是在这样的诗学背景下，围绕着“神韵”问题，沈德潜和桐城文人产生了各自的理论表述，其间有同有异。

在沈德潜诗论中，神韵居于性情、格调之后。学界通常会认为，沈氏“神韵”其实是吸收并改造了王士禛的“神韵”说[②]。这一点可从沈德潜对“韵”的认识上看得出来。他说：“夫韵不可以迹象求，不可以声响著，流于迹象声响之外，而仍存于迹象声响之间。此如画家六法，然无论神品逸品，总以气韵生动为上。盖无韵则薄，有韵则厚；无韵则死，有韵则生。北宗不如南宗，韵不足也。审是而诗之贵韵更可知已。”[③]在王士禛诗学中，神韵不在声色臭味、语言文字之中，无迹可寻。沈德潜一方面接受了王士禛的说法，认为韵“流于迹象声响之外”，另一方面又认为韵“仍存于迹象声响之间”，这体现了他对王士禛“神韵”说的改造和发展。其实，沈德潜所言之“神韵”，有风神气韵之意[④]。风神，指诗人的品格修养、心理状态、

①《清代诗学史(第一卷)》，第620页。

② 参见《清代诗学研究》，第564—570页。

③《沈德潜诗文集·归愚文钞余集》卷三《石香诗钞序》，第三册，第1568页。

④ 沈德潜在《杨双山诗集序》中说作诗要“风神气韵以流行之，令读者得之于意言之中，并遇之于意言之外，此其所以为难”(《沈德潜诗文集·归愚文钞(十二卷本)》卷八，第四册，第1770页)。

精神气质渗透于作品中所呈现出来的一种风姿神情；气韵，指的是作品呈现出的一种生气流动、韵味深远的审美境界。总之，沈氏所谓的“神韵”，做到了创作主体与客体的统一，虚与实的结合，诚如沈氏所言，“课虚而韵存，叩实而韵存”[①]。这与王士禛“神韵”说之有意淡化主体、突出客体、偏向于玄虚不大一样。

相比于沈德潜，桐城诗学受王士禛“神韵”说的影响要更深一些。乾嘉时期，姚范、刘大櫆、姚鼐等人大力推崇王士禛《古诗选》，对此选本均有批点。特别是姚鼐，不仅“向教后学学诗，只用王阮亭《五七言古诗钞》”[②]；还有鉴于《古诗选》不及今体之不足，补选《五七言今体诗钞》，“以尽渔洋之遗志”[③]；甚至还批点了《渔洋山人精华录》《渔洋诗集》《唐贤三昧集》等著述。此外，桐城诗学汲取了王士禛神韵诗学中的不少元素：推崇淡远超逸的神韵境界；向往阳刚与阴柔之美；强调学力与天赋兼重；提倡禅悟之境（参见《王士禛与桐城诗学》）。这种对神韵诗学的汲取，还在“实践品格上”表现得更为明显[④]。因而，桐城诗学所云之“神韵”，亦可谓“神妙”，有神气妙境之意。神气，是指呈现于作品中的作家的精神气韵。妙境，是指“作者创造的与天道合一的艺术极境；它超然物外，如禅家第一义，略带神秘，只可意会，不可言说”[⑤]。

要达到神妙之境，作家除了功力深厚外，还离不开“妙悟”，这一点是桐城文人特别看重的。姚鼐说：“至其神妙之境，又须于无意中忽然遇之，非可力探。然非功力之深，终身必不遇此境也。”[⑥]“凡诗文事与禅家相似，须由悟入，非语言所能传……欲悟亦无他法，熟读静思而已。”[⑦]他的话，应该受到严羽以禅悟论诗以及王士禛“神韵”说的影响。后来，姚鼐侄孙

①《沈德潜诗文集·归愚文钞余集》卷三《石香诗钞序》，第三册，第1568页。

② 姚鼐著，卢坡点校《惜抱轩尺牍》卷四《与管异之(一)》，安徽大学出版社2014年版，第66页。

③ 姚鼐《五七言今体诗钞序目》，《今体诗钞》，第1页。

④ 参见蒋寅《清代诗学史(第二卷，学问与性情：1736—1795)》，中国社会科学出版社2019年版，第647页。

⑤ 王达敏《姚鼐与乾嘉学派》，学苑出版社2007年版，第142—143页。

⑥《惜抱轩尺牍》卷八《与伯昂从侄孙(一)》，第129页。

⑦《惜抱轩尺牍》卷八《与石甫侄孙(八)》，第138页。

姚莹亦说诗“有可以悟而得者，有不可以悟而得者”①，方东树也说“非数十年深究古人，精思妙悟，不解义法”②。可以说，无论是在诗歌创作中，还是在诗歌鉴赏中，桐城文人都认为“妙悟”是必不可少的，且强调用功深究、熟读静思。这也是桐城诗学的一大特色。

桐城文人认识到了沈德潜的“悟”之所失，并予以批评。较早表露不满的是姚范，他评《明诗别裁集》说：“归愚以帖括之余，研究风雅，自汉魏以及胜国篇章，悉所甄录，迹其生平，门径依傍渔洋，而于有明诸公及本朝竹垞之流，余言绪论，皆上下采获，然徒资探讨，殊鲜契悟，结习未忘，妄仞大乘，昧密味之中边，眩宝器之饭色，未得为得，未证为证，禅家所谓‘用尽气力，不离故处’。”③在他看来，沈德潜尽管门径依傍王士禛，但选录明诗，采获有明前后七子复古派以及朱彝尊《明诗综》的余言绪论，鲜能领悟其精深微妙之诣，仍然不脱格调旧习。姚莹也说：“悟之失则又有以不至为至，不得为得者矣，沈归愚是也。”④这与其曾祖姚范的说法颇为相似。可以说，在二姚眼中，沈德潜尚未做到严羽所说的“透彻之悟”，充其量只是“一知半解之悟”⑤，故而在诗歌创作过程中，难免出现“以不至为至，不得为得”的现象。

概而言之，沈德潜与桐城诗人都受过王士禛神韵诗学的沾溉，论诗均重神韵。然而，他们并未像王士禛那样将“神韵”作为诗之第一义，而是仅仅作为诗歌创作以及审美中不可缺少的一个要素。他们对“神韵”的理解和把握也不一样，各有侧重，沈德潜诗学趋向于风神气韵，桐城诗学趋向于神气妙境。

综上所述，沈德潜诗学和桐城诗学，直接承继了明末清初以降诗坛重性情的传统，批判地吸收了七子派的格调说和王士禛的神韵说。他们围绕着性情、格调、神韵三端，展开了探讨，其间有离有合，以至于双方的诗学道路呈现出不同的发展趋向。沈氏诗学走向尊唐容宋，追求“温柔敦厚，

---

① 姚莹《东溟外集》卷一《张南山诗序》,《续修四库全书》,第1512册,第443页。

②《昭昧詹言》卷一,第8页。

③《援鹑堂笔记》卷四四,《续修四库全书》,第1149册,第115页。

④ 姚莹《东溟外集》卷一《张南山诗序》,《续修四库全书》,第1512册,第443页。

⑤ 严羽著,郭绍虞校释《沧浪诗话校释·诗辨》,人民文学出版社1983年版,第12页。

斯为极则”[①]的理想境界；而桐城诗学走向熔铸唐宋，追求“道与艺合，天与人一”[②]的理想境界。

余　论

清代诗坛，沈德潜论诗主格调，谓“正格终难黜两家（引者按：指李梦阳、王世贞）”[③]；而以姚鼐为代表的桐城文人谓学诗“不经明李、何、王、李路入，终不深入”[④]。他们都在批判地继承明七子派格调论的基础上，又有一些创新性发展。有学者就指出，沈德潜诗学是“清代格调论的集大成”[⑤]，可谓评价甚高。实际上，如果从桐城诗学论格调的具体情况来看，似乎可以对这个论断作重新的认识和考量。我们知道，桐城文人存在着以古文义法论诗、解诗、作诗的情况，他们在诗歌的字法、句法、章法、音韵、声调等方面有许多深刻体认和理论表述，丰富和完善了清代格调论的内容，同时也把格调论推向了新的高度和新的境界。而这里面有不少的诗学见解，是沈德潜论诗时所不及的，比如诗之“义法”，民国时期桐城文人光明甫评曰：“归愚稍异渔洋例，可似桐城义法无？”[⑥]

此外，倘若将沈德潜诗学与桐城诗学的关系置于明清诗学演变的大背景下来观照，还会呈现出独特的诗学意义。我们知道，明代诗学在发展过程中，先后出现过台阁体、茶陵派、前七子派、后七子派、唐宋派、公安派、竟陵派、云间派、虞山派等文人集团。为了彰显和阐扬自家诗学，他们往往会与对手针锋相对，矫枉过正，其间的调和、平衡并不顺畅。不过，到了清代，这种状况开始有所改观。从沈德潜诗学和桐城诗学的关系上，我们可以看出不同诗学力量之间，呈现出异中有同、沟通融汇的迹象。他们往往超越门户、地域之见，以开阔的历史视野和包容的胸襟识度，来灵

①《说诗晬语笺注》卷上，第36页。

②《惜抱轩诗文集·惜抱轩文集》卷四《敦拙堂诗集序》，第49页。

③《沈德潜诗文集·归愚诗钞》卷二〇《论明诗十二断句（八）》，第一册，第423页。

④《惜抱轩尺牍》卷七《与陈硕士书（九三）》，第120页。

⑤ 王顺贵《清代格调论诗学研究》，中国社会科学出版社2010年版，第90页。

⑥ 光明甫《桐城派略论——〈论文诗说〉节选》，江淮论坛，1982年第2期。

活地处理性情、性灵、格调、神韵等诗学命题，不仅创造性地拓展了传统诗论命题的审美内涵，还富有智慧地协调了不同诗学命题之间的复杂关系。沈德潜诗学和桐城诗学之间的离合关系，在一定程度上映照出清代诗学繁复交错、多元集成的面相与实相。他们在诗学史上留下的丰富的诗学命题，还有待于进一步深入研究。

（原载《文学遗产》2021年第1期）

王闿运与桐城派

——论王闿运文学思想的另一渊源

傅宇斌

王闿运文学风格取法于魏晋，历来学者都有论定。如钱基博先生在《现代中国文学史》中便将王闿运列为魏晋文的代表人物[①]，此后学术界多沿袭这种观点。实际上，作家作品的风格以及作家的思想必然受其同时代风气的影响。同时，他的交游和他的教育背景也会在很大程度上影响他的观点。通过梳理《湘绮楼日记》和比照王闿运文学观与桐城派的文论，我们发现，桐城派也是王闿运文学思想的一个重要来源。

一

桐城派为有清一代最大文派，它对清代文学的影响可谓贯彻清代文学发展的始终。桐城派早期重义理而不废文法，盛期入考据而实重词章，后期加以经济之学而能与时俱进，它的文学理论始终能够兼收并蓄，恢张包容，且于细处颇能着眼，精微之论比比皆是，实集古代文论之大成。所以清代各种文学理论要避开桐城派影响实不可能，阳湖派如此，骈文家如此，性灵派甚至汉学家也如此。湖湘学派僻处楚地，意图独树一帜，但言论多落入桐城窠臼，实因受时与地的限制。王闿运为湖湘派盟主，虽思自立，且敢发大言，但仍然有意无意地接纳甚至袭用了桐城派的文学主张。兹论述如下。

① 钱基博《现代中国文学史》，上海书店2001年版。

（一）王闿运“经学、辞章、人品”与桐城派“义理、考据、文章”的相融

桐城派理论核心是“义理、考证、文章”，三者不可缺一，该理论创之于姚鼐。姚氏在《述庵文钞序》中说：

余尝论学问之事，有三端焉，曰：义理也，考证也，文章也。是三者，苟善用之，则皆足以相济；苟不善用之，则或至于相害。今夫博学强识而善言德行者，固文之贵也，寡闻而浅识者，固文之陋也。然而世有言义理之过者，其辞芜杂相近，如语录而不文；为考证之过者，至繁碎缴绕，而语不可了。当以为文之至美，而反以为病者，何哉？其故由于自喜之太过，而智昧于所当择也。夫天之生才，虽美不能无偏，故以能兼长者为贵。①

姚鼐其实是主张义理、考据都要融入文章中，他提出以“考证”入文章，原本含有调和汉宋的意味，姚氏本有汉学家传②，对汉学之优长深有所知，故而他论文汉宋并举。然而这一理论同样符合文学发展的自然规律。前世正统文章家多主张“文”“道”并举，而且对这一理论的实践已毕尽能事，清人想超越前人，只有另辟他途。汉学家的考据手段无疑为文章家超迈前人提供了有效工具。因为字句要精准，音律要圆妥，修辞要巧妙，自非得用细碎的考据工夫来展现了。这种融通的理论自然无往而不胜。

王闿运则提出“经学、词章、人品”的合一。其论曰：

今世所云经学、词章，即史家儒林、文苑，皆世人之一艺，入世之羔雁，曾非学也。圣人词无不章，学则垂经，虽自天生，亦由人力。用以应世，沛乎奂乎！后世学废，士思自见，笃诚者则传章句，颖慧者则炫文华，聊寄聪明，无关德性。然或因文见道，养性怡情，就其所成，亦能变化。通经者未有不文，能文者未有无学。文学之士未有无德。

① 郭绍虞《中国历代文论选》第三册，上海古籍出版社2001年版，第499页。

② 姚鼐的祖父姚范即为著名的经学家，有多种经学著作传世。

（《王志·论经学词章人品之异》）①

这种论调显然是桐城派理论的沿袭。王闿运虽然认为经学、词章、人品各有侧重，但还是承认三者合一最为理想，他所谓“经学”“词章”“人品”实为“考证”“文章”“义理”的对应，考证作为经学的功夫，湖湘学人也是谨守不弃，如魏源、何绍基等等。王闿运在《王志·论五言作法》中就坦言诗也可入考据：

俗人论诗，以为不可入经义训诂，此语发自梁简文、刘彦和。又云不可入议论，则明七子惩韩、苏、黄、陆之敝而有此说，是歧经史文词而裂之也。……余幼时守格律甚严，矩步绳趋，尺寸不敢失。及后贯彻，乃能屈刀为镜，点铁成金。如此篇“皋”“潮”二韵，是考据也。……廿字中考证辩驳，从容有余。若不自注，谁知其迹？镕经铸史，此之谓与？②

王氏批驳桐城甚力，而在这一根本问题上却也剿袭坦然。于考据入诗且沾沾自喜，与桐城派、宋诗派实无二异。他之所以不沿用桐城派的说法，一为自立之心理，一为对宋学之反动，对于文章之实质并没有多大区别。③

（二）王闿运的“摹仿论”对桐城派理论的吸收

王闿运文学理论的最大特色是复古，复古便是摹仿，在《论文法·答张正旸问》中论述甚详：

文有时代而无家数。今所以不及古者，习俗使之然也。韩退之遂云：“非三代、两汉之书不敢观。”如是仅得为拟古之文，及其应世，事迹人地全非古有，则失其故步，而反不如时手驾轻就熟也。明人号为

① 王闿运《湘绮楼诗文集》，岳麓书社1997年版，第512页。

②《湘绮楼诗文集》，第541页。

③ 对于王闿运的心理和性格可参见拙文《湘绮楼日记与王闿运的性格和人格》，古典文学知识，2007年第1期。

复古，全无古色，即退之文亦岂有一句似子长、扬雄耶？故知学古当渐渍于古。先作论事理短篇，务使成章。取古人成作，处处临摹，如仿书然，一字一句必求其似。……然后稍记事，先取今事与古事远者比而附之，终取今事为古事所无者改而文之。[①]

王闿运认为学古文当讲求“渐渍”和“临摹”，他批评韩愈“仅得拟古之文”，批评明人复古“毫无古色”，乃是因为王氏执行更严格的摹拟标准，他反对一般意义上的摹仿，而是要求“渐渍于古”，这实质是要求有古人之心，古人之意，故而他是反对仅学某门某派的，而是能够融入那个时代去，也正如陈子展所说的，“是个彻头彻尾的六朝人”。这种理论并非是机械的、不可变通的，他也讲“脱化”，讲“有时代”，可以说，王闿运追求的是水到渠成、自然高妙的古逸风格。然而，王闿运的摹拟论只不过是桐城派的踵事增华而已。姚鼐已经讲摹仿和脱化，他在《与管异之》中说：

今之诗文，不能追企古人，亦是天资逊之，亦是涂辙误而用功不深也。若涂辙既正，用功深久，于古人最上一等文字，谅不可到，其中下之作，非不可到也。……近世人习闻钱受之偏论，轻讥明人之摹仿。文不经摹仿，亦安能脱化！观古人之学前古，摹仿而浑妙者固可法，摹仿而钝滞者自可弃。虽扬子云亦当以此义裁之，岂但明贤哉。[②]

至方东树，则认为学古文之法在于“精诵”，实开王氏摹拟论之先声，其论曰：

夫学者欲学古人之文，必先在精诵，沉潜反复讽玩之深且久，暗通其气于运思置词迎拒措注之会，然后其自为之以成其辞也，自然严而法，达而藏，不则心与古不相同，则往往高下短长龃龉而不合。……今为文者多而精诵者少，以轻心掉之，以外铄速化期之，无惑乎其不逮古

① 《湘绮楼诗文集》，第538页。

② 姚鼐《惜抱轩全集·书札》，国学整理社1936年版。

人也。（《书惜抱先生墓志后》）①

方东树之“精诵”正有类于王氏之“渐渍”，“心与古同”也有似于“古色”，即也要求学古当有古人之心，与王闿运的理论正可相通。然而直接影响王闿运者或当为曾国藩，其论学古文之严恰如王氏所论，其论曰：

凡行文多寡短长抑扬高下，无一定之律，而有一定之妙，可以意会而不可以言传。学者求神气而得之于音节，求音节而得之于字句，则思过半矣。其要只在读古人文字时，便设以此身代古人说话，一吞一吐皆由彼而不由我。烂熟后，我之神气即古人之神气，古人之音节都在我喉吻间。合我喉吻者，便是与古人神气音节相似处，久之，自然铿锵发金石。（《与张廉卿》）②

曾国藩所论是对刘大櫆“神气”说的发挥，他要求学古文时，当一字一句琢磨，不仅要得古人之形，而且要得古人之意，这可以说是王闿运摹拟论之嚆矢。

（三）王闿运文体论“思兼单复”与桐城派“骈散合一”

论文体时，王闿运受桐城派的影响也很深。王闿运文体论的最大特色便是讲究“单”“复”二法，其曰：

此外文家则单复二法，单者顿挫以取回转，复者疏宕以行气势。貌神相变，即所谓物杂故文也。故《国策》《史记》、贾、晁、向、操诸人能用单，《国语》、班书、东汉以至梁初诸家之文善用复，不能者袭其貌。单者纯单，始于北周，而韩愈扬其波，赵宋以后奉宗之，至近代归、方靡矣。复而又复，始于陈隋，而王勃等决其泥，中唐以后小变焉，至南宋汪、陆而塌矣。……余少学为文，思兼单复。……比作《湘

① 徐中玉《中国近代文学大系·文学理论集》，上海书店1990年版，第373页。
② 曾光炎《曾国藩嘉言录》，中国国际广播出版社1994年版，第47页。

军志》，庶乎轶承祚，睨蔚宗矣。（《王志·论文》）[①]

王闿运所谓“单”，即指散体文，“复”，即指骈体文，王所以讳言“骈”“散”，一则此二词为唐人所发明，与其宗汉魏六朝之旨有异，二则认为文章本无骈、散对立，故无须造出二词来。所以王闿运的意思是要骈散合一，而桐城诸家对这种观点早有论述或表现出这种倾向。姚鼐纂《古文辞类纂》，列辞赋一类，已隐有骈散合一的趋势[②]，至姚氏弟子，鼓吹骈散相合者，刘开为最。在《与王子卿太守论骈体书》中刘氏言道：

夫词岂有别于古今，体亦无分于疏整。……骈之于散，并派而急流，殊途而合辙。千枝竞秀，乃独木之荣；九子异形，本一龙之所产。故骈中无散，则气壅而难流；散中无骈，则辞孤而易瘠。两者但可相成，而不能偏废。[③]

刘氏说得斩钉截铁，实是深明文体之法。文章纯骈，固显工丽整饬，却少流动轻盈之气；文章纯散，虽见气势，却乏音乐之美，增冗长之感。骈散合一，则错落有致，奇偶相生，流动的气韵和音节的和美相得益彰。梅曾亮则早期工骈文，后期始重散文，亦不废骈文，与他们同时者有桐城派之旁枝阳湖派，也提倡“骈散合一”，而以李兆洛鼓吹最力：

天地之道，阴阳而已，奇偶也，方圆也，皆是也。阴阳相并俱生，故奇偶不能相杂，方圆必相为用。道奇而物偶，气奇而形偶，神奇而识偶。……故《易》六位而成章，相杂而迭用。文章之用，其尽于此乎？六经之文，班班具存，自秦迄隋，其体递变，而文无异名。自唐以来，始有古文之目，而目六朝之文为骈俪。而为其学者，亦自以为与古文殊路。……文之体至六代而其变尽矣。沿其流极而溯之，以至乎其源，则其所出者一也。吾甚惜夫歧奇偶而二之者之毗于阴阳也。毗阳则躁剽，

①《湘绮楼诗文集》，第550页。

② 尤信《桐城文派学述》，文津出版社1975年版。

③ 刘开《刘孟涂集·骈体文》卷二，清道光六年桐城姚氏檗山草堂刊本。

眦阴则沉腿，理所必致也，于相杂迭用之旨，均无当也。①

李兆洛的言论，直突出桐城藩篱之外，可谓石破天惊！他也有否定“骈”“散”此固定语的意思，而用“奇”“偶”代替，王闿运的“单”“复”说正与李氏文论如合符节，只不过稍以增词而已。然而王闿运的理论直接源于曾国藩亦未可知，曾国藩也提倡“骈散合一”，他在家书中曾晓谕曾纪泽十一种必读书目，其中即有文选，由此可见曾氏治文祈向，他在《送周荇农南归序》中说：

一奇一偶者，天地之用也！文字之道，何独不然？六籍尚已。自汉以为为文者，莫善于司马迁，迁之文，其积句也皆奇，而义必相辅，气不孤伸，彼有偶焉者存焉。其他善者，班固则毗于用偶，韩愈则毗于用奇，蔡邕、范蔚宗以下，如潘陆沈任等比者，皆师班氏者也。茅坤所称八家，皆师韩氏者也。传相祖述，源远而流益分，判然若白黑之不类，于是刺议互异，尊丹者非素，而六朝隋唐以来骈偶之文亦已久王而将厌，宋代诸子乃承其敝而倡为韩氏之文，而苏氏遂称曰文起八代之衰，非真其才之足以相胜，物穷则变，理固然也。②

曾氏所论实更具宏通之眼光，他认为骈散之分实起于明。显然，要是对文学史没有高屋建瓴之气魄，是不可能作出这种合理判断的。王闿运因其性格使然，不可能照搬曾氏言论，因而取消骈散之说，而别出心机。实则道理相同，可见王氏实在是吸收和偷换了桐城派的观念。

二

以上是从学理上探讨王闿运文学思想渊源于桐城派的可能性。下面再从桐城文派的地理流传情况和王闿运早期所受教育及其个人交游方面讨论

① 郭绍虞《中国历代文论选》第三册，上海古籍出版社 2001 年版，第 464 页。
② 参见《中国近代文学大系·文学理论卷》，第 401 页。

这种可能性。

（一）桐城派流传湖南的情况

桐城派于乾嘉时期即大行天下，湖南虽向崇《庄》《骚》、六朝，然亦多取法桐城，广习时文，为桐城派弟子者不少。兹据刘声木《桐城文学渊源撰述考》，将所涉湖南作家列为表1。

从表1可知，湖南名士出自桐城门下者66人，长沙、善化[①]一带即有20人，且大都为嘉道以后人[②]。王闿运虽为湘潭人，却一直生长于善化，后入城南书院读书[③]，长沙、善化的桐城文风影响王闿运当属必然。

（二）科举制度下桐城文风的盛行

从王闿运所接受的教育看，也不能免受桐城派的影响。清代教育以科举考试为中心，而当时各级考试又无不以八股文为大宗。从院试到乡试再到会试、殿试，俱以八股文的写作好坏为准绳[④]。八股文又称为“时文”“四书文”“制艺”，对八股文作品进行选评的人被称为“选家”“选文家”，当时的儒林硕望，文坛隽秀无不工于时文，而且多以选文为务[⑤]。名家的选评八股文得到广泛流传，乾隆时最著名的八股文选家即为桐城派的方苞，他奉乾隆之命选定的八股文名为“钦定四书文”，所依据的选文标准概以清真雅正为宗，并加圈点，而成为士林准式。后来姚鼐主钟山书院时，又编钟山书院课艺，风靡一时。桐城派的一个重要的文学观点便是“以时文为古文”，其所选文及评点都不脱古文之法，故而桐城派亦随八股文之风行而更盛[⑥]。王闿运一生都追逐功名，不废科举，他10岁即学时文，此后从其叔父习作文之法，18岁入城南书院，师从陈本钦、熊少牧，后参加乡试及

① 尤信雄在其书中探讨了桐城派“以时文为古文”的观点，见《桐城文派学述》第五章《桐城派古文与时文之关系》。

② 刘声木《桐城文学渊源撰述考》，黄山书社1990年版。

③ 王代功《湘绮府君年谱》卷一，北京图书馆出版社1999年版。

④ 商衍鎏《清代科举考试述录》，三联书店1958年版。

⑤ 商衍鎏《清代科举考试述录》，三联书店1958年版。

⑥ 尤信雄在其书中探讨了桐城派“以时文为古文”的观点，见《桐城文派学述》第五章《桐城派古文与时文之关系》。

会试，两次会试不中后，转向于治经讲学，而他讲学各书院时，率以课艺为务，浸淫于时文不可谓不深，而王闿运所制时文，也号为晚清名手[1]。因此，王闿运受桐城影响可想而知。再以城南书院学风而言，桐城派之影响也渊源甚长。城南书院于清嘉庆时重建，而主其事者为当时的岳麓书院山长罗典，罗典为制艺名家，罗后掌城南书院者先后为贺熙龄、陈本钦、孙鼎臣、何绍基[2]，贺为经世派代表，孙为桐城派健将，何为湘乡派干城，亦主桐城家法，陈本钦则工制艺，在清季书院培养人才的方式即以考课制艺为重[3]。冯桂芬评论岳麓、城南两书院时说，“今天下唯书院稍稍有教育人才之意，……独惜其所习不过举业，不及经史；所治不过文艺，不及道德！”[4]在这种教育背景下，王闿运在城南书院3年，不能说不晓桐城文法。

表1　湖南作家渊源考

宗派	作家	籍贯	仕履	师承	备注
归有光	吴绩	长沙	乾隆进士		
	任哲	巴陵			
	吴敏树	巴陵	道光举人		与曾国藩、郭嵩焘等交密
归有光	吴庭树	巴陵			吴敏树弟
	方大淳	巴陵	道光进士		与吴敏树文字交
	龚黼休	巴陵	道光拔贡	吴敏树	
	吴镜蓉	巴陵			吴敏树子
	杜贵墀	巴陵	光绪举人	吴敏树	
	方大堪	巴陵		杜贵墀	
	曹佐熙	益阳		杜贵墀	
	李孟麒	长沙		王先谦	
	段伯猷	长沙		王先谦	
	周声洋	长沙		王先谦	
	周声溢	长沙		王先谦	
	钱昌澜	长沙		王先谦	
	叶德辉	长沙	光绪举人		与王先谦师友之谊

① 商衍鎏《清代科举考试述录》，三联书店1958年版，第243页。

② 参见《中国地方志集成·光绪善化县志》，江苏古籍出版社、上海书店、巴蜀书社2001年编选，第153页。再据本志《人物·孙鼎臣传》知孙在陈任山长时即任教席。

③ 王德昭《清代科举制度研究》，中华书局1984年版，第99—115页。

④ 冯桂芬《校邠庐抗议》，上海书店2002年版。

续　表

宗派	作家	籍贯	仕履	师承	备注
方苞	黄贤宝	长沙	乾隆举人		
	吴大廷	沅陵	咸丰举人		
	刘蓉	湘乡		吴大廷	与曾国藩、郭嵩焘交密
	黄逢泽	长沙			友曾国藩、郭嵩焘、吴敏树
刘大櫆	谢振定	湘乡	乾隆进士	程晋芳	
姚鼐	曾国藩	湘乡	道光进士		
	曾纪泽	湘乡	同治进士		曾国藩子
	向师棣	溆浦		曾国藩	
	翁廉	湘潭		刘庠(师曾国藩)	
梅曾亮	舒焘	溆浦			
	欧阳勋	湘潭			曾国藩为其遗集序
	杨彝珍	武陵		梅曾亮	
	孙鼎臣	善化	道光进士	梅曾亮	城南书院山长
	周寿昌	长沙	道光进士	梅曾亮	与何绍基、曾国藩交密
	覃远琎	石门	咸丰进士	梅曾亮	
	何庆涵	道州	咸丰举人	杨彝珍	
	阎镇珩	石门		杨彝珍	
	杨球光	武陵			杨彝珍子
	杨琪光	武陵			杨彝珍子
	李振钧	湘潭		杨彝珍	
	宋炽昌	湘阴		杨彝珍	
	瞿鸿玑	善化	咸丰进士	周寿昌	
	周瀹蕃	长沙			周寿昌子
	何应琪	善化		朱琦	
吴汝纶	王景逵	衡水		吴汝纶	
私淑桐城者	周鼐麟	长沙	嘉庆举人		
	周树槐	长沙	嘉庆进士		
	周湘鼐	长沙	道光举人		
	邓显(昌乌)	新化			邓显鹤兄

续 表

宗派	作家	籍贯	仕履	师承	备注
私淑桐城者	邓显鹤	新化	道光举人		
	徐凤藻	善化	道光进士	邓显鹤	
	胡倬	武陵	道光进士	邓显鹤	
	邓瑶	新化	道光举人		邓显(昌鸟)子
	邓瑔	新化			邓显(昌鸟)子
	邓琮	新化	道光拨贡		邓显鹤子
	邓琳	新化			邓显鹤子
	郭嵩焘	湘阴	道光进士		与曾国藩、吴敏树等交密
	李元度	平江人	道光举人		入曾国藩幕
	郭刚基	湘阴			郭嵩焘子
	郭庆藩	湘阴			郭嵩焘侄
	罗正钧	湘阴		郭嵩焘	
	陈翰	湘阴		郭嵩焘	
	王先谦	长沙	光绪进士		岳麓书院山长
	王先恭	长沙			王先谦兄
	王先慎	长沙			王先谦弟
	王龙文	湘乡		王先谦	
	刘照隅	湘潭		王先谦	
	陈毅	湘乡		王先谦	
	颜昌峣	湘乡		王先谦	
	苏舆	平江		王先谦	

（三）王闿运与咸同之际桐城派名家的交游

再以王闿运交游论，也说明了王闿运与桐城派的渊源关系。王闿运15岁即立志“一意于取友”，在其日记中虽无明言受益于何人，但通过年谱和日记，蛛丝马迹仍可找寻。王闿运入城南书院前一年结识郭嵩焘，此后其友朋关系维系终生。郭虽对王的为人有微词，但认为与其谈文却是一大快事[①]，可见他们的文学交游实为不浅，互相的影响也是当然。曾国藩创办湘

① 郭嵩焘《郭嵩焘诗文集》，岳麓书社1984年版，第146页。

军后，王闿运曾入曾的幕府，与曾多次深谈，虽或有军机可商，但谈文亦属正常。曾国藩任两江总督后，王闿运又拜会多次，并投递所撰诗文与学术著作与曾[①]，可见曾国藩对王闿运也有相当影响，而王闿运撰《湘军志》时，翻阅曾国藩的文集及日记殆遍，极为推服。王闿运受曾国藩的影响则无疑义，其暗中接受并吸收桐城文法于中可见。除郭、曾二人对王影响甚大外，王闿运还与多位桐城名家有深交或夙识，这些人是周寿昌、潘祖寅、张金镛、瞿鸿禨、何绍基、李元度、王先谦、吴汝纶、黎庶昌、薛福成等[②]。

三

历来学者多认为王闿运的文学思想保守，不能与世推移。这种特点也被认为是湖湘派的家风，如汪辟疆先生在《近代诗派与地域》中就认为"向来湖湘诗人，既以善叙欢情，精晓音律见长，卓然复古，不肯与世推移，有一唱三叹之音，有竟体芳馨之致"。[③]有鉴于此，历来讨论王闿运的学术和文学思想时，多侧重于王闿运与湖湘学派的关系。然而，从我们上面的论述可知，桐城派的文学观点是王闿运文学思想的重要源流。盖此二派对王氏影响一为显势，一为隐势。显势容易彰明，隐势却隐藏甚秘。实质上隐势的影响同样重要，桐城派对王闿运的影响即如此。

（原载《中南大学学报》2008年第4期）

① 王闿运此次拜访曾国藩系同治十年（1871），王闿运和曾国藩的日记中均有记载。见王闿运《湘绮楼日记》卷一，岳麓书社1997年版。《曾国藩全集·日记》，岳麓书社1987年版，"同治十年"条。

②《湘绮楼日记》中均提及。

③ 汪辟疆《汪辟疆说近代诗》，上海古籍出版社2001年版，第21页。

姚永概宗梅诗学论

潘务正

晚清民国桐城派中，诗学成就最高者当属姚永概（1866—1923），沈曾植将其诗与马其昶文合刻，称“皖之二妙”，可窥一斑。这一方面因其天赋出众，另一方面也与其转益多师有关。根据《慎宜轩日记》，他学诗唐宋兼宗，举凡《诗经》《文选》《全唐诗》及李白、杜甫、韩愈、白居易、欧阳修、王安石、曾巩、苏轼、黄庭坚、陈师道、陆游、元好问等，下至当朝王士禛、朱彝尊、曾国藩等，无不潜心学习；若乡邦前辈与家族先贤如钱澄之、刘大櫆、姚范、姚鼐、姚莹等，至于父姚濬昌及师吴汝纶，更是他心摹手追的典范。而在诸多前人中，他倾心于梅尧臣显得比较特别。清代中后期诗坛主流宗宋，不过大多集中于苏、黄、陆诸人，于梅诗则识者寥寥，晚清仅陈衍、郑孝胥两人提倡；而姚氏则云“我欢独在此”[①]，对梅诗推崇备至。这种诗学宗尚，颇有考察的必要。

一、兴趣的契机

钱基博称姚永概“早喜梅宛陵、陈后山，晚乃出入遗山”[②]，然考察姚氏日记，其早年并未对梅诗有特别浓厚的兴趣。《慎宜轩日记》中最早提到

① 姚永概《书〈梅宛陵集〉后》,《慎宜轩诗集》卷五,《晚清桐城三家诗》,黄山书社 2012 年版,第 647 页。

② 钱基博《现代中国文学史》,《中国现代学术经典·钱基博卷》,河北教育出版社 1996 年版,第 206 页。

梅尧臣的是光绪壬午（1882）十月朔日，在读《养一斋诗话》时他发现潘德舆除了推尊曹植、陶渊明及杜甫外，尚心许孟郊、梅尧臣、曾巩、虞集、刘基、顾炎武、黄淳耀诸人，并说："亭林之诗，予未曾读。至如孟、梅、曾、虞、刘、黄六家，洵非虚誉。"[①]可以看出他十八岁之前应该接触过梅诗，但似乎并未下太深的功夫。后来他又从友人处借来梅集，己丑（1889）十月初七日日记写道："作书寄绳侯，还《梅宛陵集》十二册。"[②]绳侯即邓艺孙，永概总角交。姚氏向其借阅梅集的时间，日记中并未提及，不过可以肯定的是，此时姚氏仍未对梅诗表现出太大的兴趣。他每阅一部书都有记载，如日记起始的一天即光绪辛巳（1881）二月二十日记道："夜读陆放翁七律。"十天后又记云："读陆放翁七律。"[③]记载每天阅读内容是其习惯，而从邓艺孙处借来梅集之后，日记中并未记录阅读情况。看来以平淡老劲著称的宛陵诗难以吸引年轻诗人的注意力。

对梅诗嗜之如炙是在丙午（1906）五月，姚氏已经步入不惑之年。此前他从武昌购得明万历刻梅集六十卷[④]，从本月十四日起他就开始潜心梅诗。先是阅读。前两天的日记均记云："阅梅诗。"[⑤]接着是校对、抄补。此本继承宋六十卷本，但第十三卷仅有二十九首诗，第十四卷仅有十六首诗，为残本。有鉴于此，姚氏"借得道光本，弥月事校理"，并"所阙抄使完"（《书〈梅宛陵集〉后》）。日记本月十六、十七、十八、二十日记载其"抄梅诗缺页"[⑥]。抄校之后，他又圈点。本月二十七日及六月初三、四、五、六、七、十一、十二日一直在"圈梅诗"，直到十三日方"圈梅诗毕"[⑦]。经过整整一个月时间的阅读、抄补、校对及圈点，姚永概对梅诗已经相当熟悉，故而能得心应手地用其诗集句，六月二十四日日记云："常季

① 姚永概著，沈寂等标点《慎宜轩日记》，黄山书社2010年版，第91页。

②《慎宜轩日记》，第407页。

③《慎宜轩日记》，第1页、2页。

④ 姚永概《书〈梅宛陵集〉后》云："梅集六十卷，买自武昌市。刻者明嘉靖，宋君巡按使。"按，明嘉靖本实为万历本，见朱东润：《梅尧臣集的版本》，《梅尧臣集编年校注·叙论三》，《梅尧臣集编年校注》，上海古籍出版社2006年版，第50页。

⑤《慎宜轩日记》，第993页。

⑥《慎宜轩日记》，第993页。

⑦《慎宜轩日记》，第994—996页。

为写联，乃余集梅句云：‘聚书为大富，买花栽作春。’”①上联出自梅尧臣《寄题庐陵董氏桂林书斋》，下联出自《刘仲更于唐书局中种郁李》。所集一联音韵和谐，对仗工稳，且符合宋人“两句意甚远”的对仗原则。集句宛如已出，足见此时他对梅诗已经烂熟于心。

之所以于梅诗产生兴趣，从契机来说，可能是陆游的启示。姚氏早年最感兴趣的诗人当属陆游，如前所引，日记开篇提及所读之诗即为陆诗，此后对放翁诗的爱好一直未见衰退，经常阅读。而陆游最推崇的诗人中，就有梅尧臣，其《书宛陵集后》有云：“突过元和作，巍然独主盟。诸家义皆堕，此老话方行。”又《读宛陵先生诗》云：“李杜不复作，梅公真壮哉！岂惟凡骨换，要是顶门开。”②敬爱的诗人陆游如此推崇梅尧臣，自然引起姚氏的兴趣。不过此时他尚不能领略梅诗的妙处，故而暂时搁置。

重新燃起对梅诗兴趣，则应是出于好友的激发。第一次正式阅梅诗前，他接到两封来信，丙午五月十四日日记云：“得侯官苏龛两信。阅梅诗。”③侯官苏龛即郑孝胥，为晚清提倡梅诗最早的诗人之一。陈衍《石遗室诗话》云：

> 初，梅宛陵诗无人道及，沈乙庵（曾植）言诗夙喜山谷，余偶举宛陵，君乃借余宛陵诗亟读之，余并举残本为赠。时苏堪（郑孝胥）居汉上，余一日和其诗，有“著花老树初无几，试听从容长丑枝”句。苏堪曰：“此本宛陵诗。”乃知苏堪亦喜宛陵。因赠余诗，有云：“临川不易到，宛陵何可追！凭君嘲老丑，终觉爱花枝。”自是始有言宛陵者。后数年入都，则旧版《宛陵集》厂肆售价至十八金，于是上海书肆有《宛陵集》出售，每部价银元六枚，乙庵、苏堪闻皆有出资提倡。④

考陈衍和郑孝胥诗句为《游琴台归再作二律视节庵太夷》其二尾联⑤，作于

①《慎宜轩日记》，第997页。

② 分别见钱仲联校注《剑南诗稿校注》卷五四、六〇，上海古籍出版社2005年版，第3209页、3464页。

③《慎宜轩日记》，第993页。

④ 陈衍《石遗室诗话》卷一〇，人民文学出版社2004年版，第151页。

⑤ 陈衍《石遗室诗集》卷三，福建人民出版社2001年版，第106页。

戊戌（1898）。可知至迟在此年，陈衍与郑孝胥已开始提倡梅诗。陈衍又云："苏堪三十以前，专攻五古，规模大谢，浸淫柳州，又洗练于东野，沉挚之思，廉悍之笔，一时殆无与抗手。三十以后，乃肆力于七言，自谓为吴融、韩偓、唐彦谦、梅圣俞、王荆公，而多与荆公相近。"[①]郑孝胥三十余岁正值十九世纪90年代，两处所言相合。郑氏曾感叹"临川不易到，宛陵何可追"[②]，于梅诗倾慕不已。姚永概就是在接到郑孝胥之信后立即读梅诗，其间的关联甚有意味。今虽不可知信中内容，但姚氏将接信与读诗记载得如此靠近，二者有因果关系也在情理之中。就算两件事情之间没有必然联系，但好友能推动整个诗坛的宗梅诗风，也定然能激发姚氏对梅诗的兴趣。

极力推崇梅诗的陈衍也与姚氏有诗学交往。姚永概曾至少两次将诗作寄给石遗评点，陈衍云："姚叔节（永概）……赠余《慎宜轩诗》《文集》各一册。余谓通伯（马其昶）文追惜抱，君文乃法望溪，至其诗（以为具体而已）未细省也。近复出新稿百十首使商榷，乃知其用功非浅。"[③]第一次寄诗时间已不可考，此时陈氏对姚诗并不看好；第二次寄新稿时间，据《石遗室诗话》中提到的姚氏诗篇，可以确定在壬子（1912）前后，此时陈氏已经非常推崇姚诗。姚氏专注于梅诗，想必也有陈衍的功劳。

与姚氏有共同兴趣的还有夏敬观，他是晚清研究梅诗的重要人物。丙辰（1916）十二月初四，二人再次相聚，聊天的话题正是梅集，日记载云：

> 夏吷庵来久谈，言《宛陵集》以正统本为古，万历本即翻刻此本，后归梅氏子孙加以集外文，号祠堂本。道光中又有一小字本加年谱及论诗金针。伊于梅集校勘极精，有记二百余则，又有注，未全成。宋牧仲本所改不知何据，有得有失。[④]

这次二人主要谈梅集版本。十年前姚氏在对梅集下过功夫之后写下

①《石遗室诗话》卷一，第8页。

② 郑孝胥《偶占视石遗同年》其二（作于己亥），《海藏楼诗集》卷四，上海古籍出版社2003年版，第94页。

③《石遗室诗话》卷七，第111页。

④《慎宜轩日记》，第1347页。

《书梅宛陵集后》一诗，中云："梅集六十卷，买自武昌市。刻者明嘉靖，宋君巡按使。属工宣城令，字大殊可喜。唯其讹谬多，又阙数十纸。借得道光本，弥月事校理。所阙抄使完，其讹难订矣。"①此中所云嘉靖本，应为万历本，可以看出姚氏于版本之学不精，而熟悉梅集版本的夏敬观意在纠正好友的讹误，姚氏对梅诗的兴趣与夏氏有一定的联系，后来汪辟疆在《光宣诗坛点将录》中将夏、姚二人比为"地猛星神火将军魏定国"②，可能也是出于这层原因。

当然，姚永概爱好梅诗，好友的激发毕竟是外在原因，他在中年以后用力于梅诗，并效法宛陵，也与其诗学观及清民之际的诗学走向相关。

二、"真面目"与反模拟

姚永概推崇梅诗，一个重要的原因是梅诗的"真"，《书梅宛陵集后》云："我思文字贵，在切时与己。要使真面目，留与千秋视。时为何等时，士为何等士……阅历助胸襟，天资加践履。四事不关心，诗固待此美。"很显然，他认为梅诗是有真面目的。梅诗的真，一是情感真，欧阳修评云："其体长于本人情，状风物……使人读之可以喜，可以悲……其感人之至，所谓与乐同其苗裔者邪？"③姚氏论诗，一贯重真情，正如他在《有感》中所云"平生文字任吾真"④，早在十六岁时就说："衷怀郁塞，至性纠结，故其发为言也，虽历百世，读者犹兴感焉，如《离骚》之类是也。若今之为诗者……非发于中心之诚，然则不能感人也。"⑤梅诗正契合姚氏求真的诗学追求，正因如此，从其诗中可以看出"时为何等时，士为何等士"。二是胸襟高。欧阳修论其人品云："圣俞为人仁厚乐易，未尝忤于物，至其穷愁感愤，有所骂讥笑谑，一发于诗，然用以为欢，而不怨怼，可谓君子者

①《慎宜轩诗集》卷五，第647页。

② 汪辟疆《汪辟疆文集》，上海古籍出版社1988年版，第356页。

③ 欧阳修《书梅圣俞诗稿后》，《居士集·外集》卷二三，洪本健校笺《欧阳修诗文集校笺》，上海古籍出版社2009年版，第1907页。

④《慎宜轩诗集》卷四，《晚清桐城三家诗》第638页。

⑤《慎宜轩日记》，第33页。

也。”[①]姚永概受理学思想影响，论诗也特别重视人品，主张“义理之不可一日去身”[②]。他喜爱陆游诗，就在于其“多读可以扩人胸襟”。放翁众多诗作中，他又特别钟情《感事示儿孙》，前两联云：“人生读书本余事，惟要闭门修孝悌。畜豚种菜养父兄，此风乃可传百世。”姚氏认为“读书、作文，所以辅吾行也。若徒知读书、作文，而于父子兄弟之间尚有许多未尽处，果何益哉？此吾所以三复此诗，为之慨然也。”[③]正因为宛陵具有仁厚乐易的君子之风，故其诗得到姚永概的首肯。

对真诗的推崇，是桐城派一贯的主张，道光以后，此种呼声越来越高。姚永概所云作诗“在切时与己”，并能从诗中见出时世与士风，与梅曾亮的观点极为接近。梅氏《答朱丹木书》云：“文章之事，莫大乎因时。立吾言于此，虽其事之微，物之甚小，而一时朝野之风俗好尚，皆可因吾言而见之。”[④]此即强调文章要切时。在回答“诗恶乎工”时，梅曾亮又云：“肖乎吾之性情而已矣，当乎物之情状而已矣。审其音，玩其辞，晓然为吾之诗，为吾与是物之诗，而诗之真者得矣。”[⑤]所云“肖乎吾之性情”“当乎物之情状”之语，正契合梅尧臣“状难写之景如在目前”之论[⑥]。宛陵虽仅论写景，实则可以通之于写情，写景要如在目前，抒情亦须感人深至。

真性情是与胸襟的高下相联系的。“阅历助胸襟，天资加践履”，四者缺一不可，而其中又以胸襟为最贵。姚莹云：“大抵才、学、识三者先立其本，然后讲求于格、律、声、色、神、理、气、味八者以为其用，而尤以绝嗜欲，淡荣利，荡涤其心志，无一毫世俗之见干乎其中。”[⑦]他认为李、杜、白、陆四人所以“震耀今古”，并非因为其诗，而是在于其人。其诗也并非仅是“声音文字之工”，而是“忠义之气，仁孝之怀，坚贞之操，幽苦

①《梅圣俞墓志铭》，《居士集集》卷三三，《欧阳修诗文集校笺》第881页。

②《裴伯谦诗序》，《慎宜轩文》卷三，《清代诗文集汇编》第791册，第318页。

③《慎宜轩日记》，第100页。

④ 梅曾亮著，彭国忠、胡晓明校点《柏枧山房诗文集·文集》卷二，上海古籍出版社2005年版，第38页。

⑤《李芝龄先生诗集后跋》，《柏枧山房诗文集·文集》卷五，第123页。

⑥ 欧阳修《六一诗话》，何文焕辑《历代诗话》，中华书局2004年版，第267页。

⑦《复陆次山论文书》，《东溟文集·文后集》卷八，《清代诗文集汇编》第549册，第507页。

怨愤，郁结而不可申之志所存”，正因如此，“观其诗，可得其人”[①]。只有能见出诗人高尚情怀的诗作，方可称为真诗。莹子濬昌教子永概作诗“须知‘寄托’二字”，“‘寄’字，我有一意寄之于彼；‘托’字，亦是将此意托之于彼”[②]，其实也是胸襟在诗中的体现，其意与姚莹所言诗乃诗人之“志所存”一致。故而姚永概壬午（1882）三月二十六日日记云：“人莫不有寓意之作，张公草书无论矣。苏公诗长于文，故其游历之所经，悲喜之所在，罔不一一见之诗篇中。其他如杜公，固显然者矣。若香山、放翁诸人，皆寓之诗。韩公、欧公诸人，皆寓之于文，难以悉举，要之，各有寓意之端，以自见其真而已。”[③]不难发现，永概对诗人胸襟的关注，也是家学使然。诗为诗人情志的寄托，才能见出诗人之真。

桐城派对真的诗学的推崇，意在反驳诗坛模拟之习。明代以来，诗学走上两条轨辙：一是师古，前后七子声势最炽，但模拟容易失去自身面目，故而有生吞活剥之讥；一是师心，公安派不拘格套，独抒性灵，又流而为浅易。这两种诗学取向在清代都有传承，而桐城诗派力求融合二途，姚鼐强调学诗文先求似再求化：“若初学未能逼似，先求脱化，必全无成就。”只有“专模拟一家，已得似后，再易一家。如是数番之后，自能镕铸古人，自成一体”[④]。模拟是基础，得似之后要求变化，否则难成一体。然而清代后期文坛模拟之习成风，以至曾国藩将“剽窃前言，句摹字拟”作为“戒律之首”[⑤]。姚莹与梅曾亮提倡“真”的诗学观，也在于批判模拟而缺乏真面目之习气。姚莹对“今世之士，徒取其声音文字而揣摩之，辄鸣于人曰：吾以诗鸣”的风气极为反感，认为此举“与古人之自命，不亦远哉”[⑥]。梅曾亮推崇“境不同，人不同，而诗为之征象”为“古人之真”，而批评“境不同，人不同，而诗同”的模拟之习，称此为“天下人之诗，非吾诗也，

①《黄香石诗序》，《东溟文集·外集》卷一，《清代诗文集汇编》第549册，第388页。

②《慎宜轩日记》，第22页。

③《慎宜轩日记》，第56页。

④ 姚鼐《与伯昂从侄孙》，卢坡点校《惜抱轩尺牍》卷八，安徽大学出版社2014年版，第129页。

⑤《复陈宝箴》，《曾国藩全集》第30册（书信之九），岳麓书社2011年版，第566页。

⑥《黄香石诗序》，《东溟文集·外集》卷一，《清代诗文集汇编》，第549册，第388页。

天下人得为之诗，而吾代为作之”[①]，失去真面目的诗就在于掉进模拟的泥坑不能自拔。

姚永概自幼受家学影响，亦重视从效法前人中形成自身独特风貌。他早年为诗从模拟入手，于黄庭坚下过一番苦功，其《戏作乞茶诗寄澄士伯父》即学山谷，且因“似之”而颇为沾沾自喜[②]。不过他逐渐对毫无生气的模拟之作表示出不满，姚氏赞叹乡贤方法《绝命诗》“真似杜公”，并深有感悟地说：“可知学杜者非真有性情不可，彼何、李辈徒袭其貌，不足言矣。”[③]他追求胸襟、学力锻造出的真诗：“苟吾之胸襟、学力能与境相赴，而有可立之言，取古人之格律声色驱策之，不求与之同而自同，不必与之异而有异者存焉，何也？吾之言为吾所自立也。”[④]不难发现其推崇真性情，意在反驳模拟之习。此后他遍习诸家，而追求自成一体，业师吴汝纶就称其诗“出入于李、杜、苏、黄，而自成体貌”[⑤]；友人柯凤孙也赞其诗“语语创造，不肯拾前人牙慧，是融合退之、东野、子瞻、鲁直为一家言者”[⑥]。他对梅诗“真面目”的赞颂，也与批判模拟之习有关。《书梅宛陵诗集后》在赞颂梅诗之真后，开始抨击俗士的模拟之习：“俗士动夸古，终身寄人里。一体效一家，自矜工莫比。乞人衣百宝，宝也殊足耻。”梅尧臣之诗初学陶、韦，继法孟郊，而又能求新求变，独具面目，从而“突过元和作，巍然独主盟”（陆游语），无论是题材的开拓还是“以俗为雅，以故为新”的创作手法之奠定，都开启有宋一代诗风，成为宋诗的“开山祖师”[⑦]，于拟议中成变化是其取得成就的关键原因。在晚清沉湎于模拟之习而不见真面目的诗学氛围中，梅诗无疑是针砭时弊的一剂良药。姚永概苦心孤诣标举宛陵诗，这无疑是一个重要的原因。

---

①《黄香铁诗序》，《柏枧山房诗文·文集》卷五，第116页。

②《慎宜轩日记》甲申元月初九云：“戏作七古一篇寄沉伯乞茶，又作饮厚培家七古，皆学涪翁，自以为似之，颇喜也。”第157页。

③《慎宜轩日记》，第173页。

④《马冀平诗序》，《慎宜轩文》卷三，《清代诗文集汇编》，第791册，第321页。关于姚永概诗论的研究，可参看汪孔丰《近代桐城派诗学的新变：论姚永概的诗学观》，安庆师范学院学报，2012年第4期。

⑤《现代中国文学史》，第204页。

⑥ 姚安国《慎宜轩诗集识后》，《晚清桐城三家诗》，第732页。

⑦ 刘克庄《后村诗话》前集卷二，中华书局1983年版，第22页。

三、平淡诗风的美学追求

姚永概诗风一生凡数变。吴汝纶评其早期诗云："自庚辰以来诗境逐年加老，至庚寅则极力一变，高不可攀。然才力实得之天挺，故庚辰诸作已自闯然入著者之林。"[①]此论姚氏自15岁为诗至25岁会试失利时诗风的嬗变，可见诗人天赋异禀，早年之诗已得长老赞誉。此后，诗风再变，较大的一次变化是在1892年4月赴保定莲池书院从吴汝纶问学期间。吴氏之子闿生评其师永概《夏日遣怀》云："到莲池后文境一变，此陶冶之益也。"[②]吴闿生并未明言是何种变化，不过经过对比，可知此期诗风由清丽变而为奇崛。

姚氏早年为诗，即使学黄庭坚，也多效其清通一面。如19岁时学黄有似的《戏作乞茶诗寄澄士伯父》一诗就是如此，诗云："枝头侵晓闻晴哢，寒岩活活春泉动。哦诗茅屋舌本干，坐想椒园慰渴梦。赤铜茗碗斑斑花，好事风流谁最佳？丈人七十犹煎茶。涧底春风来日夕，龙眠新芽渐可摘。远缄香箬寄春碧，齿颊苦涩待公释。"同年又作《春色已深，忽忽不乐，偶检涪翁〈观化〉七绝，刻意效之》三首亦是如此，如其一云："桃杏开齐柳欲肥，春光无那满书帷。酒香浮瓮白蚁滑，花气扑帘黄蝶飞。"[③]前诗虽效法山谷押险韵，用拗调，造句峭拔，但仍不失清丽的本色；后诗选取黄集中清通诗风为摹本，更能保持清丽的风貌。这类诗风为其早年的主导风格。而来到莲池之后，一变而为"奇崛"[④]，《调李刚已》云：

> 李生不横行，局促守燕郊。徒然郁豪气，上与云雨捎。乌睹天下丽，浪结江南交。何不从吾去，流观一解嘲。狼山跨海矗，范子昔所巢。㘞㘞新绿轩，犹留一把茅。泝江到京口，金焦俨以庨。朱栏凌飞

① 姚安国《慎宜轩诗集识后》，《晚清桐城三家诗》，第731页。

② 吴闿生评选，寒碧点校《晚清四十家诗钞》卷二，浙江古籍出版社2006年版，第128页。

③《慎宜轩诗集》卷一，《晚清桐城三家诗》，第563页。

④ 吴闿生《晚清四十家诗钞》卷二评语，第112页。

鸟，笑语压潜蛟。苍翠堆百叠，群舒山周包。龙眠接浮渡，步步逢林坳。石泉清可饮，涧蔬妙能肴。野花红破蕊，高竹青抽梢。复多能言鸟，弄舌欺管匏。雄奇拟龙虎，纤巧类蟏蛸。往往绝谷中，五石大瓠抛。呺然不世用，笑听群言呶。乃知山水窟，人富地岂硗。裹粮傥见许，知我非嘐嘐。[①]

与此前清丽诗风不同，是诗音调雄奇，造语峭拔生新，在山谷体瘦硬之上加入韩愈的雄放气格，从而形成奇崛之风。而此种风貌，正是吴汝纶教导的结果。

吴汝纶早期推崇方苞醇厚老确的文境，而贬刘大櫆绚烂宏肆之风，他说："夫文章之道，绚烂之后，归于老确，望溪老确矣，海峰犹绚烂也。意望溪初必能为海峰之宏肆，其后学愈精，才愈老，而气愈厚，遂成为望溪之文。海峰亦欲为望溪之醇厚，然其学不如望溪之粹，其才其气不如望溪之能敛，故遂成为海峰之文。"[②]不过自入曾国藩幕府之后，受其感召，转而提倡雄奇瑰玮之境。曾氏品味平实惬适与雄奇瑰玮二境高下时云："惬适未必能兼雄奇之长；雄奇则未有不惬适者。学者之识，当仰窥于瑰玮俊迈，恢诡恣肆之域，以期日进于高明。若施手之处，则端从平实惬适始。"[③]虽然曾氏也憧憬"合雄奇于淡远之中，尤为可贵"[④]的理想文风，不过在衰乱之世，他还是将瑰玮俊迈视为文章至境。接受曾氏教导之后，吴汝纶转而批判桐城诸老能平易而不能奇崛，他告诫弟子姚永朴说："桐城诸老，气清体洁，海内所宗，独雄奇瑰玮之境尚少。盖韩公得扬、马之长，字字造出奇崛。欧阳公变为平易，而奇崛乃在平易之中。后儒但能平易，不能奇崛，则才气薄弱，不能复振，此一失也。曾文正公出而矫之，以汉赋之气运之，

①《慎宜轩诗集》卷二，《晚清桐城三家诗》，第580页。

②《与杨伯衡论方刘二集书》，《桐城吴先生文集补遗》，见施培毅、徐寿凯校点《吴汝纶全集》(一)，黄山书社2002年版，第360页。此文为其早年所作，见拙文《回归还是漂流——论吴汝纶对桐城文派的复归》，《江淮论坛》2004年第2期。

③《曾国藩全集》第14册《杂著·笔记·文》，岳麓书社1986年版，第373页。

④《曾国藩全集》第16册《日记一》，岳麓书社1987年版，第632页。

而文体一变，故卓然为一代大家。”[①]他也主张合奇崛于平易之中，但鉴于桐城派仅能为气清体洁之文，而缺少雄奇瑰玮之境，因而教导姚永朴重视奇崛文风。因此，当姚永概来到莲池从之问学，诗风也由清丽一变而为奇崛。

姚氏此种奇崛诗风，一直延续到丙午（1906）年，吴闿生评其《仲勉、子善同集伦叔斋小饮，余戏拈首二语，邀伦叔、子善赋》云：“数诗时出嵚崎奇伟之致。”所谓“数诗”，指吴闿生编《晚清四十家诗钞》卷二排在此诗之前的《寄李建甫孝廉》《雀麦》《寄怀贺松坡刑部》三首，吴氏于《寄李建甫孝廉》后评云：“以傲睨为奇。”[②]此数诗收在《慎宜轩诗集》卷四末至卷五首，作于乙巳至丙午六月之间[③]。可知直到此时，姚氏诗风仍以奇崛为主。

不过，随着功候的纯熟，他逐渐不满一味地奇崛，而是力图融入异质因素。此前甲辰（1904）他就对同邑方守彝（字伦叔）《调刁集》“每从苦硬见风华”极为赞赏[④]，这无疑对他有所启发。毕竟，姚氏家学传统是追求阳刚与阴柔的统合，此风由姚范开启，姚鼐发扬光大，姚莹、姚濬昌承守。故而姚鼐作诗“以古文之义法通之于诗，特以劲气盘折”，即将阳刚的劲气加以敛藏，不使之喷薄而出，而是盘折潜行，以此实现刚柔的融合；姚莹“诗文之美，颇亦兼擅”；至于姚濬昌诗，“骨力之清遒，神情之俊朗，则鼐之遗也”[⑤]，也是刚柔相济之风。姚永朴、永概兄弟受家学的影响，自然提倡此种文风，姚永朴推崇阳刚阴柔之说为“自汉魏以迄元明，词章家未有论及此者，洵为卓识创论”[⑥]；姚永概也说：“大凡文字，得阳刚之气最为可贵，而阴柔之美，亦自不可少。”[⑦]因此，在接受业师吴汝纶提倡奇崛诗风的教诲时，家学与师承定然交战于胸中。

---

①《与姚仲实》,《吴汝纶尺牍》卷一,见施培毅、徐寿凯校点《吴汝纶全集》(三),第51—52页。

②《晚清四十家诗钞》卷二,第118页、116页。

③《慎宜轩日记》丙午年六月朔日云:“子善来,和余‘前庭有修梧’五古。”此为《仲勉、子善同集伦叔斋小饮,余戏拈首二语,邀伦叔、子善赋》首句,可知此诗当作于此前。

④《题伦叔〈调刁集〉》其二,《慎宜轩诗集》卷四,《晚清桐城三家诗》,第635页。

⑤ 钱基博《现代中国文学史》,第203页。

⑥ 姚永朴《国文学》卷四姚鼐《答鲁絜非书》按语,宣统二年冬十月京师法政学堂印。

⑦ 姚永概《孟子讲义》卷四,黄山书社1999年版,第75页。

就在此时，友人给他提供了新的诗学资源。郑孝胥虽亦推崇黄诗，但也有不满，他说："黄涪翁诗，功深才富，亦是绝精之作，特门面小耳。此譬如富翁十万家私，只做三五万生意，自然气力有余，此正是山谷乖处。"[①]之所以与陈衍对梅尧臣诗趣味盎然，就在于梅诗的平易。陈衍与沈曾植论黄、梅诗风差异时云："君爱艰深，薄平易，则黄山谷不如梅宛陵。"[②]看来在举世宗尚艰深的山谷体之际，陈衍、郑孝胥力图以宛陵平易诗风变异诗坛不良风气。而当与陈衍、郑孝胥、夏敬观等讨论梅尧臣诗作时，宛陵体平淡的特质正是姚永概解决家学与师承二者间龃龉的最佳选择。平淡诗风是梅尧臣终身追求的境界。其四十五岁作《依韵和晏相公》即云："因吟适情性，稍欲造平淡。"十年之后，他仍说："作诗无古今，唯造平淡难。"[③]理论如此，创作亦是如此。欧阳修评其诗风云："初喜为清丽闲肆平淡，久则涵演深远，间亦琢刻以出怪巧，然气完力余，益老以劲。"[④]可见，其后期诗风融入了枯涩、劲峭、老健等因素，这也是一种平淡，只是与早期"清丽闲肆平淡"不同，是一种层次更高的平淡，此种诗风开启了宋诗的独特风貌[⑤]，也吸引了陈衍、郑孝胥、夏敬观，包括姚永概。

丙午之后，永概为诗，纳奇崛于平淡之中，如作于四十一岁的《生女》诗，应该来说偌大年纪得女，他是欣喜若狂的，"得女敌得男"，而且家人亲戚也极为兴奋："姻党助我喜，兄嫂乐且耽。赪肩走百里，鸡果馈盈担。老妻临妾房，一日四五探。"但他却将此种喜悦之情掩藏起来，之后以极为冷峻之笔写道："常抱种族虑，奴隶非所甘。斯民苟日智，胜彼长戈戡。辛勤营坛坫，久觉力不堪。终当避贤去，不负山中庵。女为伏胜女，吾其老书蟫。"[⑥]此与梅尧臣《杂兴》《汝坟贫女》《田家语》诸诗将强烈的情感敛藏于冷言峻辞之中的处理方式极为一致。以致吴闿生说："先生晚年诗，格

① 劳祖德整理《郑孝胥日记》第一册，中华书局2005年版，第5页。

② 钱基博《现代中国文学史》，第284页。

③《读邵不疑学士诗卷杜挺之忽来因出示之且伏高致辄书一时之语以奉呈》，朱东润校注《梅尧臣集编年校注》卷二六，第845页。

④《梅圣俞墓志铭》，《居士集》卷三三，《欧阳修诗文集校笺》，第881页。

⑤ 参见莫砺锋《论梅尧臣诗的平淡风格》，《唐宋诗歌论集》，凤凰出版社2007年版，第234、236页。

⑥《慎宜轩诗集》卷五，《晚清桐城三家诗》，第650页。

律益入深纯，所谓‘意至多苦词，光沉无客耀’者，盖自喻也。”[①]吴氏所引两句，出自永概壬子（1912）所作组诗《杂诗》其十三，诗云：“杜公入夔湘，诗境老逾妙。持较雅颂篇，骎骎与同调。意至多苦词，光沉无客耀。晦翁颇知文，于此昧厥照。不如山谷深，片言握玄要。”[②]他赞同黄庭坚所云“观杜子美到夔州后诗”，“不烦绳削而自合”[③]，即达到一种老境。晚年姚永概就对杜甫“老逾妙”的诗境极为憧憬，就风格而言，二十首《杂诗》就是此种老境的体现。而梅尧臣晚年的平淡之中，亦正具有此种质素。从前引《石遗室诗话》可以看出，陈衍与郑孝胥讨论梅诗，于其老境兴趣盎然。姚氏与他们一致。

正因为调和家学与师承的冲突，姚永概方致力于梅诗，效其敛奇崛于平淡之中，寻求一种老境。钱基博移曾国藩评姚鼐诗“劲气盘折”之语以评永概诗，并说：“亦其家风使然。”[④]汪辟疆也说其诗“简远朴茂”[⑤]，这正是一种阳刚与阴柔兼具的平淡之风。

四、诗歌本位特征的回归

从梅尧臣诗学旨趣来说，其对诗歌本位特征的追求也与桐城派诗学观契合。元人龚啸认为梅尧臣的一大贡献在于“去浮靡之习，超然于昆体极弊之际”[⑥]，西昆体以学问为诗，“挦扯”李商隐，形成浮靡艰深之习，梅尧臣一方面以“清丽闲肆平淡”救其浮靡之失，另一方面又强调“含不尽之意见于言外”的诗歌本位特质药其艰深之病。故其诗虽平淡，但并非“‘平’得常常没有劲，‘淡’得往往没有味”[⑦]，而是如欧阳修所云，“初

①《晚清四十家诗钞》卷二，第126页。

②《慎宜轩诗集》卷七，《晚清桐城三家诗》，第680页。

③《与王观复书三首》，《豫章黄先生文集》卷一九，《四部丛刊》本。

④《现代中国文学史》，第206页。

⑤《近代诗派与地域》，《汪辟疆文集》，第302页。

⑥《宛陵先生集》附录龚啸《跋前二诗》，《四部丛刊》本。

⑦ 钱锺书《宋诗选注》，人民文学出版社1958年版，第16页。

如食橄榄，真味久愈在”①，具有醇厚绵长的韵味。这种韵外韵、味外味，正是桐城派心向往之的境界。

桐城一地，于王士禛神韵诗学非常倾心，其《古诗选》成为此中人士学诗的通用教材，《唐贤三昧集》《渔洋精华录》等，也是桐城诗人膜拜的典范，因此，渔洋所提倡的神韵诗学，也得到当地诗人的发扬，而阐扬最力者，当属姚鼐及其后学。姚鼐的时代，两种诗风最为流行：一是袁枚为代表的性灵诗派；一是厉鹗为代表的浙派，前者浅易，后者险怪，也即姚氏所云：“浅易询灶妪，险怪趋虬户。”②对此两派，姚氏均深感不满，所以他说“吾断谓樊榭、简斋皆诗家之恶派”③，因为不管是浅易还是险怪，都缺乏传统诗歌所追求的不尽之意。故而姚氏推崇王士禛的神韵诗学，以挽救时下诗坛之偏颇。在《古文辞类纂序》中他提出“神理气味”与“格律声色”八字，最重要的是“神”，而这“就是王士祯讲的‘神韵’之‘神’”④。姚鼐对神韵境界非常推崇，他读了苏园公寄来的“高格清韵”“空蒙旷邈”之诗，称赞道：“使人初对，或淡然无足赏；再三往复，则为之欣忭恻怆，不能自已。”认为“此是诗家第一种怀抱，蓄无穷之义味者也”⑤。其自为诗，也重神韵，侄孙姚莹评其五古“高处直是盛唐诸公三昧”，七古“学宋人处时入妙境”，七绝“神俊高远，直是天人说法”⑥；姚原绂《惜抱轩集序》云：“所为诗文辞，清旷玄远。”⑦均指出其诗追求含不尽之意的神韵。

至于姚永概的时代，诗坛同样流行着艰深与浅易两种诗风。艰深者以学人之诗为代表，郑孝胥、沈曾植等为骨干；浅易则有更大的市场，不仅如黄遵宪等文士提倡“我手写我口”的语体诗，随着通俗文风的兴盛，白话入诗亦为常事。对于以学问为诗，姚氏并不否定，因为“无学未免成伧

---

①《水谷夜行寄子美圣俞》,《居士集》卷二,《欧阳修诗文集校笺》,第46页。

②《与张荷塘论诗》,姚永朴训纂《惜抱轩诗集训纂》卷四,黄山书社2001年版,第201页。

③《与鲍双五》,《惜抱轩尺牍》卷四,第59页。

④ 吴孟复《桐城文派述论》,安徽教育出版社1992年版,第105页。

⑤ 姚鼐《答苏园公书》,《惜抱轩诗文集·文集后集》卷三,上海古籍出版社1992年版,第294页。

⑥ 姚莹《惜抱轩诗文》,贾文昭编《桐城派文论选》,中华书局2008年版,第253页。

⑦ 钱仲联《清诗纪事》,凤凰出版社2003年版,第6013页。

儿”[①]；而于浅易直露的诗风，极为不满，他评苏轼诗云：“东坡五古合陶公、太白、昌黎为一手……后人不善学之，或流于滑易。”他指责王维“科头箕踞长松下，白眼看他世上人”二句“尤觉太露，全失其平日面目”。而于有味之诗，深为推崇，王缙《别辋川》“山月晓仍在，林风凉不绝。殷勤如有情，惆怅令人别”一诗，他赞其“起二句兴象何等清洒……此等诗最言惋意深，愈读愈觉有味”[②]。出于此种诗学趣味，他对王士禛《渔洋精华录》有浓厚的兴趣，少时就“过惜翁评点《精华录》”；晚年在清史馆任职期间，还撰拟《王士祯传》[③]。其弟子吴闿生亦有同样的诗学趣味，评《诗·唐风·椒聊》云：“末二句咏叹淫溢，含意无穷。忧深虑远之旨，一于弦外寄之，三代高文大率如此。”又评《有杕之杜》云：“古人高文往往意在言外。”[④]将神韵诗风视为最高诗学境界必备的特征。

正是出于此，姚氏对梅尧臣诗情有独钟。《书梅宛陵集后》指出好诗不仅需要具备“真面目”，还要有言外之味：“当其入微妙，不在文字里。”此正是梅尧臣“含不尽之意见于言外”诗学主张的重申。“不尽之意”可以是一种意义，也可以是一种韵味，宋人更强调一种韵外韵、味外味，所以欧阳修用橄榄形容梅诗，因为其诗读后能产生绵永的韵味。这种韵味，一般人难以接受，正如姚永概所说：“东坡尚嫌酸，余贤可知尔。”苏轼曾戏称自己“作诗颇似六一语，往往亦带梅翁酸”[⑤]，这种酸味就是欧阳修所说的食橄榄的感受，初尝之味酸，继而醇厚绵长，回味无穷，正是“不尽之意”的形象写照。姚永概后期对梅诗之酸也甘之如饴，这从他对莫友芝诗阅读感受的变化可以看出。当年在曾国藩的安排下姚濬昌从莫氏学诗，而莫诗即脱胎于宋人，姚永概17岁时记读后感云：“莫子偲先生《郘亭诗钞》，古雅淡朴，近时之巨手也。然其诗囿于宋人，终未得唐人境界耳。”[⑥]虽亦肯

①《书郑子尹诗后》,《慎宜轩诗集辑遗》,《晚清桐城三家诗》,第776页。

② 分别见《慎宜轩日记》,第236页、257页、9页。

③ 分别见《慎宜轩日记》,第9、1352页。

④ 吴闿生著,蒋天枢、章培恒校点《诗义会通》卷一,中西书局2012年版,第101页、105页。

⑤《欧阳晦夫遗接　琴枕戏作此诗谢之》,王文诰辑注,孔凡礼点校《苏轼诗集》卷四三,中华书局1982年版,第2373页。

⑥《慎宜轩日记》,第92页。

定其为“近时之巨手”，但对其未能熔铸唐宋而深感不满。不过晚年再读时，感受就有很大不同，他从莫诗中体会到一种“酸”味，正如《书郑子尹诗后》所云：“生平怕读郑、莫诗，字字酸入心肝脾”，不过此味又令其欲罢不能：“惟酸方许语刻骨，此言真实不余欺。”[①]此种酸味，不仅是感情的愁苦，亦指韵味的久远。毕竟，莫氏论诗亦倡韵致，所谓“风泠云上，读之悠然穆然，深远无际，而不知情之所以移者，韵胜也”[②]。同姚氏有相同感受的张之洞亦云：“《巢经巢集》清厉刻崛，纯从孟韩出，读之如餐谏果，饮苦茗，令人少欢悰。”[③]郑诗具有的谏果（即橄榄）之酸、茗茶之苦等韵味，无疑近于宛陵诗。在姚永概看来，莫友芝诗也具这种酸味。很显然，此为姚氏后期追求的境界。

至于诗作，同对莫诗的认识类似，姚氏前后期也经历了相同的变化。以五言古体为例，如作于乙未（1895）的《赠陈静潭（淡然）》云：

> 有田不能耕，有屋不能住。七尺不赀躯，竟为漂泊具。昨日金陵潮，今朝瓜口路。眼中三百里，未必当虎步。天门荡荡开，白日昭宿雾。帝旁玉女多，妒此修眉嫭。山庐鲜芳草，江径饶兰杜。著述百千言，蟠胸犹郁怒。呼叫千秋亭，痴人愕相顾。信陵骨已朽，肝胆向谁露。但取意气倾，钱刀何足慕。[④]

又如作于丙辰（1916）的《赠臧涧秋（荫松）》云：

> 京师号人海，求友各有曹。轻车载年少，意气丰英髦。涧秋何为者，独喜亲霜毛。吾文偶一见，嗜若左手螯。敦劝印千本，传之天下豪。校雠骄阳中，却扇汗粘袍。愧非扬马作，胡以称子劳。昔途经芒砀，龙虎气未韬。会当起真人，一钓十五鳌。六合尽清宴，重瀛息奔涛。发抒万古愤，鸿文纪禹皋。吾甘牖下老，子应云间翱。兹编奚足

---

①《慎宜轩诗集辑遗》,《晚清桐城三家诗》,第776页。

②《播川诗钞》,《郘亭遗文》卷二,清末刻本。

③ 张之洞《广雅碎金》附录校语,《清诗纪事》(三),第10023页。

④《慎宜轩诗集》卷二,《晚清桐城三家诗》,第597页。

言，只配秋虫号。[①]

同是赠诗，30岁时豪气干云，辞皆腾跃纸上，有一往无前之概，然其失在尽，缺乏神味；50岁后则音节苍凉，气息沉郁，正是一位饱经沧桑的老人诉说人生况味的情状，前半激昂中有沉痛，后半静寂中含愤懑，敛光芒于平淡，言近而旨远，酸涩之味绵绵不绝。后者与典型的梅诗极为相似，如《依韵和裴如晦秋怀》云：

老叶已足蠹，风振犹在柯。高高低低声，切切感我多。不念四散飞，尖圆竞相磨。当兹思再春，宛然同俟河。莫惊衡山雁，莫问洞庭波。徒闻汉武帝，独有《横汾歌》。[②]

将酸涩之味平淡道来，姚诗正从此类梅诗中脱胎而出。夏敬观学梅，亦"为宛陵之清苦"。其实不仅姚、夏，晚清以来"为宋诗者，专务为瘦硬清苦"[③]，唯有此种无尽的酸涩清苦之味，方能触动他们末世的心弦。

钱仲联先生概括晚近诗风演变脉络云："乾嘉以后，作者大都挹袁、赵之余波，轻靡流滑，至于不可遏止。郑、莫诸公，欲救其敝，乃力趋昌黎、东野、山谷、后山一路。若近日则既家西江而人宛陵矣。"[④]为反性灵派轻靡流滑而提倡山谷艰深劲峭，继之又趋于宛陵平淡清苦，梅诗在晚清民国时期尤其是民国年间被广泛接受，是诗史演变链条上重要的一环。正是在这样的背景中，陈衍、郑孝胥及夏敬观等开启了宗梅诗学及诗风。而作为桐城诗派殿军的姚永概，他提倡梅诗，不仅有此诗史背景，还在于家学传统与革弊趋新的需求。

（原载《安徽大学学报》2018年第6期）

① 同上卷八，第706页。

②《梅尧臣集编年校注》卷二一，第568页。

③《梦苕庵诗话》，齐鲁书社1986年版，第30、74页。

④《梦苕庵诗话》，第286页。

卷四　刊刻批点与诗学流通

论清代桐城诗歌总集的体派意识与文学权力互动

史哲文

桐城夙为诗国，戴名世云："江淮之间，士之好为诗者莫多于桐。"①桐城诗派作为一个学术概念基本已被学界承认，但其构成、风格、演化诸多内容依然存在可论之处。应注意到，近年来明清诗歌总集的整理与研究逐渐得到广泛重视，而清代桐城一地辑纂地方诗歌总集不少，就目前知见，有潘江《龙眠风雅》六十四卷（续编二十八卷），王灼《枞阳诗选》二十卷，文汉光、戴钧衡《古桐乡诗选》十二卷，徐璈《桐旧集》四十二卷等数部②，这些诗歌总集折射出的桐城体派观念、文化态度、诗学成就以及文学史书写尤其值得关注，许结、周成强等学者对具体单部总集如《龙眠风雅》《桐旧集》已有一定讨论③，不过将清代桐城诗歌总集作为一个整体进行考察尚付之阙如。早有学者认为："总集的作用在许多方面往往构成文学发展的契机。……影响一代风气，确立一种美学传统，促进文学流派的形成。抟聚出一些文学史概念，从而对文学史的构建发生重要影响。"④这对

① 戴名世著，王树民编校《戴名世集》，中华书局1986年版，第32页。

② 除此以外，还有如吴希庸、方林昌《桐山名媛诗钞》十一卷，专录明清桐城女性诗人诗作，参见史哲文、尚丽姝《论〈桐山名媛诗钞〉与明清桐城女性诗学伦理观念》（《地域文化研究》2020年第3期）；姚觐闾辑《桐城诗萃》三十二卷，仅存目；又有民国时桐城人吴复振，字健吾，著有《续桐旧集稿》一卷。（蒋元卿《皖人书录》，黄山书社1989年版，第925页）。

③ 详见许结《〈桐旧集〉与桐城诗学》（程章灿主编《中国古代文学文献学国际学术研讨会论文集》）、《从〈桐旧集〉到〈耆旧传〉》（《文献》2011年第3期），周成强《论桐城诗歌选本的编纂思想及其诗学特征——以桐城诗歌总集〈龙眠风雅〉为考察文本》（《求索》2013年第3期），潘林《〈龙眠风雅〉的诗学传统》（《安庆师范学院学报（社会科学版）》2016年第6期）。

④ 王锺陵《总集与评点———兼论文学史运动的动力结构》，中国社会科学，1993年第4期。

考察桐城诗歌总集颇有启发。

一、诗以地著：以地域总集透视姚门之外的“桐城诗派”

桐城派以文闻名，但谈及桐城诗派须首要明确的一点是，桐城诗派是桐城之诗派还是桐城派之诗派。前人有两个经典观点为人熟知：一是吴汝纶《姚慕庭墓志铭》所说：“桐城自方侍郎苞以义理文章为学，流风渐被，文无工拙，制行一准宋贤，君其选也。……至姚郎中乃以诗法教人，其徒方植之东树，益推演姚氏绪论。自是桐城学诗者，一以姚氏为归。”[①]吴汝纶认为桐城诗学以姚鼐为始创，方东树承之，将桐城诗派的正祖归于姚鼐，但仍强调方苞古文地位在先，意在表明文派在先，此论影响颇深；二是钱锺书续其父之论认为桐城诗派应自姚范始，“桐城亦有诗派，其端自姚南菁范发之”[②]，又称“惜抱以后，桐城古文家能诗者，莫不欲口喝西江”[③]，“亦有”一词显然含有与古文之桐城派相比照的让步意味，从而以此阐明桐城诗派的构成人员为桐城古文家，诗学以江西为尚的观点。当代不少学者或尊钱氏之论，以姚范为诗派嚆矢，或认姚鼐为祖师，以姚门四弟子为中坚，今人大部分论述基本不出这两种观点。[④]

姚氏叔侄为桐城派重要人物无疑，姚鼐实为文派祖师：“古文而有‘桐城’一派，据之史实，乃肇开自姚鼐。‘桐城三祖’之名，系姚门弟子所追崇，今之论者径称方苞为‘桐城派创始人’云云，系昧于史实作随意不根之谈。”[⑤]但诗派是否同样如此？细察钱锺书先生关于桐城诗派观点的关节

---

① 吴汝纶著，施培毅、徐寿凯校点《吴汝纶全集》，黄山书社2002年版，第213页。

② 钱锺书《谈艺录》，商务印书馆2011年版，第364页。

③《谈艺录》，第365页。

④ 可参看钱基博《现代中国文学史》、严迪昌《清诗史》、朱则杰《清诗史》、刘世南《清诗流派史》、吴功华《桐城地域文化研究》、周兴陆《桐城亦有诗派》(《中国文学研究》2012年第4期)、卢坡《姚范：桐城诗派的先导》(《华夏文化论坛》2013年第2期)、叶当前《论桐城诗派的两条诗学路径》(《安庆师范大学学报(社会科学版)》2018年第1期)等论著。也有学者认为戴名世为桐城诗派的先声，详见许总《论戴名世与桐城诗派》，陈宇俊、马亚中《试论戴名世对桐城诗派的影响》，等等，但相比姚氏之说处于少数。

⑤ 严迪昌《姚鼐立派与“桐城家法”》，文学遗产，2006年第1期。

有三，一是“自姚南菁范发之”，二是“惜抱以后”，三是“莫不欲口喝西江”。从第一个关节来说，自清立国至姚范活动的乾隆年间，已有百余年时间，其间是否能说姚范之前桐城无诗派之实；第二个关节，是否姚门之外不属于桐城诗派；第三个关节，钱氏将宗宋诗家局限在“桐城古文家”内，那么“桐城古文家”是否尽尚宋风。显然，这三个关节都值得推敲。我们不妨以潘江《龙眠风雅》①与王灼《枞阳诗选》为观察对象，在当地诗歌总集中可窥得另一个“桐城诗派”。

潘江（1619—1702），桐城人，字蜀藻，一字耐翁，号木崖，潘氏“与海内名流相结，主盟坛席者三十余年”②，著述颇丰，但多遭清廷查禁，其《龙眠风雅》初编成书于康熙十七年（1678），与续编前后花费四十三年之久，用力最深。合计收桐城诗人五百五十三人，诗作一万四千八百七十四首。《龙眠风雅》以桐城名山龙眠山为题，所录诗家或序以年齿，或以相近身份各划群体，是清初桐城重要诗歌总集。实际上，毛奇龄在《龙眠风雅序》里已说：“予思江左言诗，首推云间。近代闻见，颇称钱氏。当夫黄门崛兴，与海内争雄，一洒启、祯之末驵狯余习。而其时齐驱而偶驰者，龙眠也。故‘云龙’之名，彼此并峙。”③明末清初陈子龙、李雯、宋征舆、夏允彝等人组成的云间诗派在文学史上自有体派盛名，而毛奇龄直接将“龙眠”与“云间”并论，称“云龙”二者“齐驱而偶驰”，呈现出彼此对峙的局面。从观念认同的意义上而言，桐城诗派似已先于桐城文派发轫。

清代以降，桐城诗派亦并非仅为桐城古文家所专有，姚氏之前，桐城实有诗派的自觉意识。康熙十六年（1677）陈焯撰《龙眠风雅序》云：

> 予观古今诗格之升降，系乎时，不系乎地。自唐殷璠有《丹阳集》，

① 潘江辑《龙眠风雅》前有嚆矢，顺治五年（1648）潘江与方授着手纂《龙眠明诗选》，后因潘江遵母命参加科举，未能成书。后至顺治十七年（1660）左右，钱澄之与姚文燮欲采辑桐城之诗，但在集名上发生分歧，钱澄之认为应名曰“诗存”，“存者，存其略也，严之也”，姚文燮则主张称“诗传”，“传者，传其详也，宽之也”，二人未达成一致意见，遂又搁置，这次编纂潘江也曾参与，姚文燮有诗《柬潘蜀藻》，自注云：“余有《龙眠诗传》之选，搜集先贤遗编，蒙蜀藻多授藏本。”又十余年后，潘江另名曰“风雅”，寓意“国风好色而不淫，小雅怨诽而不乱”。（潘江著，彭君华主编《龙眠风雅全编》第一册，黄山书社2013年版）

② 马其昶著，彭君华校点《桐城耆旧传》，黄山书社2013年版，第219页。

③ 毛奇龄《西河文集》，《清代诗文集汇编》，上海古籍出版社2010年版，第279页。

刘松有《宜阳集》，黄滔有《泉山秀句集》，于是，诗始以地著矣。汴宋立江西之派，而推黄鲁直为宗；南宋立蒲阳之派，而称林艾轩为长，于是，以地著者，又因以派分矣。顾《丹阳》诸集自储光羲数人外，其诗多踳驳不传。严羽卿力辟江西为旁门。刘后村欲自异于蒲阳，有“英豪忌苟同”之句。繇是言之，诗固不得以方隅侈胜乎？然非所论于龙眠也。……龙眠之名卿硕士，与四方分坛立墠者未尝不声光相接，而坚守朴学，一以正始为归者，固自如也。①

陈焯，字默公，号越楼，桐城人，顺治九年（1652）进士，著《涤岑诗集》，辑《宋元诗会》。他先梳理诗歌与地域的关系源流，称唐代《丹阳集》《宜阳集》等诗选问世后“诗始以地著”，至两宋黄庭坚、林光朝后“以地著者，又因以派分矣”，举地域中又有流派分别。陈焯对往昔地域诗派的追溯，并非故作攀附之语，实则在于佐证自己的论点，他在列举众家后，引出“诗固不得以方隅侈胜乎”的设疑，随即话锋一转，“然非所论于龙眠也”，从而自江西、蒲阳一线连至龙眠，道出桐城已有地域诗派之实的观点。

如果说，清初陈焯是在观念上肇启桐城自有诗派的初步认同，那么另一位诗人王灼所辑《枞阳诗选》则从一镇之地明确了清代桐城在姚氏之外的诗派形态。《枞阳诗选》成书于道光十七年（1837），录明末至清嘉庆年间桐城县枞阳镇诗人一百五十家，诗作二千一百二十余首。桐城耆宿马树华在《枞阳诗选定本序》中云：“国初田间钱先生经学文章，声名在天下矣。及海峰刘先生归老居之，以诗、古文辞导引后进，从之游者，多磊落英俊之士；先生殁后，私淑其教者，相继而起，风规未坠。……（王灼）自田间下逮近今，得二十卷。”②马氏点明枞阳人钱澄之、刘大櫆二人是清代桐城诗坛旗帜。王灼则明确以钱澄之作为《枞阳诗选》的首卷诗家，选诗八十八首，刘大櫆选诗最伙，占二卷一百八十七首，除此二人之外，枞阳不乏名家，如方文以“嵞山体”著称于时，在此集中选诗一百零七首。

马树华又说：“乾嘉之间，则有王丈晴园、朱君歌堂、张君勖园，所谓

① 潘江著，彭君华主编《龙眠风雅全编》，黄山书社2013年版，序6—7页。

② 王灼《枞阳诗选》，安徽省枞阳县地方志办公室翻印本，1987年版，第1页。

枞阳三君者也。晴园年最长，亲受业与海峰。”[①]此处所叙王灼、朱雅、张敏求三人号为“枞阳三君”，据方宁胜《桐城科举》又称“枞川三俊”，却长期掩不得发。此“枞阳三君”皆师从刘大櫆，实有声名，略述于下：王灼，字悔生，一字明甫，号晴园，又号滨麓，《桐城文学渊源考》评价王灼：“大櫆在桐城门人，以灼为最，大櫆亦极称许。……诗亦沉雄雅健，卓然为一大宗。”[②]王灼对桐城派承上启下以及阳湖派的流衍不无贡献，曹虹评价道：“在张惠言与刘大櫆之间，王灼起到了类似于纽带的作用。”[③]朱雅，字歌堂，号芥生、岑南，“师事刘大櫆，受诗古文法，又与王灼、吴定等相切劘尤工，诗真能得师传”[④]。张敏求，字夒臣，号勖园、卜崖，“师事刘大櫆，受诗古文法，其为诗藻缋百态，穷极博丽，声色皆善”[⑤]。同时，选诗数量很大程度上能够代表诗人在当地的诗歌成就，除了王灼为辑者列卷末，《枞阳诗选》选朱雅诗一百一十一首，选张敏求诗八十一首，亦为数众多。试举三人诗作一观：

澎湖泱漭隔风潮，釜底游魂敢自骄？合饬戎兵歌六月，讵多干羽被三苗。旗翻鳄雾晨阴晦，燧骇蛟宫夜动摇。天上楼船横海出，汉家将是霍嫖姚。（王灼《闻台湾贼警》）[⑥]

金风吹落九门霜，直北天寒雁几行。辽海飞云人倚剑，燕山斜月客思乡。关河入望愁无际，砧杵谁家捣正忙？逆旅不堪仍吊古，昭王台畔草茫茫。（朱雅《秋日旅怀》）[⑦]

天阔浮云暮，城高纵目愁。风声连大漠，海气暗幽州。边塞难为客，关山畏及秋。素衣缁已尽，还向帝京游。（张敏求《登天津城楼》）[⑧]

---

①《枞阳诗选》，第1页。

② 刘声木著，徐天祥校点《桐城文学渊源考撰述考》，黄山书社2012年版，第127页。

③ 曹虹《阳湖文派研究》，中华书局1996年版，第117页。

④《桐城文学渊源考撰述考》，第131页。

⑤《桐城文学渊源考撰述考》，第133页。

⑥《枞阳诗选》，第308页。

⑦《枞阳诗选》，第247页。

⑧《枞阳诗选》，第256页。

由是可见，三人诗作雄健激荡，欲追唐人气韵，与江西瘦硬生新之法迥异，也就意味着从刘大櫆到“枞阳三君”形成了与姚氏“口喝西江”所不同，却又拥有完整诗学师承的桐城诗人群体。

位居“姚门四杰”之列的刘开在《张勖园明府诗序》内更为全面地阐论了王灼、朱雅、张敏求三人的诗学倾向和桐城之诗派概念，他首先认为：“自海峰先生卜居枞江，以风雅导启后学，而枞阳诗派遂盛于桐城。”[①]在姚氏之外，以刘大櫆为发端与中枢，“枞阳诗派”已兴盛于桐城；其次认为：“当吾时而得见者三人，其始则王悔生学博，其继则朱芥生孝廉、张勖园明府。……夫诗至近日难矣，海内之好尚与吾桐之趋向亦互有得失，所胜于世人者，大体雅正风气遒上耳。然吾桐之近为诗者，所造亦不一焉。以吾所见三人论之，力追往哲，得其精华，而七言短章尤为超绝，盖悔生之所得也；雄健瑰丽，调悲节壮，盖芥生之所得也；高秀雄阔，跌宕生姿，而情韵深婉，盖勖园之所得也。”[②]表明该诗派存在稳定成员和诗学师承，主要代表人物“枞阳三君”王灼、朱雅、张敏求三人诗风虽然各异，但是皆师法刘大櫆；尤应关注的是，刘开认为：“三君并崛起，枞阳扬声江表，使后进有所观感，吾桐之诗派共遂盛矣乎。”[③]从刘开的叙述来看，枞阳一镇之地，已然成为桐城的诗学乃至诗派核心，所以刘氏才明确称其为“吾桐之诗派”。王灼、朱雅、张敏求三家诗风宗尚“雄健瑰丽”“跌宕生姿”，绝非宋调，有别于姚门“口喝西江”，显然，此时此地的“桐城诗派”不属姚氏闬闳，却既有诗派之名，又有诗派之实，岂非另一个“桐城诗派”？

梅曾亮诗云：“是时文派多，独契桐城诗。”[④]可见，通过研读桐城诗歌总集，桐城诗派并非杜撰而成，而是一个与桐城文派并行不悖的诗歌体派，桐城诗派在清代文学史中得以成立，不唯外部诗家称道使然，更为重要的是桐城本土诗家的内部认知将诗派观念逐渐确立。由上所述，我们可以回答之前钱锺书先生关于桐城诗派观点中的三个关键问题，首先，桐城有诗

① 刘开《刘孟涂集》，《清代诗文集汇编》，上海古籍出版社2010年版，第551页。

②《刘孟涂集》，《清代诗文集汇编》，第551页。

③《刘孟涂集》，《清代诗文集汇编》，第551页。

④ 梅曾亮著，彭国忠、胡晓明点校《点校柏枧山房诗文集》，上海古籍出版社2012年版，第562页。

派无误，但在姚范之先已有诗派自觉意识。其次，姚鼐在桐城派所处地位固然未可否认，但是回到彼时现场，姚门之外尚有以海峰为始，上追田间，“枞阳三君”为核心的“桐城诗派”。最后，通过阐述可知派中多有诗文兼备者，从风格上看并非皆“口喝西江”。所以，从桐城诗歌总集来看，与其说“桐城亦有诗派”，倒不如说桐城自有诗派。

二、选诗之心：桐城诗歌总集的文学权力互动

桐城诗歌总集另一个重要特征是其文学权力的表现。诗歌总集在与文学史关联过程中具备特定的文学权力，曾有学者从命名上指出总集有权力支配的作用与内涵：“总集之名，无论是‘总’还是‘集’字，本身已意味着某种汇聚整合的权力。”[①]文学权力是学界已有概念，国内不少学者如朱国华、戴燕、程章灿、张德建等人在西人葛兰西、阿尔都塞、福柯、布尔迪厄等人基础上从本土语境出发各有论述，大致意指文学与权力之间的离合状态以及文学在自身话语体系中所具备的支配力量。总集相对于别集具有不同价值，这里意在强调诗歌总集在多重权力语境下汇聚、选裁、再创作与经典化诗派、诗人、诗作等过程中体现出文学权力的行使态势。

首先，应注意到桐城诗派所纂诗歌总集对官方政治权力的反映，我们知道，清代官方层面统一选辑“御纂”“御选”诗文总集，或未冠以类似名称但明显受到官方权力影响所纂的总集，意在树立旗纛，以一代文风服务一代政治。如《御选唐宋诗醇》《皇清诗选》等总集试图以御选诗学的范式来印证清廷权力上的统一，以诗歌的雅正风貌来呼应盛世的伟丽气象。《皇清诗选序》云：“圣治纯熙，崇文劝学，一统之化，肇造方新，而海内诗教，遂已跨越前世，振古希有。……本朝风雅之盛，将人尽折衷是书，其为传世尚可量欤？”[②]庙堂之外的诗家也不免有切身体会，汪志伊坦言明清两代政治权力对诗人创作的干涉以及诗作对政治环境变迁的直接反映：“明

① 程章灿《总集与文学史权力——以〈文苑英华〉所采诗题为中心》，南京大学学报（哲学·人文科学·社会科学），2011年第1期。

② 孙鋐《皇清诗选》四库全书存目丛书，齐鲁书社1997年版，第10—11页。

世诸公，生逢世乱变起君父之间，身当家国兴亡之际，故其诗愤而多感，踔厉悲凉，使读之者犹想见其遭时多难，而其发乎忠孝，旁魄勃郁不能自已之心，百世下如或遇之。圣人受命海内，又安臣民、袭福愿，靡不称以是，士大夫作为颂歌，类皆承流布德，润色朝庙，畅乎昌明，岩穴之士乐今而称古岁，时俦与讴歈愉愉，无复悲愤激烈之意。”①诚然，世俗权力地位对文学的影响显而易见，反映在总集选人顺序排列上，清代不少诗歌总集也以科第官爵尊卑为先后依据，不过，时人参与辑纂桐城诗歌总集时已有清醒认识并试图反拨。为《龙眠风雅》作序的陈焯在给友人书信中说：

> 近见纷纷操选政者，大约以爵位之崇卑为篇次之多寡先后。友人潘蜀藻笑曰：“此直一部有韵之缙绅便览，非诗也。”②

潘蜀藻即潘江，陈焯引潘江之语，指斥当时诗歌总集以权力地位选人的弊端。文学是否应保持自身本位，在陈焯看来答案是肯定的，陈焯素与潘江友善，《龙眠风雅》也暗蕴此义，实际上反映出清人以文学本位对威权观念的阻拒心态。

那么，《枞阳诗选》中所标彰的诗派宗主刘大櫆虽备受本地诗家推崇，其地位却在清人诗家的主流评价中名实不副的问题，按照这一角度来思考似也不难理解。刘大櫆之所以在彼时未得到所谓“主流文坛”普遍重视，一方面由于其终生布衣，与一般以科名官位为依据的评价标准不符；另一方面，其思想亦有与官方意识形态相悖之处，吴孟复《续枞阳诗选序》明确指出：

> 文直而诗曲，文之不能达者，诗可以宛曲达之。因举海峰“团圞一门内，弟寒兄不知。深宫狎阿保，而悯百姓饥？”是无君论也，是民权宣言也，当雍、乾文网极密之时，是文集中不可以质言者也。其锋芒之锐，与黄宗羲、唐甄相较，殆有过之。③

---

① 方于穀《桐城方氏诗辑》,《清代家集丛刊》,国家图书馆出版社2015年版,第3—5页。

② 周亮工著,米田点校《尺牍新钞》,岳麓书社2016年版,第298页。

③ 吴孟复《吴孟复安徽文献研究丛稿》,黄山书社2006年版,第54页。

吴孟复认为诗可以道文不可道之语，表明诗有别于文的特殊权力意味。刘大櫆科场蹭蹬，又以诗刺讽清朝统治，个人的文学权力固然得到行使，但与帝王的政治权力相比终究不可同日而语。是故在雍乾威权之下，刘大櫆难以被官方接纳，其文学地位受到牵连不能说与之没有关系。然而，方文即云："布衣自有布衣语，不与簪绅朝士同。"[1]个体声音即便微弱，也拥有对抗威权的力量，清人对位尊方显诗著的观念早有不平之鸣，如清初王士禛执诗坛牛耳，但时人郑性（1665—1743）为友人沈渔庄忿然道："今以渔庄之笔，使其置身廊庙，鼓吹休明，正自不减渔洋，顾乃蹭蹬蹇伏于江湖闾里间，有渔洋之诗而无渔洋之位，海内之人未必遽宗之如渔洋。"[2]文学对于政治权力存在疏离与拒斥，然而文学又存在自身的独有权力，所以，桐城文人面对刘大櫆的遭遇也应存在不平之意，故《枞阳诗选》等诗歌总集在与官方意识形态角力之间，选政之人于选诗与评诗中行使文学权力，努力为文学史保留了以刘大櫆作为清代桐城诗派宗师的如实评价。

其次，桐城诗歌总集中以选人选诗影响文学观念，进而对文学史构建施与影响。放眼整个清代，从地方性诗歌总集到全国性诗歌总集，文人辑纂诗歌总集蔚然成风，一方面反映地域与时代的诗歌成就，一方面又影响一代文学的走向。潘务正认为，清初"诗歌总集的大量出现为宗唐诗风在康熙诗坛占据主导地位奠定了基础"[3]，表明清代诗歌总集与文学史潮流的演变确有关联。而二者关联中的关键要义，毋庸置疑，正是总集选人选诗对诗派、诗人、诗作的传播流衍以及经典化过程中所扮演的重要角色。

依然以桐城诗派为例，前文所述桐城诗歌总集以刘大櫆为诗派宗师，除了行使有别于政治约束的文学权力，显然也意在将其经典化。而至晚清桐城派名宿张裕钊选施闰章、姚鼐、郑珍三家合为《国朝三家诗钞》，隐隐含有将三人作为清初、清中期及晚清诗家代表的用意，一循曾国藩观点："姚姬传氏自述其作诗之旨在熔铸唐、宋，然以余观之，独七律为最工耳。……国朝诗集行世，无虑数百家。章章炳著，为世所传述者，亦无虑

① 方文撰，胡金望、张则桐校点《方嵞山诗集》，黄山书社2010年版，第482页。

② 郑性《南溪偶刊》四库未收书辑刊，北京出版社1997年版，第607页。

③ 潘务正《清代翰林院与文学研究》，人民出版社2014年版，第72页。

数十家。然其卓然自立，不愧古人，独此三家而已。”[①]姚鼐诗学地位的经典化与此不无关涉，从而客观上将刘大櫆的经典地位解构。同样地，桐城派末期另一位名家吴闿生则在《晚清四十家诗钞》又试图塑造范当世在桐城诗派中的地位，吴闿生的弟子曾克端撰序文指出：

> 覃及胜清之末，肯堂范先生卓然起江海之交，忧时愤国，发而为诃诗，震荡翕辟，沉郁悲壮，接迹李杜，平视坡谷，纵横七百年间无与敌焉，洵今古以来不朽之作也。自范先生没，当世负盛名者多能与范先生同源一趣。而轨辙较近、感发较切，示天下学诗者所从入之途，固莫捷于是矣。此吾师北江先生选录近代四十家诗之微意也。[②]

有学者曾撰文对此集的文学权力表现有清楚认识，吴闿生的编纂行为“是一个叠合了‘权势转移’的文学发展过程”[③]。不唯桐城诗派，清代不少诗派的文学史构建也有赖于时人辑纂诗歌总集的权力话语，如岭南诗派得益于《广东诗萃》《粤东诗海》《岭南群雅》的反复标举，常州诗派洪亮吉、孙星衍、赵怀玉、黄景仁、杨伦、吕星垣、徐书受等人在钱维城《毗陵七子诗》的推重之下得以扬名海内，毕沅就说：“近今毗陵钱文敏公以沉博宏丽之才，提倡后学，一时异才辈出，指不胜屈，而七子为最著，惊才绝艳，均齿齐名。”[④]充分说明诗歌总集的辑选方法与内容对文学史书写的塑造力量。文学经典的生成是一个长期积淀的过程，而总集的选编内容即是逐渐积淀的具体方式，文学权力看似难以触摸，却确实左右了文学史的演进。

最后，桐城诗歌总集存在诗与史的权力互动。一方面，明亡清兴，自钱谦益辑《列朝诗集》，以诗歌总集高标“以诗存史”大义，黄宗羲进一步提出“以诗补史之阙”，表明文学权力与史官权力二者合一的倾向。清人纂诗歌总集也有强烈的诗史自觉意识，如《遗民诗》《清诗铎》《道咸同光四朝诗史》等。桐城诗歌总集同样具有此功能，如由文汉光、戴钧衡所辑

① 张裕钊著，王达敏校点《张裕钊诗文集》，上海古籍出版社2012年版，第211页。
② 吴闿生编，寒碧点校《晚清四十家诗钞》，浙江古籍出版社2006年版，第27页。
③ 闵定庆《〈晚清四十家诗钞〉与桐城诗派的最后历程》，中国韵文学刊，2008年第1期。
④ 徐书受《教经堂诗集》清代诗文集汇编，上海古籍出版社2010年版，第92页。

《古桐乡诗选》十二卷，于道光二十年（1840）刊行，收录桐城县北乡诗人一百七十七家，含闺秀四人，方外四人，诗作一千一百零七首，因北乡为古时桐国、桐乡所在，故以古桐乡名之，笔者所见为美国哥伦比亚大学图书馆藏本。文汉光在《古桐乡诗选》中将采诗与述史相联系：

> 既欲辑一乡之诗，则生长是乡，上下数百年间，苟有可传，必宜博采兼收以彰之人世，顾欲有所别择于其间，则隘而不广也。夫古者天子巡狩至列国，命太史陈诗以观民风，而列国必采之都鄙、征之闾巷以献，都鄙闾巷者，诗之所自出也。后世之诗，无当民风，故采诗之典不行，而其抒写胸次，发挥才藻，固足以考人才之兴衰，证世风之轮替也。[①]

不过另一方面，我们在这里所说诗歌总集诗史互动表现文学权力的内涵，更为深层次地体现在总集编者通过一定的价值判断辑录或不辑录某人诗作进而塑造其人的历史定位，这便是以诗章阐史笔之义。如徐璈《桐旧集》以家族姓氏为序，至桐城阮氏仅录阮鹗、阮自华、阮自嵩、阮之钿、阮湛五人，却不录阮大铖之诗，唯独在阮湛诗后按语中提到阮湛之父阮之焊“至性孝友，为人沉毅，有大节，不慕荣利，不喜见要人。族人石巢官大司马，公不因之仕进”[②]。石巢即为阮大铖号，此处按语一字一句莫不似在讥刺大铖。

徐璈还有意选录反映阮氏族人忠烈高节的事迹与诗作，如阮之钿“殉节卒”[③]，其《题壁诗》云：“读尽圣贤书籍，成此浩然心性。勉哉杀身成仁，无负孝廉方正。”[④]阮大铖虽官居高位，文采过人，但品行奸佞，首鼠两端，素来为人不齿，观上引按语以及所选诗篇的意旨，不难发现《桐旧集》努力将阮氏族人与阮大铖分割开来，以彰示诗歌总集的以诗塑史之意。徐璈在春秋笔法中体现出的文学权力颇可体察，其实，诗并非史，其特殊

① 文汉光、戴钧衡《古桐乡诗选》，文书二，清道光二十年刻本。

② 徐璈编，杨怀志、江小角、吴晓国点校《桐旧集》，安徽大学出版社2016年版，第101页。

③《桐旧集》，第98页。

④《桐旧集》，第99页。

价值有别于简单的纪事陈述，而是在于以诗歌特有的情感审美旨趣对人物事件蕴意褒贬，这才是诗有别于史的权力所在。

在文学史不断消解与形塑的过程中，文学权力或隐伏或显露，而诗歌总集的力量尤为值得关注。就桐城诗家而言，一方面，桐城派门人编《龙眠风雅》《枞阳诗选》《古桐乡诗选》《桐旧集》《桐山名媛诗钞》等地方诗歌总集以彰显地域诗家自身文学权力；另一方面，又如刘大櫆《历代诗约选》《五言正宗》《七律正宗》《唐人万首绝句钞》、姚鼐《今体诗钞》、张裕钊《国朝三家诗钞》、吴闿生《晚清四十家诗钞》等以选本试图表达文学主张或塑造桐城名家在文学史上的地位。清代是诗歌总集辑纂的鼎盛时期，同时又是台阁与草野离立的高峰时代，在清人所辑纂的桐城诗歌总集内展现的政治与文学、缙绅与布衣、诗章与史笔多方角力互动的局面具有独特意义。

三、以集显派：桐城诗歌总集对桐城诗派流衍的意义

学者吴孟复曾说："前年，复与钱仲联先生及舒芜兄弟同游浮山，拜密之墓。舒芜言：'文派'之外，更有'学派'；钱先生则谓'诗派'比之文章，似尤足重。孟复则谓：诗也，文也，学也，三者既区别而又相联系，学为之根，而诗为之华。"①就文学史研究的共识而言，一个诗派特别是地域性诗派的形成，或在当时已有体派观念的觉醒与诗人同声共气的聚合，或是彼时自身并未有体派的自觉意识，而由后世对风格类似群体的追认。在对体派的确认定义方面，前者的优先级应高于后者，即文学体派发展过程中的自我认同是更为明晰而关键的指标。我们说桐城早有诗派认知，而并非在姚范、姚鼐时才形成一个桐城诗派，这一话题表述不单意味着对桐城地域文学成就的肯定，而是在文学现场对桐城在清代已出现一个地域文学共同体的如实呈现。常有人在文学研究中说要回归文学现场，那么体察地方诗歌总集大概可以相对准确地回到当时的"现场"中去，因为由当地文人所辑的总集很大程度上可以将时人的文学观念与立场以显性或隐性的

①《吴孟复安徽文献研究丛稿》，第54页。

方式保存下来。我们通过对桐城地方诗歌总集的研读，一方面可以从当时文人视角与观念审视桐城诗派，另一方面可以发现桐城地方诗歌总集的价值所在。

首先，清代桐城诗歌总集在先后承续上具有重要意义。清代桐城文人多次纂修地域诗歌总集，各总集一脉相承，体系完整，延续有清一代。徐璈《桐旧集引》指出：

> 国初以来，搜辑遗逸，编录韵章，若钱田间、姚羹湖、潘蜀藻、王悔生诸先生《诗传》《诗选》《龙眠诗》《枞阳诗》之类，皆为总集佳本。第其书或未经锓梓，或已镂板而渐就毁蚀，其诸家专集亦大半湮落无可收拾。①

如若地方没有文学承传意识，桐城诸人必不会多次裒辑总集以显示成就，不断继起的编纂行为正体现出桐城诗学的自觉认同。于是徐璈决心延续这一传统："余不敏，浮沉薄冗，无所酬能于世，而言念曩者俯慨方来，窃欲效施、阮诸公辑《宛雅》《广陵诗事》之意，赓续钱、王诸先生之绪，采萃乡邑先辈诗章并言行之表见于他书者，寸累尺积，汇为若干卷，颜曰《桐旧集》，以蕲流示来兹，永言无斁焉。"②又如其后的《古桐乡诗选》例言说："吾桐诗人渊薮，前之选本有潘征君江《龙眠风雅》，版已销毁，本少流传。近则徐明府璈复为《桐旧集》之编，表微阐幽，二君子先后同志。……昔者王学博灼居枞阳，有《枞阳诗选》，聚奎、钧衡生长北乡，因仿学博之例，辑成此编。"③文汉光、戴钧衡细数前人所辑总集，表明四部总集的继承关系，桐城诗派的理念也自会镌进桐城诗歌总集的辑纂过程当中。

其次，各桐城诗歌总集重视认定诗派渊源传统，宗派意识明确。桐城古文家有选辑总集的传统，如方苞辑《古文约选》，姚鼐辑《古文辞类纂》，戴钧衡、方宗诚辑《国朝桐城文录》，萧穆辑《国朝桐城文征》等将桐城文

①《桐旧集》，第9—10页。

②《桐旧集》，第9页。

③ 文汉光、戴钧衡《古桐乡诗选》，例言一，清道光二十年刻本。

法显扬于世，对桐城派赓续作用深远，方东树云："姚姬传先生纂辑古文辞，八家后于明录归熙甫，于国朝录望溪、海峰，以为古文传统在是也。"[①]而桐城诗家同样认识到总集之于诗派的价值。诸诗歌总集上溯文统渊源以反映诗学传承，如《桐旧集》称"自齐蓉川给谏以诗著有明中叶"[②]，以明人齐之鸾（1483—1534）为桐诗发轫，而张敏求于《古桐乡诗选》序内将时间继续向前推进，指出"永乐以还，人才蒸起，蔚然焕然"[③]，认为明初桐城诗文成绩已见滥觞。诚然，上溯至永乐之时不能说明诗派的成型时间，但是从明代桐城的诗学演进接武而下，这一脉络未可否认。

其实，除了《枞阳诗选》，《桐旧集》也认为，在清代桐城诗家心中，刘大櫆才是桐城诗派成型的宗师。徐璈《桐旧集》编纂时间较晚，至咸丰时方刊出全书，理应受到姚门之"桐城诗派"影响，不过姚莹《桐旧集》序文认为清代桐城诗派的宗师还应归为刘大櫆：

> 康熙中，潘木厓先生是以有龙眠诗之选，犹未及其盛也。海峰出而大振，惜翁起而继之，然后诗道大昌。盖汉、魏、六朝、三唐、两宋以至元、明诸大家之美无一不备矣。海内诸贤谓古文之道在桐城，岂知诗亦有然哉！[④]

黄华表直接认定："望溪终身未尝作诗，海峰始以诗教弟子。故桐城文派，推始于望溪，诗派则自海峰。"[⑤]清代桐城诗派至刘大櫆堂庑始大，非一家之言。如果说，前文马树华《枞阳诗选》序文以刘大櫆为桐城诗派宗师人物，不排除是因王灼为海峰弟子的恭维之语，然而，身为姚门弟子的姚莹在《桐旧集》中将刘大櫆、姚鼐二人认定为桐城诗学的核心人物，其中又特地指出刘大櫆"出而大振"，姚鼐不过"继之"海峰，可见桐城派成员认定刘大櫆才是振起桐城诗派的津梁宗师，实则在于对文学现场的如实记录。

① 方东树《考槃集文录》清代诗文集汇编，上海古籍出版社2010年版，第235页。

②《桐旧集》，第1页。

③ 文汉光、戴钧衡《古桐乡诗选》，张序一，清道光二十年刻本。

④《桐旧集》，第1页。

⑤ 黄华《桐城诗派道咸诗派诗案》上编，新亚书院学术年刊，1959年第1期。

再次，各桐城诗歌总集反映清代桐城诗派盛衰变局。各总集积淀诗家，从而促进桐城诗派发展。当我们历数清代桐城地方诗歌总集的辑纂者，从明清之际的钱澄之、姚文燮、潘江到清代的王灼、徐璈、文汉光、戴钧衡、姚觐闾等人，他们接续辑纂的行为，是将桐城地域诗人与诗歌逐步经典化的一种方式。毛奇龄也预见到潘江编纂《龙眠风雅》《龙眠风雅续编》的价值："木厓著书等身，其所为诗，久为海内所诵扬，然犹兢兢乎不忘先烈，而具为搜讨。今之所为后，即后之所为先也。"[①]在光绪三十二年本《枞阳诗选》序中，方恪勋也说："《枞阳诗选》，余曾假阅一过，读其诗想见其人，惜余生后时，不得与诸先生览山光、眺江景，饮酒赋诗于一时。"[②]可以想见，当刘大櫆、姚范、姚鼐乃至后来的刘门弟子、姚门弟子及再传弟子诵读桐城诗歌总集时，未尝不为个人诗学素养的向心生长乃至桐城诗派群体的日益繁盛埋下了原发地域的文学种子。也正是因为如此，与前代其他诗派有别的是，《龙眠风雅》《龙眠风雅续编》《枞阳诗选》《古桐乡诗选》《桐旧集》等桐城诗歌总集的编纂历程与桐城诗歌创作状态交织一体，更重要的是，与桐城诗派的形成路径基本呈现出并行的轨迹，反映出桐城诗派自我认同的成熟过程。

事实上，桐城文人也试图通过反复刊刻总集来挽救诗派颓势。据前人记载，仅《枞阳诗选》一部总集，即于道光十七年（1837）、道光二十年（1840）和光绪三十二年（1906）前后七十年间分别镂版付镌三次，特别是最后一次距离清王朝寿终正寝仅余五年时间。彼时桐城派已渐羸弱，此次刊印未尝不暗蕴桐城派仍欲回顾历史成就，重现昔时四海文名的意图。方恪勋在第三次刊刻《枞阳诗选》时已认识到："吾乡诗文之盛，非复当日。于是刻诸先生之诗，俾使后生小子读之以为兴起之一助云尔。"[③]然而，重复刊印旧本而无新纂总集，正表明在王朝衰败的阴影显露之下，桐城派逐渐落幕已是无法回避的现实。

最后，还应注意到，各诗歌总集具有在家族层面促进桐城诗派发展的意义。清代"桐城世家之昌盛，在明清两代，特别在清代令人瞩目，对创

① 毛奇龄《西河文集》清代诗文集汇编，上海古籍出版社2010年版，第279页。
② 王灼《枞阳诗选》，序一，清光绪三十二年刻本。
③ 王灼《枞阳诗选》，序一，清光绪三十二年刻本。

立桐城诗派、桐城文派、桐城学派意义非凡”[①]各宗族热衷编纂本族成员诗歌总集，这一现象在桐城尤为集中，如方观承《述本堂诗集》、方于穀《桐城方氏诗辑》、马树华《桐城马氏诗钞》、周方林《周氏清芬诗集》、姚永概《桐城姚氏诗钞》等多种宗族诗歌总集相继问世，呈现地方文学的繁荣面貌，正如清人所说：“盖家谱与诗略，人物文章世相表里，交藉为不朽盛事甚哉。”[②]这些宗族诗歌总集属于家集，家集与家谱共同构建出文学世家的系谱。

在此背景下，清代桐城各地方诗歌总集的辑纂体例，在以生卒时间作为排列依据的普遍规律之下，存在从以相似身份为分类标准向以宗族姓氏为分类标准的转变。清初桐城诗歌总集以相似或相近的身份划分群体类型，据今人整理《龙眠风雅全编》前言所述，多以科举身份、同门身份、职位身份、行为身份、血缘身份等进行归总，《枞阳诗选》基本依循《龙眠风雅》前例，至《桐旧集》则已完全以各姓宗族分类，以辈分排序，“分姓列卷，其间略以时代之先后为序”[③]，严格遵循以宗族姓氏为排列顺序的体例，所以苏淳元在《校刊桐旧集后序》云：“今几二百年，诗家辈出，而卷帙浩繁，或有选辑一乡一族之诗，而合邑通选未有续其事者。”[④]我们可以清楚地看出桐城地方诗歌总集与宗族诗歌总集二者间呈现从双向并行到同向交叉的变化面貌，这一转变是家族文学与地域文学的相互作用所致，表明家族观念逐渐对桐城文学产生重要影响，从而关涉到桐城派发展。我们当然不否认桐城诗歌总集仅收录当地诗家似有拘墟乡里之嫌，不过桐城文化世家对桐城诗派建构的积极意义不容忽视。

所以，清代桐城文人不断辑纂地方诗歌总集，在展现诗作的功能之外又与诗派演进扭合一体，将当时文人创作面貌与成就凝聚在梨枣之内，并不因后世接受理念的改变而发生偏移，进而从一定程度上完善文学史的书写。

① 史哲文《论清代皖人宗族诗歌总集传统与文学世家建构》，安徽大学学报（哲学社会科学版），2019年第6期。

② 梅清《文峰梅氏诗略》清代家集丛刊，国家图书馆出版社2015年版，第11页。

③《桐旧集》，第11页。

④《桐旧集》，第5页。

四、结语

总之，姚范、姚鼐的诗学传承是清代桐城诗派的重要开创门径之一，不过并非桐城诗派的唯一正宗，在清代桐城诗歌总集内详细记录了刘大櫆及其门人所确立的“吾桐之诗派”，不仅创于姚门之外，诗法宗尚也有所异趣，是桐城诗派中不可忽视的另一支力量。而清代桐城诗歌总集的价值又不局限于此一点，《龙眠风雅》《枞阳诗选》《古桐乡诗选》《桐旧集》等总集累代传续、探赜渊源，既反映桐城诗派盛衰变局，又从家族层面影响桐城派发展。诗人辑纂桐城诗歌总集在以文学应对威权中或顺应或阻拒，在选人选诗中左右文学史书写以及以诗歌干涉影响现实与历史等方面具有鲜明的文学权力。

方东树曾在《古桐乡诗选》序文内溯源诗歌总集的发展历程：“选诗为总集，盖有权舆，正考父辑《商颂》，其后孔子本之以删《诗》《书》，自汉以来刘《略》、班《志》、阮《录》递显，集遂专部而为之一名。至于萧梁，而其体备。至于李唐，而其号繁，或以体分，或以代断，或以地别。”[①]表明总集在文学发展史中的丰厚内容与重要地位。然而，清代包括近代文人大量自发辑纂清人诗歌总集相比以往又富有其独特性，辑纂本身是一种书写与创作，并通过创作行为呈示文学内在力量，这种文学内在力量正是在树立经典与打破经典过程中促使文学史动态演进的内因。进一步说，我们通过研读总集文献，可以理解与评价一个地域、一个时代的总体文学现场与文学成就，从而在阐释文学活动形态和文人创作经验上展现出其应有价值，而观察数量宏富的清代诗歌总集，恰能赋予这种可能性。

（原载《苏州大学学报》（哲学社会科学版）2020年第6期）

① 文汉光、戴钧衡《古桐乡诗选》，方序一，清道光二十年刻本。

批点本的内部流通与桐城派的发展

徐雁平

引　言

在古代的诸多文学流派中，如就其所涉及问题的深广，流派意识的明确，绵延时间的长远，以及存世文献的丰富诸方面作整体考量，当推桐城派为最佳代表。桐城派的形成演进及其特质，在桐城派研究中，颇受关注，近年有数种论著涉及[①]。桐城派的结构与纲目在研究中已经显现，但仍有不少具体问题或关键性细节需要重新界定与探究，从而充实或更新对整个桐城派的认识。新材料的出现会引发新思考。姚永概《慎宜轩日记》收录姚氏十六岁（光绪七年，1881）至五十七岁（民国十一年，1922）的日记，较为全面地呈现姚氏“个人经历、家庭要事以及读书札记、社会见闻和时政消息”[②]。姚永概是桐城派晚期重要人物，其日记稿本洋洋三十六册，可充分反映桐城派最后历史阶段活动境况；然日记价值不尽在此处，姚永概

① 如王达敏《姚鼐与乾嘉学派》，学苑出版社2007年版；柳春蕊《晚清古文研究：以陈用光、梅曾亮、曾国藩、吴汝纶四大古文圈子为中心》，百花洲文艺出版社2007年版。笔者亦有二文讨论此问题，《书院与桐城文派传衍考论》，《汉学研究》第22卷第2期（2004年12月）；《桐城文章中“尚有时世”：以同光年间莲池书院之讲习为中心》，《清代文学研究集刊》第3辑，人民文学出版社2010年版。“桐城派”一般指桐城文派；本文所论，除桐城文派外，亦略及桐城诗派，特此说明。

② 姚永概著、沈寂等标点《慎宜轩日记》，黄山书社2010年版，“前言”第1页。日记缺记情况，整理者沈寂在“前言”中有说明。

虽为桐城派晚期成员，但他作为桐城姚氏之后以及桐城家族网络中的一员，一身之负载，远非晚期时段所能限定；而姚永概突破时间限定、与前贤交接的方式，当是一以贯之的读书活动。由书籍的阅读及批点的过录，可见桐城派的知识、见解、理论如何经过姚永概的选择得以汇合；由此追溯，更可考求桐城派累积整合形成的印迹，从而证示桐城派的形成与发展，是一种着意经营的过程。与姚永概同时的马其昶注《韩昌黎文集》，稍晚的高步瀛在编选唐宋文时，这一用心建构的意图亦十分明显。为免以孤证立论之险，在以姚永概为中心论述时，也适当关照其他桐城派文家，表明书籍的阅读、批点的过录是桐城派衍化中颇具内涵的文化与文学传承行为。

一、读书乃“修业事”

光绪十四年，姚永概二十三岁，中江南乡试并名列第一。按张仲礼的考察，清人中举平均年龄大约在三十一岁[①]，姚永概较早中乡试，于己于家族，皆为大好之事。此前，姚氏家族登进士第者二十一人，乡试中试者二十九人。姚永概自语云：“今距甲辰之年已四十五年，姚氏未有与春、秋试者，今年永概乃以江南第一人，遥承先德，缅怀在昔，固不仅以科名见重。”[②]然姚永概父姚濬昌期待的“明年金殿恩荣宴”最终并未实现[③]，姚永概在随后的己丑科、庚寅科、壬辰科、甲午科四次会试中皆不第姚永概重科名，但并未为科名所困，在得知自己乡试中式后，有流言诽谤。他在十一月初九日回应性的日记中约略表露自己的心志：

> 予之以第一人中式，殊非所料，上溯吾乡赵、刘、方、张五前哲，不免滋惭。则外间之纷纷籍籍，分所应有，但吾之自勉又不在此。方今天下可为忧虑者甚深且伙，而沾沾以一榜自喜，不几堕梅伯言所讥《文

① 张仲礼著、李荣昌译《中国绅士》，上海社会科学院出版社 1991 年版，第 138 页。张仲礼考察数字来源于道光十四年与咸丰元年直省两榜乡试。

②《慎宜轩日记》，第 371 页。“甲辰之年”指姚永概伯父姚莹道光甲辰年中式举人。

③ 姚濬昌诗句见《慎宜轩日记》，第 370 页。

昌杂录》之说耶？①

此等心志，在姚氏日记所记的读书活动中有清晰的表现。《慎宜轩日记》始于光绪七年，其时姚永概十六岁，年末有关于一年读写的总结："今年作古文三首、时文二十四首、诗四十三首、试帖十六首，阅《四书反身》一本未毕、《庸训》一本、《培远堂手札》三本、端恪公（姚文然）《外集》一本、《易知录》二十八本未毕、《史记》六本未毕、《郘亭诗钞》二本，得札记六十二则，抄独建斋选绝句二卷、曾子固五古一卷、毛生甫五古一卷、张廉翁诗一卷、海峰先生选五律一卷未毕。"②细检此年日记，所读之书还可补充陆游诗、韩愈诗文、杜甫诗、黄庭坚诗、《世说新语》《孟子》《东莱博议》、姚鼐诗文、姚莹《后湘诗集》等。时文、试帖诗只是姚永概丰富的读写生活中的一部分，从日记记录看，似不能成为核心部分。光绪九年三月二十日日记云：

> 予将工课分刚柔二日，刚日读经、读儒家书、读古文诗，柔日读史、读经济及时事书、读时文试帖，而作字则每日早为之，不间也。③

这一读书格局在姚永概追求科名的过程中，一直得以延续。刘成禺指出旧时童蒙读书风气各有区别，有书香世家、崛起、俗学之分，"世家所教，儿童入学，识字由《说文》入手，长而读书为文，不拘泥于八股试帖，所习者多经史百家之学，童而习之，长而博通，所谓不在高头讲章中求生活。崛起则学无渊源，俗学则钻研时艺"④。姚永概从容不迫的读书格局，无疑可入"书香世家"一类，此处亦可援引姚永概父引导他为"有用"之学之语作为旁证⑤。正是由于此类家学的延续，包括姚永概在内的桐城子弟才能

①《慎宜轩日记》，第369页。

②《慎宜轩日记》，第41页。

③《慎宜轩日记》，第117页。

④ 刘成禺《世载堂杂忆》，辽宁教育出版社1997年版，第3页。

⑤ 姚永概光绪九年五月十二日日记云："父亲言，人不可为无用之学，须于农田水利上讲究一番方好。因开各当看书为一单，分地理（天文附）、兵盐、漕河、水利、农田、度支、礼乐、洋务数门，逐一细究，方能有用。汝等资质尚好可勿负也。概谨志之。"（《慎宜轩日记》，第125页）

不为“俗学”束缚，代有文人学者出，故能传承桐城人文统绪。

姚永概对举业似较有把握，这似乎源于他“取法乎上”的读书计划，也有来自桐城文章的优越感。光绪十七年十二月十三日日记：“拾得陈大士、金正希残稿，因重装之。又二兄故时手抄百川、望溪文，阅之足应试矣。”[①]现选取光绪七年（1881）至宣统三年（1911）《慎宜轩日记》，统计分析姚永概的读书情况。在此期间，姚氏较为集中阅读的前代著述有七十余种[②]，桐城乡贤著述和桐城派诸家著述近七十种，新近翻译的西学书近二十种。

在姚永概所读的前代著述中，韩愈文阅读次数最多，在三十一年中有十年进行过阅读，而其他通过选本阅读韩文还有数次。光绪三十年日记中有“读韩公祭文，见其真厚之味，殆不可及”[③]韩文在所有桐城派文章选本中篇目皆十分突出，桐城派中人对韩文的诵读、笺注也皆用尽心力。姚永概对韩文的推崇，只是桐城文派统系延续的表征之一。韩文以外，姚永概还对《史记》（8）、苏轼诗（8）、《诗经》（6）、《庄子》（5）、《汉书》（5）、柳宗元文（5）、归有光文（5）、王安石文（4）、陆游诗（4）、《左传》（3）、《孟子》（3）、《荀子》（3）、李白诗（3）、韩愈诗（3），以及《战国策》《法言》《文选》《管子》《史通》《通鉴》《吕览》等书。姚永概在阅读这些桐城派共同推崇的经典或前辈著述时，也在参照摹拟撰写，日记中有数条记载：

> 大人命作《周烈妇传》，因取望溪文诵之。文成，乃自喜也。（光绪十五年九月二十五日）
>
> 学柳文琢句，终未深雅，殊以自惭。（光绪十七年十二月二十日）
>
> 初学骈文，寄与肯公（范当世）改之。（光绪十八年闰六月初八）
>
> 欲经营祭王闽孙师文，取《古文辞类纂》中哀祭诸作诵之，竟日未

①《慎宜轩日记》，第485页。

② 所谓“较为集中阅读”是笔者依据日记中所记录的阅读、抄录时间至少要有两三天之久。

③《慎宜轩日记》，第933页。下文“()”中数字表示三十一年中较为集中阅读的年份次数。

成一字。(光绪十九年十一月二十一日)[①]

上引日记中,“学柳文”一条前有若干日读柳文的记录;“初学骈文”一条,在此前后皆有阅读《文选》的记录。摹仿以形神之似,为“喜”“惭”之标尺,可知姚永概阅读沉潜之深。父兄师友亦持大家经典衡量、提示、督促:“吴先生阅余文毕,言近日文士气苦不盛,惟吾文气最好,眼中无与比,宜多读太史公、韩昌黎,异日必确有成就也。”(光绪十八年七月十七日)“早录昨文(《胡氏族谱序》)呈先生,甚蒙惊赏,以为归太仆集中最盛之作也。”(光绪十九年十月初七日)[②]

姚永概所阅读的西书中,《天演论》自光绪二十五年之后,光绪二十八年、二十九年又有阅读记录,其他如《泰西史揽要》《群学肄言》亦受重视,桐城派自同治以后,在自我调整变化,以适应世变,这在曾国藩、吴汝纶、姚永概的日记中有较全面地反映。至于姚永概所阅读的本朝人著述中,桐城乡贤或桐城派的著述占绝大多数,与选择性阅读前代著述相比,更具流派意识。

二、桐城派文人圈与“批点本书籍交流网络”

桐城文人造就了桐城的人文传统和人文景观;同时桐城的历史和地域也塑造了桐城文人的“地方感”。以桐城派而言,它强化了身处桐城这一特定社会网络和山水之间文人的自信心与责任感。光绪十三年姚永概在日记中记录拟撰四种书,其中《桐城遗书志》《桐城山水志》《惜抱诗笺注》[③],于桐城人文,寓表彰阐扬之意。而姚永概见范当世弟范铠时,称其人“秀雅可喜”,读其文,“笔颇雄杰,议论篇幅不尽近桐城家法矣”[④]则略有桐城家法在兹的评判意味。《慎宜轩日记》中记载众多关于桐城前辈及桐城派诸

① 分别见姚永概《慎宜轩日记》,第406、486、503、555页。

②《慎宜轩日记》,第509、552页。

③《慎宜轩日记》,第325页。

④《慎宜轩日记》,第358页。

家著述，书籍之数量和所用之尽力，皆可表明此举非同寻常。

为便于讨论，现将姚氏日记中记载过录批点、抄写书籍等事辑出，按年代排列，可得三十八条记录（见附录）。据此，可略作引申性论说：

其一，三十八个条目中，涉及诗选、诗注的有一半，如此则可在桐城文派之外，梳理桐城诗派的范围。若再拓展视野，还有“桐城《诗经》学”之名目①。三学之间彼此关联影响，合并可称之为“桐城派”。

其二，桐城派选本、评注如此丰富，可见在诗文创作之外，在文学批评上也着意经营，并且天地开阔。若以刘声木《桐城文学撰述考》统计，方苞五十一种著述中，编选、评注一类有十七种；刘大櫆三十一种中有二十五种，姚范十六种中有十三种，姚鼐四十五种中有二十九种，而晚期桐城派名家吴汝纶一百二十三种著述中有一百一十种编选、评注之作。如此丰富的文献，足以建构桐城派的文学批评之学。

其三，桐城派的诗文选本众多，但就具体文体、具体作家而言，不同的选本有共同认可的基本篇目，如关于韩柳文、归文等在选目上不会有明显波动，亦即核心稳定，周边松动。所谓周边松动，或由选本的详略造成，如《古文辞类纂》《经史百家杂钞》皆有简本；或由选家文学见解所致，但不导致较大的起落。

其四，就编选前代经典而言，当选本的文体类别、核心篇目基本确定后，选本进入稳定期，桐城派的选本大致有奠基性的“姚选时期”和调整扩充性的“曾选时期”，经此二时期几大家的挑选与建构，格局已定，难得有新气象的新选本出现。编选既然不能有所作为，桐城派文家遂转向经典篇章的注释、评说，推动桐城文章之学和桐城诗学向精微深细方向发展。

其五，上列三十八个条目中，有三十三条关于桐城先辈或时贤著述。这固然可说姚永概重视乡邦文献，但亦可说他具有强烈的派别意识，在三十八个条目之外关于诗文的编选、批圈，似乎难进入其视野。这类偏向性选择，在马其昶校注韩文时，亦清晰显现。马氏选择明清诸家注释共十八家，其中只有沈钦韩、何焯、恽敬、储欣、李光地五人不是桐城派统系中人（下文展开论述）。高步瀛在《唐宋文举要甲编》亦承此手法，其中注韩文，重要评注选择桐城派文家，其他清代注家，除选择何焯注较多外，钱

① 此说见许结教授撰《徐璈〈诗经广诂〉考论》，未刊稿。

大昕、段玉裁、俞樾、王念孙、王先谦之说，只是一二点缀而已。

姚永概抄写、过录诸书，绝大多数不是正常流通的刻本，可据日记记录追溯部分书籍来源：

"庸叔"：刘大櫆选五律、《历代诗选》；

"伦叔"：姚鼐圈点黄庭坚诗、方苞圈点韩文；

"子丰族叔"：《龙眠古文》；

姚永朴：姚范圈评韩文、《援鹑堂笔记》原刻本；

岳父徐宗亮：方世泽批本《汉书》、方苞自评点文集、姚鼐评《震川集》《朱子全集》圈点本；

姊夫马其昶：曾选陆游诗、纪昀方世举评点苏诗、姚鼐评点《法言》、姚鼐评点《唐贤三昧集》；

姊夫范当世：吴汝纶过录本《史记》、范当世评点本欧阳修诗、范当世评点《古文辞类纂》；

吴汝纶：姚鼐圈点《文选》，姚鼐评点《诗经》，方苞姚鼐圈点《左传》，方苞注杜诗，吴汝纶过录本《史记》，吴汝纶评点本《论语》《庄子》《管子》《五代史》《吕览》《书经》《大戴礼》《荀子》；

郑福照：批点本姚鼐诗。

在此之外，据刘声木《桐城文学撰述考》中的零星记载，还可辑出数种私家收藏的编选、批点之本：

马其昶：方苞评点柳文稿本、姚范评点《望溪文集》；

桐城倪士达：方苞《史记评点四家》原本；

桐城程氏：刘大櫆评点《文选》；

桐城张氏：刘大櫆评点杜诗；

桐城吴棣村：刘大櫆评点茅坤《唐宋八大家文钞》。①

姚永概所抄写、过录诸书，大致出自姚氏族人、姻亲、同乡。以上所呈现，或许只是各家藏书的一小部分；桐城一县私家藏书，虽不如江浙两省中许多藏书之乡丰富，但如统合考察，桐城藏书，经明中叶以来数代积累，必有可观之处，这便是一种作为底蕴性质的地域文化资源。这一整体

① 刘声木《桐城文学撰述考》，黄山书社1989年版，第396、407、408页。刘大櫆"评点杜诗"条后有刘声木注："极为精细，五言长律转折、段落、筋脉，一一分明。"（第408页）

可观、然处于分散状态的藏书，如何能互通有无以尽其用？在传统社会，无疑需要亲戚、师友等私情才能开启私家藏书。桐城的社会关系十分独特，自明中叶以来，知名家族之间联姻的次数、密度、延续的时间，在其他地区难得一见[①]，其中姚、方、张、马、刘等家族是这一繁密的姻亲网络中的关键家族。文学世家之间的联姻中有文化资源的流转，可促使家族性、地域性文化交流网络的形成。姚永概因为姻亲的关联，得以利用徐宗亮、马其昶藏书；甚至包括南通范氏之书，也进入这一私家藏书交流网络，而吴汝纶虽非桐城望族，但吴氏与桐城左氏、马氏联姻，吴汝纶孙女嫁姚永概弟姚永棠，故吴氏亦是桐城姻亲网络中的一个节点[②]。作为乡贤前辈与老师，姚永概过录其评点诸书，也在情理之中。吴汝纶入曾国藩幕府八年，深得曾氏赏识，光绪六年补直隶冀州知州，光绪十五年主讲莲池书院。姚永概师从吴汝纶最久，过录吴代评注之本，多在冀州游幕期间。吴氏在直隶似颇留意搜集桐城派文献，如同治十三年五月，吴氏有日记："张霭卿购得残本归文，内有望溪选读者，附记目录于此。"[③]姚永概光绪十九年十月初三日日记："过录杜诗评点，望溪手笔也，吴先生在京师以数金购得之，真奇缘矣。"[④]姚永概可利用姻亲、师友、同乡等关系，拓宽所用图书资源的范围，并不局限于桐城一邑。

姚氏作为桐城诗书望族，书籍、字画有一定的积累。据姚永概光绪十六年日记，尝述及其家藏书在咸丰三年太平军攻打桐城时损毁惨重[⑤]。光绪十四年四月二十二日姚永概日记有"理先世手校书三箧"的记录，详列所存手校书目：

《四书》残本、《史记》《前汉书》《后汉书》《三国志》残本、《南

① 桐城文学世家联姻情况，可参拙著《清代文学世家姻亲谱系》，凤凰出版社2010年版，第168—204页。

② 吴汝纶《桐城吴先生日记》，河北教育出版社1999年版，第666-667页。此条材料，笔者编撰《清代文学世家姻亲谱系》时漏检，特此说明。

③《桐城吴先生日记》，第825页。

④《慎宜轩日记》，第551页。

⑤《慎宜轩日记》，第443页。太平军与清军在桐城拉锯战达九年之久，桐城文化所受之毁伤，似可推想。

史》、高注《战国策》《老子》《关尹子》、郭注《庄子》《庄子》《荀子》《楚词》《吕氏春秋》《韩非子》《文心雕龙》《通书》《正蒙》《韩昌黎集》《杜工部集》《韦苏州集》《苏子美集》《刘须溪记钞》《五七言古诗钞》残本、《钞选宋元明人诗》《淮南子》，以上姜坞公手阅本。杜注《左传》，抄本《古文》二、朱注《杜诗》，上三种亦姜坞公手阅，均有评点。

《五七言今体诗钞》原本、《抱朴子》，以上惜抱公手阅本。

《丙丁龟鉴》《道德指归论》，以上幸斋公手阅本。

《古诗钞本》《诗话偶录》《庄子章义》抄本、方植之先生评点王选七言古诗抄本、《止隅录》，以上清寐轩手抄本。《四书或问》《七言古诗选》、桐城先辈遗文抄本、《古文辞类纂》吴本录方、刘、姚三先生评点，以上清寐轩手阅本。……

植之先生诗文抄稿、《大意尊闻》、姚伯山先生遗稿、郑容甫先生杂稿、光栗园先生遗稿、《栗园行略》《昭昧詹言》《岭云轩琐记》原稿、俞陶泉《盐归场灶议》，以上先世来往友朋所托书，

《金刚经》一本、《大学说》，以上植之先生手批。

《南山日记》，此系南山先生亲笔。

刘海峰文一本，姜坞公手阅者。①

姚永概可借阅他家藏书；互通有无，自家藏书也可被姻亲、师友、同乡借阅。在《慎宜轩日记》中，有数条自家批点本被过录的记载，如：光绪八年，二姊姚倚云（适范当世）以《五七言今体诗钞》，命为录姚鼐圈点；光绪十年，萧穆寄《汉书》托录姚范圈点；光绪十一年，马其昶托过录望溪自评点文一卷；光绪十三年，陶心翁托录姚鼐《渔洋精华录》评点。又光绪七年五月十二日："出家所藏手卷，字画示通伯。"光绪十二年二月初二日："仲勉来，与强丈索予家字画手卷观之，谈笑竟日，古欢盎然，致足乐

①《慎宜轩日记》，第346页。引文中"姜坞公"，乃姚范；"幸斋公"，乃姚莹；"清寐轩"，乃姚濬昌；"植之先生"，乃方东树；"姚伯山先生"，乃姚柬之；"郑容甫先生"，乃郑福照；"光栗园先生"，乃光聪谐，姚永概外祖父；"南山先生"，似指戴名世。以姚永概光绪十六年日记所记中复堂所存书目，对照姜坞公姚范手阅之书，尚有《文选》《古今通韵》《道德指归论》、自抄古诗文七册可以补充。此外圈点《通鉴》已失，点阅《十三经注疏》不明存佚。

也。手卷计十七轴。”次日：“仲勉、通伯又来，偕强丈索予家所藏册页观之。”[①]从常理以及姚永概行文语气看，留有先人手迹的书籍及手卷、字画，及家中珍藏，似不轻易示人。此处暂以姚永概为中心，被借阅的藏家，还有托其过录自家藏书诸人，以及观其家珍藏诸人，是同族或关系十分亲密之人，其中存在一个相对封闭的文人圈，在此圈内，书籍流通较为公开顺畅；外人似乎不易进入这一书籍交流网络。姚永概选择性地读书，选择性地过录批点，也显示桐城诸大家族家学的封闭性特征，以家学为基础的桐城文学、诗学、经学，或多或少亦有此特征。

更为重要的是，在姚永概书籍交流网络中存在或流通的书籍特征。书稿经编辑刊刻，进入市场，便成为批量的公共出版物，其中每一部呈现在所有阅读者目前的信息量是相等的。但上文所列的众多书籍，与公开流通的书籍不同，其中有未刊的稿本，有圈点本，有批注本，姚永概看到的《史记》、韩文、震川文之类，与通行本大不一样，其中负载大量“附加信息”，出自诸多前辈的朱笔、墨笔、黄笔、紫笔、蓝笔批点，将不同时空中的声音凝聚在眼前的文本之上，批点中所包涵的认同、引申、疑问，构成关于所批点文本的多重对话。

对话的形成，有赖于类似姚永概所持续进行的抄写、过录工作，如上文所言，汇集性的抄写、过录只能在此特定的书籍交流网络中展开。这一交流网络传播的主要是未完全公开的“附加信息”，有一定程度的私密性，据此似可暂名此网络为“批点本书籍交流网络”，交流的目的，在于以详此略彼的手法汇合桐城派诸家关于古文与诗的“众声”，强化“天下文章出于桐城”的观念。“批点本书籍交流网络”在桐城文士及其姻亲中表现最为明显，而在此之外的其他桐城文家之中，则因文献不足，相关交流则相对稀淡。

学校中的传道受业，为公开性质；家学传承，或多或少具有独得之秘不传外人的倾向；包括姚永概在内的桐城诸人，总会承继一些作为文化资本性质的“先世手校书”，这类珍藏作为他们在文坛、诗坛或举业中角逐提

①《慎宜轩日记》，第245页。家藏字画手卷十七轴，其中有“惜抱轩临王大令帖；惜抱轩家书；惜抱轩尺牍；惜抱轩与先通议公（姚莹）手札；先通议《谈艺图》，陶文毅题；先通议公《龙眠丙舍图》，陶文毅题；……赵文恪与先通议手札；大人师友手札二通”。

供有力支撑。桐城世家的内向性联姻[1]，有意无意推助“批点本书籍交流网络”的构成并进一步强化交流的“私密性”与“地域性”。家学的特色，与文化资源、治学方法的“私密”有关联；而以家学为基础形成的地域性文学、学术流派，其与众不同的“地域性”，或许也当在家学“私密”特征中寻找基因。

三、桐城之学的累积、融汇与整合

桐城派的批点之风，似肇始于对归有光圈点《史记》本的过录、熟读，其后渐及其他经典，以至对望溪文、惜抱轩诗的笺注。唐文治云：“圈点之学，始于谢叠山，盛于归震川、钟伯敬，而大昌于方望溪、曾文正。”[2]此语有一家之言的偏重，但从上文所列述，以及方苞、刘大櫆、姚范、姚鼐以至吴汝纶著述的著作构成比例来看，也道出桐城派为学的一种特色。

姚鼐重圈点之学，所编《古文辞类纂》最初刊印就有一种圈点本；在与人书札中，指出：“震川阅本《史记》，于学文者最为有益。圈点启发人意，有愈于解说者矣。”[3]桐城派过录批点之风气，大约在嘉道之际就已盛行。“岭西五家”之一的王拯是道光二十一年进士，在《归方评点史记合笔序》中描绘在京城所见过录方苞评点《史记》的情形：

> 余始通籍，官京师……与仁和邵位西舍人从上元梅先生游。……日与位西游厂肆，见《史记》评点本，朱绿烂然，以告先生，曰：此望溪笔也，不知何人所录。……展转于吾友唐子实而归余，位西喜，假录焉。余又从梅先生乞过震川评点于上。盖归氏学尤深《史记》，其评点世多有，独梅先生尤精，方氏讲于为文义法，而所评点则罕流播，故自

① 举笔者编撰《清代文学世家姻亲谱系》中所录桐城方、姚、张三家族为例，方氏联姻共一百二十五次，省内联姻八十四，其中桐城七十八次；姚氏联姻一百六十四次，省内联姻一百四十四次，其中桐城一百二十六次；张氏联姻一百九十八次，省内联姻一百七十六次，其中桐城一百七十一次。这些家族的联姻对象绝大多数在桐城本县（见该书第12页）。

② 唐文治《国文经纬贯通大义序》，《国文经纬贯通大义》卷首，1925年印本。

③ 姚鼐《答徐季雅》，《惜抱轩尺牍》，同治五年刻本。

余得此传本后，同游奔走相告，从假录者几无虚日。[①]

至光绪年间，张裕钊对桐城派前辈王拯所刊《归方评点史记合笔》有不满之意，称“（王氏）自以为得其真，以余观之，亦尚多可疑者”[②]，遂有《王世贞归震川方望溪吴挚甫评点本史记》刊刻。就《史记》批点而言，从方苞、梅曾亮、王拯到张裕钊，其中有传承、累积，亦似有选择、质疑。批点、过录之盛行，表明桐城派的文章之学（或许还有诗学）进入融汇整合的时期。查刘声木《桐城文学撰述考》，关于《史记》的批点注释之书有十九种，《左传》有二十三种，唐宋八大家（含单行专家本）有十一种。诸如此类，编选、批点之本的纷繁，也是融汇整合的必要文献准备。学问的融汇与整合，建立在累积基础之上。上文所引光绪十四年《慎宜轩日记》“理先世手校书三箧”，所列姚范、姚鼐、姚莹、姚濬昌手校之书，对照姚永概日记，“先世手校书”基本在其所记阅读诸书范围之内，先辈在书籍上留下的“附加信息”，经姚永概的过录、阅读而累积。从书目中可见《古文辞类纂》至姚濬昌已过录方、刘、姚三先生评点[③]，《五七言今体诗钞》《五七言古诗钞》姚氏数代人都留意编选注释，据最近学者的研究，可见其中累积的过程：

世传姚鼐《今体诗钞》刊本中并没有姚鼐的圈点，民国贺培新所藏《七言今体诗钞》中过录有姚鼐圈点。贺氏于此集卷首扉页书云：“戊寅十月，于姚慕庭（姚濬昌）所得定本《七言钞》，圈点间有异同。其题上均有圈识，有朱笔临之。绿笔，刘海峰本。”[④]

据此可知《今体诗钞》有通行刊本与圈点本之别，圈点本至少有姚鼐、刘

① 王拯《归方评点史记合笔》卷首，光绪元年锦城节署刊本。

② 张裕钊跋，《王世贞归震川方望溪吴挚甫评点本史记》卷末，光绪四年武昌张氏刊本。

③ 姚鼐《古文辞类纂》乾隆四十四年（1779）编成，嘉庆二十五年（1820）刊刻，据方苞（1668—1749）、刘大櫆（1698—1779）的卒年，二人不可能评点《古文辞类纂》，姚濬昌所录，当是方、刘有评点诸如韩文、柳文之作，姚氏将相关批点过录汇集于《古文辞类纂》之上。

④ 韩胜《从〈今体诗钞〉看姚鼐的诗歌批评》，《安徽大学学报》2008年第3期，第86页。

大櫆手迹，经姚濬昌过录，内传至姚永概，外传至桐城派在直隶的一支[①]。前引王拯序文中已见道光年间桐城派诸家过录《史记》之事，此风在晚期桐城派文家中依然不减。贺涛师从张裕钊、吴汝纶，受古文法，据其子贺葆真日记所载，光绪十六年贺涛过录刘大櫆、姚鼐《左传》评点，过录姚鼐、吴汝纶评点《诗经》，光绪二十三年十二月二十日记其父亲手过录书如《史记》《古文辞类纂》共十种，所过录评点，绝大多数出自前辈桐城文家之手[②]。贺涛所过录的数种书籍，多有吴汝纶评点，结合其从吴汝纶问学时间，这些书籍应是吴汝纶的收藏。

圈点或过录圈点，几乎是桐城派文家共同认可的学习方法，在面对共同推崇的经典，如《史记》、唐宋八大家、震川文时，他们依循评点，分析文章的脉络、提顿和关锁，体味文章的精彩华妙，“评点虽专主于文章义法，而亦有涉议论考据，盖二者与文章义法原一贯，且有必相引发之处”[③]。过录诸家批点，其中必有思量、比照、贯通。姚永概光绪十六年日记：“肯堂有评点《古文辞类纂》，予取录一通，以为用功之助，其中颇有与惜抱公异者，亦可参较得失也。”[④]光绪二十六年日记：“录梅伯言惜抱文圈点，似不及吴（汝纶）精当。”[⑤]在此过程中，时有深入的思考。光绪十一年十二月十四日至十八日姚永概过录从“伦叔”处借来的方苞评点韩文，二十一日日记中有与马其昶讨论方苞评语的文字：

与通伯谈望溪深非韩公《潮州刺史谢上表》、柳公谪时与诸故人书，

---

① 贺培新为贺涛之孙，师事吴闿生，生于1903年，卒于1952年，不能直接从姚濬昌(1833—1900)处借得《七言今体诗钞》。戊寅年，就贺培新而言，当指1938年。此时姚永概已辞世十余年，姚永朴避地宿松。故贺培新藏本当是家传之物，再细绎扉页题识语气，题识似是贺涛手笔。

② 据贺葆真记，十种书中九种书是《史记》过录归有光、方苞、张裕钊评点(与贺沅合作)；《古文辞类纂》过录姚鼐方苞、刘大櫆、张惠言、张裕钊、吴汝纶评点；陶集过录刘才甫、姚鼐、方东树、吴汝纶评点；《荀子》过录姚氏评点；杜诗过录张裕钊评点，《汉书》过录姚鼐、吴汝纶评点；《淮南子》过录吴汝纶评点；韩集过录吴汝纶、张裕钊评点；柳集过录方苞、吴汝纶评点。《贺葆真日记》，《历代日记丛钞》第131册，学苑出版社2006年版，第98–99页。

③ 王拯《归方评点史记合笔凡例》，《归方评点史记合笔》卷首。

④《慎宜轩日记》，第446页。

⑤《慎宜轩日记》，第782页。

皆嫌其气不能振。通伯言柳公之文实佳，而气则实卑，但语语是悔过，并不自文，是他好处。予谓有《泷吏》一诗，而《谢上表》则出于恋阙之诚可知也。有《与孟尚书书》，则与大颠往还，不为其所惑可知也。要之，望溪之论人不可不知，而二公之长亦不可不知。①

方苞的评语是："退之之气不能不挫于岭表，而东汉一曲之士皆能视死如归，可觇二代风教所积之异。"②姚永概与马其昶的讨论，由方苞评点韩文引起，涉及韩柳文的比较，又引诗参证，探求心志与文气之间的关系，牵涉到桐城文论中的核心概念"气"③。二人的讨论，很可能影响到马其昶补注《韩昌黎文集》马其昶于《谢上表》一篇，选何焯、储欣、刘大櫆、曾国藩、张裕钊诸家之语，未录方苞之语，赞同韩文"无乞怜，只自伤"之意，亦认可"恋阙之诚"。

过录批点，能在比较中凸显桐城文派中一些未曾受到研究者注意的问题，此即方（或姚）修改归文之事。姚永概日记中两次提及此事，其一在光绪十年闰五月，"抄惜抱先生改本《遂初堂记》。读震川古文"④。检《震川文集》与《古文辞类纂》所收《遂初堂记》，文字完全相同。可见姚鼐是另一文本中改动这一归文名篇。其二在光绪二十六年八月，姚永概因从岳父徐宗亮借到姚鼐圈评《震川集》，重提此问题：

借外舅所录惜抱圈评《震川集》来过录之。此本张筱传方伯得之京师，以赠其族兄小愚大令通伯得而传录焉。其中窜易原文至多，而《项脊轩》《遂初堂》二记、《亡儿翻孙圹志》尤甚。吴至丈及外舅皆以惜翁未肯轻改古人，不蹈方、刘结习为疑。余谓惜抱于渔洋《故明景帝陵怀古》亦尝钩乙，或以其时代较近，不似八家以前过事矜慎，亦未可知。但其圈评全主义法，又连点之中杂以坐圈，皆极似望溪手笔，不与惜抱阅他书相类。闻张濂翁亦持此说。通伯坚执原本亲见，确系惜抱亲

①《慎宜轩日记》，第240页。

②吴孟复、蒋立甫主编《古文辞类纂评注》，安徽教育出版社2004年版，第576页。

③桐城派文家关于"气"的论说，可参姚永朴《文学研究法》，《姚永朴文史讲义》，凤凰出版社2008年版，第83页。

④《慎宜轩日记》，第176页。

笔，且首册载年号、图章，不信传录望溪，其为惜抱无疑。然余谓此与今古文《尚书》正同，不必别俟考证，其词气较然分别也。要之，先辈所阅之书，无论方、姚，均足启发后进，洵可宝耳。①

上引文字中，有几点内容似值得留意：其一，圈点本仍在桐城或桐城派诸家中流通，其中“张筱传”即同治十三年进士桐城张英六世孙张绍华；其二，圈评改易出自何人之手，有两派观点，吴汝纶、徐宗亮以为出自方苞之手，而张裕钊、马其昶、姚永概以为是姚鼐批点；其三，窜易归文外，又钩乙渔洋诗作。

如何改动，对于姚永概而言，在过录时对照文本，即可从差异中领会其用心所在。今圈评本《震川集》未见。此前，同治十三年五月，吴汝纶过录合肥张华奎所购归文残本一册。吴氏定为方苞选读共三十三篇其中四篇有方苞评语或吴氏按语：

《李廉甫行状》，方评：所谓叙事繁重而气能包举，亦集中杰构，但首尾琐细语尚宜剪裁。

《曹节妇碑阴》，结处方节去“五十年”十一字，谓为俗句。

《潘府君室沈孺人墓志》，文中有“予家人皆得挹其慈范”句，方云俚语，不宜入古文。

《先妣事略》，方云：此等文便直接韩、欧，形貌不似而相同在骨法也。②

---

①《慎宜轩日记》，第781页。

②《桐城吴先生日记》，第824—825页。《李廉甫行状》，在《震川先生集》中未见，结合方氏评语，或是指《震川先生集》卷二五中《李南楼行状》。《曹节妇碑阴》节去十一字指“五十年高风劲节，可以想见”（见周本淳校点《震川先生集》，上海古籍出版社2007年第2版，第573页）。《先妣事略》评语，吴孟蒋立甫主编《古文辞类纂评注》，标为姚范评语（见该书第1262页）。如此，则圈评《震川集》仍有疑点。关于《震川集》的评点本，杨峰指出清初至民国初，“除黄宗羲、陈维崧、崔征麟、曾国藩、林纾、徐世昌等人的选评本在当时已刊行外，尚有董说、鲍倚云、张士元、王元启、庄述祖等十数家的评点资料并未刊行”（见《〈震川集〉的清代未刊评点五种》，《文献》2011年第2期，第74页）。不知方或姚的圈评本是否在“十数家”之列。天津图书馆藏康熙刻本《震川先生集》有李国松过录姚鼐评点及诸名家评语（见《中国古籍善本书目》集部，上海古籍出版社1996年版，第722页）。

联系上文姚永概日记所述圈评《震川集》中的两派观点，吴汝纶所录当是圈评本中的一小部分。正如姚永概所言，这种圈评之书，“无论方、姚，均足启发后进”。所谓“启发”，当在观看如何批点改易处体会。上列四条引文，前三条分别是指行文中的繁重琐细、俗句、俚语之病，笔锋所指，当然是桐城文家关于古文的“清规戒律”中内容①，目的是追求文章的醇雅简洁。然此举实有不同寻常之处，为捍卫纯正古文的理想，方氏或姚氏可以动手改易自己推崇的大家之作。此举或许可以称之为文学史上的“修正润饰经典”或“重塑经典”。诗作（如唐诗）在流传中此种修饰、重塑现象也有不少，然似皆不及方或姚意图如此明确、思虑如此周备。

过录诸家批点，最后形成一家之言。虽说是“一家之言”，但实际上是一种汇集、疏通性的著述。姚永概在正志中学任教时，编有《孟子讲义》十四卷，此书以阐述义理、讲解文法见长。然就关于《孟子》的浩繁著述体系而言，讲文法才是《孟子讲义》最有特色的部分。该讲义引述清人及近人著述时，大多在桐城派范围之内，统计所得引述次数：刘大櫆二十六次，方宗诚二十次，“方氏”十三次，吴闿生九次，徐树铮五次，范当世三次，高步瀛一次。如讲《离娄上》“天下大悦而将归已”一节，先引刘大櫆“起处全用逆笔，最奇”之说，接续的是姚永概的解说，从第一句凭空突兀说起，以至“不顺乎亲”，解释何谓“全用逆笔”②。又讲《离娄下》“齐人有一妻一妾”一节，引方氏语：“此传记体也。本为人之求富贵利达者而发，然正说则无含蓄，故就齐人描写如生，而正位只淡淡一点，无限烟波。”③后引徐树铮语及自己案语，皆发挥方氏语，但姚氏又点出韩愈《圬者王承福传》、柳宗元《种树郭橐驼传》得此节叙事法则，以见文章源流。而刘大櫆“烟波”一词及分析方法，姚永概在《万章》讲义中再引述一次，并在《尽心上》讲义中有所运用。

积累前辈桐城派文家的注解而成一种著述者，典型有马其昶《韩昌黎

① 关于桐城文家自方苞以至林纾的古文“戒律”，可见钱锺书《林纾的翻译》（见《七缀集》修订本，上海古籍出版社1994年版，第95、112页）。

② 姚永概《孟子讲义》，黄山书社1999年版，第131页。

③《孟子讲义》，第154页。

文集校注》、高步瀛的《唐宋文举要甲编》①。此处以与姚永概交往十分密切的马其昶著作为例，作为桐城派形成衍变考察的个案。《韩昌黎文集校注》的作者本人在此处似不十分重要，重要的是著作的类型和内容。今通行本《韩昌黎文集校注》卷首有马茂元撰“叙例”，指出该书成书大致经过：

> 书（东雅堂本韩集）前有题记二，一为光绪二十年冬十二月，记云：“点读一过，并录先师张廉卿先生及吴至甫师平语，凡九日毕。其文中圈点，以私意衷取二家，不尽依原本。”其一则记于光绪三十三年。时公馆合肥李氏。李氏富藏书，公复博采诸家之说，补苴旧注，增益十倍于前。②

上文中可见马其昶过录批点的简况，而“以私意衷取，不尽依原本”，正是桐城之学积累融汇的表征之一。经统计，《韩昌黎文集》八卷（不含“外集”“遗文”）共采用唐顺之、茅坤、归有光及清人注释一千一百三十九条，其中曾国藩三百二十六条、沈钦韩二百六十九条、方苞一百二十一条、张裕钊一百一十八条、何焯七十九条、姚范五十七条、刘大櫆四十一条、吴汝纶三十九条、姚鼐二十五条、茅坤十五条、李光地十二条、归有光十一条，其他如唐顺之、孙葆田、梅曾亮、储欣、方东树、王元启、刘熙载、王鸣盛、包世臣皆不足十条。一千一百三十九条中，桐城派文家（明代茅、唐、归未列入）注释有七百五十八条，其中关于文章之学的有四百四十一条。引沈钦韩注二百六十九条中仅有九条是文章之学，何焯注七十九条中有四十五条是文章之学，姚范注五十七条中有十八条是文章之学。

马其昶“融会群言，自具炉冶，凡所甄录，并刊落浮词，存其粹语，盖非独于沈氏（钦韩）书为然也”③。在融会群言中，桐城派谱系中人物及

① 高步瀛在《唐宋文举要甲编》中选用吴闿生注一百四十九条，茅坤注一百三十八条，李刚己注一百二十七条，吴汝纶注七十条，张裕钊注四十九条，方苞注四十八条，刘大櫆注四十三条，姚鼐注三十九条，唐顺之注二十六条，姚范注十九条，其他如徐树铮、姚永朴、姚永概注各数条（高步瀛《唐宋文举要》，中华书局1963年版）。

② 马茂元整理，马其昶校注《韩昌黎文集校注》，上海古籍出版社1987年版，第1页。

③ 马茂元《韩昌黎文集校注叙例》，《韩昌黎文集校注》，第2页。

被选用注释数目，皆有明显优势，注释的选用，也多从文章之学入手；这与选择沈钦韩注重考据不同。在韩文校注中，马其昶汇合了桐城文家之力，完成对韩文的阐释体系的建构。

马氏在校注韩文时，基本上是运用前人注释表述自己的见解，其策略大致有以下几方面：其一，利用“众声”，表达文章的多重特色。

>（《新修滕王阁记》）方苞曰：回环作态，欧公记所本。……姚范曰：风格峻朗，公之义老境如此。曾国藩曰：反复以不得至彼为恨，此等蹊径自公辟之，亦无害；后人踵之以千万，乃遂可厌。①
>
>（《送郑尚书序》）方苞曰：字句皆学《仪礼》。刘大櫆曰：措语形容，一一奇崛，乃韩公本色。曾国藩曰：气体似《汉书·匈奴传》。张裕钊曰：从《史记》匈奴传外夷诸传出，简古奥峭，却有余意。②

其二，在表达共识时，暗涵批点诸家体味之细微差别。

>（《上巳日燕太学听弹琴诗序》）茅坤曰：风雅。刘大櫆曰：……此篇运辞典雅雍容，而雄直之气自在，足征才力之大。……曾国藩曰：和雅渊懿，东京遗调。③
>
>（《祭河南张员外文》）茅坤曰：公之奇崛战斗鬼神处，令人神眩。姚范曰：凄丽处独以健倔出之。……刘大櫆曰：昌黎善为奇险光怪之语以惊人……其所经山川险阻患难，适足供其役遣，故能雄肆如此。④

其三，注释之间互释，或彼此引申发挥。

>（《守戒》）方苞曰：此篇为老泉之文格所自出。张裕钊曰：老泉

①《韩昌黎文集校注》，第91页。

②《韩昌黎文集校注》，第283页。

③《韩昌黎文集校注》，第239页。

④《韩昌黎文集校注》，第312页。

学之，更加纵横；而高古简峻，终逊退之。[①]

（《祭郴州李使君文》）方苞曰：此赋体也，其源出于陆机《吊魏武帝文》。曾国藩曰：亦不出六朝轨范，不使一秾丽字，不着一闲冗句，遂尔风骨遒上。[②]

其四，运用注释梳理、构建文章演变源流谱系。

（《原毁》）方苞曰：管、荀、韩非之文，排比而益古，惟退之能与抗行。自宋以后，有对语则酷似时文，以所师法至唐人之文而止也。张裕钊曰：通篇排比，下开明允，而其源出荀、韩。[③]

（《唐故朝散大夫尚书库部郎中郑君墓志铭》）归有光曰：欧、王多有此格。刘大櫆曰：韩公文法劲挺独造，独此篇叙次遒逸，风神略近太史公。[④]

其五，利用注释批评质疑，确立一种更为可靠的解释。

（《张中丞传后叙》）方苞曰：退之序事文不学《史记》，而生气奋动处，不觉与之相近。刘大櫆曰：通篇议论，盘屈排奡，锋铓透露，皆韩公本色。鹿门以为太史公，误矣！[⑤]

（《黄陵庙碑》）方苞曰：体近训诂，而不类汉唐人之滞晦，宋以后之冗弱。曾国藩曰：此等题以高简为要，百数十言足矣。[⑥]

注释、评注及其选择、汇集，最终目的是使相关文章意义及其文学特征清晰呈现。姚永概以及马其昶的过录，充分利用桐城派文家积累的心得，以自己的识力与体味，对前辈或时贤的成果进行组合，在众声喧哗中归整出一

①《韩昌黎文集校注》，第51页。

②《韩昌黎文集校注》，第308页。

③《韩昌黎文集校注》，第23页。

④《韩昌黎文集校注》，第517页。

⑤《韩昌黎文集校注》，第73页。

⑥《韩昌黎文集校注》，第495页。

种解释，其目的在于弥合裂缝，强化共识。选择性汇集，也使得此前分散的注释之间形成比较、对照，形成一种较为稳妥、周全、细密的注释系统。

结　论

《慎宜轩日记》虽是较为晚近的文献，其中清代时段的日记详尽地反映了传统社会诗书世家子弟的人生经历，虽为个案，但在明清社会应具有一定“类”的代表性。以姚永概日记中的读书内容所作的考察，也可引发对一些文化史、文学史问题的思考。总结全文，可得以下引申性结论：

其一，姚永概的读书范围，读书兴趣受其家学传统的影响，这种影响有时甚至可视为“内在的规定”。接受此指向性规定，包括藏书、父兄等的指点一类家族文化资本可被有效承继并加以转化，而家学亦能由承继者弘扬。

其二，姚永概读书对桐城乡贤、桐城派著述的偏重，是其家学意识和流派意识的显露。而其所读之书牵涉一个以血缘、姻亲、师友等关系形成的桐城派文人圈，在此网络中，图书资源可以较为公开地流通。

其三，桐城派的著述中编选、批点著述十分丰富，其中蕴涵桐城文章之学、桐城诗学的重要内容。以姚永概等桐城文家来考察，围绕批点本存在“批点本书籍交流网络”，这一网络的私密性质是家学传承私密性的一种表现，它也影响到以家学为基础的地域性文学、学术流派的性质。

其四，桐城派中后期过录批点风气的形成，意味着桐城文章之学、桐城诗学开始进入累积、融会与整合时期。过录中既有家学的累积，也有一流派之学的汇合，最后形成对共同认可的经典文本较为稳妥、周全、细密的解读。对于一文学流派而言，这是框架建立后的丰实充盈。

其五，过录批点有明显的流派性偏向选择，过录是弥合论说体系中的裂缝，强调共识的过程。马其昶校注《韩昌黎文集》是桐城派文家过录批点风气中有普遍意义的个案。过录中有批点的比较、对照，其中隐含诸多问题，而吴汝纶、姚永概等关注的方苞（或姚鼐）改易润饰作为经典文本的《震川集》，具有较为重要的文学史意义。

附录：《慎宜轩日记》所记姚永概过录批点、抄写书籍等事辑录

（一）光绪七年

1. 过录姚鼐评点《渔洋精华录》（亦见光绪八年）；

2. 过录姚鼐《五七言今体诗钞》（亦见光绪八年、九年）；

3. 抄姚濬昌选五七绝；

4. 抄方东树选评曾巩诗；

5. 抄刘大櫆选五律（亦见光绪八年）；

（二）光绪九年

6. 过录姚鼐诗批点；

7. 过录方苞《古文约选》批点（包括两汉文、韩文、柳文、欧文、王文）（亦见光绪十一年）；

（三）光绪十年

8. 过录方世举批本《汉书》；

9. 过录姚鼐圈点黄庭坚诗（亦见光绪十一年）；

10. 过录姚范《史记》圈点；

（四）光绪十一年

11. 过录方苞自我评点文集；

12. 过录纪昀、方世举评点苏诗；

（五）光绪十三年

13. 过录姚范诗圈点；

14. 看刘大櫆选明人七古

（六）光绪十四年

15. 过录姚范《南史》记语（亦见光绪十五年）、《望溪集》记语；

（七）光绪十五年

16. 过录范当世《十八家诗钞》中李白诗圈点；

（八）光绪十六年

17. 过录范当世评点《古文辞类纂》；

（九）光绪十八年

18. 过录姚鼐圈点《文选》；

19. 过录张裕钊评点杜诗；
20. 抄录姚鼐选绝句目；
21. 过录姚鼐圈评韩文；
（十）光绪十九年
22. 过录刘大櫆评点《孟子》；
23. 过录吴汝纶手抄《论语》《大学》《中庸》；
24. 过录姚鼐评点《礼记》《诗经》《逸周书》；
25. 过录吴汝纶评点《庄子》《管子》《吕览》《书经》《大戴礼》《荀子》；
26. 过录方苞评点杜诗；
（十一）光绪二十一年
27. 过录姚鼐评点《法言》《唐贤三昧集》；
28. 过录吴汝纶评注《墨子》；
29. 过录吴汝纶、范当世过录《史记》诸家评语；
（十二）光绪二十六年
30. 过录姚鼐评点《震川集》；
31. 过录梅曾亮评点惜抱轩文；
（十三）光绪三十年
32. 过录吴汝纶评点《古文辞类纂》；
（十四）光绪三十二年
33. 过录吴汝纶评点《十八家诗钞》；
34. 购得姚范批《曝书亭诗》、刘大櫆诗；
（十五）光绪三十四年
35. 过录姚鼐圈点刘大櫆《历代诗选》；
36. 过录姚范批茅选八家文集中欧、曾、王三本；
（十六）宣统三年
37. 过录吴汝纶评点柳文；
（十七）宣统三年
38. 过录姚范批校王安石诗。

（原载《文学遗产》2012年第1期）

桐城方氏父子手批《杜诗论文》的文献价值及理论意义

曾绍皇

明清时期，安徽桐城方氏家族人才辈出，或仕宦朝廷，或著述林下，多为饱学之士。明清两代陆续取中进士30余人，不但形成了一个以家族为中心的庞大学者群体，而且开创了主导清代两百余年的“桐城派”。在这一重要的文化家族中，杜诗学也是桐城方氏一门的家学传统所在。仅就明清杜诗批点言，据不完全统计，桐城方氏一门就有方拱乾、方苞、方贞观、方文等人批点过杜诗。同一地区同一个家族中人陆续对杜诗进行批点，在杜诗批评史上是颇为罕见的现象之一。本文对桐城方育盛跋并录方拱乾批点《杜诗论文》进行考述性研究，并具体探讨其在杜诗学和文学批评史领域的重要文献价值与理论意义。

一、桐城方氏望族与杜诗家学传统

方育盛跋并录方拱乾批注《杜诗论文》56卷，残存41卷（卷一至卷三四，卷四三至卷四九），六册，藏国家图书馆。《中国古籍善本书目》著录该书，但周采泉《杜集书录》、郑庆笃等《杜集书目提要》均未提及该批本。该本系方拱乾批注，其子方育盛过录并撰写跋语。

方拱乾（1596—1667），初名策若，字肃之，号坦庵、甦斋，又号江东髯史、云麓叟，晚年改号甦庵，或称甦老人、甦翁、甦庵老学人。桐城方氏主要有桂林方、鲁烘方和会宫方三系，方拱乾属桂林方。桂林方始祖号德益，于宋代由休宁迁往桐城凤仪坊。方拱乾是明万历间进士方大美之少子，“成童时即能记六经，为文列诸生，便以天下为己任”[①]。崇祯元年（1628）进士，官庶常，馆选第一，文名震天下。著有《方詹事集》《宁古塔志》等。拱乾“崇祯时官少詹事。国朝以荐起，补弘文院学士，寻除少詹。平生笃交谊，尝急人难，晚年谪宁古塔，撰《绝域纪略》，号甦老人。”在方拱乾《甦老人七十自寿》中，更是将生平事迹说得较为明白：“老人冏卿子。七岁能属文为诗，长登进士，官翰林，至少詹事。娶相国女，至今犹共哺糜。生两女六男，亦皆掇功名。男女孙百几十人。”[②]

方育盛，字与三，别号拷舟，方拱乾第三子。“读书敏悟，工诗赋。顺治甲午举人。性至孝，拱乾侨寓邗上，育盛遍历四方，谋所以养者备至。晚岁失明，梦神人药之，不数月愈，人以为孝所感也。”[③]著有《其旋堂集》等。其父方拱乾批点之《杜诗论文》即由他“敬照底稿，誊录清册”而得以流传下来。

实际上，方氏一族都比较推崇杜甫，善于摹拟杜诗。如方拱乾之子方孝标就曾为陈式的《问斋杜意》作序，在序言中高度称赞杜甫“若夫能以《三百篇》为古体，以古体为近体，撷前人之精华，开后人之宪令，前无匿采，而后不敢逾闲，上下数千年惟杜少陵氏一人而已”[④]，将杜甫置于中国诗歌发展的巅峰。另如，方拱乾堂叔伯方大铉之子方文（1612—1669），字尔止，号嵞山，以工诗著称，“其诗朴老真至洒脱，有少陵之风”[⑤]，极慕陶渊明、杜甫等人之诗，“尝自以生命壬子，命画师作四壬子图，中陶渊明，次杜子美、白乐天，皆高座，而己呈诗卷伛偻于前”[⑥]，方文曾撰有《杜诗举隅》一书，惜未见传本。其亦批点过杜诗，周采泉《杜集书录》称“方氏（注：指方文）所批系据何本，不详。未梓行，但传钞本至今尚有存者。丹徒吴眉孙（庠）先生曾手录一份，现归何处不详。”[⑦]方文的批点内容，何焯《义门读书记》中引录不少。方氏家族批点杜诗蔚然成风，方象

① 廖大闻等修、金鼎寿纂《道光续修桐城县志》卷十二《人物志·宦迹》。
② 钱仲联《广清碑传集》卷三《方氏三诗人传》，苏州大学出版社1999年版，第148页。
③ 廖大闻等修、金鼎寿纂《道光续修桐城县志》卷之十六“人物志·文苑”。
④ 方孝标《方孝标文集》，黄山书社2007年版，第166页。
⑤ 孙微《清代杜诗学文献考》，凤凰出版社2007年版，第84页。
⑥ 钱仲联《广清碑传集》卷三，第148页。
⑦ 周采泉《杜集书录》卷九，上海古籍出版社1986年版，第527页。

乾之曾孙方苞亦批点过杜诗，虽其批点未见传本，“但各注家颇有征引，乔亿曾见此批”①，并有征引。现存安徽图书馆的《杜工部集》批本中，有姚永概过录方苞批点。另外，方贞观亦曾批并跋朱鹤龄《杜工部诗辑注》，用行楷批于书眉，藏南京图书馆。“此批见解议论，远胜仇、浦、杨各家笺注，对初读杜诗者大有启发。“②由此可见方氏一族渊源有自的杜诗家学传承。

二、方氏杜诗批本的家族传承

方拱乾批注《杜诗论文》一书为黄色封皮，内扉页有“杜诗”标题等相关内容。扉页右边墨笔楷书方拱乾的相关字号情况：“桐城方学士拱乾号甦庵，又甦翁，甦老人，云麓老人，诗老人，皆别号也。”扉页左边题“杜诗一”其题下小字题签“云麓老人批注”六字。首页方育盛先录其父方拱乾的一段话：

> 看老杜诗，要将我身化作老杜，亲当其悲欢离合之境遇，真正是诗成若神助，但区区寻其“诗律细”，犹浅矣，况字句乎？寻常字句佳，亦不可以言诗。诗之妙，在无字处。老杜诗犹妙在无字处，果能细心体认，通身摄入，恰恰此题当有此诗，此诗当有此起承转合，所谓律也，神也。小子识之。

然后是方育盛自撰一条跋语：

> 先大人阅杜诗，凡数绝编矣。品题丹黄，无不精核，若神会少陵然。此则己丑春日批以训小子者，书载行笥，廿馀年矣。拈签时有脱落，今客芝山，公余之闲，敬照底稿，誊录清册，以便时时翻诵云。壬手三月育盛拜书。

①《杜集书录》卷九，第527页。

②《杜集书录》卷九，第548页。

概括方拱乾和方育盛跋语，主要阐述了三个问题：其一是如何阅读和接受杜诗，如何体察杜诗诗律之妙的诗歌接受问题。方拱乾提出，“看老杜诗，要将我身化作老杜，亲当其悲欢离合之境遇”，才能深刻地体认到杜诗的妙处。关于此点，方拱乾认为“以身进退少陵者，妄人也，病在傲。以身训诂少陵者，亦复病在腐。要当以身化作少陵，令啼笑耳目，历历现前，则有自然绪，自然法，自然景，宛宛一浣花白头叟，长吟低咏，周旋罄折于神遇中，但不能杞示人耳”。其二是关于方拱乾批阅杜诗及其传抄过程的记载。“凡数绝编”，“品题丹黄，无不精核”，体现出方拱乾对于杜诗的独到见解，“若神会少陵然”。关于其反复咀嚼杜诗，在方拱乾的《手录杜少陵诗序》中也称“生平读杜少陵诗，缮写无虑七八易本”，可见其批点杜诗用力之勤。方拱乾批阅杜诗之目的在于“批以训小子者”，这是其家学传统所在。在《杜诗论文目录》处的眉批中也强调“今年为儿孙批点杜诗，凡三过，前此不记凡几十过”，可见，方拱乾批点杜诗的最低目标就是教育子女，与家庭教育的童蒙庭训息息相关。其三是解释了方育盛誊录底稿的原因所在，因“书载行笥，廿余年矣”，时间长久，该书已处于“拈签时有脱落”的状况，故方育盛在客寓芝山的“公余之闲”，“敬照底稿，誊录清册”，目的仅为了能够“时时翻诵”，继承家学而已。

另外，在方育盛过录方拱乾批注《杜诗论文》中，也过录了方拱乾为他几个儿子批本撰写的序言3篇：其中包括方拱乾为二儿方亨咸批本撰写的《杜少陵诗序》一篇，为四儿子方膏茂和六儿子方奕箴批本撰写的序言各一篇①。这些序言是了解方拱乾批点杜诗的缘起和诗学观念的重要文献，也是深刻反映桐城方氏家族评点杜诗传承的第一手资料，兹引录如下：

手录杜少陵诗序

生平读杜少陵诗，缮写无虑七八易本，俱散佚不复存，此本所存，

① 从方育盛过录情况来看，其中两则分别标明“大人书膏茂杜诗卷首者”“此大人为六弟批本书卷首者”，故可知是方拱乾为方膏茂和方奕箴撰写的序言。而方育盛手录《杜少陵诗序》一则虽未明确指出为谁的批本撰写的序言，但序言中有“次儿子亨咸请手录作一定本，以娱老眼”。据此可知，该序当为其二儿方亨咸所撰。

惟千家注一旧本耳。复丹铅三四回，次儿子亨咸请手录作一定本，以娱老眼。既曰“定本”，则不可以有选。选之一人之去取，恐不足厌众心。永以传也，则不可以无注。无注虞其矇而隐，能不酌所为注，又虞其流于蔓且诞也。诸书惟杜注最多，以予所见，且十八九种。闻吴下藏书家至八十馀种，虽未得书见，大略可以意揣。夫注者明所疑而止，若无所疑而曰“彼如是注，我更一注”焉，以相矜角，则疑将滋甚。少陵诗，诗中六经也。以诗诣言，所谓集大成也。其敻绝处，不在于博，而博亦一端。摭事酌句，必有原本。自我用古不为古用，乃必穿凿钩索，以为少陵胜场，少陵不受矣。近见有以唐史所载，逐年月、逐事、逐人、逐地，以傅会少陵诗，略大取小，略神取肤，支离不相背肖，此无他，总起于“诗史”及“一饭不忘君”两语耳。诗与史之截然不可合为一也明矣。史何待诗，诗何必史。史即华，终是史；诗即确，终是诗。董狐岂诗人乎？少陵管、乐自许，流落穷愁，耿耿以当时治乱之故，形之篇章，何必以“忠”名，即以“忠”名，亦“诗忠”也。而强以旰衡痛哭之语，为天威不违颜咫尺，少陵受乎？吾未闻皋夔龙比以登风雅之坛而始重也，善乎，黄山谷之言曰：少陵诗妙在无意而意已至，后之人能自求之则得之矣。能以余说而求之，则思过半矣。若取其发兴于所遇林泉人物学木鱼虫，以为物之皆有所托，如世间商度隐语，则少陵诗将委地，此注之所以为少陵功罪也。从来经籍，注以明者什七，以注晦者什三，诗固纯乎性情也。一落训诂，已先其天。孟子曰：以意逆志，是为得之，此千古读书法也，况读诗乎？况读少陵诗乎？此本亦以我注杜诗耳，以杜诗注杜诗耳。若曰集诸家以为本则不能居矣。书始于三月初一日，成于五月廿二日，翻阅商订者，为吴子汉槎，为长儿玄成。

云麓老人书于何陋居，岁在庚子，时年六十有五。

方膏茂批本序

今之称诗者，心即不服少陵，口不得不服少陵矣。究竟于少陵未窥涯际也。曰少陵与元白同，曰少陵与王岑异。夫少陵几曾有同异，几曾拣择，众体而自命一体乎？少陵之诗，化工也。如大块之风，随籁来响，如天之雨露，随物数而来华实。今学少陵者，不学其风，但学其响，不学其雨露，但学其华实。少陵诎矣。不以诗求少陵而少陵现，以身化作少陵而少陵之诗现，诗通于性，诗合于神，非予言妄也，然古今止一少陵耳。（大人书膏茂杜诗卷首者，育盛敬录。）

方奕箴批本序

今年为儿孙批点杜诗，凡三过，前此不记凡几十过。但觉读一过有一过领略不尽处，此见老夫之钝，亦以此见老夫之不徒钝也。自许生平有杜癖，而癖之无可解于人者有四焉：一曰“读排律”。人以对偶亲切为排，老夫则以其意为排也。有不对偶亦曰排。有对偶亦曰非排。议者曰：得汉魏六朝无失排，试问汉魏六朝曾有律乎？律且无，况排乎？平排且无，况失排乎？老夫之命为排者，非能臆为之也。尝冥坐深思，捎耳弃目，以此身化作少陵，觉其当日之意，排则是，不排则不是，故今日读以排则佳，不排则不佳也。此则与世大矛盾处，即同心者，亦以为疑，老夫则以癖自甘也。—曰“取虚处，亦取实处”。千古薄少陵者，曰鸿情人，奥郁人，皆以实处觅少陵也。老夫则取其虚。虚者，得神也。神于何寄？即字于鸿情奥郁之中，而所以表其神者，则法也。少陵无一处非法，而法之合乎天然，合乎自然，如泉涌地，行乎其所不得行，止乎其所不得不止，是谓神矣。神不可见，法则可寻，人但知少陵之穷天入渊，罗古录今，驱鬼役怪，以为如何开辟，如何创获，不知其用意用绪处，纯乎古人法也。法不在古人，在乎自心。风行£末，何始何终，岂一毫假借凑泊所能凌替乎？此则堪为老诗人道，难为初学道。初学摹虚而略实，几何而不落于竟陵一路耶？一曰“破诗史之说”。少陵非尘视轩冕人。且自负管葛，抱经济而盱衡治乱，则往往形之咏歌，若曰“一饭不忘君”则未能许也。即令一饭不忘君，或自有处，自有时，岂于排须得句时见乎？皋夔龙比几曾登风雅之坛？假今三家村老书佣，经口打油，却一饭不忘君，遂曰“诗圣”乎？是固性情，安可以史辱之耶？史自史，诗自诗，迥是两途，非独论少陵为然。一曰“不轻比”。比，原诗之一体。少陵未尝不用，如赋物托兴，令人倒跃而不可拘执，斯谓之比之化境。然有不必比者，有不当比者，乃动曰比肃宗，比张良娣，比贵妃，比安禄山，甚而至于比玉虚观道士，使人喷饭。果尔，则天下之阴险谲薄莫少陵，若尚曰“忠厚和平”乎？是则老夫四大癖，愿任知罪于天下后世，至若字句之根据原本，诸家之辨释傅会，竟同聚讼。老夫曰："少陵佳处不在此，本不讹，即讹一二句，岂足病乎？"善哉！黄山谷之言曰："少陵诗妙在无意而意已至，使后生辈自求之则思过半矣。若穿凿而失其大旨，逐字逐句如世间商度谜语，则少陵诗扫地矣。"然则山谷之论，不亦癖乎？老夫而得与山谷同癖，何能辞？甦庵学诗老人方，书于广陵随园之桂树下，时癸卯中秋先三日。（此大人为六弟批本书卷首者。壬子冬仲育盛敬录。）

由此三则序言可知，国图藏方育盛过录方拱乾批《杜诗论文》是辑录方拱乾批点杜诗的诸多批本而成的。实际上，方拱乾因训示子女之需，曾多次批点杜诗，于是子女有抄录诸本为一"定本"的建议。这在方拱乾自序中已有提及。实行与否，不得而知。但方育盛过录的此本，乃是辑录诸本而成已是无疑，此点在方育盛过录时留下的题识中得到印证。如在《弟典祚序》处的三则眉批末尾有"大人书膏茂杜诗卷首者，育盛敬录"题识；在《杜诗论文目录》处的九则眉批末尾有"此大人为六弟批本书卷首者。壬子冬仲育盛敬录"题记。"膏茂"是方拱乾第四子，字敦四；"六弟"指方拱乾第六个儿子方奕箴。由此可知，此两处的眉批乃过录自方育盛四弟和六弟两个不同的批本。加上《杜少陵诗序》为次子方亨咸所作，因此，方育盛过录本乃至少综合了三个批本内容，博采方拱乾批注内容，荟萃一编，成为方拱乾批点杜诗的"定本"。

方拱乾批本在后世子孙中的影响很大，在其子孙著作中，就有提及方拱乾以诗训斥晚辈的记载。如方拱乾之子方孝标在《先大夫诗后集后序二甦庵集》中就提及方拱乾"训不孝"的三则论诗之语，兹录如下：

记尝训不孝曰：诗之道大矣。天地阴阳之理，古今治乱之故，无不截焉。即尧、舜之所以帝，禹、汤、文、武之所以王，萧、曹、房、杜之所以相，韩、白之所以将，朱、陆之所以儒，董、狐、固、晔之所以史，皆于诗乎成也。何哉？诗，人心也。帝王将相儒史之所以成，亦人心也。精乎诗者正其心，正其心者由乎道。《语》曰"思无邪"。《书》曰"诗言志"。言乎无邪之志，岂复有异道哉？

又尝训不孝曰：诗当用人，勿为人用。今之言诗者有二端焉，曰五子，曰七子，曰钟、谭。互为翕訾，至不相容，而不自知其皆为五子、七子、钟、谭用也。盖五子、七子之初，人心为宋儒训诂所锢，虽欲娇焉无由。五子、七子起而用之，天下翕然以为诗在是，而在是者非诗也。隆、万以后，人心已厌五子、七子，而不知五子、七子之何以非。钟、谭又起而用之，天下又翕然以为诗在是，而在是者亦非诗也。人固有五子、七子、钟、谭所不能用之心，是即能用五子、七子、钟、谭之心矣。

又尝训不孝曰：今人于古体好言汉魏，于近体好言唐调。是矣，而抑知汉魏与唐之所本乎？言汉魏者溺于《文选》耳，言唐调者陷于高龙门之《品汇》、李于鳞之《唐诗选》耳。未尝多见古人诗也。吾尝见古人诗有今人所不能道者，亦有今人所不屑道者。其为不能与不屑者，古人之所以为古人，其不能者终不能，不屑者必不屑，此今人之所以为今人也。①

从三则"训不孝"的论诗之语可以明显感知方拱乾行文风格的特点。尤其是第三则论诗之语主要针对"今人"对于古体与近体的问题提出了自己的看法，其语言风格、论诗标准均与方拱乾批点《杜诗论文》的语言风格和思想观点一致，如在《杜诗论文目录》处有一则眉批，针对某些论诗者"诗非唐人所用格调不可用，非唐人所用字句不可用，宁袭无创"的观点，提出"诗之志人各有志也，此人之志不可概彼人，昨日之志不可概今日"的观点，此与上述方孝标所录方拱乾训示儿辈"古人之所以为古人""今人之所以为今人"的观点在诗歌发展观上有着某种相似之处，故亦可反证方拱乾批点《杜诗论文》的真实性。

方拱乾批注《杜诗论文》一书大致经历了桐城方氏家藏，朱文钧私藏，到国家图书馆公藏这样一个流传过程。因为在该批本的不同地方钤有"萧山朱氏所藏善本""翼盦鉴藏""宝素图书"和"北京图书馆藏"等印鉴数枚。朱文钧（1882—1937），字幼平，号翼盦，浙江萧山人。藏书多古校古钞，尤富于集部和宋元人文集。其所藏唐、宋、元人文集大多捐给北京图书馆。

①《方孝标文集》，第9页。

三、方拱乾批杜诗的主要诗学理念

虽然方拱乾批注的《杜诗论文》最先是桐城方氏家族"批以训小子者"的教科书，但其批点中所涉及的杜诗学和文学批评问题，却代表了清初杜诗学研究的价值取向和文学批评的时代精神，值得我们重视。从杜诗学角度看来，该本在龚鼎孳、潘眉、吴见思等人的序言和《杜诗论文目录》的天头处有诸多成段眉批，涉及杜诗诸多重要问题的探讨。

其一，关于如何笺注杜诗的探讨。方拱乾认为注释可分为三类："诗有待注而豁然者，有不须注而渊然，一落注而反索然者。"（龚鼎孳序言处眉批）同时又注意到笺注过程中，注释有可能反使文本疑窦滋生的问题："诸书惟杜注最多，以予所见，且十八九种，闻吴下藏书家至八十馀种，虽未得书见，大略可以意揣，夫注者明所疑而止，若无所疑而曰'彼如是注，我更一注焉'，以相矜角，则疑将滋甚。"（龚鼎孳序言处眉批）

其二，关于破除杜诗"诗史"观念的思索。方氏以为"读公诗，当先破其'诗史'二字，诗固何事？而可以史辱之耶？"（龚鼎孳序言处眉批）这种观点和历代注杜者以史证诗绝然不同。关于诗与史的问题，方拱乾自序中提出"诗"与"史"绝不可合而为一："近见有以唐史所载，逐年月，逐事，逐人，逐地，以傅会少陵诗，略大取小，略神取肤，支离不相背肖，此无他，总起于"诗史"及"一饭不忘君"两语耳。诗与史之截然不可合为一也明矣。史何待诗，诗何必史，史即华，终是史；诗即确，终是诗，董狐岂诗人乎？"（龚鼎孳序言处眉批）

其三，关于选诗、看诗与作诗之区别的界定。方拱乾在《杜诗论文凡例》的眉批中有一段论述恰当地阐释了三者间的区别："选诗者，如主司较诸生，以一题，以一日，而去取高下惟我，必立一式，中者收之，过、不及皆摈之。细为推敲，无丝毫戾古人法度，而后可以为后学则全为人，不为己也。看诗则纯乎为己，绝不为人，必以我之性情，化为作者之性情，如身历其景与事，题字、题中、题外有许多咀嚼不尽，并不晦向作者作品鹭也。若作诗，只有我之性情，而平日所步趋之古人俱捐弃而不置胸中，若以为某诗当学之，某诗当避之，便已失矣。”

当然，方拱乾在诸家序言部分所论不止前述，其他如杜诗编年与分体、律诗起源、写诗做法、排与律之区别、名与传之辨别等诸多诗学理论问题都有较为详细的阐释，尤堪重视。在方拱乾批点《杜诗论文》的诸多理论中，最为别具匠心的是方拱乾提出了“绪”这个诗学范畴，并且很好地运用到自己的诗歌批评中，包孕着深刻的文献价值和诗学价值。笔者对此另有文讨论。

（原载《文献》2011年第1期）

《问斋杜意》与清初桐城派的杜诗批评

童岳敏

考察清初的杜诗笺评，流传广泛的多为钱谦益、王士禛及朱彝尊等名家大著，而大量遗民布衣的评点辑注则散坠较多。如潘柽章《杜诗博议》因庄廷龙《明史》案发而禁废，桐城桂林方氏家族中方文、方拱乾及方贞观等皆曾批注杜诗，但因顺治江南科场案及《南山集》案，均在文禁之列，陈式与方文、方拱乾及方孝标多交谊，《问斋杜意》也遭受波及。[①]如果以“朝”“野”的类型厘定清初杜诗评点的阶层归属，那么，钱、王、朱等在朝名宦的评述，因其处于话语体系的权力中心为士人称引瞩目，体现为清廷的文治引导与政治约束。而身世卑寒的遗民布衣之士的批注，更侧重于杜诗风云激荡的心灵历程，有着鲜明的时代氛围与地域诗学背景。对其整理与研究，就清初诗坛的发展及杜诗学研究而言，极具理论价值。基于这一诗学价值的判断，本文旨在分析陈式《问斋杜意》文本特点及其阐释方式，探究批点的群体构成与乡邦诗学的关联，并进一步寻绎桐城派杜诗批评与其诗论演进的内在逻辑。

一、《问斋杜意》：遗民心态下杜诗典范的确立

《问斋杜意》，清陈式撰，徐秉义《培林堂书目》卷三载《陈式杜意》二十卷，又孙殿起《贩书偶记》卷十三载：“《问斋杜意》二十卷，《温述》

① 如周采泉《杜集书录》卷四《全集校刊笺注类四》云：“方孝标以《戴南山集》文字狱锉尸，此书或因方孝标之忌讳，故其书韬光匿彩，以迄于今。”

一卷，桐山陈式撰”，“温述”应“漫述”之误，有康熙二十一年侧怀堂刻本，六册，国家图书馆馆藏。书名页题为《陈问斋先生杜诗说意》，此书板框高19.5cm，宽13.5cm，白口，单鱼尾，左右双边，半页十一行，行二十五字，小字双行同。前有徐秉义、邵以发、张英、方畿、方孝标、潘江、姚文焱、陈焯、吴子云序及其自序，另附《读杜漫述》凡四十八则。扉页钤有马氏所藏、定砚山房藏印章两枚，又卷一右下有味吾味马氏珍藏及国家图书馆珍藏朱文方印。

桐山陈氏，源远流长，奕世清华，吟咏不坠。张英《陈氏续修宗谱序》云：“至明，则陈氏之源流愈衍愈大，其系出自江州，自友德公为元进士，官安庆，遂卜居桐城。祖若宗世，有隐德，至子和公以文章友天下士，与余最善，即今交游中最称硕德雅望必曰子和公。”子和公陈焯，世称文洁先生。著《涤岑诗文前后集》，辑有《古今赋会》《宋元诗会》等，马其昶《桐城耆旧传》卷七誉其清操高节，雅癖于文。另陈昉、陈度及陈式等皆擅诗文。陈式，字二如、质生，号问斋，万历四十一年生。弱冠负文望，潘江《龙眠风雅续集》卷十七云：“美须髯，善谈论，质貌魁杰，有大人之风。方坦庵（拱乾）、姚戊生（孙棐）两先生最爱重之，因执经门下，欣然以公辅自期。”崇祯初，粤东辜朝荐授知桐城，雅相汲引，以为金马玉堂中人物。崇祯七年，流贼袭桐城，“桐人苦兵之扰也，纷纷渡江而南”。[①]陈式与潘江、方孝标、姚文然等寓居白门，有“潜园十五子”之会。顺治二年，与宋其武、唐五叙及董蛟门交于溧阳，气盛一时。康熙元年曾因恩贡入太学，陈式《问斋杜意自序》云：“时年已五十，聊侯癸卯闱试放，然后归。归而焚笔冢研，既尽弃从前举子业，亦决口不言仕进。”此后退居乡里，也曾入闽、粤、中州署，多以著述授徒为娱。陈式工诗，“其为诗，明艳如花，温润如璧。而抚时触事，又多凄清激楚之音，如秋隼摩空，岭猿啼夜，境事既极，亦复不尽于和平”[②]。撰有《问斋集》《〈毛诗注〉注》《〈四书注〉注》《唐诗选意》及《问斋杜意》，诗文集已佚，《龙眠风雅续集》录诗八十一首。

---

① 戴名世《孑遗录》卷一二，《戴名世集》，中华书局1986年版，第326页。

② 潘江《龙眠风雅续集》卷一七，《四库禁毁书丛刊·集部》第98册，北京出版社1997年版。

陈式注杜诗，始于康熙三年，时汉中郡丞方畿（还山）解官旋里。“还山癖杜，与予同，两相过从，往往资为谈麈。一日茗集还山宅，令嗣子将、孙受斯及其甥姚窦占、嵩少皆在，还山牖予说杜，因举律诗绝句数首以应。……是年苦淫雨，六月、七月，经两月不住，而子将、受斯又巧促之以墨，遂乘两月闲，注迄一二三三卷，则甲辰事也，《杜意》之成也。”①次年访姚文燮于（福建）建宁，延为西席，为姚尧元、绥仲讲授杜诗，或作或辍，又与方孝标游闽地，多塵论杜诗。此书久沉箧底，同人姚文勋及涵雅、天池及我诚等曾手录一本，以防散失。康熙十六年，姚文燕膺荐内补，携《问斋杜意》副本以行，张英初见此书，击节叹绝。康熙二十一年，潘江、姚注若及吴五崖等有敛金之约，是书才得以刊刻，行于海内。

据周采泉《杜集书录》和张忠纲《杜集书目提要》的统计，清初各种注杜、选杜之作，数量惊人，达到一百三十余种，此外，尚有大量的集杜、和杜之作。从诗史演进的逻辑进程和发展的内在动力来看，清初实证学风下杜诗学的兴盛，是对明七子、公安及竟陵“法杜而赝”肤廓空疏的批判，也是对明人注杜时所呈现出穿凿附会的反拨。若考虑到朝代更替所带来朝、野离立之势，杜诗典范的确立又与清初遗民气节所体现出来的时代精神相契合，杜诗之忠义气节、故国之悲及忧时托志的情怀往往成了亡国孑遗之士的精神旨归。特别是处于困厄存亡之时，讽诵杜诗，即纪儒冠窜遁以抒哀情，又标其行结以彰操守。如傅山《读杜诗偶书》云：“有恨赋不尽，颇异江生肠”，释函可《读杜诗》也言：“一读一哽咽，双眼血横披。公诗化作血，予血化作诗。”此外，诸多明遗民的杜诗笺评，也借“少陵之幽郁”抒家国沦亡之痛。邵长蘅《杜诗臆评序》云：“（王维坤）及弃官之后，系怀君父，眷念乡邦，以致拾橡随狙，饥寒奔走之困，亦略相同。故其评杜也，不摭拾，不凿空，情境偶会，辄随手笺注，久之成帙。”又朱鹤龄《愚庵小集》附《传家质言》云：“《杜工部集辑注》《李义山诗集笺注》盛行海内已久，然余不欲以此自见也。当变革时，惟手录杜诗过日，每兴感灵武回辕之举，故为之笺解，遂至终帙。”陈式少际寇乱，播迁白下，长而授经四方，多羁旅离别之苦，其性格孤洁伉直又不谐与俗，注杜时也借少陵之作抒己之感发。“遭逢乱世，蹭蹬放废以老，老而手一少陵诗，必为笺释

① 陈式《问斋杜意序》，《问斋杜意》，清康熙二十一年刻本。

至尽，何关作述，藉概平生，只因莫可诉之穷愁，遂有不肯辞之依傍。”①潘江《问斋杜意序》也云：“秦冠围桐，予夜缒妻孥，取间道趋枞阳而获免。陈子亦窜身江干附予舟以南，一时感遇忧乱，辄于逢窓柁楼间扣舷诵杜诗，为之疏解其意，实获我心。”如《收京三首》，论及明皇幸蜀及“君死社稷”之理时，陈式云：“余读是诗而有恨于旧注称引之失实焉。”并进而感慨：“明兴，定鼎金陵。封燕王于燕，成祖定鼎于燕，设百官于金陵，故犹周公圣人之意也。古来无论并建与否，更无终一姓之王，而守一旧都不改者也。然何以又有于忠肃之说，处忠肃之时。正统去二祖未远，合天下全盛之势以制一隅，宜忠肃持论之坚，呜呼，时势二字，尽之矣。”此论颇有为南明迁都张势之意，故此诗后附姚小山释言：“是古今一篇不肯说破大文字，陡然拈出，便可传语后人。”

除了讽笺杜诗外，在流徙转辗、行吟山野之中，陈式的诗歌创作也呈现出“少陵气局”，如徐璈《桐旧集》卷八载陈式《感怀》五首，其一云：“桓桓铁骑取秦塞，黯黯飞尘接戍楼。上将自称都校尉，三军坐拥大长秋，凶荒已告粗粮竭，郡邑那堪供亿愁。最是逃亡归未得，深山夜苦遍鸺鹠。”借古讽今，叹息明亡之恨，又《纪变》三十韵：

> 异变逢今日，伤心肯戴天。乍闻难遽信，阅实不虚传。太祖营丰镐，文皇宅涧瀍。论功超百代，卜历合千年。……西北边为守，东南急可迁。死生为社稷，劝沮尽拘牵。云出苍梧远，花开素柰偏。天心宜未厌，重耳倘能全。深恨难衷诉，遗言尚血鲜。……人事宜分咎，天诛肯再延。玺詹须有属，鞭著定谁先。分到诸生贱，仇看率土坚。杜鹃声里月，凄绝未曾眠。②

《礼记·曲礼》下云：“国君死社稷，大夫死众，士死制。”明成祖以此为训，有“天子守国门，君王死社稷”之说，顾炎武则有“亡国”与“亡天下”之辨。陈式此诗多言死节，叙述凄楚蕴结，可补明史之阙。徐璈释此诗言：“顾亭林尝谓‘国君死社稷’，此自指诸侯有封土者言。若天子以

① 陈式《读杜漫述》第四十八则，《问斋杜意》，清康熙二十一年刻本。

② 徐璈《桐旧集》卷八，民国十六年刻本。

四海为家，出居于郑，帝在房州，不分南北也。明臣之阻南迁者，见不及此诗中死生二句，乃已勘破。'要津'联括尽明神、熹以后末局。问斋以诸生而痛切国步，沉郁悲凉，气格苍健，真能得杜陵之意者，当与余德邻之《佩韦》、谢皋羽之《晞发》两集并传。又惜抱先生论诗云：'长律惟义山犹欲学杜，然但摹其句格，不得其一气。'喷薄顿挫，精神纵横变化处，若问斋此篇学杜，非但摹杜句格矣。"[①]此外，陈式《金陵怀古》五首、《秦淮渡》二首、《西施咏》《榴艾吟》及《瓜藤兴戏示二子》诸诗，或咏史伤物，或家居闲情，清新萧散之处也得杜陵夔州之后的闲适情趣。

二、《读杜漫述》：方法论与诗题说

杜诗批评，就其内容而言，主要体现为对诗体本事及其意蕴的探究，故张英《问斋杜意序》中将读杜分为"注"与"意"二脉：

> 注者，征引事实，考究掌故，上至经史，以下逮于稗官杂说，靡不旁搜博取，以备注脚，使作者之一字一句皆有根据，是之为注。意者，古人作诗之微旨，有时隐见于诗之中，有时侧出于诗之外。古人不能自言其意，而以诗言之；古人之诗，亦不能自言其意，而说诗者言之。是必积数十年之心思，微气深息，以与古人相遇，时而晤言一室，时而游历名山大川，晦明风雨，寝处食息，无一非古人，而后可言其意也。[②]

其"注"者，以文本为中心，以史证诗，多有发明，但弊者也多穿凿支离、牵合附会之处。方畿云："今夫杜老之诗之弊也，其注为之乎！鲁訔、黄鹤、蔡梦弼、王洙之徒，勉强摭拾，牵合附会。宋元间承袭讹舛，取其漫不经意，偶然落笔之诗，尽以为比身稷契、一饭不忘君国。相沿至弘、正，而摹仿其粗疏排奡，以为逼真少陵，曾未免涪翁习气，而作者之

① 徐璈《桐旧集》卷八，民国十六年刻本。
② 陈式《问斋杜意》，清康熙二十一年刻本。

意不存焉。”[①]考察明人注杜，凿窃尤多，四库馆臣评单复《读杜愚得》云：“至每篇仿《诗传》之例，注兴也、赋也、比也字，尤多所牵合矣。”[②]又批林兆珂《杜诗抄述注》云：“至注中援引事实，多不注出典，此又明代著述之通病，非独兆珂一人矣。”[③]此外，赵志《杜诗注解》、杨德周《杜诗解》、邵宝《刻少陵先生诗分类集注》等，或烦琐拖沓、望文生义；或考辨失实，兼有剽窃之嫌。而注“意”者以意逆志，以我之意，上合杜老之意。颇能通其性情。故明末王嗣奭《杜臆原始》云：“臆者，意也。以意逆志，孟子读书法也。诵其诗，论其世，而逆以意，向来积弊，多所披豁，前人谬迷，多所驳正。”问斋于杜意，也称“以意逆志”为“千古以来读诗之第一妙法也”“以己之意还为杜之意，几几乎为得矣”。[④]却不执于己见，主张持法可以得意，意法相兼，互为表里：

一情之所生，人无言情之作，不有浅深缓急，即为诗法。……顾向主言情，而注杜独主言意。主于言意者，情动而意静，情涣而意专，情率而意曲，情昵而意庄，意已兼乎法矣。[⑤]

杜一诗必有一诗主意，主意既定，或有时先开后合，抑或有时先合后开，或有时起手留前一半不言，抑或有时收处藏后一半不说。……无意不成诗，无用意之意，即不能达意，故曰意兼乎法。[⑥]

受金人瑞批杜时阐意不尚笺释的影响，明清之际读杜、说杜一扫宋元以来饤饾陈腐之气，多言性情与意趣。如卢元昌《杜诗阐》、张羽《杜还》、王维坤《杜诗臆评》及陈远新《杜诗言志》等，但“以意逆志”往往有文心难明、本事不清的地方，朱克敬《暝庵杂识》卷二云：“夫以同时之人，至契之友，尚不能知其意之所在，而谓千载之下，悬拟臆断，能得古人之心，不亦诬乎？”朱鹤龄《辑注杜工部诗集序》也明确指出：“且子亦知诗

① 陈式《问斋杜意序》,《问斋杜意》,清康熙二十一年刻本。
② 永瑢等《四库全书总目》,中华书局1960年版,第1532页。
③《四库全书总目》,第1532页。
④ 陈式《读杜漫述》第一则,《问斋杜意》,清康熙二十一年刻本。
⑤ 陈式《读杜漫述》第四则,《问斋杜意》,清康熙二十一年刻本。
⑥ 陈式《读杜漫述》第五则,《问斋杜意》,清康熙二十一年刻本。

有可解、有不可解乎？指事陈情，意含风喻，此可解也；托物假象，兴会适然，此不可解也。不可解而强解之，日星动成比拟，草木亦涉瑕疵，譬之图罔象而刻空虚也。”[①]为了避免杜诗说意时的臆测与牵强，陈式《读杜漫述》中拈出“意法”论，以诗法解子美作诗之性情。问斋认为，情意可通，互为表里。意有静、专、曲、庄之态；情者则显得动、涣、率及昵，有浅深缓急之别，故言情之法也即为诗法。主题立意已定，句法、章法的起承转合自然而生。如杜诗诗法风格，举起大端为沉郁顿挫。陈氏也多以诗句的顿挫诠绎杜诗沉郁的精神风貌，如《漫述》第七则云：“公稷契自命之才，年四十，自叙文章，即已归沉郁顿挫，毋亦性与怨近矣。天故穷之，使尽怨之极致乎？文章不怨不奇，屈原、司马迁其明征也。予于公诗，总主于寻味‘沉郁顿挫’四字。”又《登高》，《问斋杜意》卷十七释云：“此诗读者亦谓五、六备极顿挫，不知此诗一句有一句之顿挫；合看两句，有两句之顿挫；合看通篇，有通篇之顿挫。顿挫为公独得之妙，此诗政当于字字顿挫求之。”

陈式不仅意法释杜，还以《易》说杜。方孝标《问斋杜意序》云：“（陈式）尝自云：‘读杜如读《易》，日新月异，变动不居。于其咏物感怀。不可不举其大；而伤时切事，亦不必强求其通’，可不谓善说少陵者乎？”《读杜漫述》第十四则也云：“《大易》言理，诗主言情，无情不原于理，无理不发而为情。《中庸》，《大易》注脚，其言君子之道，独有取于诗人鸢飞鱼跃二语。”问斋以鸢飞鱼跃之义为喻，认为事物虽不相知、不相能，但其道则一，故能推之各知其知。陈式释杜，审命题之旨归，也研字句的精义；既参之舆图、方俗、官爵、制度，以通其故；又核之鸟兽草木虫鱼，以穷其变。而就风格旨趣而言，陈式也从易理变化不居的角度阐释杜诗雄肆排阖、庸散闲适兼具的特征。如《漫述》第八则云“《易》奇而法，《诗》正而葩，予于少陵诗，每每叹为奇绝。……独少陵兼平奇浅深而有之，至不能举平奇浅深而分之，故人所谓奇者不必平，而有时出之极平者，又未尝不为奇之至，则寓奇于平也”。陈式以《易》说杜，应是受到桐城《易》学的影响。姚文然曾言：“吾乡以经学名天下三百余年，而《易》

① 朱鹤龄《愚庵小集》卷七，清康熙十年刻本。

为尤盛。”[①]其中方氏家族中方学渐著《易蠡》，方大镇著《易意》，方鲲著《易荡》，方孔炤著《周易时论》，方以智著《图象几表》《易余》，方孝标著《易论》等，另王宣有《风姬易溯》，钱尔卓有《易见》《周易火传》，钱澄之著《田间易学》。桐城易学，易理、象数兼具，既深究性命，核物研理，也通经致用，探求其故，反对空言性道。陈式与方孝标、钱澄之等多交谊，也曾有名实义理之辨，故其释杜不拘于名物，更侧重通变达情的言外求意。这种以《易》说杜对后世杜诗学还是有一定的影响，如方潜为赵星海《杜解传薪》作序时认为杜诗之通于《易》，并言："君试予解杜之余，即杜之律法上而溯之，旁而通之，精而研之，默而会之，密而藏之，将必因诗见《易》，且深乎《易》而化乎诗。"准言之，以《易》说杜，重在诗意的触类旁通及内容指向的辩证梳理，而非字句的落实。这种诠释方法既伸衍了"以意逆志"论，也是对晚明以来模拟杜诗的批判。

诗题说，是杜诗学讨论的重点。自古以来，学者论诗重诗题，明陈懋仁《藕居士诗话》卷下引谭元春云："作题是诗家要紧事，故屡屡点出。"若就命题立意、章法技艺而言，扣题解意应是作诗之关键，早在唐人诗格《二南密旨》《文苑诗格》中就有"论题目所由"及"解题入意"之说。此后元方回《瀛魁律髓》尚有"着题论"，主张诗题应赋而有比，批评"不切题，又落汗漫"之弊。具体至杜诗制题，除了乐府诗是"即事名篇，无复倚傍"的自制新题外，杜甫也多摘自诗句或袭用前人诗赋为题，顾炎武《日知录》、仇兆鳌《杜诗详注》及张远《杜诗会稡》等释之甚详。但就诗中题与诗，孰为先后，尚有疑窦。陈之埙《杜律陈注·凡例》云："诗咏物及和，则若先有题，他无题也。古人诗成不得已而有题，皆相诗为之。至或诗外或诗内，有意无意署二字，或编集者摘篇首二字及纽合，非一时作为几首皆不得已也，非题也。"而仇兆鳌《杜诗详注·杜诗凡例》"杜诗分章"条则云："古诗先有诗而后有题，朱子作《集传》，每篇各标诗柄，乃酌小序而为之。杜诗先有题而后有诗，即不需再标诗柄矣。"又黄生《杜诗说》卷六《元日寄韦氏妹》云："唐人欲制诗先制题"。与诗、题孰为先后的辨析相比，陈式并没有简单地扬榷判断，如《读杜漫述》第十八则云：

① 方鲲《易荡序》，《四库全书存目丛书·经部》，第35册，齐鲁书社1997年版，第463—464页。

故犹是题成诗前，乃有看题未及终题即是诗，如《同诸公登慈恩寺塔》《九日诸人集于林》之类。亦犹是诗出题表，乃有读诗如不属，无语非题，如《远游》《夜》之类。又或意尚含蓄，题自题，以待诗成，如《向夕》及《大历三年九月三十日》之类。兼之气咽终篇，诗自诗，而后题出，如《草阁》《一室》之类。诸如此类，既已标出本题，疏明各自诗注下。

清初顾炎武《日知录》卷二十一"诗题"曾云："有诗而后有题者，其诗本于性情；有题而后有诗者，其诗循乎物。"从诗意与题目的关系来看，问斋肯定了诸如《草阁》之类的篇目承续了《诗经》诗、题并称之说。如其认为诗三百，无题不在诗中，《筐》诗有题无辞，《酌》《桓》《赉》《般》四诗有题，诗未尝不在题中。[①]这在一定程度上迎合"诗本性情"的说法。与顾炎武对"诗循乎物"的批判不同，考虑到唐人诗律细的科场文化背景及杜甫诗律严谨的创作法度，问斋也同样认可杜甫因事立题，缘题求诗之作，如《向夕》等，并进而分析杜诗制题之法与章法之妙。此外，陈式也从言意主情的角度阐述诗、题辩证的关系，这与叶燮《原诗·内篇下》所云"因遇得题，因题达意，因情敷句，皆因甫胸襟以为基"的说法相吻合。总体来看，陈式关于杜甫诗题制义的辨析既注意到推源溯流的事实依据，将其上溯至《诗经》诗、题并称历史维度，又从诗歌发生学即"诗言情"的角度肯定了诗先于题的创作取径，而对"缘题求诗"与"命题审句"的维护也有现实因素的考量与诗歌格律化的审美判断。再者，陈式以诗题论为诗学阐述的逻辑起点，将意法说杜与性情论诗统摄起来，张扬少陵气局的典范意义，这在清初学术环境与诗学路向上，有着导夫先路的理论价值。

三、批注的群体构成与乡邦诗学旨趣

若从整体上考量，明清时期文学的重心是下移的。文学创作的基地呈

① 陈式《读杜漫述》第十八则，《问斋杜意》，清康熙二十一年刻本。

地方化的趋势，特别是人文蕴盛的江南地区，底层文学活动业趋频繁，这种文学景观表现为大众化的集体参与，在文体创作、乡邦文献整理版刻及诗文批评等层面形成多维支撑的文学形态，而随着文学地域共同体形成，往往会产生强而有力的地方话语，并建构起本地的文学谱系。[①]总体来看，学界对基层诗学的关注，多侧重于地域诗歌选本及其诗文结社的研究。前者“以诗存人”或“以人存诗”，不仅网络了大量的乡邦文献，其序跋、凡例及其评点流露出选家的批评意识和诗学倾向，是地域诗风传统建构的重要载体，而诗文社团，以其大众化的写作展现地方文学景观和创作生态，业已成了地方诗学研究的热点。相对而言，作为底层文学批评的重要形态，诗文选本集注合批的动态过程和群体构成的网络场域，以及由此呈现出来的话语体系和理论价值，也应引起我们的进一步注意。仅就桐城地区而言，我们若以《问斋杜意》为考察对象的话，这不仅仅是桐城诗学的网络节点与互动呈现，其地域性及家族化的特征也体现为基层诗学批评中的地缘、血缘与师缘关系，在一定程度上展现出区域人格的建构和乡邦诗学旨趣。

如果将陈式等人的笺注杜诗视为一种地方公共的文学事件，那么它实际上就是一个众层化参与的重要场域，其广度、深度及其影响力与衍生性是巨大的。问斋注杜，对于当时的桐城文化圈来讲，是诗学热点而备受关注。如《读杜漫述》第四十三云：

> 乙卯春，（陈式）偶同朱厚庵入省，一客逾月。里门流寓诸公方绣山楼冈、邵村、与三、何辨斋、省斋，一一得遂良晤。诸公素知予《杜意》成，彼此相为慕说，中间过从杯酒，有泥予说杜者，予亦忻然应之，随所举似，弗固却也。容庵先生自少留风雅，劳而不倦，今八十矣。于是辨斋、省斋二公，有时以所闻席间者，转闻堂上，先生无闻不为拊掌击节，而二公亦有时间向予道之。传之海内，自凑成是篇一段佳话。

① 罗时进先生在明清诗文研究中提出地域社群差序混层、众层化创作的特点及“文在布衣”等概念，启发了本文的相关论述，谨此感谢。内容详见《文学社会学——明清诗文研究的问题与视角》，中华书局2017年版。

早在崇祯末，陈式与潘江等寓居白门，即已讽诵杜诗。此时旧地重游，不仅故交倾慕其说，就连耆老宿儒也转闻拊掌，为之击节赞叹，传之海内，足见其士林影响。此外，里门挚友中尚有方尔止、左夏子、方怀山、邵村、何道岑、姚驾侯小山、吴炎牧等，皆曾起其注杜，或助为刊刻。[①]因此，陈式注杜，不是个人短檠书卷前冥思苦想，而是集体大众的批评参与。故而《问斋杜意》大量援引转录了同人乡贤的杜诗批注，据初步统计，人数多达七十余人。这几乎囊括了清初桐城的精英文士，从某种意义上讲，笺注杜诗成了当时桐城文人群体交集的重要节点。就其主体性而言，这些批注者"分层化"与"混层性"的状态同时存在，其中，既有张英、姚文然等馆阁名臣、朝廷显要，也有方楼冈、张杰、左子厚及姚注若等府州僚臣、廪膳教谕，此外，尚有大量的乡绅布衣及遗民野老，如潘江、江在湄、方东来等。这些不同阶层的文士，在诗文雅聚之时，或依韵奉酬，或评笺杜诗，形成混层共生的在场状态。陈式美须髯，善谈论，往往成了聚会在场的焦点人物，"群处稠人中，眉目轩出其上，予时才舞象，望其肤神标格，若天人然，不可梯接"[②]。席谈杜诗时，"掀髯时一谈，高言灿霞绮。"[③]"注杜千万言，坐久谈锋骋。"[④]吴子云《问斋杜意序》也云："每酒半客酣，任拈一篇，丐其诠解，问斋则掀髯高吟，且吟且解，停顿抗坠，悉中节族。歌如有声，哭如有泪，俾闻之者始而思，既而乐，久而怡然以顺，涣然以释。"可以想象，问斋吟解杜诗时，泉涌风发，目光如电，宾主四座如痴如醉，这是一幅多么生动的论诗景观图！在这场精彩纷呈的诗学诠解过程中，衣冠士子，已无阶层归属的差序尊卑，更多的是同声相引的诗心共鸣。

此外，《问斋杜意》批杜的群体构成在地域性方面也呈现出家族性与师承性的特点。家族不仅是基层社会的组织形态，更是建构地方知识体系和文化类型的根基。陈式注杜，桐城重要的文化世家皆参与其事。陈式为姚孙棐弟子，又曾馆于姚经三家，与姚氏家族交谊深厚，故载录姚氏批注最

① 陈式《读杜漫述》第四十四则，《问斋杜意》，清康熙二十一年刻本。

② 潘江《陈问斋七十序》，《木崖文集》，《清代诗文集汇编》，上海古籍出版社2010年版。

③ 张英《陈问斋注杜成赠之》，《存诚堂诗集》，《清代诗文集汇编》，上海古籍出版社2010年版。

④ 潘江《重阳后一日左橘亭邀同陈问斋陈越楼刘西麓赵湛斋看菊，拈天影二字二首》，《木崖续集》，《清代诗文集汇编》，上海古籍出版社2010年版。

多，如姚文然、姚注若、姚庭若、姚绥仲、姚履若、姚佩若、姚丹枫、姚小山、姚龙怀等。问斋与方氏家族也多故交，陈式注杜始于方畿西席，康熙四年，陈式又与方孝标同游闽，多唱和，方孝标《与陈二如共晨夕者半年情深绪多且小巫气索不克成诗舟中言别忽成四首》云："注杜稿成犹在笥，救时书就欲忘筌。"陈式也作《次韵答方楼冈建宁赠别》予以酬答。故《问斋杜意》也大量转载方拱乾、方孝标、方文、方邵村、方畿、方育盛及方膏茂等论杜之语，另张氏家族（张英、张杰、张濬之、张子艺）、何氏家族（何省斋、何辨斋、何文熊）、左氏家族（左子厚、左子忠、左橘亭）及潘江、钱饮光及李芥须等桐城耆宿皆与陈式互动批杜。这种家族化的参与在一定程度上蕴含着师承关系及姻娅网络，如陈式为方拱乾、姚孙棐弟子，而姚经三及姚尧元、绥仲则执经问字于问斋；张英为姚孙森女婿，左子厚为方文妻兄，等等。总之，桐城世家正是通过师承、交游、姻亲关系，联袂汲引，相互扶持，在杜诗批评领域，同声相应，彼此扬诩，形成一个地域共同体，展现出乡邦诗学旨趣。

一般而言，乡邦诗学的取向，既受到地域文化、人文秉性的影响，也激荡时代风云之特色。前者涵水土之性，系乡邦之情，是其精神内核；后者因历史际遇而展现出乡邦诗学的时代属性。桐城山辉水秀，钟灵毓秀，"士生期际，必有不为功利嗜欲所蔽，而以气概风节显于天下"①。陈焯《龙眠风雅序》云："禀山川苍迥沉郁之气，尚实学，不竞浮名。尚实学则涵英咀华，先求根柢，风骚乐府。户习家传，虽闺阁童孺之言必无贫俚寒俭之态；不竞浮名，则适性缘情，各据才致，外诱莫夺，世趋莫移。"故龙眠诗论多以理学为根基，重性情之学，如钱澄之《叶井叔诗序》云："诗以道性情。而世有离情与性而二之，是乌足与语情乎？诗也者，发乎情，止乎礼义，准礼义以为情，则情必本诸性。"②方孝标《磊斋诗选序》也说道："使性情之有不仁，则诗必不厚；性情之有不洁，则诗必不清。"③陈式服膺程朱理学，曾撰《〈毛诗注〉注》《〈四书注〉注》，论诗本于道与理，"诗

① 刘开《枞阳节孝祠记》，《孟涂文集》卷九，民国四年归叶山房刻本。

② 钱澄之著，彭君华校点《田间文集》，黄山书社1998年版，第258—259页。

③ 方孝标著，石钟扬、郭春萍校点《方孝标文集》，黄山书社2007年版，第201页。

主言情，无情不原于理，无理不发而为情”[①]，“公于诗见道，何注公诗者不本道以注诗?”[②]主张将杜诗视为本经，颁于学宫，“以忠君爱国如子美，所为诗歌发乎情，止于礼义，是岂不足以羽翼圣道?”[③]因此，杜诗的性情忠义与托物忧时成了桐城士子批注时的主要取径，如《同诸公登慈恩寺塔》，方绣山、姚小山等赞叹此诗融情于情，寄慨遥远；又《得舍弟消息二首》，问斋笺注时，批“谓公自恨不死者”之说迂阔不近情，强调离乱时期“骨肉之情”是伦理亲情的流露。此外《雨叹二首》《哀王孙》《遣怀》诸诗，潘江、朱厚庵等论其比兴要义，将时世盛衰与道德得失联系起来。

性情论诗，节制于礼义，力主温柔敦厚。但物以达情，悲忧恬愉，皆发于性情，故有沉郁悲愤之说。明清易鼎，桐城多兵燹之灾，“贼势炽，围城岁以为常”[④]“田土荒芜，庐舍飘毁，尸骸遍布；入其邑，室颓垣倾，污秽崇积，人不满千，皆扶病颠连”[⑤]。士子乡绅流离失所，避祸窜逃犹如杜甫曲江潜行。故其讽咏杜诗，既抒哀情，也展现了遗民的气节与操守。钱澄之论杜诗也言：“慷慨悲壮，指陈当世之得失，眷怀宗国之安危，一篇之中，三致意云。”[⑥]又如陈式批《奉赠韦左丞丈二十二韵》时，指出“纨绔不饿死，儒冠多误身”为一篇之领袖，悲愤具见，末段去激之作，纡回婉转，无限深情。另问斋挚友方文，批《悲陈陶》《龙门镇（龙门镇在成县东后改府城镇）》时所言“民情向背”“关中夜泣”则显然也寄寓着方文的亡国之悲。

四、杜诗学与清初桐城诗论的演进形态

正如前文所揭，《问斋杜意》不仅是陈式个人的笺注杜诗，也囊括了清

---

① 陈式《读杜漫述》第十四条，《问斋杜意》，清康熙二十一年刻本。

② 陈式《读杜漫述》第十八条，《问斋杜意》，清康熙二十一年刻本。

③ 陈式《读杜漫述》第三十三则，《问斋杜意》，清康熙二十一年刻本。

④《安庆府志》卷一二《邑政绩传》，北京图书馆《地方志人物传记资料丛刊·华东卷》，第125册，北京图书馆出版社2007年版，第511页。

⑤ 王雯耀《全桐纪略》，《四库未收书辑刊·第2辑》，第21册，北京出版社2000年版，第338页。

⑥ 钱澄之《叶井叔诗序》，《田间文集》，彭君华校点，黄山书社1998年版，第259页。

初桐城诸子的杜诗批评与诗学理解，此外，方文另著《杜诗评点》，方拱乾也批点过《杜诗论文》。如果我们将关注的视野延伸至清中期及其以后，桐城一脉的杜诗批评依旧繁盛一时，如刘大櫆有《刘海峰圈点杜诗》《杜工部五七言古选》，方贞观著《批杜诗辑注》，姚永概曾过录方苞、姚范、张裕钊《杜诗评点》等，目前学界对桐城诗学的关注，多从文章学及其与宋诗学的关系切入，略显笼统而缺乏历史感[①]，若我们以杜诗学为节点，进一步考察桐城派诗学批评的演进形态，或许对一些诗学现象能做出更生动的解释与梳理。

（一）龙眠遗民诗界的"少陵气局"及其对"诗史"说的批判

韩诗序田茂遇《水西近咏》云："海内崇尚诗学有三派，曰宣城，曰华亭，曰桐城。"[②]桐城诗派，肇始于明季，后经姚鼐、刘大魁等发扬光大。若探究桐城诗派的渊源，则要溯及当时的钱澄之、方文、方以智及陈式等人，方苞《田间先生墓表》："当是时，几社、复社始兴，比郡中主坛坫与相望者，宣城则沈眉生，池阳则吴次尾，吾邑则先生与吾宗涂山及密之、职之，而先生与陈卧子、夏彝仲交最善，遂为云龙社以联吴淞，冀接武于东林。"[③]以钱澄之、方文及"龙眠三子"（方以智、周岐、孙临）为代表的桐城遗民诗界于泽园结社，又广聚金陵，与云间诸子桴鼓相应。而续踵"泽园永社"的"潜园十五子"也寓居白门，声气相引。从其创作来看，多师宗少陵，如钱澄之，诗风沉雄劲健，沉郁悲凉，《生还集自序》云："唐则唯杜陵耳"，刘城《南徙百韵序》也云："其人与文得于少陵为多，夫岂人与文而已，遭时则然。"《秋兴六首》诸诗可谓是杜律遗响。又方文，诗宗老杜，曾作《四壬子图》以明其志，龚鼎孳、宋琬及邢昉皆有称誉。钱谦益《送方尔止序》谓方文诗"得少陵之风骨，深知其（杜甫）阡陌者，一人而已"[④]，另潘江、陈式等创作也多"少陵气局"。而就杜诗批评来看，龙眠诸子，多性情论诗，如钱澄之《陈二如杜意序》云："世之誉杜者，徒以其语不忘君，有合乎风雅之旨，遂以为有唐诗人来一人而已。吾谓诗本

① 蒋寅《方氏诗论与桐城诗学的发展》，《安徽师范大学学报》，2014年第6期。

② 田茂遇《水西近咏》，《四库未收书辑刊·第7辑》，第23册，北京出版社2000年版，第311页。

③ 方苞《方苞集》，上海古籍出版社2008年版，第337页。

④ 钱谦益《牧斋有学集》，上海古籍出版社1996年版，第905页。

性情，无情不可以为诗。凡感物造端，眷怀君父，一情至之人能之，不独子美为然。”田间性情论杜主张“不唯其词，唯其意”，与陈式“意法”的诠释方式可谓声气相同。如陈式《读杜漫述》第十七则云：“予与公诗，遇比还比，遇兴还兴，所不同朱子胪列，恐涉训诂，注杜注经，本非一体。”在这里，也涉及对钱谦益《钱注杜诗》方法论的评价问题。陈式虽认同钱注杜诗订正舛讹，廓清依傍，在杜注中最称善本，但“近来虞山笺杜，间一注意，所不谋而同者二条，已载在本诗注下。所见略同，不讳同，实亦不敢苟同。天下惟同碍道，不止注诗”[①]。进而批判了一些注杜者恣臆逞博，汗漫支离，仅关注山川隔属、草木名异之辨，如与人争物产；叙事叙时，必举《通鉴》以证之，如与人争氏族、争日记。考证虽确，已失作者之旨与读者之趣了。同样，陈式也质疑“诗史”之说，《读杜漫述》第二十三则云：

> 甚矣，“诗史”二字之不可为据也。一雨晴之不能不以地异也，不胜记也。少陵在蜀，忧旱愁雨而作，解释者动引唐史所载长安某年某月雨、某年某月旱，亦曾闻秦蜀连千余里雨旱耶？不当蜀自蜀、长安自长安耶？一酒价有贵贱也，于时于地有凶丰彼此早晚异也。宋章圣问唐时酒价，丁谓以公《偪侧行》证之，即令作诗之时斗酒值钱三百钱，其能定得唐一代如是、唐一代诸州如是耶？问出可笑，而对者之为口给面欺，可斥也。甚矣！诗史之不可为据类是也，予故不敢比而同也。

宋元以来诗史之说极为盛行，明人谢肇淛、杨慎力主诗、史异途，以史为诗，非风雅本色。王世贞及许学夷等则认为少陵赋诗叙事可谓诗之苗裔。明清易代，杜诗“诗史”之说再兴波澜，黄宗羲“补史之阙”、王夫之“史外传心之史”及钱谦益自诩凿开鸿蒙、手洗日月的“以史证诗”“诗史互证”，极大地拓展了杜诗阐释的历史空间，但也时有穿凿牵强之弊。方拱乾《手录杜少陵诗序》云：“近见有以唐史所载，逐年月、逐事、逐人、逐地以附会少陵诗，略大取小，略神取肤，支离不相被肖，此无他，总起于‘诗史’及‘一饭不忘君’两语耳。诗与史之截然不可合为一也明矣。史何待诗？诗何必史！史即华，终是史；诗即确，终是诗。”又方孝标《问斋杜

① 陈式《读杜漫述》第二十四则，《问斋杜意》，清康熙二十一年刻本。

意序》云："乃说之者曰'诗史'也，曰'一饭不忘君'也，于其稍涉隐见者，必强指之，以为某章讥宫庭，某章刺藩镇，某句怨征车之不至，某句望利禄之不来，殆若郑五之歇后、殷浩之空书，岂少陵哉！"这其实就是对钱谦益"谓杜诗字字皆有根据"之逐字说的批判。此外，钱澄之《与方尔止论虞山说杜诗》一文也同样批判钱氏注杜非得杜诗之精髓。总之，问斋意法说杜及桐城诸子反对穿凿附会，质疑"诗史"，不仅是对当时杜诗学重义疏、名实之辨的反拨，也伸衍了"以意逆志"的诠释方法，在一定程度上体现出地方诗学话语的理论价值，这对清初拨乱反正的诗坛来说，是弥足珍贵的。

（二）清初桐城诗学的演进与方氏家族的杜诗评点

受明七子及地缘传统因素的影响，明季桐城诗学重性情，力主雅致，如周岐《泽园永社十体诗引》中"以大雅为宗"，认为赋诗应兴观群怨，事父事君，多识鸟兽草木之名，这显然是儒家教的温习。方以智《永社十体诗序》中也主张复古调。钱澄之《汪翼三诗引》也云："夫性情之事，盖难言之，难于真耳。譬如优孟登场，摹写忠孝节义之事，一笑一啼，无不酷肖，而人知其言之皆妄，以其皆沿袭之言，而非自己出之言。自己出之言，有诸己而后出，所谓真性情也。"清兵南渡后，桐城遗民诗界呈现出对悲愉感愤、真情淋漓的审美追求，但随着顺康时期文网紧密，桐城世家备受打击，诗歌创作已无牢骚幽愤之语，在诗学取径上，多热衷于对诗法技巧的辨析。这种诗学观念的演变，也深深地体现在方氏家族的杜诗批评上。桂林方氏，精通杜诗学，其中方文、方拱乾、方苞、方贞观等皆批注过杜诗。方世举《丛兰诗话序》云："余家传诗法多宗老杜。明初，先断事公殉建文之难，有绝命词五律二首，所谓"死岂论官卑"者，已是杜初达行在之沉痛。至先太仆公好为七律，全得《秋兴八首》之鸿音壮采。先宫詹公又集学杜之大成，晚而批杜，章法、句法、字法皆有指授。"如果说方文杜诗批评重在精神与气脉。那么，方拱乾父子的批点更侧重于律诗体格、写诗作法等具体问题，如批《陪郑广文游何将军山林十首》云："一首一首看去，便见其次第多寡，一毫不可凌替，此所谓绪也。"又《端午日赐衣》批云："看绪看法，绪与法是一是二，不和绪，不可言法。'终身'二字应七句，又应二句，天然之绪，妙不可言。"以绪、法论杜，颇为精妙。至方贞观批杜时，杜诗经典化的时代热潮已经过去，他虽然肯定杜甫“思深力大，气古才雄”，但认为“后人信之太笃，奉之太过，比之太高，求之太深”①，进而批评杜诗出词卑鄙、用意牵凑、气韵甜俗、意象叫嚎之弊，这观点虽有过激之嫌，可也从一个侧面反映了清初诗坛风云激荡的心灵历程的落幕。

康乾以后，桐城派诸子也多举杜诗来阐述其诗文观点。如方苞义法说杜与张裕钊的以气论杜。以文论诗，是桐城诗学的精髓，早在陈式《问斋杜意》时，也即以文论杜，《读杜漫述》第二十一条将杜诗与史记并称，“二家体裁不同，章法未尝不一”，“至少陵主于诗，而诗之章法，往往争奇于史纪之章法”。如《佳人》，陈式注云：“此诗正如《史记》叙事论断之法，开首两句，叙事发端。……一诗而《史记》之法备具。”又《北征》，问斋引吴子云注：“全诗备左、国、史、汉之法。”方苞不仅以文论杜，更重义法，对杜诗闲适之作，则批其为浅义，如《遣兴五首》：“五章皆直率少意味。”《冬狩行》：“义味亦浅。”《自阆州领妻子却赴蜀山行三首》之一：“此首未见佳致。”又《观公孙大娘弟子舞剑器行》：“叹逝赋：‘苟性命之不殊，岂同波而异澜’，辨其由来知波澜，此雅□篇而意味实浅。”张裕钊论文追求雄健阳刚之气，故批杜时，则侧重于气格、韵味。如《醉诗歌》（赠广文馆博士郑虔）：“满纸郁律从宕之气。”《赠卫八处士》：“此等诗纯任自然，纯是清气往来。然其造句及通体接换处固极精彩。”《古柏行》：“淋漓变动，开合募而气尤雄劲。”《雨》：“孤苦之思，磊落之气，飒沓并集，使人读之不厌。”②可见，张氏多以郁律不平之气、磊落之气、清气及奇气等突显杜诗的情感力量。

总之，清初桐城派杜诗学的兴盛，有着遗民诗界的生态背景，杜诗经典化的过程也是桐城派唐宋兼取、诗文互论的抉择。作为基层诗学景观，批注杜诗群体化及家族化的特点，不仅展现了乡邦诗学的旨趣及其流变形态，也彰显出地域诗学中“差序混层”与“众层化批评”的文学样态，这一方面应引起我们进一步关注。

（原载《苏州大学学报》2018年第5期）

① 方贞观《题识》,《杜工部诗集辑注》,清康熙间叶永茹万卷楼刻本。

② 方苞、张裕钊的杜诗评点详见拙著《新见方苞、姚范、张裕钊杜诗评点考略》,载《文献》2017年第4期。

姚鼐《今体诗钞》的编撰缘起及其经典化考察

谢海林

一

吴汝纶在给桐城姚氏后人姚慕庭作墓志铭云："（桐城）至姚郎中乃以诗法教人，其徒方植之东树益推演姚氏绪论，自是桐城学诗者一以姚氏为归，视世所称诗家，若断潢野潦，不足当正流也。大乱以后，业此者希。耳目所接，唯君一人。君没，而桐城诗学几乎熄也。夫岂一乡县之不幸，抑亦文学绝续之所系也。"[①]细绎此文，可知桐城诗派自姚鼐而振兴，加之数十年的书院教育，弟子众多，从者如流。因兵燹之乱，文苑萧条，桐城诗学几将熄匿。钱仲联亦曰："乙亥浴佛日，为陈丈石遗八十寿诞。……家子泉（钱基博）先生有文寿之，长千数百字，兹节录其论诗者云云：'桐城自海峰以诗学开宗，错综震荡，其源出李太白。姚惜抱承之，参以黄涪翁之生崭，开合动宕，尚风力而杜妍靡，遂开曾湘乡以来诗派，而所谓同光体者之自出也。吾常谓惜抱之文，妙在不尽，而惜抱之诗，则敢于尽，兼能并美，体势绝异。而观其选《近体诗钞》，意岂不欲开户牖、设坛坫者。何意嗣响无人，遂贻论同光体者以数典忘祖之讥。独张濂卿《国朝三家诗钞序》，推惜抱七律为清代一手'云云。此一段议论，余亦主张。前曾于诗

① 吴汝纶《桐城吴先生文集》卷三《姚慕庭墓志铭》，《续修四库全书》本，第1563册，第295页。

话中发之，惟尚不及此之详。”[①]姚鼐融通的诗学，并以自身诗歌创作为示范，开宗立派，其影响不言而喻。从当时的诗坛来看，桐城诗派虽不可谓影响甚巨，但足以鼎立于江南桐城、南京之一隅。杨澄鉴《东隅草堂诗叙》云：“吾乡称诗大宗者，田间（钱澄之）宗陶，海峰、惜抱宗杜，鲜宗中唐者。田间之派，传者寥寥。近时诗人，多海峰、惜抱派别。”[②]吴汝纶《刘笠生诗序》曰：“吾县自刘才父学博、姚姬传郎中，以诗学轨则传后进。是后学诗者滋益多，客游四方，往往持诗卷赠人。”[③]从后来的传承来看，“同光体”派虽“数典忘祖”，但仍然无法掩盖其源于桐城诗派之真象。实际上，“同光体”诗人在诗人诗体的取法上，多以“融通”的诗学宗旨为指导，尊唐宗宋，上溯汉魏，本于“诗骚”，而不固于一隅一代。职是之故，桐城诗派绝不可轻视之。诗学的宣导，无疑还有赖于经典选本的推广。下面就“开户牖、设坛坫”的《今体诗钞》作一考察。

二

孙琴安《唐诗选本提要》附录一“古代著名唐宋诗合选本”将《今体诗钞》作为四种之一予以著录，可见对是选的推重。[④]之后，又专作一文《桐城派诗选的经典——评介姚鼐的〈今体诗钞〉》，对这个“影响最大，流传最广”的选本进行了简要的评述，认为：“《今体诗钞》不仅是我国古代最著名的唐宋诗合选本之一，而且堪称桐城诗派诗选中的经典之作。”[⑤]

姚鼐《今体诗钞序目》曰：

---

① 钱仲联《梦苕庵诗话》，转引自《清诗纪事·乾隆卷》，江苏古籍出版社1989年版，第6022页。

② 杨澄鉴《东隅草堂诗叙》，转引自吴孟复《桐城文派述论》，安徽教育出版社2001年版，第83页。

③ 吴汝纶《桐城吴先生文集》卷三《刘笠生诗序》，《续修四库全书》本，第1563册，第288页。

④ 孙琴安《唐诗选本提要》，上海书店出版社2005年版，第456—458页。

⑤ 孙琴安《桐城派诗选的经典——评介姚鼐的〈今体诗钞〉》，《古典文学知识》，2002年第3期。

天下之是非有不可得而淆也，而人以己意决之，则不能不淆；其不淆者，必其当于人心之公意者也。人心之公意虽具于人人，而当其始，无一人发之，则人人之公意不见。苟发之而同者会矣。论诗如渔洋之《古诗钞》，可谓当人心之公意者也。吾惜其论止古体而不及今体。至今日而为今体者，纷纭歧出，多趋伪谬，风雅之道日衰。从吾游者，或请为初渔洋之阙编，因取唐以来诗人之作采录论之，分为二集十八卷，以尽渔洋之遗志。虽然渔洋有渔洋之意，吾有吾之意。吾观渔洋所取舍，亦时有不尽当吾心者，要其大体雅正，足以维持诗学，导启后进，则亦足矣。其小小异同嗜好之情，虽公者不能无偏也。今吾亦自奋室中之说，前未必尽合于渔洋，后未必尽当于学者，然而存古人之正轨，以正雅祛邪，则吾说有必不可易者。世之君子，其亦以揽其大者求之。嘉庆三年二月，桐城姚鼐识。①

先来谈其编选缘起。乾隆四十一年（1776年）朱孝纯调守两淮，与寓扬商贾马曰琯、马曰璐等人共建梅花书院，是年秋姚鼐被聘任为山长。②从此年始直至辞世，姚鼐从事了长达近40年的书院教育，凭借其学识与威望，从游者络绎不绝。自乾隆年间科举开考试帖诗以来，诗学教育自然成为学院日常课业的一部分。乾隆五十五年（1790年）至嘉庆五年（1800年），姚鼐主讲南京钟山书院。③据《序目》所载，编选《今体诗钞》缘起于从游者的敦请，加之姚鼐也认为王士禛《古诗选》只选古体不及今体，故而有续补其阙之举。

另外，王士禛《古诗选》是一部研习古诗的著名范本，姚鼐也希望通过编选《今体诗钞》与之配套进行古今体诗歌教育，示人以轨则。姚鼐给弟子管同的一封信札对此即有所点明："吾向教后学学诗，只用王阮亭《五七言古诗钞》；今以加于贤，却犹未当。盖阮亭诗法，五古只以谢宣城为宗，七古只以东坡为宗；贤今所宗，当正以李、杜耳，越过阮亭一层。然

① 姚鼐《今体诗钞序目》，曹光甫校点《今体诗钞》本，上海古籍出版社1986年版，第1页。

② 孟醒仁《桐城派三祖年谱》，安徽大学出版社2002年版，第173页。

③《桐城派三祖年谱》，第196页。

王所选，亦不可不看，以广其趣。”[①]王士禛《古诗选》是姚鼐教导后学古诗之范本，管同对此似未领会其旨。姚鼐在另一封信中说：“《今体诗》，扬州尚未刻出。至《古体》，阮亭不取四杰，此是阮亭识力正处。异之岂可议之？必欲补其所少，其惟长吉一人乎？若玉川则不足录矣。须知长吉、子瞻皆出太白而全变其面貌。异之得此理，乃能善学太白矣。”[②]王氏所选，姚鼐亦有异议之处，如上所引《序目》中就说“吾观渔洋所取舍，亦时有不尽当吾心者”。姚鼐在给另一弟子陈用光的信中说：“凡学诗文之事，观览不可以不汛博。若其熟读精思效法者，则欲其少不欲其多。如渔洋五言诗选，吾犹觉其多耳。其选不及杜公，此是其自度才力，不堪以为大家。而天下士之堪学杜诗者，亦罕见。故不以杜诗教人，此正其不敢自欺处耳。今若病其缺此大对，只当另选一杜诗，或益以昌黎，以待天下士才力雄健之者自取法可也。若此外别家，只有汛览之诗，实无当熟读效法之诗也。”[③]概言之，王氏所选在诗人的取舍上是有可议之处，不取初唐四杰、李贺、杜甫等名家，似为后人所诟病。而在姚鼐心中，正如《序目》所言，“论诗如渔洋之《古诗钞》，可谓当人心之公意者也”，虽各有偏重，但“其大体雅正，足以维持诗学，导启后进，则亦足矣。其小小异同嗜好之情，虽公者不能无偏也”。在教导姚元之学诗时，姚鼐说：“古体伯昂尤有魔气，就其才所近，可先读阮亭所选古诗内，昌黎诗读之，然后上泝子美，下及子瞻，庶不至如游骑之无归耳。”[④]由此可见，姚鼐对王氏《古诗选》的推崇，并付诸教学实践。民国间，扫叶山房将《今体诗钞》与《古诗选》合刊为《古今诗选》，可谓得古人之心，也正说明了王、姚二选融合互补的关系与价值。

姚鼐拈大放小，自以为得渔洋之孤诣，将己选堪称续补之佳作。《序目》云：“今吾亦自奋室中之说，前未必尽合于渔洋，后未必尽当于学者，然而存古人之正轨，以正雅祛邪，则吾说有必不可易者。”编选目的是与《古诗选》同为一体，矫伪存真，“正雅祛邪”，示人以正轨，成一家之言。

---

①《与管异之同六首》，《姚惜抱尺牍》，上海新文化书社1935年版，第38页。

②《惜抱先生尺牍补编》卷一《与管异之》，光绪五年（1879年）桐城徐宗亮刊《惜抱轩遗书三种》本。

③《与陈硕士九十六首》，《姚惜抱尺牍》，第71页。

④《与伯昂从侄孙十一首》，《姚惜抱尺牍》，第76页。

姚鼐对《今体诗钞》的倚重在与胡雒君的一通书信中再一次表露无遗："吾所选五七言今体，重复批阅之本，彼行笥携有之，可以借临一过。鄙见自诩，此为诗家'正眼法藏'。不知他日真有识者论之，当复何如。若近时人毁誉，举不足校耳。"[①]姚鼐如此自诩，实是针对当下诗坛而发。《序目》曰："至今日而为今体者，纷纭歧出，多趋伪谬，风雅之道日衰。"姚鼐编选《今体诗钞》，"当代"意义就在于别裁伪体，矫正时弊。他在与陈用光的信中说："《五七言今体诗钞》新刻本颇佳，今以一部奉寄。吾意以俗体诗之陋，钞此为学者正路耳。使学者诵之，纵不能尽上口，然必能及其半，乃可言学。"[②]姚鼐正是借助于《今体诗钞》来宣导其诗学取向的。

风雅之道，首在甄辨雅俗。"诗之与文，固是一理。"[③]姚鼐认为，"大抵作诗、古文，皆急须先辨雅俗。俗气不除尽，则无由入门，况求妙绝之境乎？"[④]雅俗之辨，自是头等大事。姚鼐传教弟子诗法，时刻不忘此旨。潘瑛曰："姬传夫子峻品高文，楷模当代，故其发为咏歌，金和玉节，怀抱独远。瑛久列门墙，侧闻绪论，尝与张荷塘论诗，有句云：'欲作古贤辞，先弃凡俗语。'可以知先生之风矣。"[⑤]在给从侄孙姚元之（伯昂）的信札中劝戒云："所作诗则不能佳，盖缘初入手，即染邪气，不能洗脱。虽天分好处，偶亦发露，然亦希矣。必欲学此事，非取古大家正矩潜心一番，不能有所成就。近体只用吾选本，其间各家，门径不同。随其天资所近，先取一家之诗。熟读精思，必有所见。然后又及一家，知其所以异。又知其所以同。同者必归于雅正，不著纤豪俗气。起复转折，必有法度，不可苟且牵率，致不成章。至其神妙之境，又须于无意中忽然遇之，非可力探。然非功力之深，终身必不遇此境也。"[⑥]即使有诗人天分与性情，若学之不正，下笔就会出俗语、涉邪气。所谓"近体只用吾选本"即指《今体诗钞》。在品评方东树诗时也指出："寄示之诗乃未见大进于往日，良由与俗人唱和，

---

①《与胡雒君十三首》,《姚惜抱尺牍》,第24页。

②《与陈硕士九十六首》,《姚惜抱尺牍》,第66页。

③《与王铁夫书》,《惜抱轩诗文集》,上海古籍出版社1992年版,第290页。

④《与陈硕士九十六首》,《姚惜抱尺牍》,第56页。

⑤ 潘瑛、高岑《国朝诗萃二集》,转引自《清诗纪事·乾隆卷》,第6014页。

⑥《与伯昂从侄孙十一首》,《姚惜抱尺牍》,第76—77页。

觉其易胜，便不复追古人，此何由得自卓立有成就可观乎？”[①]若想臻入古人之境，自铸伟辞，卓然成家，便须弃俗邪崇雅正。而时下诗坛却是“今日诗家大为榛塞，虽通人不能具正见”[②]。姚鼐在写给陈用光的诗中感叹道：“我观士腹中，一俗乃症瘕。……我虽辨正涂，才弱非骐骅。愿子因吾说，巨若瓞引瓜。”[③]谆谆教诲，希求门生承传其说。而姚鼐自幼学诗于刘大櫆，也正是摒弃刘之“客气”“俗气”，以一己之力践行其崇雅尚正之旨。吴汝纶曰：“窃谓姚公（鼐）所诣，过刘（大櫆）甚远。故姚七言律诗，曾文正定为国朝第一家；其七古，曾以为才气稍弱。然其雅洁奥衍，自是功深养到。刘虽才若豪横，要时时有客气，亦间涉俗气，非姚敌也。”[④]概言之，姚鼐针对时下诗风，希求通过《今体诗钞》与《古诗选》并行，正本清源，存雅祛俗。这是《今体诗钞》编选目的之所在，也是《今体诗钞》编选缘由之一，其当代意义不言自明。

如孙琴安文中所言，是选还有一个编纂原因即提出“唐宋诗并举”的诗歌观念。贺严也称：“《今体诗钞》唐、宋并尊、阳刚阴柔各种风格兼取，体现出道与艺和、天与人一，义理、考据、辞章兼济的折中融通倾向。”[⑤]镕铸唐宋，固然是清代诗学融通的必然趋势，但若仅以此来论《今体诗钞》之编选宗旨，难免失于皮相。姚鼐说：“镕铸唐宋，则固是仆平生论诗宗旨耳。又有《今体诗钞》十八卷，衡儿曾以呈览示，今日诗家大为榛塞，虽通人不能具正见。吾断谓樊榭、简斋，皆诗家之恶派。此论出必大为世怨怒。然理不可易，非大才不足发明吾说，以服天下，意在足下乎？”[⑥]姚鼐编选《今体诗钞》正是力矫袁枚“性灵派”流于滑、俗，厉鹗“浙派”失于晦、滞。最重要的是要以“通人”的态度，调停、融合各派之得失，大倡桐城诗学镕铸百家、自成机杼之宗旨。姚鼐又在与弟子陈用光的信中坦言道：“《五七言今体诗钞》新刻本颇佳，今以一部奉寄。吾意以俗体诗之陋，钞此为学者正路耳。使学者诵之，纵不能尽上口，然必能及

①《与方植之》,《惜抱先生尺牍补编》卷二。

②《与鲍双五十八首》,《姚惜抱尺牍》,第33页。

③《硕士约过舍久俟不至余将渡江留书与之成六十六韵》,《惜抱轩诗文集》,第508页。

④ 吴汝纶《与萧敬甫》,转引自《清诗纪事·乾隆卷》,第6017页。

⑤ 贺严《清代唐诗选本研究》,人民出版社2007年版,第201页。

⑥《与鲍双五十八首》,《姚惜抱尺牍》,第33页。

其半，乃可言学。故惟恐其多，不嫌其少，以谓此外绝无佳诗可增，此必无之理。亦不必求如此，欲使人知吾意所向耳。至若自宋后续添，虽至国朝可也，岂独金、元哉？兰雪所执，与吾稍有异同，此何害乎？”[①]“融通”才是姚鼐诗学的灵魂，“惟恐其多，不嫌其少”，续添金、元、明、清也无不可，核心的问题是要让人明确旨向，步入正途。兰雪，吴嵩梁之字，曾续补王昶《湖海诗传》作《石溪舫诗话》二卷。吴氏与姚鼐从事书院教育多年，平生论诗与姚多有相同之处，如重诗家人品与才气，重学诗门径与诗歌之正。[②]吴氏在评“乾嘉三大家”之一乡贤蒋士铨时曰：“盖予喜读太白、昌谷、义山三家诗，至是始知必从杜出，方能成家。二十三岁，受知于覃溪先生，因得穷究汉、魏、唐、宋、元、明以来诸家正变，洞悉其旨大要，由元遗山、苏东坡以上溯李、杜，而参以王右丞、孟襄阳、白香山、李义山、韦苏州、柳柳州、张文昌、贾浪仙、黄山谷、王荆公、欧阳公、陆放翁十数家，韩昌黎、虞道园颇用功，而性不甚近，此外各有所采，都无专功，年逾四十，心力渐耗，其不能成就可知。”[③]这与姚莹评价姚鼐颇为相似曰：“惜抱起而继之，然后诗道大昌。盖汉、魏、六朝、三唐、两宋以及元、明诸大家之美无不一备矣。”[④]一言以蔽之，《今体诗钞》选目只限于唐宋，这仅仅是诗法取向上的一个策略，关键是示人轨则，由此以臻佳境，成自家之面目。

三

持有如此清晰明确的诗学宗旨，再凭借多年书院山长的地位与威望，姚鼐在门生诗友中大力倡导《今体诗钞》之典范作用。这无疑加快了《今体诗钞》作为桐城诗派经典选本的进程。单从姚鼐的信札中，即可见读者对《今体诗钞》的群体需求。《今体诗钞》之能成为桐城诗派的经典选本，

① 《与陈硕士九十六首》，《姚惜抱尺牍》，第66页。

② 徐国华《吴嵩梁〈石溪舫诗话〉述评》，《东华理工学院学报》，2006年第1期。

③ 吴嵩梁《石溪舫诗话》，《香苏山馆全集》本，石溪舫藏板刻本。此转引自杨布生《诗佛——吴嵩梁与书院教育》，《抚州师专学报》抚州师专学报，1991年第4期。

④ 姚莹《桐旧集序》，转引自《清诗纪事·乾隆卷》，第6016页。

首先就在于它迎合了从游者（即读者）的期待视野，给弟子们提供了学诗的范本，满足了读者的需求。

与弟子陈用光（硕士）最多。“去岁有寄钞本《五言今体诗选》，乃亦未达。而鼐今亦且忘其为付何人矣。远路字寄之难，乃如此，可叹也。此五言诗，方观察世兄，已决意为刊，今不须更钞。”[①]奉寄陈氏最多，这当然是姚鼐尺牍由陈编辑所致。姚鼐不顾邮路艰难，抄寄与陈，由此可见陈对《今体诗钞》的需求愿望多么强烈。由于嘉庆三年（1798）方世平初刻本误讹较多，阅览多有不爽。或是需求过大，或是初刻本质量低劣，以至于姚鼐都没有底本。他在给甥儿张虬御的信中说：“吾所选《五言今体诗》失其本，望钞一本见寄也。”[②]嘉庆十年（1805），姚鼐时在金陵钟山书院，修订初刻本后谋求重刊行世，以便流播。姚鼐与弟子陈用光说：“今年吾乡有作聚珍版者，拟将《经说》及《五七言近体诗钞》，另皆印出。当于秋冬间可奉寄。”[③]同年与鲍桂星的信中也说道：“鼐在此更谋将所订《经说》《今体诗》之类，重刊一本，此则居此之便愈于上江者也。”[④]所谓吾乡者，即程邦瑞。今所传刻本多以程氏刻本为底本。程在姚鼐《序目》后跋曰：“此《五七言今体诗钞》十八卷，昔曾开雕于金陵。今先生复加删订，邮寄示瑞。瑞谓是编虽与王文简公《古诗钞》意趣稍殊，而其足以维持诗教、启迪后学，则一也。爰重为校付剞劂。时嘉庆十三年十月，绩溪程邦瑞谨识。”[⑤]程氏重刊姚鼐是选，正是出于“维持诗教、启迪后学”之目的。聚珍版刻精良，向为人所重，这极大地促进了《今体诗钞》的传播。姚鼐与陈用光的信中说：“《五七言今体诗钞》新刻本颇佳，今以一部奉寄。”[⑥]没过多久，又赠陈“《诗钞》《诗集》各二部”[⑦]。

其他弟子、诗友也相继得到新镌之本多部。与方东树（植之）：“《五

---

①《与陈硕士九十六首》,《姚惜抱尺牍》,第 48 页。

②《与张虬御》,《惜抱先生尺牍补编》卷二。

③《与陈硕士九十六首》,《姚惜抱尺牍》,第 55 页。

④《与鲍双五十八首》,《姚惜抱尺牍》,第 37 页。

⑤《今体诗钞序目》,《今体诗钞》,第 4 页。

⑥《与陈硕士九十六首》,《姚惜抱尺牍》,第 66 页。

⑦《与陈硕士九十六首》,《姚惜抱尺牍》,第 67 页。

七言今体诗选》定后，乃更有删评其批本，不及奉寄，须后相见出之。”①与姚元之（伯昂）：“新刻出所选《今体诗钞》，雕手颇佳，今奉寄一部。”②与胡虔（雒君）：“前所寄《近体诗钞》，鼐复有重订，大增评注，惜前本付雕之略早矣。其误字亦殊多也。”③与吴定（山尊）：“《五七言今体诗》二部寄上。”④与鲍桂星（双五）：“鼐顷有《五七言诗今体》重雕本，颇增减于昔，刻亦较佳。率寄一部，于尊意当不？不妨寄闻也。”⑤虽如前引所述，因战乱而导致桐城诗学几将奄熄，但经典选本还是可重构的。据笔者所考，《今体诗钞》尚有道光二十二年（1842）重印程邦瑞刻本、同治五年（1866）金陵书局刻本、同治五年李翰章省心阁《惜抱轩全集》本、同治七年（1868）湘乡曾氏刻本、光绪七年（1881）山西濬文书局刻本、民国中华书局铅印《四部备要》本、扫叶山房《古今诗选》合选本。1983年，上海古籍出版社曹光甫标点本多达一万册。在20世纪80年代，诗歌合选本能有如此高的印数，足以说明《今体诗钞》堪称经典选本。这在孙琴安一文中得到了验证。

当然，若要成为一部经典，最重要的在于作品的艺术价值与发现者之手眼。作为总集的选本，就在于删繁汰芜，彰显精华，建构经典，重塑经典。选本活动本身即是一个经典化的过程。选本从总集或别集中遴选作品，这是经典的建构过程。后出选本对前人选本进行品骘，重新甄选，这又是经典的重构过程。对经典选本而言，这就有两重含义，一是所选作品是否经典，二是选本自身是否经典。对于选本而言，归根到底还是在选家身上。“经典的权威主要不是来自系统的说明，而是来自编辑时独具慧眼的选择。”⑥

《今体诗钞》是一部近体诗选，我们现在先来看看选家姚鼐近体诗创作的艺术水平。姚鼐近体成就不凡，惨佛《醉余随笔》直称：“桐城之文，吾

①《与方植之》,《惜抱先生尺牍补编》卷二。

②《与伯昂从侄孙十一首》,《姚惜抱尺牍》,第78页。

③《与胡雒君十三首》,《姚惜抱尺牍》,第23页。

④《与吴山尊》,《惜抱先生尺牍补编》卷一。

⑤《与鲍双五十八首》,《姚惜抱尺牍》,第35页。

⑥ 宇文所安著,郑学勤译《追忆——中国古典文学中的往事再现》,三联书店2004年版,第124页。

所不解。而姚惜抱之近体，在当时第一。此非袁子才辈所晓也。今日轻薄派，尤无可论。”[①]将姚鼐诗置于桐城文之上，推誉备至。姚鼐诗尤以七律为最，一直为诗论家所誉美，如弟子姚莹云：“七律工力甚深，兼盛唐、苏公之胜。七绝神俊高远，直是天人说法，无一凡近语矣。……七律中全篇如《古意》《效西昆体》《出塞南朝》《金陵晚发》《河上杂诗》《彰德怀古》《吊王彦章》《怀刘海峰》《怀王禹卿》《临江寺塔》等作，皆沉雄高浑，调响气劲，唐音之尤者。若《清苑望郎山》《漫兴》《泥汉阻风》《谢简斋惠黄精》诸作，则又苏、黄妙谛也。”[②]吴汝纶《与萧敬甫》称：“姚七言律诗，曾文正定为国朝第一家。”[③]由云龙亦曰：“张濂卿选有清《三家诗》，取施愚山之五古五律、郑子尹之七古、姚姬传之七律，谓足津逮后人，诚知言也。”[④]今人清诗研究专家朱则杰也说：“姚鼐诗歌最擅长七律，名篇络绎。”[⑤]诸如此类，难以足征。总而言之，姚鼐近体诗水准之高古今皆为人所公认。

选家自身创作的高水平无疑为编选作品打下了重要的基础。《今体诗钞》二集都18卷，前集《五言今体诗钞》九卷选录唐人五律552首，后集《七言今体诗钞》九卷选录唐宋人七律409首。[⑥]“举凡唐宋今体诗中的名家名篇，大略已略。同时亦兼顾了不同时期各种流派各种风格的代表作，酌量撷取，以备一格。”[⑦]今以《七言今体诗钞》为例，对其选目略作分析，以见姚鼐手眼之一斑。

《七言今体诗钞》选目［据曹光甫校点本］：69人409首

唐代46人226首：卷一［6人10首］：沈佺期2，杜审言2，李峤1，苏颋2，张说2，宗楚客1；卷二［8人29首］：王维11，李颀6，岑参

① 惨佛《醉余随笔》，转引自《清诗纪事·乾隆卷》，第6020页。

② 姚莹《识小录》，转引自《清诗纪事·乾隆卷》，第6014—6015页。

③ 吴汝纶《与萧敬甫》，转引自《清诗纪事·乾隆卷》，第6017页。

④ 由云龙《定庵诗话》，转引自《清诗纪事·乾隆卷》，第6019页。

⑤ 朱则杰《清诗中的若干版本与注释问题》，《浙江大学学报》，2001年第5期。

⑥ 此据曹光甫标点本统计，曹光甫《今体诗钞前言》称其有410首，韩胜《从〈今体诗钞〉看姚鼐的诗歌批评》言其411首。未知孰是，尚待考订。

⑦ 曹光甫《今体诗钞前言》，第1页。

3，高適3，崔颢2，崔曙1，张谓2，祖咏1；卷三［1人60首］：杜甫60；卷四［17人54首］：刘长卿12，韦应物2，韩翃3，李益1，皇甫冉4，卢纶4，李嘉祐2，李端2，刘禹锡5，杨巨源1，柳宗元3，秦系1，王建1，张籍1，窦叔向1，白居易10，元稹1；卷五［2人37首］：李商隐32，温庭筠5；卷六［12人36首］：许浑7，杜牧4，薛逢2，李频1，李郢1，李群玉1，赵嘏3，韩偓3，吴融2，张泌2，罗隐2，韦庄8。

宋代23人183首：卷七［10人26首］：杨徽之2，杨亿4，刘筠4［按，杨亿《送客不及》，《宋诗纪事》此乃刘筠诗，故杨亿当为4首，刘筠当为4首］，胡宿4，林逋2，宋庠1，宋祁2，文彦博1，王安石5，王安国1；卷八［9人66首］：苏轼31［按，30首］，黄庭坚25，陈师道4，秦观1，晁补之1，晁说之2，米芾1，刘季孙1，杨蟠1；卷九［4人91首］：陆游87，陈与义1，曾幾2，杨万里1。

粗看此目，多寡不一，似乎水平一般，这实由姚鼐“欲其少不欲其多”，专精一家再转益多师，而后自臻佳境以成一家的编选思想所致。不烦再引姚鼐所言：“《五七言今体诗钞》新刻本颇佳，今以一部奉寄。吾意以俗体诗之陋，钞此为学者正路耳。使学者诵之，纵不能尽上口，然必能及其半，乃可言学。故惟恐其多，不嫌其少，以谓此外绝无佳诗可增，此必无之理。亦不必求如此，欲使人知吾意所向耳。”①所选诗人较少，数量也不多，这只是示人以正路。领会了姚鼐“融通”诗学的精髓，是不会以叶障目的。同治年间，《今体诗钞》多有刊行，赵彦博在《今体诗钞注略序》中称：“遴择严审，核议精深，洵习诗者之大宗也。”②并将它作为乡里童蒙课本，由此可见是选为人之所重，诗学启蒙之作用。换言之，《七言今体诗钞》突出的是时代与流派，这与姚鼐《序目》中分卷选录诗人诗派是相一致的。“就总体而论，《今体诗钞》兼顾到唐、宋各个时期不同流派、不同风格、不同题材的五七言今体诗的代表作，所以基本上反映出了唐、宋诗的全貌。这对于人们了解唐、宋今体诗的概貌和递嬗衍变良有裨益，所以此选问世以后，受到了极大的重视。”③

① 《与陈硕士九十六首》，《姚惜抱尺牍》，第66页。
② 据曹光甫《今体诗钞前言》所引，第4页。
③ 贺严《清代唐诗选本研究》，第208页。

再以所选诗人黄庭坚为例。姚鼐曰："东坡天才，有不可思议处。其七律只用梦得、香山格调，其妙处岂刘、白所能望哉？山谷刻意少陵，虽不能到，然其兀傲磊落之气，足与古今作俗诗者澡濯胸胃，导启性灵。钞苏、黄诗一卷，苏门诸贤附焉。"[①]苏、黄诗堪称宋诗类型之代表，姚鼐将苏、黄及苏门诸贤并为一卷，可见其推重。与姚鼐同时的王昶曰："诗旨清隽，晚学玉局翁，尤多见道之语，望其眉宇翛然，已知在风尘之表矣。"[②]姚鼐弟子郭麐曰："吾师姚姬传先生以古文擅海内，诗亦兼备众长。七古沈雄廉悍，浩气孤行，无所依傍。七律初为盛唐，晚年喜称涪翁。尝谓麟曰：'竹垞晚年七律颇学山谷，枯瘠无味，意欲矫新城之习耳。'乃其诗云：'江西诗派数流别，吾先无取黄涪翁。'此何为者耶？"[③]姚鼐晚年诗学苏轼、黄庭坚，故有此举。自乾隆后期以来，黄庭坚在宋诗选本中的地位逐渐突显，仅次于苏、陆。据申屠青松的统计，乾隆朝之前诸种宋诗选本中所选黄庭坚诗仅十余首，一般不超过二十首，最多的是清初陆次云《宋诗善鸣集》34首。[④]而乾隆后期以来，翁方纲《七言律诗钞》选录黄诗38首，排位第四；姚鼐《七言今体诗钞》收有25首，宋人第三；道咸间，曾国藩《十八家诗钞》宋人只录苏、陆、黄三家；民国时，陈衍《宋诗精华录》黄诗入选39首，数量第四。姚鼐此选之影响远非翁氏所选可比，曾、陈等人，与姚鼐桐城诗派渊源更深。道咸以来，黄庭坚诗之所以备受推崇，姚鼐的发轫之功自不待言。

姚鼐的颇具只眼，其精辟贴切的品评与笺注更为《今体诗钞》的经典化进程锦上添花。据《中国古籍善本书目》著录，是书有安徽省博物馆藏清嘉庆十三年刻本清姚鼐批注本、浙江大学藏清孙依言批本[⑤]、吉林大学藏

---

① 姚鼐《今体诗钞序目》，第3—4页。

② 王昶著，周维德辑校《蒲褐山房诗话新编》，齐鲁书社1988年版，第103页。

③ 郭麐《樗园销夏录》，转引自《清诗纪事·乾隆卷》，第6013页。

④ 申屠青松《清初宋诗选本研究》，南京大学2008年博士论文，第9页。

⑤ 孙依言《逊学斋文钞》卷十《书姬传先生〈今体诗钞序目〉后》（《续修四库全书》本，第1544册，第428页）曰："予谓五言当止于贞元，七言唐当止于玉溪生，宋当但取苏、黄、放翁，而以金之遗山附之，乃能成一家之风旨，示后世以途辙。阮亭能弃杜、韩五言，而惜翁不能芟去杂家，故阮亭真汉廷老吏也。乙丑十一月三日富阳舟中记。阮亭五言不钞王、孟，非无见也。不钞老杜，则将置大、小《雅》于何地耶？又记。阮亭七言之取吴立夫，亦非予所解。又记。"孙对王、姚二选都有批注，见解又有异同。

残本清萧穆批点本。[①]姚鼐曾说："大抵刻古书必不可有圈点，又其杂取人说，要归一路乃佳，糅杂则无谓矣。"[②]但姚鼐对评点实际上很是看重，其曰："震川阅本《史记》，于学文者最为有益。圈点启发人意，有愈于解说者矣。可借一部，临之熟读，必觉有大胜处。"[③]刘声木《桐城文学撰述考》载姚鼐撰《评点五七言诗钞》一种，惜未得见。据韩胜所考："世传姚鼐《今体诗钞》刊本中并没有姚鼐的圈点，民国贺培新所藏《七言今体诗钞》中过录有姚鼐圈点。贺氏于此集卷首扉页书云：'戊寅十月，于姚慕庭所得定本《七言钞》，圈点间有异同。其题上均有圈识，有朱笔临之。绿笔，刘海峰本。'可知姚鼐对于《今体诗钞》的最后定本是有圈点的，此赖贺氏之功得以保存传世。此外贺氏所藏王士禛《古诗选》中亦存有刘大櫆、姚鼐详细的圈点。贺培新于此书序后以绿笔书云：'姚惜抱先生评点本以朱笔临之，间有海峰先生评点则别以绿笔。批上不注姓名者皆惜抱评，其曰吴云，则桐城吴挚甫先生也。'可知此集中的圈点均是过录刘大櫆、姚鼐所为。"[④]通行本《今体诗钞》所载姚鼐评语虽少，但大多是有感而发，独到之处，令人叹止，非一般诗论家可匹敌。虽然片言只语，却常被后人所引用，尤为桐城派所重。[⑤]如方东树《昭昧詹言》、高步瀛《唐宋诗举要》等书中，多载姚鼐论诗之语。而且，高步瀛的《唐宋诗举要》《唐宋文举要》《秦汉文举要》等书的编选和评议，都曾受到姚鼐的影响。

（原载《文学评论丛刊》2011年第2期）

① 中国古籍善本书目编辑委员会编《中国古籍善本书目(集部)》第二册，上海古籍出版社1996年版，第1599—1600页。

②《与陈硕士九十六首》，《姚惜抱尺牍》，第69页。

③《答徐季雅》，《姚惜抱尺牍》，第19页。

④ 韩胜《从〈今体诗钞〉看姚鼐的诗歌批评》，《安徽大学学报》2008年第3期。

⑤ 孙琴安《桐城派诗选的经典——评介姚鼐的〈今体诗钞〉》，《古典文学知识》，2002年第3期。